ՀԱՅ ԺՈՂՈՎՐԴԱԿԱՆ ՀԵՔԻԱԹՆԵՐ

СКАЗКИ ВСЕГО МИРА

СКАЗКИ ВСЕГО МИРА

АРМЯНСКИЕ ВОЛШЕБНЫЕ СКАЗКИ

Moscow — New York
СЕДЬМАЯ КНИГА
2016

УДК 821.19-34
ББК 82.3(5Арм)
А83

ISBN: 978-1535457781

Moscow — New York
kniga7.ru@gmail.com
kniga7@bk.ru

ՀԱՅ ԺՈՂՈՎՐԴԱԿԱՆ ՀԵՔԻԱԹՆԵՐ

Зыбин Ю.А. – составление, редакция, литературная обработка

А83 **Армянские волшебные сказки** (Сказки всего мира).
Седьмая книга. M-NY. 2016. – 424 стр.

Основой единства армянской культуры послужила историческая судьба страны. Армения, расположенная на скрещении путей между Востоком и Западом, была постоянным местом столкновений между великими империями древности и средневековья. Рим, Иран, Византия, арабы, сельджуки, монголы проходили через Армению, надолго, иногда на столетия, прерывая ее культурное развитие, покрывая землю дымящимися развалинами. Вопреки всем, противостоя каждому из мощных пришельцев, народ сохранял верность своей культуре. Наряду с языком, письменностью и верой, народное творчество было одним из столпов, опираясь на которые, можно было выстоять.

В ваших руках – истории добра, любви и надежды. Почитайте старинные армянские сказки всей семьей, и вы почувствуете, как мир и покой снисходят на ваш кров.

Мир вашему дому!

ISBN: 978-1535457781

Содержание:

АРМЯНСКИЕ ВОЛШЕБНЫЕ СКАЗКИ

АНАИТ

Эту историю любви и верности не смогут поведать даже камни...

От блистательной, утопающей в зелени столицы - Партава, сегодня не осталось ни следа, ни даже имени. Торговый город был стерт с лица земли, а на его месте построен другой — под названием Барда. Но это уже совсем другая история.

А пока Партав, недавно отстроенный царём Ваче, гордо возвышается над полноводным Тартаром, удивляя своими роскошными дворцами и башнями, устремленными в небеса. Соперничать с ними могут только исполинские чинары и тополями, за вершинами которых иногда не видны даже самые высокие постройки. На террасе одной из них ранним весенним утром и стоял единственный сын царя Ваче – молодой Вачаган, облокотившись на перила, он любовался рощей, которая как роскошная оправа окружала бриллиант Кавказа — блистательную столицу агванов. Прислушался царевич и показалось ему, что певчие птицы всего мира, словно сговорившись, слетелись в Партав, чтобы посостязаться друг с другом. Одни будто играли на свирели, другие на дудуке, но победу всегда одерживал один самый голосистый певец. Этим певцом был соловей — блбул, утешитель влюбленных сердец. Когда он начинал петь, тотчас же все птицы умолкали и вслушивались в его переливчатые трели, одни учились у него щебетать, другие раскатисто свистеть, а третьи выводить трели, и в этот миг все птичьи голоса сливались в одну неподражаемую мелодию.

Но не радовала она молодого царевича Вачагана. Сердечная тоска томила его, и пение птиц лишь усиливало ее. Неслышными шагами подошла его мать, царица Ашхен, и тихо спросила:

— Сынок, я вижу, на душе у тебя какая-то боль, но ты скрываешь ее от нас. Скажи мне, отчего ты грустишь?

— Ты права, мама, — ответил сын, — я разочаровался в жизни, почёт и роскошь больше не интересуют меня. Я решил удалиться от мирской суеты и посвятить себя Богу. Говорят, вардапет Месроп вернулся в селение Хацик и в построенном им монастыре основал братию. Я хочу пойти к нему. Мама, ты даже не представляешь, какое это прекрасное место — Хацик. Там юноши и даже девушки так остроумны и так красивы! Когда ты их увидишь, ты поймешь, почему я всем сердцем там.

— Значит, ты спешишь в Хацик, чтобы поскорее видеть свою остроумную Анаит?

— Мама, но откуда ты знаешь ее имя?

— Соловьи нашего сада пропели мне его. Но вот только почему, мой дорогой Вачик, стал забывать, что он — царский сын? А сын царя должен жениться на дочери царя или хотя бы великого князя, но уж никак не на простой крестьянке. Посмотри вокруг, у грузинского царя подрастают три дочери-красавицы, можешь выбрать любую из них. У гугаркского бдешха тоже видная и достойная дочь. Она единственная наследница всех его богатых поместий. У Сюникского царя тоже дочь на выданье. Наконец, чем тебе не невеста Варсеник, дочь нашего азарапета? Она выросла на наших глазах, воспитана в нашей семье...

— Мама, я уже сказал, что хочу уйти в монастырь. Но если вы настаиваете, чтобы я непременно женился, то знайте — я женюсь только на Анаит... — сказал Вачаган и, густо покраснев, поспешно вышел в сад, чтобы скрыть своё смущение от матери.

Вачагану недавно исполнилось двадцать, он вытянулся, подобно тополям, что росли в царской роще, но был изнеженным, бледным и даже болезненным юношей. И вот теперь единственный наследник повелителя агванов царя хотел принять не царский трон, а духовный сан и стать проповедником. Это пугало его отца.

— Вачаган, сын мой, — много раз твердил ему отец, — ты - моя единственная надежда и опора. Ты должен сохранить огонь нашего очага, продолжить наш род, а значит жениться.

Царевич слушал отца молча, потупив взор, и только краснел в ответ, он и думать не хотел о свадьбе. Но отец был настойчив и несколько раз в неделю настойчиво возвращался к этому разговору. Юноша стал избегать тягостных встреч, чтобы не видеть отца, он часами просиживал за книгами и даже уезжал на охоту, которую никогда не любил, лишь бы не слышать отцовских наставлений.

На рассвете он уходил из дворца, бродил по окрестностям, и только поздно вечером возвращался домой. Иногда он скитался по три-четыре дня, доводя до отчаянья своих родителей. Со сверстниками он не дружил, и брал с собой лишь своего преданного, храброго слугу Вагинака и верного пса Занги. Те, кто встречали их на горных тропах, не догадывались, что перед ними сын царя и его слуга, оба были в простой охотничьей одежде, с одинаковыми колчанами стрел и широкими кинжалами, и лишь котомку с припасами нес широкоплечий и крепкий Вагинак. Они часто заходили в горные селения, и Вачаган с интересом наблюдал, как живут простые люди, проникался их мирскими заботами и нуждами, и всегда замечал, кто делает добро, а кто чинит беззаконие. А потом неожиданно для всех судьи-взяточники отстранялись от дел, а на их места назначались новые, честные; воры несли заслуженное наказание и оказывались в тюрьмах, а семьи бедняков вдруг получали помощь от царя, хотя о ней не просили. Словно какая-то неведомая сила видела все и творила добро. И народ стал верить, что их мудрый царь Ваче, подобно богу, знает все: и что кому нужно, и кто достоин кары, а кто — награды. Говорят, в царстве агванов тогда не стало воровства и несправедливости, но никто и не догадывался, что во многом благодаря юному царевичу.

Странствия пошли и ему на пользу. Он стал здоровее и крепче, словно набрался силы от родной земли и всё чаще стал задумываться о своём предназначении, которое было предначертано ему свыше. Вачаган стал понимать, как много может сделать для своего народа и уже не думал об уходе в монастырь. Родители, стали замечать, как возмужал, повзрослел их сын, и понимали, что вот-вот в его сердце вспыхнет пламя любви, для этого нужен был лишь повод, который вскоре и представился.

Как-то во время охоты Вачаган и Вагинак пришли к далёкому, затерянному в горах селению, и, усталые, сели отдохнуть у родника. Был жаркий полдень и к источнику то и дело подходили крестьянские девушки, они поочередно наполняли свои кувшины и крынки, царевичу нестерпимо хотелось пить. Он попросил воды, и одна из девушек наполнила кувшин и протянула его Вачагану, но другая вырвала кувшин из ее рук и вылила воду. Она снова наполнила кувшин и другая снова опорожнила его. У Вачагана во рту пересохло, он с нетерпением ждал, когда же ему дадут напиться. Но девушку это будто и не волновало, она словно затеяла странную игру: наполняла кувшин и тут же выливала воду. И лишь набрав кувшин в шестой раз, подала его незнакомцу.

Напившись и протянув кувшин слуге, царевич заговорил с этой девушкой и спросил, почему она не подала ему воду сразу, быть может, ей захотелось подшутить над ним, рассердить его. Но та ответила:

— Я не хотела подшутить над вами и уже тем более разозлить. У нас не принято обижать путников, особенно когда они просят воды. Но я увидела, что вы устали от жары и так раскраснелись на палящем солнце, что решила, холодная вода может вам повредить, поэтому я медлила, чтобы вы немного отдохнули и остыли.

Умный ответ девушки удивил Вачагана, но ее красота поразила еще больше. Ее большие и темные глаза казались бездонными, брови, губы и нос, как будто были выведены тонкой кистью искусного художника, а сверкающие на солнце тяжёлые косы струились по спине. Она была одета в длинное до пят красное шелковое платье, расшитая безрукавка обхватывала тонкую талию и высокую грудь. Первозданная красота незнакомки поразила и заворожила царевича, она стояла пред ним босая, без лент и украшений, и он не мог отвести от нее глаз.

— Как тебя зовут? — спросил царевич.

— Анаит, — ответила девушка.

— А кто твой отец?

— Мой отец пастух нашего села — Аран. Но почему ты спрашиваешь, как меня зовут и кто мой отец?

— Просто так. Разве спрашивать грешно?

— Если спрашивать не грешно, то и я прошу сказать, кто ты такой и откуда ты?

— Сказать правду или солгать?

— То, что считаешь достойным себя.

— Конечно, достойным я считаю правду, а правда такова, — слукавил царевич, — я сейчас не могу сказать тебе, кто я, но обещаю, что дам о себе знать через несколько дней.

— Очень хорошо, верни мне кувшин. Если хочешь, я принесу еще воды.

— Нет, благодарю, ты нам дала хороший совет, его мы будем помнить всегда, да и тебя не забудем.

Когда охотники отправились в обратный путь, Вачаган спросил своего верного слугу:

— Скажи, Вагинак, встречал ли когда-нибудь девушку такой красоты?

— Я как-то не заметил ее особой красоты, — ответил слуга, — я ясно понял лишь одно, что она дочь сельского пастуха.

— Ты не заметил, но услышал. Это потому, что слух у тебя острее, чем зрение, но все же твои уши плохо слышат.

— Нет, не плохо, девушка сама сказала, что ее отец пастух.

— Ну и что? Я считаю, что это никак не умалило ее удивительной красоты, и даже придало ей достоинства.

— Если так, то, когда станешь царем, обязательно учреди пастуший орден, и отмечай им своих лучших князей.

— Это настолько высокая награда, мой Вагинак, что ее не достоин ни один из наших князей. Этот орден могут носить только цари и патриархи. Разве ты не знаешь, что посох, врученный царям и патриархам, — символ пастырства?

— Символ пастыря, но не пастуха.

— Но чем отличается пастух от пастыря? Пастух ведёт разных животных, нуждающихся в нём: овец, коз, коров, буйволов, мулов, ослов и даже верблюдов. А царь тот же пастух, потому что его паства состоит из разных людей. Разве тебе не известно, что господь больше всего любил пастухов? Кем были Авраам, Моисей, Давид, разве не пастухами? По-моему, пастухами были все праведные люди мира, от Авеля и до того скромного пастуха, у которого родилась такая красивая и умная дочь.

— С тобой невозможно спорить, царевич, если спор наш продолжится еще немного, то ты начнешь читать мне проповеди вардапета Месропа. Хорошо, пусть дочь пастуха будет красива, говорят же «та, что радует глаз, не может быть некрасивой». Но, по-моему, если бы эта девушка была дочерью землепашца, ты бы не вспомнил, что Каин тоже был землепашцем, а сказал бы что-то вроде: «Землепашцами были все хорошие люди от Адама и до того землепашца, у которого родилась такая красивая и умная дочь».

— Вагинак, оставь на минуту свои остроты и скажи мне правду: кто красивее — Анаит или дочь нашего азарапета Варсеник? — спросил царевич.

— Я считаю, что, как княжна, красива дочь азарапета, а как дочь пастуха — эта крестьянка. Одна не может заменить другую.

— А которая умнее — Анаит или Варсеник?

— Я не испытывал ум ни одной из них, но, думаю, что Варсеник очень хорошо знает, что вода нашего Тартара никому еще не вредила и, попроси ты у нее воды, не стала бы подобно твоей Анаит ломаться, когда у тебя во рту пересохло.

— Вагинак...

— Приказывай, мой царевич.

— Вагинак, ты меня не любишь...

— Я понимаю тебя. Я увидел, что ресницы этой волшебницы Анаит подобно стрелам вонзились в твое сердце, и сожалею, что эта рана может стать неизлечимой...

Царевич умолк, и Вагинак тоже больше не проронил ни слова, лишь Занги прыгал веселее, чем обычно обычного, словно почуял скорую добычу.

Через несколько дней после этого случая царь, обеспокоенный беспричинной тоской царевича, вызвал к себе его слугу.

— Вагинак, — начал царь разговор издалека, — я помню тебя еще ребёнком, когда ты пришел в наш дом, я вырастил тебя как родного сына. Сейчас ты сам имеешь сына и знаешь, что такое отцовская любовь. Наш Вачаган считает тебя своим страшим братом и лишь одному тебе доверяет свои сердечные тайны. Ты должен узнать, что у него на уме, и сообщить нам, чтобы мы смогли сделать все, что в наших силах.

— Царь, отец наш, — ответил Вагинак, — Вачаган настолько скрытен, что даже мне не открывает своего сердца, но в последние дни я замечаю в нем большую перемену. Я думаю, что он влюблен в девушку по имени Анаит.

— Кто такая эта Анаит?

— Дочь пастуха из села Хацик.

— Пастуха?

— Да.

— Эта Анаит, должно быть, богиня, если смогла околдовать нашего Вачагана и смягчить его каменное сердце.

— Царь, отец наш, я стараюсь открыть ему на глаза на его избранницу, то и дело подшучиваю и над самим Вачаганом по этому поводу, но, похоже, мои усилия напрасны и, думаю, ни к чему они не приведут. По правде сказать, эта девушка поистине богиня, красота ее непередаваема, а житейская мудрость достойна похвал. Рассказывают, что даже старейшины ее села во всех затруднительных случаях обращаются за советом к ней. Ни один юноша не обладает ее храбростью, ни у одной девушки нет таких умелых рук, как у нее. В селении её зовут «царица лесов». Если от стада ее отца отбивается овца, Анаит седлает коня, мчится по горам и долам, находит её и пригоняет назад.

Всё это я узнал втайне от Вачагана и ничего ему не говорил, чтобы не распалить еще больше его сердце, но я вижу, что он от неё он так просто не откажется. Я надеюсь, что, если он не откроется вам, то, может быть, от матери-царицы скрывать ничего не станет.

— Если так, то я расскажу обо всем царице. Спасибо, что ты предупредил меня.

Вагинак поступил мудро, заранее подготовив царя к выбору его сына. Сам он считал, что Анаит не стоит таких похвал, но он преувеличил её достоинства в глазах царя намеренно. И вот почему. Слуга понял, что царевич вряд ли откажется от дочери пастуха, поэтому уступить придётся его родителям. Так пусть они не сомневаются в том, что их сын выбрал достойную невесту. Тогда отец согласится на неравный брак, а значит, царевич быстрее женится на своей избраннице. После этого откровенного разговора царица-мать и узнала истинную причину грусти своего сына.

Об окончательном решении Вачагана жениться только на Анаит царица в тот же день сообщила царю. Эта весть тут же распространилась по всему дворцу, об этом судачили все слуги и служанки, а на другой день бурлила уже вся столица. Крестьяне радовались, что царица будет из простых, и лучше поймёт их нужды, князья досадовали, что сын царя ставит пастуха выше них, а купцы только посмеивались, мол, царевич, видно, сошел с ума, если вместо того, чтобы жениться на богатой невесте с большим приданым, выбрал бедную девушку. Немало было остряков, которые выдумывали по этому поводу всевозможные байки и рассказывали их повсюду.

Вот что они говорили:

— Бабик, говорят, сын нашего цари сватает дочь пастуха, ты слышал?..

— Это не так, дорогой Саак, ты слышал не все. Этот пастух в действительности не пастух, а царь, но так как он царствует над скотиной, то его называют пастухом. Сват нашего царя очень мудрый человек, он понимает язык всех животных, прям, как мудрый Соломон.

— Что ты говоришь?.. Неужели у скотины тоже есть царь?

— Почему ты удивляешься? Разве ты не слышал, ведь говорят же: царь саранчи, царь змей, царь муравьев, царица пчел. И люди имели царей еще в то время, когда они были не умнее животных.

— Я это знаю, но никогда не слышал, что животные тоже имеют царей. И потом, скажем, царь змей — змея, но неужели царь скотины — человек?

— Но если бы он не был человеком, как он мог иметь дочь, и на ком бы тогда женился сын нашего царя? Значит, он всё-таки человек, раз имеет дочь, и знаешь какую дочь? Очень красивую и очень мудрую. Говорят, эта девушка не торопится выходить замуж и еще неизвестно, пойдет она за нашего царевича, или нет.

— Что ты говоришь?!

— А что ты думал...

Царь и царица попытались отговорить сына от женитьбы на дочери пастуха, но так и не смогли, и однажды вечером дали согласие на этот брак. Самого царя не смущало, что он может породниться с пастухом, он не был спесивым и надменным правителем, его даже порадовало, что сын ко всем подданным относится одинаково, не ставя одно сословие выше другого. Он опасался лишь одного, чтобы не настроить против себя высокородных князей. А когда царь узнал, какое уважение и любовь снискала у крестьян Анаит, он сам стал уговаривать царицу дать свое согласие на этот брак...

На следующее утро родители сообщили царевичу о своем решении, и в тот же день его верный слуга с двумя почтенными князьями и щедрыми дарами отправился в Хацик сватать Анаит.

Когда они вошли в дом пастуха Арана, хозяин радушно приветствовал их. Анаит дома не было. Гости расселись в просторной комнате на новом ковре, разостланном Араном, и сам он сел рядом с ними.

Этот ковер сразу привлек внимание гостей своими редкими узорами, яркими красками и тонкой работой.

— Какой прекрасный ковер, — похвалил Вагинак. — Его, наверное, соткала хозяйка дома.

— Нет, — ответил пастух, — моя жена умерла пять лет назад. Этот ковер выткала наша Анаит. Но ей он не нравится, говорит, получилось не то, что хотела. Начала ткать новый, вон он на станке покрыт холстом.

— Даже во дворце нашего царя нет такого ковра,— сказал один из князей и, обратившись к Арану, добавил: — Мы рады, что твоя дочь такая мастерица, слава о ней дошла до нашего царя. И вот он послал нас к тебе сосватать Анаит. Царь желает, чтобы ты отдал свою дочь за его единственного сына Вачагана — наследника престола.

Сказав это, князь ожидал, что Аран либо не поверит ему, либо не сможет скрыть своей радости.

Но Аран не сделал ни того, ни другого, а опустил голову и в задумчивости стал водить пальцем по узору на ковре. Из раздумья его вывел Вагинак.

— Почему ты загрустил, Аран? Мы принесли тебе радостную весть... Насильно твою дочь никто во дворец не увезет. Всё зависит только от тебя: захочешь — отдашь дочь, не захочешь — не отдашь. Нам только нужно, чтобы ты сейчас сказал прямо: согласен ты или нет.

— Мои почтенные гости, — вздохнул Аран. — Я так благодарен, что наш владыка хочет взять украшение для своего роскошного дворца из бедной хижины своего слуги. Может быть, такого ковра, и нет во дворце, но что касается дочери... Не мне решать, отдать ее замуж или нет. Вот придет она, вы спросите у нее: если она согласится, мне нечего будет добавить.

Как раз во время этого разговора в дом вошла Анаит с корзиной, полной винограда, персиков, груш и яблок. Она учтиво поклонилась гостям, о приходе которых ей уже рассказали соседи, переложила фрукты на медный поднос, и подала на стол. Сама же подошла к станку, откинула холст и стала ткать начатый ковер. Князья смотрели, как работает Анаит, и были изумлены ловкостью ее быстрых пальцев.

— Анаит, почему ты ткешь одна? — спросил Вагинак. — Я слышал, у тебя много девушек-учениц.

— Да, у меня двадцать помощниц, — ответила Анаит, — но сейчас время сбора урожая, я отпустила их. Но будь они здесь, я бы не дала им ткать этот ковер. Его должна соткать я одна.

— Слышал, что ты обучаешь своих учениц чтению...

— Да, обучаю. Сейчас каждый человек должен уметь читать. На днях снова приезжал старец Месрон и строго наказал, чтобы все научились грамоте, сами могли читать и понимать евангелие. Теперь даже наши пастухи умеют читать, обучают друг друга, когда пасут скот. Если сейчас пройтись по нашим лесам, то можно увидеть, как исписана кора на вековых деревьях. Третьего дня на одном стволе я прочла сразу десять стихов из псалмов. Посмотрите, все стены крепостей, все скалы исписаны углем. Один пишет несколько строк из евангелия, а другие продолжают. Вот так наши горы и ущелья наполнились молитвой.

— У нас в столице люди ленивы, не спешат учиться грамоте, но я надеюсь, что когда мы увезем тебя туда, то ты наших ленивцев сделаешь усердными и трудолюбивыми. Оставь на минуту свою работу, Анаит, подойди, нам надо с тобой поговорить. Вот, посмотри, что тебе прислал наш царь, — сказал Вагинак, развернул перед ней сверток и достал из него золотые украшения и шелковые наряды.

Анаит как будто и не удивилась такому подарку и скромно спросила:

— Скажите, а почему царь оказал мне такую честь?

— Сын нашего царя, Вачаган, видел тебя у родника, ты дала ему напиться, и он обратил внимание на тебя. Теперь царь послал нас, чтобы мы сосватали тебя за его сына. Вот это кольцо, это ожерелье, этот браслет — все для тебя.

— Значит, тот охотник был царевичем? — удивилась Анаит.

— Да.

— Он, видно, славный юноша, но знает ли он какое-либо ремесло?

— Он сын царя, Анаит, зачем ему ремесло? Он повелитель всей страны, все жители ее — его слуги.

— Да, это так. Но кто знает, что может случиться в жизни. Хозяин сегодня, завтра может превратиться в слугу, даже если он и был царем. Ремесло должен знать каждый человек, будь то слуга или хозяин, князь или даже царь.

Услышав эти слова, князья переглянулись между собой, посмотрели на Арана и заметили, что он одобряет слова дочери.

— Значит, ты не выйдешь замуж за сына царя только потому, что он не знает ремесла? — обратились князья к Анаит.

— Да, — спокойно ответила она, — и все то, что вы принесли мне, возьмите обратно и скажите царевичу, что он мне очень понравился, но пусть он простит меня — я дала обет, что выйду замуж только за человека, который владеет ремеслом. Если он хочет, чтобы я стала его женой, пусть сначала обучится какому-либо ремеслу.

Поняли сваты, что не смогут переубедить Анаит и не стали настаивать. Эту ночь они провели в доме пастуха. Его дочь гостеприимно приняла их и даже рассказала легенду об одном царе, который владел многими ремеслами, обучил им своих подданных, чем привёл своему страну к процветанию. Согласились князья, что слова Анаит разумны, и в душе устыдились, что сами не умеют ничего. Лишь Вагинак с гордостью сказал, что хорошо знает ювелирное дело, обучился которому при дворе. На следующее утро сваты уехали в столицу и обо всём рассказали царю. Узнав об ответе Анаит, царь и царица вздохнули с облегчением, решив, что Вачаган теперь точно откажется от этой невесты. Но царевич снова удивил их:

— Анаит права, каждый человек должен владеть хоть одним ремеслом. А царь — он тоже человек, и, значит, тоже должен что-то уметь.

— Значит, ты теперь будешь осваивать ремесло? — изумилась царица.

— Да, — ответил царевич.

— Но признайся сам себе, сынок, — спросил отец, — ты решил учиться ремеслу, потому что осознал необходимость в этом или только ради Анаит?

— И то и другое... — ответил Вачаган, краснея, и торопливо вышел, чтобы родители не заметили его смущенья.

Тогда царь созвал на совет своих князей, чтобы обсудить, какому ремеслу обучить своего сына. Они сошлись на том, что достойное царевича занятие — ткать парчу, ее не умеют делать в их стране, привозят издалека и продают очень дорого. В тот же день из Партава в Персию отправили послов, которые вскоре доставили во дворец опытного мастера. Год он учил царевича своему ремеслу. И Вачаган так искусно научился ткать, что из тонких золотых нитей соткал для Анаит отрез тончайшей парчи и через Вагинака послал ей в подарок.

Получив этот дар, девушка сказала:

— Сейчас мне уже нечего сказать: «Нужда заставит — и ткачом станешь». Передайте царевичу, что я согласна выйти за него замуж, и в подарок от меня отвезите ему этот новый ковер.

Семь дней, семь ночей длилась свадьба Вачагана и Анаит и отмечали ее по всей стране в каждом доме. Радость простых людей не знала границ. Во-первых, они очень любили царя и его сына, во-вторых, гордились своей Анаит и рассчитывали на ее заступничество, в-третьих, в день свадьбы царь приказал на три года освободить крестьян от всех налогов. Поэтому простые люди после этой свадьбы еще долго напевали:

Как на свадьбе Анаит
солнце золотом горит,
как на свадьбе Анаит
ливень золото струит.
Раззолочены поля
и амбары до краев,
мы избавились от бед,
от налогов и долгов.
Мать-царица, благодарствуй, златорукая, да здравствуй!

Вот только верного слуги Вагинака не было на пышной свадьбе царевича. Накануне царь послал его с поручением в соседний город Перож, и с тех пор Вагинака никто не видел. Его долго разыскивали, расспрашивали всех, но тот, словно в воду канул. Стражники, безуспешно искавшие царского слугу, привезли во дворец другую тревожную весть, оказалось, что пропавших людей много и никому не известно, как и куда они исчезают. Сначала царь решил, что Вагинака похитили работорговцы и продали диким племенам, живущим в кавказских горах. Верные слуги объехали все города и сёла, но так ничего и не узнали о Вагинаке. Еще больше огорчился царь. Он горевал, не только потому, что любил его как сына, но и от того, что не мог защитить своих подданных, которые исчезали в никуда.

Вскоре царь умер, а вслед за ним умерла и его жена. Сорок дней в трауре была вся страна агванов, а через сорок дней собрались все горожане и возвели на престол Вачагана.

Взойдя на престол своих предков, Вачаган решил так благоустроить страну, чтобы не было ни одного недовольного человека, чтобы все были счастливы и довольны. Ближайшим советником ему стала жена — Анаит. Он всегда сначала советовался с ней, а потом приглашал во дворец мудрых людей из народа и сообщал им о своих намерениях. Но Анаит считала, что и этого недостаточно, и однажды сказала ему:

— Государь мой, я вижу, что ты знаешь не всё, что происходит в твоей стране, а приглашаемые тобою люди не всегда говорят правду. Чтобы успокоить тебя, они твердят, что все хорошо, все в порядке, что жители страны всем довольны. Но кто на самом деле знает, что в этот миг происходит в твоих владениях? Только ты сам можешь понять истину, поэтому иногда ты должен под видом простого человека обходить свои владения: то в обличье нищего просить милостыню, то стать батраком, а заняться торговлей. Словом, ты должен все испытать, чтобы лучше узнать жизнь и людей. Бог за все потребует у тебя отчета, ведь ты его наместник в своей стране, и должен все видеть и все знать.

— Ты совершенно права, Анаит, — сказал царь, — мой покойный отец так и делал, но в старости это стало ему не по силам. Во время охоты я поступал почти так же. Но как мне поступить сейчас? Если я уйду, кто будет править страной?

— Я буду править сама и сделаю так, что никто не узнает о твоем отсутствии.

— Очень хорошо. Я могу отправиться в путь завтра же. И если через двадцать дней я не вернусь, знай, что я попал в беду или меня уже нет в живых.

На следующее утро, переодевшись простым крестьянином, царь Вачаган отправился в самые отдаленные уголки своей страны. Много он повидал, много услышал, но то, что он узнал, приехав в город Перож, где когда-то пропал его друг Ваганак, едва не стоило ему жизни.

Город Перож когда-то стоял на берегу реки Куры. Жили в нем в основном персы, которые поклонялись огненному богу. Нашли приют в Пероже и несколько семей армян-христиан. Но не было у них ни своей церкви, ни священника. Пришёл царь Вачаган на его центральную площадь, где в этот час в самом разгаре была торговля, и стал наблюдать за купцами и ремесленниками, продавцами и покупателями. Вдруг увидел молодой царь: идёт по рыночной площади почтенный седобородый старец с поднятыми руками, а вокруг него суетятся слуги. Старик ступал осторожно, а люди расчищали перед ним путь и подкладывали кирпич под ногу, перед каждым его шагом. Подошел Вачаган к одному человеку и спросил, кто этот старец, тот ответил:

— Это наш верховный жрец. Неужели ты его не знаешь? Посмотри, он так свят, что даже не ступает на землю, чтобы случайно не раздавить насекомое.

В конце рынка для почтенного старца расстелили ковер, и он сел на него отдохнуть. Вачаган подошел и встал напротив, чтобы видеть, что будет делать или говорить этот уважаемый здесь человек. У жреца был не по годам острый глаз, он едва взглянул на Вачагана, как сразу догадался, что тот пришлый человек и поманил его к себе. Вачаган подошел.

— Кто ты такой, чем занимаешься? — спросил жрец.

— Я из чужих краев, ремесленник, — ответил Вачаган, — пришел в этот город на заработки.

— Пойдешь со мной — я дам тебе работу и хорошо заплачу.

Вачаган поклоном головы выразил согласие и встал среди сопровождавших старца людей. А тот шепнул что-то своим жрецам, и они разошлись в разные стороны, а вскоре вернулись с носильщиками, навьюченными разной кладью.

Когда все собрались, верховный жрец поднялся и с той же торжественностью направился к своему жилищу. Вачаган молча последовал за ним, сгорая от любопытства. Не мешало бы ему сначала узнать, чем занимаются эти жрецы и кто на самом деле их верховный жрец, какие он совершил благодеяния и почему его почитают как святого, но царь доверился голосу своего сердца. Так дошли они до городской окраины.

Здесь верховный жрец, благословив провожающих его ревностных идолопоклонников, попрощался с ними и дальше пошёл в сопровождении своих приближенных, слуг и Вачагана. Когда город остался далеко позади, все остановились перед домом за высокой оградой. Старик достал огромный ключ, отпер железную дверь и, пропустив всех перед собой, снова запер ее. Тут только Вачаган понял, что не сможет выйти отсюда, даже если захочет. Носильщики тоже озирались по сторонам, как будто были здесь впервые. Они переглянулись и начали перешептываться, не понимая, куда их привели. Наконец, все миновали сводчатый проход и оказались на просторной площади, в центре которой стоял жертвенное капище, увенчанное куполом и окруженное маленькими кельями. Жрец приказал носильщикам оставить кладь здесь, а потом всех вместе с Вачаганом повел за капище, там он отпер еще одну железную дверь и сказал:

— Входите, здесь вам дадут работу.

Растерянные, все молча вошли внутрь, и жрец снова запер за ними дверь. Тут все пришли в себя и поняли, что стоят перед входом в глубокое подземелье.

— Братья, не знаете, куда это мы пришли? — спросил Вачаган.

— Похоже, что мы попали в ловушку, и уже отсюда не выберемся, — сказал один из них.

— Но ведь этот старец святой человек, неужели он способен на такое? — удивился другой.

— А почему бы нет? Наверное, этот святой человек знает, что мы в чем-то виновны, поэтому привел и бросил нас в это чистилище, чтобы мы здесь искупили свои грехи.

— Не время шутить, я думаю, что этот жестокий старик — страшный дэв, скрывающийся под личиною праведника, и теперь мы стоим на дороге в ад, — догадался Вачаган. — Посмотрите, какой здесь мрак, и кто знает, какие еще муки уготованы нам внизу. Но почему мы стоим, как каменные? Эта дверь никогда уже не откроется, поэтому пойдем вперед и узнаем, куда ведет эта дорога.

Долго они брели по темному коридору, пока, наконец, вдали замерцал слабый свет лампады. Они пошли на свет, и перед ними открылась широкая, выложенная камнем площадь. Отовсюду раздавались ужасающие крики. Взглянув наверх, они поняли, что находятся в искусственной пещере. Похожая на гигантское хранилище для зерна, она была выдолблена в скале, и расширялась к низу, заканчиваясь просторным куполообразным залом.

Потрясенные пленники оглядывали эту темницу и напряженно вслушивались, пытаясь понять, откуда раздавались эти пугающие вопли. И вдруг перед ними появилась какая-то тень, которая, медленно приближаясь и, наконец, обрела четкие очертания.

Вачаган пошел навстречу этой тени и громко спросил:

— Кто ты, сатана или человек? Подойди к нам ближе и скажи, где мы находимся.

Призрак приблизился и, весь, дрожа, стал перед Вачаганом. У него были впалые глаза, провалившиеся щеки, выпавшие волосы. Это был настоящий скелет, все кости которого можно было пересчитать. Живой труп, едва шевеля губами, всхлипывая и заикаясь, произнес:

— Идите за мной, я вам покажу, куда вы попали.

Он повел их по узкому проходу в помещение, где они увидели валявшихся на холодной земле обнаженных людей. Люди эти умирали, исторгая душераздирающие вопли и стоны. Вачаган и его спутники пошли дальше и увидели огромные котлы, в которых несколько истощенных людей варили еду. Вачаган подошел к этим котлам, чтобы посмотреть, что в них варится, и в ужасе отпрянул, не сказав своим товарищам, что же он там увидел. Затем они пришли в просторный зал, где при тусклом свете работали сотни мертвенно-бледных людей. Одни вышивали, другие вязали или шили, некоторые делали золотые украшения.

Затем человек-призрак привел их обратно в пещеру и сказал:

— Тот дьявол-старик, который обманул вас и завел сюда, когда-то так же поступил и с нами. Я уже потерял счет времени и не знаю, сколько здесь нахожусь, потому тут нет ни дней, ни ночей, только бесконечный мрак. Знаю одно, все люди, попавшие сюда до меня и вместе со мной, уже погибли. Сюда пригоняют разных людей, знающих ремесло и не знающих его. Ремесленников заставляют работать до самой смерти, а тех, кто не знает никакого ремесла, сгоняют на бойню, а оттуда на ту кухню, которую вы видели. Вот какое это ужасное место. Старый дьявол не одинок, у него сотни помощников — все они жрецы. Их жилище находится над этим адом.

— Скажи, что они теперь сделают с нами? — спросил Вачаган.

— То же, что и с другими. Кто из вас знает ремесло, будет работать до самой смерти, а тех, кто не знает — отправят на бойню. Я уже живу в мертвецкой, потому что сказал им, что у меня больше нет сил работать. Но бог не берет мою душу, наверное, хочет вывести меня отсюда на белый свет. И знаете, я верю в это, потому что недавно видел во сне женщину, которая в шлеме, похожем на корону с острым мечом в руке примчалась ко мне на огненном коне и сказала: «Не отчаивайся, Вагинак, я скоро приду и всех вас освобожу». Я бы давно умер, если бы эта чудо-царица не вселила в меня надежду. Эта надежда питает мою душу, и насколько я слаб телом, настолько силен духом. Ах, мой Вачаган, где ты, почему ты забыл своего верного Вагинака?...

Вачаган находился в таком оцепенении, что не сразу поверил, что перед ним его друг Вагинак... «Значит, это наш Вагинак», — подумал он и хотел броситься к нему в объятья, но остановился и решил расспросить несчастного пленника о том, как он сюда попал. Вагинак начал свой рассказ издалека. Теперь молодой царь не сомневался, что перед ним его верный слуга, но боялся, что радость встречи может оборвать жизнь измученного Вагинака, висевшую на волоске.

— Так ты говоришь, что твое имя, как мне послышалось, Вагинак?

— Вагинак, да, Вагинак... я когда-то был...

— Брат Вагинак, тебе вредно много говорить. Живи, пока твой сон исполнится. Я верю в твой сон и благодарен тебе, что ты рассказал о нем. Теперь мы будем жить этой же надеждой. Хорошо бы тебе поведать о своем сне другим своим товарищам. Я толкователь снов, и уверяю тебя, что твой сон исполнится в точности. Но вот слышны чьи-то шаги, ступай на свое место, — сказал царь и стал ждать.

Вместе с ним в плен попали еще шесть человек, один из них сказал, что умеет ткать полотно, другой — шелк, третий был портным, а остальные трое не знали никакого ремесла.

— Не беда, — сказал Вачаган. — Я скажу, что все вы мои собратья по ремеслу, а я знаю очень хорошее ремесло.

Шаги, отдаваясь эхом в каменных сводах, становились ближе, и вскоре перед ним появился жрец-надсмотрщик в окружении вооруженных людей.

— Это вы вновь прибывшие? — свирепо спросил жрец.

— Да, мы твои слуги, — ответил Вачаган.

— Кто из вас знает ремесло?

— Все мы знаем ремесло, — сказал Вачаган, — мы умеем ткать очень дорогую парчу. Одна мера нашей ткани стоит сто мер золота. У нас была большая мастерская, но потом сгорела, мы увязли в долгах и разорились. Вот приехали в Перож, чтобы найти работу, встретили верховного жреца, и он привел нас сюда.

— Хорошо, но неужели и вправду так дорого стоит ваша ткань? — недоверчиво спросил жрец.

— В наших словах нет лжи, можете сами убедиться в этом.

— Конечно, я скоро узнаю, насколько правдивы ваши слова. А сейчас скажите, какие вам нужны материалы и инструменты.

Вачаган подробно перечислил все, что было нужно. Через несколько часов все было готово. Жрец велел им отправиться в мастерскую, где они будут работать и там же пообедают вместе с другими.

— Там мы не сможем работать, — предупредил Вачаган, — нам необходимо отдельное просторное помещение. Самое удобное место здесь. Наша тонкая работа требует много света, при тусклом освещении ничего не получится. А что касается нашей пищи, вам надо знать, что мы не едим мяса. Мы не привыкли к этой еде. Если мы съедим мясо, то сразу умрем, и вы лишитесь хорошей прибыли. Я говорю правду: одна мера нашей парчи стоит сто мер золота.

— Хорошо, — согласился жрец, — для вас я пришлю хлеб и растительную пищу, у вас будет также много света. Но если ваша работа окажется не такой тонкой, как вы обещаете, я всех вас отправлю на бойню и, прежде чем убить, подвергну страшным пыткам.

— В наших словах нет лжи, и если вы хотите получить обещанную выгоду, то должны выполнить нашу просьбу.

Жрец сдержал свое обещание. Он посылал им белый хлеб, овощи, молоко, мацу, сыр, свежие и сухие фрукты. Вагинаку тоже доставалась доля из этой пищи, да и другим узникам ткачи тайком раздавали кусочки белого хлеба, как просвиру во время причастия, которая, подобно живой воде, возвращало их к жизни. От этой пищи Вагинак стал поправляться, приходить в себя, а Вачаган вместе со своими товарищами работал не покладая рук. Вскоре они сделали отрез превосходной парчи с такими замысловатыми узорами, в которых внимательный взгляд мог прочесть всю историю этого ада.

Жрец, увидев готовую парчу, пришел в восторг. Вачаган сложил ткань и, вручая жрецу, сказал:

— Я сначала говорил, что одна мера нашей ткани стоит сто мер золота, но теперь я должен сказать, что эта парча стоит вдвое дороже, на ней талисманы, которые принесут радость и счастье ее обладателю. Но простые люди не смогут ее оценить. Цену ей знает только царица Анаит, да кроме нее никто и не осмелится носить такую драгоценную парчу.

Когда жрец узнал настоящую цену ткани, в его глазах заблестела алчность. Он ничего не сказал своему хозяину — верховному жрецу, даже не показал ему эту парчу. Надсмотрщик решил сам тайком поехать к царице Анаит и продать ей ткань втридорога...

Анаит была сильно встревожена долгим отсутствием мужа. Прошло уже тридцать дней, как он покинул дворец и ничего не сообщал о себе. Она совсем потеряла покой, ее стали преследовать кошмары и дурные предчувствия. И даже верный Занги, прильнув к её ногам, беспрестанно выл, скулил, жалобно повизгивал и еще больше усиливал беспокойство царицы. Конь Вачагана, подобно беззащитному жеребенку, потерявшему мать, тосковал в конюшне, почти ничего не ел и слабел день ото дня. Куры стали кричать по-петушиному, а петухи, вместо того чтобы приветствовать рассвет, кукарекали по вечерам. Соловьи перестали петь, и в саду по ночам раздавалось лишь тревожное уханье совы. Не плескались беззаботно волны Тартара, а тоскливо катились вдоль садовой ограды, шепча: ваш-виш-ваш-виш. Впервые мужественную Анаит охватил страх, даже её собственная тень казалась ей вытянувшимся перед нею драконом-вишапом. Она вздрагивала от любого стука, от обычного шума. Временами ей хотелось вызвать князей, сказать им об исчезновении Вачагана, но она боялась, что когда в стране узнают, что царь пропал, может начаться смута.

Однажды утром, в тоске она гуляла по умолкшему саду, и вдруг слуга сообщил ей, что во дворец прибыл какой-то чужеземный купец и уверяет, что у него есть замечательный товар для царицы. Сердце Анаит беспокойно забилось. Она приказала впустить купца.

Вошел человек свирепого вида, поклонился в пол и положил перед царицей отрез золотой парчи на серебряном подносе. Анаит взяла парчу, рассмотрела ее и, не обратив внимания на узор, спросила цену.

— Одна мера стоит триста мер золота, милостивая царица. Во столько обошелся мне лишь материал, а плату за труд оставляю на твою милость.

— Неужели так дорого? — переспросила Анаит.

— Долгих лет жизни тебе, царица! В этой парче есть такая сила, которой нет цены. Ее узоры не простые рисунки, а талисманы, а сила этих талисманов в том, что они приносят радость и счастье её обладателю. Тот, кто наденет ее, не будет знать печали.

— Вот как!

Анаит развернула парчу и стала внимательно рассматривать узоры, которые оказались не талисманами, а тайнописью. Анаит молча прочитала его:

«Моя любимая Анаит, — рассказывали знаки на парче, — *я попал в настоящий ад. Тот, кто доставит тебе эту парчу, один из его стражей. Здесь оказался и Вагинак. Ад находится к востоку от города Перож в подземелье под капищем. Если ты срочно не придешь на помощь, мы погибнем. Вачаган».*

Анаит снова и снова перечитывала послание мужа и не верила своим глазам. Наконец, не отрывая глаз от письма, она, радостная, обратились к жрецу:

— Ты говоришь правду, чужеземец, узоры твоей парчи приносят радость. Я сегодня была очень грустна, но сейчас я чувствую какую-то особую непередаваемую радость. По-моему, этой парче цены нет. Если бы ты за нее попросил половину моего царства, я бы не пожалела. Но знаешь, мне кажется, ни одно творение не идет в сравнение с его творцом. Не так ли?

— Долгих лет жизни тебе, царица, ты, конечно, права: творение не может сравниться с творцом.

— Если ты согласен со мной, то должен привести ко мне ее создателя, чтобы я вознаградила его, так же, как и тебя. Ты, наверное, слышал, что я очень ценю ремесло и готова любого хорошего ремесленника одарить наравне с моими храбрыми воинами.

— Милостивая царица, я не видел и не знаю того, кто сделал эту ткань. Я купец. Купил ее в Индии у одного еврея, а тот — у одного араба, а араб — неизвестно у кого, в какой стране.

— Но ты, кажется, только что сказал, во сколько обошелся тебе материал, ты не говорил, что купил эту ткань, то есть ты сам заказал соткать ее.

— Милостивая царица, мне так сказали в Индии, а я...

— Постой, постой, где твоя Индия? До нее, как отсюда до Перожа?

— Нет, милостивая царица, Перож рядом с нами, а до Индии три-четыре месяца пути.

— Но знаешь, если я захочу, то твоя Индия окажется в Пероже. Можешь ли ты сказать мне, кто ты такой, откуда ты, какой национальности, какой веры, где ты родился, где ты живешь, каким занят делом?

— Милостивая царица...

— Слушай, я тебя не помилую, привезенные тобою талисманы поведали мне о тебе. Слуги, схватите этого человека и бросьте в темницу, — велела Анаит.

Вачаган, отправив зашифрованное на ткани послание Анаит, больше не сомневался, что жена спасёт его. Желая поддержать надежду своих товарищей и друга Вагинака, он однажды сказал:

— Знаешь, Вагинак, мне недавно приснился точно такой же сон, как и тебе. И я надеюсь, что мы вскоре будем освобождены. Но я хотел предупредить вот о чем. Если мы сразу выйдем из этого мрака на свет божий, то яркий свет может ослепить нас. Поэтому не забудьте зажмурить глаза. Потом постепенно вы привыкнете к свету. Об этом меня предупреждали люди, вышедшие из темницы.

— Дай бог нам выйти из этого ада, — ответил Вагинак. — Даже если глаза наши ослепнут, не беда, но сказанное тобой, мастер, напомнило мне один случай, о котором не могу не рассказать. Однажды я и сын царя во время охоты, очень усталые, спешились у одного родника. Девушки ближайшего села стояли у родника и по очереди наполняли свои кувшины. Царевич попросил напиться. Одна из девушек наполнила кувшин, чтобы дать ему, но другая взяла у нее кувшин и вылила воду. Затем сама начала наполнять его и выливать воду и повторила это двадцать или тридцать раз — точно уже не помню сколько. Я так рассердился на нее, но царевичу понравился поступок девушки, особенно когда, дав ему наконец воды, она сказала, что поступила так не по злому умыслу. Увидев, какие мы усталые и разгоряченные, она решила дать нам холодной воды не сразу, чтобы мы немного отдышались и поостыли. То, что ты сейчас сказал, напомнило мне слова той девушки. А знаешь, быть может, та девушка и стала нашей царицей. Увидев ее, царевич не захотел жениться на другой, и решительно сказал: или она, или никто. Царь вынужден был послать меня к ее отцу свататься, но девушка отказала: мол, я не выйду замуж за человека, не знающего ремесла. Тогда это рассмешило меня, но царевич понял разумность ее слов и за год научился ткать прекрасную парчу, точь-в-точь такую, как твоя. А я только тогда понял значение ее слов, когда попал в этот ад.

— Но скажи мне, брат Вагинак, почему мы во сне видим не царя, а царицу?

— Кто знает? Ты это должен знать лучше меня, потому что ты толкователь снов, и прости меня за то, что я сейчас скажу тебе в лицо — в словах моих нет лицемерия, — ты мне кажешься очень мудрым человеком. Если ты смог в этом аду получить человеческую пищу, то ты можешь сделать и многое другое. И я удивляюсь, что ты не совершаешь чуда, не уничтожаешь эту преисподнюю и не спасаешь всех нас. Если бог даст, и мы выйдем из этого ада, я уверен, царь сразу же призовет тебя к себе и сделает своим ближайшим советником.

— И это произойдет, конечно, благодаря тебе, потому что я не знаком с царем. Но кто знает, в каком положении находится сейчас сам царь, быть может, он попал в какой-то другой ад и, подобно мне, ткет парчу. Для чего же он выучился ремеслу ткача?

— Твои слова мне кажутся загадочными... но нет... не дай бог, чтобы я видел моего Вачагана в таком положении, как мы. Пусть лучше я умру сию же минуту.

— В моих словах нет ничего загадочного, брат Вагинак, я говорю то, что думаю. По-моему, царь такой же смертный, как и мы. Мы болеем — он тоже болеет, нас убивают, берут в плен — с ним может случиться то же самое. Он, как и мы, в воде тонет, в огне горит, ест такой же хлеб, а может, еще более горький...

— Все это верно, мастер. Но, мне кажется, царь должен быть настолько благоразумным, чтобы не пойти из праздного любопытства, подобно мне, за верховным жрецом и не попасть в этот ад.

— Это несчастный случай, брат Вагинак. Разве царь может знать, что святой верховный жрец — это страшное чудовище? Разве он может знать, что есть люди, которым ужасное злодеяние доставляет удовольствие? Нет, Вагинак, ни один смертный на свете не может избежать внезапной беды. Сегодняшний счастливец не ведает, какое завтра несчастье ждет его. Другое дело, если опасность встала перед тобой в своем подлинном обличии. Умный человек, встретившись с бурлящей рекой, не бросится, очертя голову, в нее, а станет искать брод. Что ни говори, а наш сон говорит о том, что царь попал в какую-то беду, и сердце мое чует, что он будет спасен тогда же, когда спасемся мы.

— И, конечно, он спасет нас благодаря своему умению ткать парчу. А мое сердце говорит мне, что в эту минуту я слышу голос моего царя, этот голос, с той первой минуты, как я его услышал, пронзил мое сердце. Но верить ли мне моим ушам? Ну, что скажешь ты?

— Нет, нет, не верь! Но поверь тем звукам, которые услышишь снаружи. Прислушайтесь, вот слышен шум и грохот, словно сотрясаются ворота ада, наверное, спаситель уже близко. Дайте знать всем, чтобы собрались здесь и были готовы...

Анаит, заточив в темницу жреца, тотчас же приказала трубить тревогу. Внезапные резкие звуки огромных военных труб предупреждали всех, что над страной нависла грозная опасность. Не прошло и часа, как все жители города собрались перед дворцом, толпа бурлила подобно водовороту, никто не знал, что случилось, все взволнованно спрашивали друг друга, но ответа не получали. Вдруг на балконе появилась Анаит в воинских доспехах и, обращаясь к народу, сказала:

— Жизнь вашего царя в опасности. Только что я узнала, где он находится. Он отправился в путешествие по стране, чтобы увидеть своими глазами нужды и заботы народа, но оказался в аду. Больше я не знаю ничего, но чувствую, что времени терять нельзя. Поэтому все, кто любит своего царя, кому дорога его жизнь, должен пойти за мной. Мы должны до полудня дойти до города Перожа. Я уже готова к бою и жду вас. Собирайтесь.

В тот же миг люди стали собираться в поход, благословляя царя и царицу. Не прошло и часа, как все были готовы вступить в поход. Отважные девушки и женщины, узнав, что войско возглавит сама царица, также вооружились и верхом на конях окружили ее. Анаит восседала на огненном скакуне в золоченых доспехах, с широким мечом на боку и со щитом за спиной, ее волосы были скрыты под шлемом. Лицо ее горело огнем, глаза сверкали.

Когда все вышли из города, Анаит на коне объехала своё войско и, отдавая приказания, выстроила за собой конницу. Воскликнув: «Вперед!», она пришпорила коня и в тот же миг скрылась из виду. Через два часа она на своем огненном коне была уже на площади города Перожа. Горожане-идолопоклонники, приняв ее за сошедшую с неба новую богиню, толпами падали перед ней на колени и склоняли головы до самой земли.

— Где ваш градоначальник? – грозно крикнула царица.

Один из стоявших на коленях дрожащим голосом сказал:

— Я здешний градоначальник, твой слуга...

— Значит, это ты настолько беспечен, что не ведаешь, что происходит в храме твоих богов?

— Я, твой слуга, ничего не знаю.

— Может быть, ты не знаешь, где находится ваше капище?

— Как не знать, твой слуга прекрасно знает.

— Тогда веди меня к нему ...

Не прошло и получаса, как Анаит, сопровождаемая толпами высыпавших на улицу горожан, была у ограды капища. Жрецы решили, что это толпы паломников, и распахнули перед ними ворота. Но когда народ ворвался во двор и жрецы увидели прекрасное и грозное лицо царицы, их охватил непривычный страх. Анаит тем временем сразу отыскала дверь в преисподнюю и, обращаясь к градоначальнику, приказала:

— Отоприте эту дверь!

Пока по приказу градоначальника несколько человек стали взламывать тяжелую железную дверь, перед ними появился верховный жрец в своем священном одеянии. Он вышел к людям в сверкающих белых одеждах, с высокой двурогой короной верховного жреца на голове, в руке он сжимал священный посох, увидев его, народ в страхе отпрянул и раболепно расступился перед ним. Жрец приблизился к Анаит и грозно крикнул:

— Чего ты хочешь, кто ты? Уйди прочь!

Едва сдерживая гнев, Анаит сказала ему:

— Я приказываю тебе открыть эту дверь!

— Кто может здесь приказывать, кроме меня?! – ответил жрец. — Это дверь в наше святилище. Здесь находится прах наших предков, здесь наш негасимый жертвенник, посмотрите на дым, поднимающийся до самого неба.

— Братья, не гневите богов! Разойдитесь, уходите, убирайтесь прочь! Как вы смеете своими нечестивыми ногами осквернять это священное место!

Страшные угрозы верховного жреца вселили ужас в идолопоклонников. Опустив головы, они отошли назад. И только христиане не отступили и громко кричали, поддерживая Анаит:

— Откройте, откройте дверь!

Верховный жрец, увидев, что люди не покорятся ему, повернулся лицом к капищу и, возводя руки, воскликнул:

— О, всемогущие боги! Ваш священный храм оскверняется, помогите!..

И в этот миг дверь капища распахнулась и оттуда выбежали рассвирепевшие жрецы с оружием в руках. Верховный жрец приказал им охранять вход и никого не пускать в подземелье.

Терпение царицы Анаит иссякло. Оглянувшись, она увидела тучи пыли над городом и поняла, что ее войско на подходе. Это придало ей силы, и она решила вступить в бой. В левую руку она взяла щит, правой вытащила меч и, обращаясь к жрецам, крикнула:

— В последний раз приказываю вам бросить оружие и отпереть дверь в этот ад.

Жрецы приготовились к сопротивлению. Верный конь Анаит понял намерение своей владычицы и, почувствовав легкое прикосновение её шпор, сбил с ног верховного жреца и бросился на других. С молниеносной быстротой Анаит снесла головы трем жрецам и повернула коня назад. Жрецы окружили ее, пытались стащить с седла и ранили коня. Анаит защищалась, а ее конь наносил удары копытами и спереди, и сзади, но жрецы сражались отчаянно и яростно. Жизнь Анаит была в опасности. Заметив это, на огнепоклонников сзади напали христиане Перожа. Жрецы растерялись, отбивая удары с двух сторон. Воспользовавшись этим, Анаит снова устремилась в толпу жрецов, обезглавила еще троих и нескольких раздавила конем. Видя, что христиане помогают Анаит, язычники встали на сторону своих жрецов, и стали забрасывать камнями христиан. Они сбили шлем с головы Анаит, ее густые длинные волосы рассыпались по плечам и укрыли ее, как кольчуга, — видны были только гневные пламенные глаза царицы. Ее неумолимый вид вселил в толпу новый страх, град камней прекратился. Тогда Анаит вновь нанесла нссколько сокрушительных ударов по жрецам. И в этот момент подоспели передовые копьеносцы ее войска вместе с девушками и женщинами и, увидев отчаянную борьбу своей царицы, с криками бросились на жрецов. Те бежали. Когда толпа расступилась, на площади перед капищем на коне восседала Анаит, окруженная отважными спутницами. Один из христиан подал ей упавший шлем. Царица снова надела его и сошла с коня. Она приказала подошедшим войскам окружить храм, в котором укрылись жрецы, и обратилась к толпе:

— Подойдите сюда, люди, и посмотрите, что на самом деле скрывается в святилище вашего верховного жреца! — И приказала взломать дверь.

Перед собравшимися открылось ужасающее зрелище. Из адского логова стали выползать люди, похожие на восставших из могил мертвецов. Многие были на последнем издыхании и не могли стоять на ногах. Их радостные вопли, крики и плач раздирали души. Последними на свет вышли Вачаган и Вагинак с опущенными головами. Царица узнала мужа и сделала знак своим людям, чтобы его отвели в приготовленный для него шатер. Вачаган вел за руку Вагинака, который следовал за ним с закрытыми, как у нищего слепца, глазами. Усадив всех спасенных на площади, Анаит приказала своим воинам войти в подземелье и вынести все, что там осталось. Воины вынесли трупы недавно умерших людей, отрезанные головы, корзины, наполненные человеческими телами, котлы, полные человеческого мяса, инструменты и предметы ремесла...

Увидев это страшное злодеяние, идолопоклонники, охваченные чувством стыда и ужаса, закричали:

— Велик бог христиан, капище — это ад, идолы — это дэвы, жрецы — дьяволы, убьем, уничтожим, истребим их!

— Нет, нет, — воскликнула царица, — подождите, не подходите, не прикасайтесь к жрецам, судить их имею право только я. Но прежде нам надо позаботиться об этих несчастных.

Царица подошла к каждому узнику и расспросила его: кто он и откуда. Один сказал, что он Арнак, сын Бабика. Это имя громко повторил градоначальник, и тогда из толпы вышел старик, дрожа и всхлипывая, он спросил: «Где мой сын?». Ко второму подошла мать и без чувств упала на грудь единственного сына, у третьего отыскалась сестра, у четвертого — брат. А тех, у кого не было близких, царица взяла под свое покровительство, среди них были и ткачи, работавшие с царём Вачаганом.

Позаботившись обо всех несчастных, царица пожелала лично осмотреть застенки жрецов. Вместе с градоначальником и несколькими воинами она вошла в бойню, где повсюду были следы крови и груды человеческих костей.

— Эта ужасная преисподняя была создана давно, — сказала она градоначальнику, — годами люди строили ее и, попав сюда, уже никогда не возвращались на белый свет. Как же вы могли не знать о ней?

— Милостивая царица, я не виноват в том, что здесь происходило, — взмолился градоначальник. Чтобы обнаружить это, надо было обладать твоей мудростью. Каждый год из нашего города бесследно исчезали не меньше ста человек, но я всегда считал, что они попадали в плен к горцам. Этих подлых жрецов мы не только почитали как святых, но считали очень трудолюбивыми и знающими ремесла людьми, живущими трудом своих рук, а не за счет людской крови. Кто мог предположить, что те дорогостоящие рукоделия и ткани, которые они ежедневно продавали на рынке, —

сделали не они? Кто мог подумать, что верховный жрец, которого мы боготворили, был дэвом в обличии человека, жаждущим крови невинных людей.

Наконец, они вышли из подземелья и снова вернулись к храму огнепоклонников. Царица постучала в дверь и предложила жрецам сдаться. Но ответом было молчание. Воины взломали дверь и вошли, но внутри никого не было. Взглянув наверх, они увидели страшную картину: верховный жрец и все остальные жрецы свели счеты с жизнью и раскачались на верёвках перед почитаемыми ими идолами. Когда об этом сообщили царице, Анаит сказала:

— Они сами выбрали себе очень легкую смерть. Но что поделаешь! Оставьте их висеть, но разрешите народу войти в храм и поклониться своим святым.

Столпившиеся у храма возбужденные люди бурным потоком устремились внутрь, но не стали молиться, а яростно набросились на своих идолов и разбили их. «Как легко их разрушить, — говорили жители, — а мы думали, что они недоступны и неприкосновенны». За идолами открылась главная сокровищница жрецов.

Царица приказала всё их богатство раздать освобожденным пленникам. Тем временем идолопоклонники до основания разгромили свой храм, а тела служителей преисподней швырнули за ограду на съедение хищникам

Тем временем царица вошла в шатер, где ее с нетерпением ждал царь Вачаган. Любящие супруги сели рядом и не могли насмотреться друг на друга. Вагинак поцеловал ее руку и зарыдал, как ребенок, нашедший мать.

— Ты спасла нас не сегодня, моя несравненная царица, много дней тому назад, я увидел тебя во сне именно в этом одеянии.

— Ты ошибаешься, Вагинак, — сказал царь, — она спасла нас тогда, когда спросила у тебя: «Знает ли царевич какое-либо ремесло?» Помнишь, тогда ты долго над этим смеялся.

— Ах, это правда, мне нечего тебе возразить теперь, — ответил слуга. — Если я раньше многому не верил, то сейчас стал верить тому, что слышал раньше. Вардапет Месроп в своих проповедях говорил: «Если бы Христос не спустился в ад, ад бы не рухнул». Над этими словами я тоже смеялся, но сейчас мой царь лично доказал, что Месроп был прав.

— Успокойся, Вагинак, об этом мы поговорим позже, — сказала царица, лишь теперь почувствовав, как сильно она устала.

— Я вижу, что тебе тоже надо отдохнуть, — сказал ей супруг. — Теперь ты отдыхай, а об остальном позабочусь я.

Царица удалилась в другую часть шатра, где для нее служанки приготовили мягкое ложе. Здесь она сняла свои доспехи и передала их мужу, а сама прилегла, чтобы отдохнуть, но долго не могла сомкнуть глаз: то ей чудилось, что она окружена разъяренными жрецами, которые то защищаются, то нападают на нее, то перед ней представали полные человеческого мяса котлы, и она содрогалась всем телом от ужаса и гнева... Все эти сумбурные впечатлении мучили ее, не давая уснуть.

Вачаган хорошо знал, что Анаит настолько же отважна, насколько добра. Знал, что она из жажды мести безжалостно уничтожила жестоких жрецов, но это оставило глубокий след в ее нежном сердце. Поэтому он поспешил взять командование армией на себя. Надев доспехи и опоясавшись царским мечом, он решительно вышел из шатра к своим войскам. Царь приветствовал своих солдат и благодарил их за мужество. В этот момент градоначальник, припал к его ногам, поздравил с освобождением и умолял царское войско не отказываться от угощения, которое жители приготовили для него на поляне. Вачаган пожелал воинам веселого пиршества, а сам пошел в шатер к Анаит, где уже был накрыт роскошный стол и все ждали прихода царя, чтобы приступить к трапезе. Здесь был и Вагинак, сменивший лохмотья на достойную его сана одежду. Он был счастлив как никогда в жизни.

Вскоре после пиршества трубы возвестили о том, что настало время собираться в путь. И войско направилось домой. Впереди ехали царь и царица, рядом с ними девушки и женщины, замыкали колонну воины. Все пели победную песню. А когда освободители появились на главной площади Перожа, все жители от мала до велика в один голос закричали:

— Да здравствует царь, да здравствует царица! Пусть сгинут жрецы, пусть рухнут капища, мы хотим быть христианами!

Царь им ответил, что скоро в Перож приедет патриарх и окрестит их. И действительно, через два дня прибыл католикос Агвана – старец Шупхагише в окружении епископов и священников. Католикос привел перожцев на берег Куры, где все они, раздевшись, и, завернувшись в белые покрывала, вошли в воду, многие держали на руках своих детей. Католикос совершил обряд крещения и приказал всем трижды окунуться в воду. Так на город снизошла благодать христианства.

А царь в это время вернулся в родной дом. На пороге с веселым визгом его встретил пёс Занги. Он бросался то Вачагану, то к Вагинаку, словно знал, что с ними произошло.

На следующий день из темницы вывели жреца, который привез царице парчу с секретным посланием, чтобы судить и наказать его при всем народе. Когда собрались судьи, к царю подошел Вагинак и попросил разрешения самому наказать своего мучителя.

— Как ты хочешь наказать его? — спросил царь.

— Об этом подумаем я и Занги, — ответил Вагинак. — Те мерзавцы в Пероже легко отделались, но этот не удостоится их легкой судьбы.

— Но ты забываешь, Вагинак, что христианин не должен быть жестоким.

— Нет, я только хочу его черную душу отдать на милость Занги, пусть отнимает ее у злодея так, как захочет.

— Уведи его, уничтожь, как собаку, — в один голос сказали судьи.

Царь не захотел отказывать Вагинаку в просьбе. Тот отвел жреца со связанными руками в ущелье и, отпустив его, сказал, обращаясь к верному псу:

— Занги, посмотри, это тот человек, который несколько лет мучил меня страшными пытками, он кормил меня тем, чего ты не стал бы есть никогда. Занги, накажи этого человека и успокой мое сердце. Это зверь, Занги, хватай его, рви на части...

Занги одним прыжком набросился на жреца, впился в его горло, задушил и, рыча, сразу же отпрянул от него.

— Ах, Занги, как ты облегчил смерть этого чудовища. Разве я этого у тебя просил? Даже самый добрый палач не поступил бы так, как ты...

Так добро победило зло.

Легенда о чудесном спасении царя и его прекрасной Анаит передавалась из уст в уста, из города в город, из страны в страну. Народные певцы слагали о них песни, жаль, что они не дошли через века до нас. Но о том, что «жизнь царю спасло ремесло», все помнят до сих пор. Это — хорошая мысль. Ведь оттого, какое значение придает народ ремеслу, трудолюбию, зависит его счастье. Это счастье еще надежнее, когда сам царь и царица подают пример.

Можно только представить, как процветал народ при таком мудром правителе как Вачаган, который был его сыном, отцом и братом, и при такой царице как Анаит, которая стала для своей страны родной матерью. Вот что говорили о ней люди: «Анаит возвела на наших реках мосты, построила корабли и лодки, покрыла наши поля каналами и арыками, в городах и селах появилась вода. Она проложила для наших телег ровные дороги, дала нашим плугам просторные земли. Она разрушила ад и превратила нашу страну в Эдем. Да здравствует Анаит, да здравствует навеки!»...

АЙЦАТУР

Как-то остановился караван на ночлег у одного селения. В полночь богатый купец решил обойти свой караван и проверить, не спят ли сторожа, и вдруг видит: на окраине селения встретились трое и о чем-то разговаривают между собой:

— Братья, какую судьбу вы предначертали новорожденному? — спросил один из них.

А двое ему ответили:

— Мы отдали ему счастье купца, который остановился здесь на ночлег.

И тут же все трое исчезли, как будто их и не было. Понял купец, что это были ангелы, решающие судьбы людей, и так расстроился, что его счастье отдали какому-то младенцу, что до рассвета не мог уснуть, а как только рассвело, отправился в село и узнал, в каком доме этой ночью родился ребенок. Вошел купец в этом дом, увидел красивого, крепкого мальчика и попросил его родителей отдать ребенка.

— Я очень богат, — сказал купец, — но сына у меня нет. Я воспитаю вашего мальчика как родного, все свое состояние отдам ему, позабочусь и о вас на старости лет.

Родителям трудно было отдать своё ребенка, долго не соглашалась мать, но так как были очень бедны, стали сомневаться, что смогут поднять его на ноги. А тут еще соседи стали советовать наперебой:

— У вас и без того много детей, — твердили они, — и будет еще больше. Сумеете ли вы всех прокормить? Отдайте хоть одного этому человеку, пусть ребенок станет богатым, может, и вам тоже богатство перепадет.

Наконец родители согласились и за несколько золотых отдали сына богатому купцу.

Купец взял ребенка, и его караван двинулся в путь.

Много ли прошел он или мало — одному богу известно, но вот остановился караван в красивой и плодородной долине. Здесь и решил купец сделать новую остановку.

— Более укромного места не найти, — подумал богач, — сейчас я велю зарыть этого младенца в землю. Посмотрим, как он теперь отнимет у меня мое счастье.

Подозвал купец к себе своего верного слугу и сказал:

— Возьми этого ребенка и принеси его в жертву за меня, но его сердце и печень отдай мне.

Купец решил, что сердце и печень ребенка вернут ему его прежнее счастье.

Слуга покорно взял ребенка, но не смог поднять руку на беззащитное дитя.

— Нет, мой бессердечный господин, на этот раз я твой приказ не исполню, — сказал он сам себе и положил ребенка под куст, вручив его судьбу в руки Всевышнего.

Мимо пастухи гнали стадо. Слуга купил у них маленького козленка, зарезал его, достал сердце и печень и отнес своему господину. Купец изжарил их, съел и, успокоившись, продолжил свой путь.

Тем временем козы и овцы разбрелись по всей долине, и одна дойная коза с полным выменем, искавшая кому бы отдать молоко, увидела под кустом младенца, подбежала к нему и вдоволь накормила его. Здоровый и сильный малыш быстро опорожнил вымя козы. И коза, и ребенок были довольны. С тех пор каждый день в одно и то же время, где бы ни паслась их отара, коза прибегала к ребенку и кормила его, а домой шла без молока. Не понравилось хозяйке этой козы, что ее единственная кормилица перестала давать молоко. Пришла она к пастухам и давай их бранить, на чем свет стоит:

— Это вы тайком доите мою козу, — обвиняла их бедная женщина.

— Небо и земля свидетели, мы ничего не знаем, — божились пастухи. – Подумай сама, если бы мы доили, то доили бы не твою козу, которая у тебя одна, а коз зажиточных крестьян, которые бы не почувствовали убытка. Но мы стали замечать, что твоя коза стала всё время куда-то убегать из стада. Смотрим — нет ее, где она — неизвестно. Хочешь, приходи как-нибудь на пастбище и убедись в этом сама.

И вот пошла хозяйка за козой на пастбище и не сводила с нее глаз. В полдень, когда вымя у козы наполнилось, она потихоньку направилась к ребенку. Женщина стала следить за нею. Коза остановилась под кустом, довольно долго простояла там и вернулась с пустым выменем. Крестьянка подошла к кусту и увидела прекрасного младенца.

— Какое счастье! – воскликнула она. – Пусть я несколько дней оставалась без молока, взамен бог дал мне сына. Возьму его и позабочусь о нем, а он вырастет и станет мне опорой.

Она взяла ребенка, отнесла к ближайшему ручью, хорошенько выкупала, завернула в чистую тряпицу, и, целуя, понесла домой. И так как он был вскормлен козой, она дала мальчику имя Айцатур, то есть «данный козой».

Прошло семнадцать лет. Айцатур вырос и стал опорой своей приемной матери, заботился о ней и оберегал. А она нарадоваться на него не могла, таким он стал красивым, умным и трудолюбивым юношей.

Но случилось так, что однажды у этого села остановился на отдых богатый купец со своим караваном. Крестьяне встретили чужестранца как дорогого гостя. Айцатур первым подошел к нему, взял его коня под уздцы, помог спешиться. Потом немного поводил коня, чтобы тот остыл после дальней дороги, привязал его и дал сена. После этого он усадил купца на лучшее место и угостил его обедом. Купцу очень понравился Айцатур, и он решил взять его к себе с услужение. Чужестранец стал расспрашивать его, и простодушный юноша рассказал свою историю, которую не раз слышал от приемной матери, а в доказательство привел свое необычное имя — Айцатур. «Х-м, — смекнул купец,— это, должно быть, тот самый мальчик, которому отдали моё счастье ангелы, ведь именно здесь я приказал его убить, но, видимо, слуга не выполнил моего приказа. К тому же, если тот ребенок выжил, ему как раз сейчас бы исполнилось семнадцать лет».

— Сынок, — обратился купец к Айцатуру, — хочешь, я возьму тебя с собой? Назначу управляющим всего своего состояния. Ты, видно, парень умный, тебя ждет хорошее будущее.

— От такого счастья не откажусь, — ответил Айцатур, — раз вы так милостивы и добры ко мне, я тоже постараюсь работать добросовестно. Надеюсь, мне не придется перед вами краснеть.

Юноша и не подозревал, что купец желает ему не счастья, а смерти. Попрощался он с приемной матерью, пообещал ей скоро вернуться и уехал с купцом.

Надо сказать, что купец этот был очень и очень богат. Тысячи верблюдов, лошадей и мулов везли его товары из одного города в другой. Каких только не было у него тканей, драгоценностей, фруктов, специй! Каждый, кто хотел что-либо продать или что-либо купить, ждал приезда этого купца. Когда он уезжал из дома, то годами не возвращался, бывало, месяцами он находился в пути — из Индии в Хорасан, из Хорасана в Тифлис, из Тифлиса в Астрахань. Его дом ни в чем не уступал царскому дворцу, и даже шахи и султаны брали у купца взаймы.

А пока купец странствовал по свету, подросла его единственная дочь Гоарик, исполнилось ей пятнадцать лет, и стала она самой красивой, умной и богатой невестой в округе. Давно не был купец в родном доме, и вот осталось ему пять дней пути до него. Позвал он к себе Айцатура, дал ему письмо, хорошего коня и сказал:

— Скачи вперед, отдашь это письмо моей жене, предупредишь ее о моем приезде.

Айцатур был рад услужить своему хозяину. Он спрятал письмо за пазуху, вскочил на коня и понесся во весь опор. На следующий день к обеду он прискакал к дому купца, постучал в ворота, но ему никто не открыл. Тогда юноша привязал коня в тени, день был жаркий, и сам присел у стены отдохнуть, но тут же уснул от усталости. Подошла к окну дочь купца Гоарик и видит: спит прямо у нее под окном прекрасный юноша. Долго смотрела на него девушка и никак не могла налюбоваться, и вдруг заметила, что у него за пазухой спрятано письмо, а неподалеку привязан отцовский конь. «Это гонец моего отца, он прислал этого юношу предупредить о своем приезде», — догадалась девушка и недолго думая, выпорхнула из дома, осторожно вытянула письмо и быстро пробежала его глазами:

«Моя дорогая жена! – писал купец. — Как только этот юноша с моим письмом прибудет к тебе, прими его любезно, чтобы он ничего не заподозрил, а затем убей его, мечом или огнем, ядом или веревкой, всё равно. Но чтобы к моему возвращению его не было в живых. Я вернусь через пять дней. Твой муж».

Гоарик читала это письмо и не верила своим глазам. «Нет, это какая-то ошибка, мой отец, наверное, хотел написать совсем другое», — подумала она и написала новое послание:

«Моя дорогая жена! Как только этот юноша с моим письмом прибудет к тебе, сейчас же обвенчай его с Гоарик, чтобы к моему возвращению все было уже готово. Я приеду через пять дней. Твой муж».

Гоарик закончила новос письмо, тихонько положила его юноше за пазуху, потом незаметно поднялась к себе в комнату, сожгла письмо отца, и, ни в чем не бывало, вбежала в комнату матери.

— Посмотри, мама, — воскликнула Гоарик, — у наших дверей спит незнакомый юноша. Он прибыл на коне, а это конь моего отца, значит это его гонец. Надо его разбудить и пригласить в дом.

Мать спустилась вниз и разбудила Айцатура.

Айцатур поклонился госпоже, извинился, что уснул у ворот, и, достав письмо, вручил ей. Жена купца прочла письмо и обрадовалась.

— Ты знаешь, что написано в этом письме? — спросила она у Айцатура.

— Нет, мне это неизвестно, госпожа.

— Это и видно, что неизвестно, иначе ты бы не спал у ворот, как младенец. Пойдем наверх, я скажу тебе, что здесь написано.

Жена купца хотела увидеть, как дочь воспримет решение отца.

Когда они вошли в дом, их встретила Гоарик и стала расспрашивать у гостя об отце, о его здоровье, а у матери поинтересовалась, что же написал отец.

— Как твое имя, сынок? — спросила госпожа.

— Аствацатур, — ответил юноша, постеснявшись назвать свое настоящее имя.

— Аствацатур, «Богом данный»? Ну, что ж... Знаешь, Аствацатур, мой муж пишет, чтобы сразу же, как только ты приедешь, я отдала за тебя нашу дочь. Я не могу пойти против его желания, и у меня нет возражений. Но если ты или она не согласны, то воля ваша.

Айцатур только из сказок знал о таких красавицах, как Гоарик, и не мог допустить даже мысли о том, что может стать для нее мужем, а не слугой. Он стоял как вкопанный, не произнося ни слова. А Гоарик, не растерявшись, сказала:

— Я покоряюсь воле отца, но не могу насильно завладеть сердцем юноши, он, быть может, не хочет на мне жениться?

Айцатур понял, что все это не сон и не злая шутка, и, собравшись с силами, сказал:

— Я также покоряюсь воле моего господина. Если он скажет «бросайся в воду» — я брошусь, но ведь он меня не в воду бросает, а из омута вытаскивает.

— Значит, все решено, — сказала жена купца, позвала священника и, показав ему письмо мужа, попросила совершить обряд венчания. Тут же молодых и обвенчали.

Через пять дней купец вернулся домой, увидел Айцатура, весело гуляющего по террасе с его дочерью, и не поверил своим глазам.

«Что это значит? — подумал купец. — Видно, вопреки моему письму он женился на моей дочери. Сделаю вид, будто такова была моя воля». Отец вошел в дом веселый, улыбчивый, поздоровался со всеми и, повернувшись к юноше и дочери, спросил жену, можно ли поздравить их со свадьбой.

— Да, да, — ответила жена, — я всё сделала, как ты просил в письме: обвенчала их до твоего приезда.

Тут купец догадался, что кто-то по дороге подменил его письмо и решил, что сделать это мог только сам Айцатур. Оскорбленный купец замыслил страшную месть.

На следующий день он велел своему садовнику вырыть глубокую яму, развести в ней костер и жечь его всю ночь.

— Хорошо, господин, — ответил садовник.

— На рассвете, — сказал купец, — я пришлю сюда одного человека. Как только он явится, схватите его, бросьте в яму, подкиньте дров и сожгите его.

Садовник сделал всё, как приказал ему хозяин. А вечером за ужином купец и говорит своему молодому зятю:

— Ты мне очень понравился, поэтому я и написал в письме, чтобы вас с Гоарик обвенчали побыстрее до моего приезда, но сейчас я вижу, что немного поспешил. Не осудят ли меня за это люди? Не скажут ли, что я поскупился на свадебные торжества? Поэтому завтра мы устроим большое свадебное пиршество. Все приготовления я беру на себя. Тебя же попрошу только об одном: утром сходи в наш сад и собери свежих фруктов к столу. Не забудь также поручить слугам, чтобы они сделали букеты из свежих цветов.

Рано утром Айцатур пошел в сад. Проходя мимо храма, он увидел много прихожан и вспомнил, что наступило воскресенье, и решил зайти помолиться вместе со всеми.

«Пойду и я помолюсь, поблагодарю бога за всё, что он мне дал, – подумал юноша. — Еще успею приготовить к обеду все, что нужно».

Вошел Айцатур в храм и надолго там задержался.

А у купца сердце разрывалось от беспокойства и нетерпения. Так ему хотелось избавиться от юноши, что час ему казался годом. Не утерпел купец и сам поспешил в сад проверить, исполнен ли его приказ? Как только он вошел в сад, схватили его слуги, бросили в пылающую огнем яму и сверху засыпали хворостом и дровами. Купец кричал, что он их хозяин, их господин, но никто его не слушал, словно все оглохли и ослепли.

Через некоторое время Айцатур пришел в сад, где слуги встретили его как своего господина и сообщили, что его приказ исполнен. Так Айцатур узнал, что купец попал в яму, которую заставил вырыть для него.

Не зря в народе говорят, что написано на роду — не сотрешь, и не рой яму другому — сам в нее попадешь.

ВИШАП

Давным-давно это было. Может быть, тысячу лет назад, а может быть, и больше. Высоко в горах забил чистый, бурный родник и скоро вылился в шумную реку, река устремилась в долину и вдоволь напоила предгорье живительной водой. Расцвела земля: у подножья гор поднялись пышные леса, зацвели сады, раскинулись зеленые луга, и вскоре на берегу этой горной реки появилось селение. Его жители много лет не знали горя и бед, благодаря источнику, который щедро одаривал их край чудесной водой.

Долго не высыхал и не убывал этот источник, может тысячу лет, а может быть, и больше; а раз в году ранней весной он становился еще полноводнее, немного мутнее от талого снега, но никогда прежде не мелел, не замедлял свой бег, и шумно резвился у берегов, обдавая их прохладой. Но вот однажды... Однажды глухой рев пронесся по берегам реки. Удивились люди, испугались, столпились на берегу и вдруг увидели, что вода стала убывать. Так продолжалось день за днем.

Постепенно берега обмелели, поля и луга высохли, так как их нечем было поливать. Еще немного и плодородный край превратился бы в голодную степь.

Собрались селяне и решили подняться в горы, отыскать устье источника и осмотреть все притоки, которые питали реку, чтобы понять, куда же исчезает вода.

И пошли они вдоль берега когда-то широкой и бурной реки. И увидели весь ее сложный и извилистый жизненный путь. Свое начало она брала высоко в горах, за крутым, скалистым хребтом; по пути с соседних склонов к ней устремлялись еще несколько быстрых ручейков, а невиданную силу она набирала у подножия, в глубоком ущелье, и оттуда став мощной полноводной рекой, неслась дальше в долину.

«Но где же на этом непростом пути мог случиться затор?» — недоумевали люди. Тогда решили они разделиться и обойти всё течение, чтобы поскорее найти узкое место, медлить было уже нельзя: вода убывала с каждым часом. Несколько отважных мужчин поднялись высоко в горы, где река брала свое начало, другие — спустились на дно ущелья, предполагая, что с вершины скатились валуны и запрудили поток. Еще несколько селян зашагали вдоль русла вверх, к расщелинам горного хребта, а оставшиеся с лопатами и кирками в руках, отправились очищать притоки, думая, что их занесло песком или завалило камнями.

Тем временем вода в реке всё убывала, а люди никак не могли понять причину. Не встретили они на пути источника ни свалившихся валунов, ни песчаных заносов. Всех удивляло другое: иссякли ручейки, питающие реку, но почему они пересохли — никто не мог понять.

На пятнадцатый день поисков все жители сошлись у истока реки и стали держать совет.

— Очевидно одно, — заговорил кто-то, — вода в реке убывает день за днем, но куда она исчезает, остается загадкой.

— Мне кажется, — сказал второй, — что под ручьями образовались воронки и втягивают в себя воду.

— Но тогда мы бы увидели эти воронки, — возразили в толпе, — но их нет!

— Если так пойдет и дальше, нас всех ждет неминуемая погибель.

— А что если это наши тайные враги ловко соорудили в подземелье каналы, по которым крадут воду? — высказал предположение умудренный опытом крестьянин.

— Не похоже... Нет у нас врагов...

Долго еще люди спорили и препирались, высказывались за и против, выдвигая массу самых невероятных догадок. Страсти накалялись, и вдруг какой-то юноша, слывший в селении сумасбродом-чудаком да мастером на нелепые выдумки, неожиданно выкрикнул:

— Послушайте, братцы, что я скажу! Я знаю, почему в реке убывает вода! Это все вишап — ненасытный водный дракон, он поселился в этих горах, и потихоньку осушает наши живительные родники. Это все вишап — вот в чем разгадка тайны!

В ответ грянул дружный хохот, и чудака со всех сторон осыпали насмешками.

Но он невозмутимо и уверенно стоял на своем:

— Уверяю вас, братцы, это вишап, он обосновался в наших горах и скоро выпьет всю воду, вот увидите! От воды он будет только расти и пухнуть, а значит, станет пить еще больше, чем сейчас! Попомните мои слова, когда он выпьет всю воду, жажда приведет его в долину и он приползет в селение, чтобы напиться нашей крови...

Так пророчествовал юноша, но люди не только осмеяли его, но и решили поколотить, чтобы он прекратил нести околесицу.

Но юноша, увертываясь от тяжелых деревенских кулаков, продолжал отчаянно выкрикивать:

— Вишап это, братцы, вишап, говорю вам! Дойдите до истоков и сами увидите; проникните в самые глубины горы, разведайте и тогда поймете... Вишап родился, несмышленые братья мои, родился от нас самих, от нас родился!

— От нас родился?! — воскликнул рассерженный деревенский голова. — От нас, говоришь? А скажи-ка, чудак-человек, скажи нам, кто та женщина, что разродилась вишапом-драконом? Да и с чего вдруг она его родила?

Все снова захохотали, потому что никто еще не слышал, что бы женщина могли породить дракона и чтобы это чудовище могло выпить целую реку, да еще потом податься к людям и жаждать их крови.

— Говори! — крикнули чудаку селяне, — говори, а мы послушаем, может быть, это твоя мать родила водного дракона, если, конечно, его не породило твоё больное воображение? Говори же, что его породило на свет?

— Ваш пот... — сказал юноша и ни слова больше не проронил.

Да и стоило ли говорить? «Вишап, рожденный из пота?! Что за чепуха?» — судачили крестьяне, и даже почтенные старейшины, услышав о вишапе, укоризненно качали седыми головами. А река всё мелела и мелела... Недаром говорят: «Дурак в воду камень кинет, десять умников не вытащат».

Так оно и вышло. Хотели люди или нет, но мысль о вишапе, как вода постепенно просочилась в их умы, и через несколько лет уже не вызывала дружного смеха.

А им когда стало нечего пить, то даже нашлись добровольцы, готовые отправиться к истокам реки, и проверить, действительно ли в устье поселился вишап, и если да, то прикончить его на месте. А тот самый чудак, что твердил о существовании водного дракона, взялся возглавить мужчин и даже вступить в единоборство с чудовищем. Провожать смельчаков вышла вся деревня. Кто-то с тревогой смотрел в след уходящему брату или отцу, а кто-то сгорал от нетерпения посмотреть на поверженного вишапа. И вот искатели тронулись в путь, шли они долго, днями-неделями, и, наконец, остановились у подножья суровых отвесных скал, где брал своё начало источник. Сложили они свои лопаты и кирки, сели и призадумались, что делать дальше.

Увидел чудак, что люди опустили руки в нерешительности и сказал им:

— О нет, братья, не время нам сейчас отдыхать, не время думу думать, пока ненасытный вишап еще жив. Все и так ясно. Здесь родился вишап, который осушил нашу реку и обрек нас на верную смерть. Берите кирки и лопаты, копайте и подымите его из глубины! Надо вытащить его скорее и отрубить ему голову! Подымайтесь и беритесь за дело!

— Но погоди, — заговорил один из них, — может быть, надо считаться и с нами? Мы устали в дороге и хватит ли теперь у нас сил разделаться с вишапом? Может быть, он такой громадный и такой могучий, что разом всех нас проглотит?

— Да, ты прав,— согласился чудак, — когда дракон только родился, то прикончить его было гораздо легче, чем сейчас. Теперь он огромен и силен. У него теперь и брюхо больше и прожорливая пасть шире, нелегко будет уничтожить его, боюсь, что не обойдется без жертв и кровопролития.

— Вот видишь, — сказал кто-то из крестьян, — стало быть, надо хорошенько подумать и как следует подготовиться к схватке с таким чудищем.

— Да, но пока вы будете думать, вишап станет еще сильнее и окончательно осушит реку. Он растет и крепнет с каждым часом, даже с каждым мгновением.

— Ну и что, всё равно надо подумать, обмозговать... — возразили ему селяне и не сдвинулись с места. Чудак остался один. Никто его не послушал. Тогда он взял лопату и кирку, пробрался к недрам горы и начал в одиночку искать логово водного дракона.

Крестьяне, рассевшись в сторонке, улыбались, наблюдая за ним.

— Если там и вправду засел вишап, — усмехнулся один из них, — то он сейчас как дыхнет из глубины и одним своим дыханием погубит нашего сумасброда.

— Вот будет потеха! Посмотреть бы, как перекосится у него лицо, когда он нарвется на вишапа.

А чудак все копал, нетерпеливо вгрызаясь в каменную твердь. От ударов его кирки гудела гора, вздрагивала земля, а из недр скалы доносилось глухое рычание и, чем чаще становились удары кирки, тем отчетливее был слышен рык вишапа.

— О, ужас! Это чудище! — в испуге воскликнули крестьяне и попятились назад.

— Осторожней, братцы, — предостерег один из них,— давайте встанем подальше и посмотрим, как вишап расправится с нашим сумасбродом.

— Вишап разорвет его в клочья! — сказал второй.

— В два счета его растерзает — слышите, какой рев доносится из-под земли.

Рычание разбуженного дракона и впрямь становилось громче и свирепее. Но чудак-смельчак продолжал ловко орудовать киркой, разбивая валуны и каменные глыбы, прокладывая путь к логову чудовища. Он работал весь день до самого вечера, а когда сгустились сумерки, разбил последнюю скалу, прикрывавшую вход в пещеру дракона, и в этот миг его едва не оглушил яростный рев вишапа.

Крестьяне с ужасом и трепетом наблюдали издали, никто не осмеливался сделать шаг вперед, прийти на помощь смельчаку. Каждый из них так испугался за свою жизнь, что согласен был жить без воды, голодать и нищенствовать, лишь бы не гневить вишапа. А он высунул свою уродливую голову с огромной пастью, заревел и снова жадно припал к иссыхающему источнику, раздуваясь у всех на глазах. Капли воды стекали с его отвратительной пасти и смешивались с омерзительной слюной. Тогда чудак занес над его головой кирку, а дракон начал вращать своими выпученными глазами и ужасно реветь.

— Уйди, безумец, не то я уничтожу тебя! Тебе со мной не тягаться! Знаешь, скольких я проглотил смельчаков на своем веку? Ступай прочь, глупец! Такие, как ты, чудаки время от времени находят меня, но уничтожить не могут. Один в поле не воин. Покончить со мной вы могли только все вместе, но твои друзья, как я вижу, в ужасе трясутся у моих ног, — пророкотал дракон и снова приник к воде.

В ответ чудак со всей силой метнул кирку в его огромную голову. Кирка взвилась-полетела и лишь царапнула чудище по голове, но, с силой стукнувшись о каменные глыбы, разнесла их на куски, осколки разлетелись во все стороны и ранили стоявших в стороне крестьян. Крестьяне рассердились, подняли с земли камни и стали кидать их в храброго чудака.

Вишап разразился громовым хохотом:

— Вы сами сейчас видели, люди? Этот безумец ополчился против меня, а навредил вам. Забрасывайте и впредь таких чудаков камнями, чтобы они не сбивали вас с толку, они ваши враги, а не я. Я, наоборот, ваш благодетель, кормилец и поилец. Вижу, что вы пришли меня задобрить. Что ж, хорошо и я не обижу вас. Обещаю, что буду к вам благосклонен, жаждой не замучу. Сами видите: из моей пасти стекает немного воды, вам ее хватит, чтобы не умереть от жажды. Трепещущие от страха крестьяне смиренно выслушали лукавую речь вишапа. А потом забросали чудака камнями, изгнали его далеко в горы и, встав на колени перед вишапом, поблагодарили его за щедрость и, счастливые, вернулись домой.

— Обещаю, — клялся им в след дракон, — не оставлю вас без воды, я даже готов чуточку приоткрыть пасть, когда вы начнете умирать от жажды. Обещание свое вишап выполнил и выполняет по сей день, иногда приоткрывая пасть и облегчая участь тех, кто, томим нестерпимой жаждой.

С того дня народ стал почитать вишапа как своего благодетеля, возводить в его честь храмы, а восстающих против него чудаков загонять в горы, к самым вершинам...

Тут бы и сказке конец, но в один прекрасный день какой-то чудак объявил, что во сне ему приснилось, будто близок конец вишапа и он даже видел того, кто победит чудище. Это был великан в кожаном фартуке с огромным молотом в могучих мозолистых руках. Он исполинскими шагами пошел к дракону, и тот, услышав его тяжелую поступь, съежился и попытался спрятаться поглубже... Словно боялся...

СЫН ЛЬВИЦЫ

Во времена давно минувшие жил на свете один царь. Как-то пришел к нему придворный охотник и говорит:

— Долгих лет жизни тебе, мой повелитель! Сегодня я охотился в нашем лесу и вдруг вижу: что за диво?! Львица и мальчик лет семи играют вместе, как мать и дитя. Я прицелился в львицу и хотел поразить ее стрелой, по потом испугался, что могу попасть в ребенка или ранить львицу, и она в ярости нападет на меня. Поэтому я притаился, а когда они скрылись в чаще, пришел к тебе.

Изумился царь и велел отнять ребенка у львицы и доставить во дворец. Тогда несколько тысяч воинов окружили лес, прогнали львицу, а мальчика попытались поймать, но не тут-то было. Ребенок оказался проворен и силен не по годам. Он рычал, как лев и царапался своими длинными-предлинными когтями. Лишь десять стражников смогли справиться с ним. Они связали его и привезли во дворец. Красивый и сильный мальчик, как хищник, озирался исподлобья, его огромные умные глаза светились гневом, волнистые волосы, расчесанные когтистой лапой матери-львицы, рассыпались по плечам, как грива, он был гибок и силен, но совсем не мог говорить и только рычал и царапался.

Убедившись, что его не удержать на воле, царь велел посадить ребенка на железную цепь и приручать постепенно. Так и сделали. Слуги, которые приносили ему еду прозвали мальчика Аслан-бала или «львенок», а царский сын Вург, его ровесник, дал пленнику имя Арсен — «мужественный». Царевич каждый день приходил к мальчику-львенку, часами просиживал рядом, ухаживал за ним, кормил и поил, а тот ел и пил, за семерых. Однажды Вург даже принес ему зеркало, чтобы Арсен увидев своё отражение, понял, что он не зверь, а человек.

– Львица выкормила тебя молоком, как своего детеныша, потому что ее львенок погиб, — говорил ему царевич, но вот как ты оказался один без матери в глухом лесу, неизвестно.

Вскоре Арсен перестал царапаться и рычать, присмирел и так привязался к Вургу, что полностью покорился ему. Вург снял с него цепи, выкупал, причесал, постриг длинные ногти и надел на мальчика-львенка такую же, как у него, одежду; царевич научил его говорить, петь и всему тому, что умел сам. Не прошло и трех месяцев: Арсена было не узнать, и всякий, кто видел его, никогда бы не подумал, что этот мальчик вырос в диком лесу и совсем не умел говорить. Он на лету схватывал всё, чему его учил царевич, но при этом не забывал того, чему его научила приемная мать-львица. Его слух, зрение, обоняние были развиты в десять, а то и в двадцать раз сильнее, чем у обычного ребенка, а сердце без труда различало добро и зло. Он умел «видеть» сердцем. Когда другие, пытаясь понять свои чувства, говорили:

«сердце подсказывает», «сердце чувствует» или «сердце не лежит», он молчал, но его предчувствия были глубже и мощнее, чем у них.

Царевич и мальчик-львенок всё больше времени проводили вместе, и теперь царский сын многому учился у своего друга. Арсен закалил его тело и дух. Выросший в лесу он любил играть и бегать, дворец казался ему тюрьмой, поэтому он часто уходил в горы и брал с собой Вурга.

Так прошли годы, юноши достигли совершеннолетия: Арсен из дикаря превратился в человека, а робкий, изнеженный царевич под его влиянием стал сильным, ловким, бесстрашным и храбрым.

И вот однажды шли Арсен и Вург по берегу реки, а навстречу им — девушки с кувшинами воды. Посмотрели на них юноши и вдруг видят: идет среди красавиц одна старуха с худым, морщинистым лицом. Проходя мимо царевича, она косо посмотрела на него. Не понравился ему этот недобрый взгляд.

— Дай-ка я разобью кувшин этой старухи, — сказал царевич и, не дожидаясь ответа друга, швырнул ей вслед камень, камень попал в кувшин и разбил его, вода облила старую женщину с ног до головы.

Старуха оглянулась и, увидев, что этот озорник — сын царя, сказала:

— Как тебя проклясть, сынок?.. Увидеть бы мне, как тебя охватит пламя любви к красавице Антес-Аинман, как ты будешь сгорать и мучиться из-за нее, тогда мое сердце успокоится.

Проклятье старухи, словно стрела ангела любви, вонзилось в сердце Вурга. С этого дня царевич стал грустить и худеть. Если раньше он был неразлучен с Арсеном, то теперь в одиночестве скитался по горам и лесам, тихо скорбел и плакал, звал Антес-Аинман, стремился к ней всем сердцем, воспевал ее в песнях. Антес-Аинман, которую он никогда не видел, представала в его видениях во всей своей неземной красоте. В такие минуты он закрывал глаза, падал на колени и был так влюблен, что порой лишался чувств. Вот какую испепеляющую страсть наслала на него обиженная старуха.

Арсен видел, как страдает его друг, и однажды сказал ему:

— Брат мой, я вижу, как ты изводишь себя. Не скрывай от меня свою страсть. Какой же я друг, если не смогу помочь тебе? Давай отправимся на поиски твоей возлюбленной! Лучше погибнуть с надеждой, чем зачахнуть в бездействии. Проклятье старухи на самом деле было не проклятьем, а благословением свыше. Иначе ты никогда бы не узнал такой страстной любви и не мечтал овладеть самой прекрасной девушкой в мире...

Эти слова друга так растрогали царевича, что он в слезах бросился к нему в объятья.

— Арсен, друг мой, — воскликнул он, — как ты великодушен! Я не хотел, чтобы ты тоже страдал из-за меня, делил со мной мою душевную боль. Ведь ты-то ни в чем не виноват! Кувшин разбил я, старуха прокляла меня и мучиться должен я один... Но я уже совсем обессилел. Да и что я могу сделать без тебя? Я сейчас не могу ни о чем думать, не могу действовать. Отныне всё в твоих руках: мое заветное желание, моя жизнь и смерть — стань моей путеводной звездой.

— Не смерть, а жизнь и только жизнь, — ответил ему Арсен. — Соберись с силами, друг, мы вскоре отправимся в путь. Пришло время проявить себя, показать, на что мы способны. Иначе на что мы сгодимся? Землю не пашем, скот не пасем и не воюем с врагом. Зачем же мы живем на свете? Я и сам не знаю. Настоящий мужчина всегда должен иметь цель в жизни.

— Но разрешит ли мой отец нам покинуть дом? Как ему сказать, что мы отправляемся за красавицей?

— Скажем, друг, обязательно скажем. Знаю, что он не разрешит, будет отговаривать нас от этого трудного путешествия, но, в конце концов, сам укажет нам верный путь.

Этот разговор случайно услышала младшая сестра Вурга. Своей красотой она блистала во дворце, как звезда в небе, ее так и звали Астхик, то есть «звездочка». Царевна любила Арсена так же сильно, как ее брат любил Аинман. Поэтому узнав о том, что ее возлюбленный вот-вот покинет дом, царевна бросилась к отцу и стала умолять его не отпускать Арсена и Вурга в опасное путешествие.

— Отец, ведь еще никто не вернулся от Аинман? Уговори их, чтобы они не делали этого, — умоляла Астхик. Разве можно влюбиться в девушку, которую никогда не видел? Это просто безумие и больше ничего.

Тогда царь позвал к себе обоих юношей и сказал:

— Мне все известно. Сын мой, мне жаль тебя, я очень страдаю от того, что твоим сердцем овладела такая безумная страсть, но я не могу отпустить тебя. Из-за этой девушки погибли сыновья многих царей, были разгромлены целые армии, я и сам участвовал в этих сражениях, помогая другим. Живет она за семью горами, в Черной Крепости, а сторожат ее сорок братьев, один сильнее другого. Даже бесчисленное войско в сорок полков не смогло победить их. Когда братья выходят на бой, каждый из них вырывает с корнем по исполинскому дубу и бросает вперед. Они сметают войско с поля боя, как мы сметаем метлой солому. Не безумие ли это — вдвоем отправляться к этим великанам?

— Прости меня, царь, что я посмел спорить с тобой, — сказал Арсен. – Ни одна сила в мире не может сравниться с волей бога. Всё в его руках: кого захочет, он может сделать сильным или слабым, и даже могучего дэва — превратить в беспомощного младенца. Ты говоришь, что многие сражались за нее и бесславно погибли, но был ли среди них хоть один человек, вскормленный львицей? Кто мог внушить хищной львице такую жалость ко мне и такую материнскую любовь, если не бог? Разве был среди тех, кто погиб за нее, хоть один человек, в которого старуха своим проклятием или благословением вселила любовь? Может быть, мой повелитель, всё неслучайно в этом мире и раз мы оба владеем тем, чего не было у других, возможно, мы добьемся большего?

— Складно ты говоришь, Арсен, — ответил царь,— ты можешь убедить в своей правоте любого и знаю, что тебе под силу любые чудеса, потому что твое детство, прошедшее в логове льва, — само по себе уже чудо. Но не забывай, все, что делают на земле жрецы или маги, они делают по воле и приказу царя. Ты можешь стать хоть верховным жрецом, но не пытайся обратить меня в свою веру. Помни, мое слово — закон.

— Послушай, отец, — заговорил Вург, — если я не поеду, то умру от этой сердечной боли. Я уже был бы мертв, если бы не Арсен, который подарил мне надежду. Если ты не отпустишь нас, то я умру от отчаяния. Смилуйся надо мной, благослови нас и проводи в путь.

— Не слушай его, отец, — вмешалась Астхик. – Еще никто на свете не умер от любви. Безумие нашло на брата от безделья. Объяви войну царю Андасу, пусть брат пойдет в бой и его любовный бред сразу развеется...

— Сестра, дорогая моя сестра, что ты говоришь! — вскричал Вург.

— Брат мой, дорогой брат, я забочусь только о тебе, — ответила сквозь слезы Астхик.

И тут царевич Вург догадался, что его сестра также пылко влюблена, как и он сам, и если ради его любви надо было уехать, то ради ее любви — остаться здесь.

— Пойдем, — сказал Арсен. — Мы вверимся божьей воле, как он распорядится, так мы и поступим, — и вдруг воскликнул:

– Решено! Нам надо ехать, непременно надо ехать... Я не буду считать себя достойным любви Астхик, пока не исполню заветное желание ее брата. Кто я, кто моя мать?.. Аслан-бала, дитя льва... Пока это лишь пустой звук... Что я сделал? Чем я подтвердил своё громкое имя? Чем доказал, что вскормлен молоком львицы?.. Нет, значит, не вскормлен я молоком львицы, если до сих пор здесь... Поехали, поехали, Вург!.. Еще неизвестно, кто из нас двоих влюблен сильнее и перед кем из нас стоят непреодолимые препятствия. Поедем, друг, поедем, обретем крылья любви и вознесемся на них в небеса... И будь, что будет, когда мы окажемся у ворот Черной Крепости...

Друзья пошли в оружейную, каждый выбрал себе доспехи и волшебный меч, разрубающий камень и железо, а потом стали седлать коней.

— Мы уезжаем на охоту, — объявили юноши во дворце и умчались прочь. Прошел день, два, неделя, месяц, и только тогда все поняли, куда на самом деле отправился царевич со своим верным другом.

Тем временем в Черной Крепости за семью горами братья прекрасной Антес-Аниман устроили большой свадебный пир. Они одержали новую победу в бою: снесли головы семи страшным дэвам, освободили из плена семь девушек и теперь каждый из них женился на своей красавице. Их было всего семь братьев, хотя люди, зная об их подвигах, думали, что их не меньше сорока. Как бы там ни было, все братья на свадьбе были веселы и довольны, и только их единственная сестра Антес-Аинман грустила.

— Отчего ты грустишь, сестра моя? — спросил старший брат. – Посмотри, у тебя есть семь братьев и все семеро готовы сложить головы ради тебя, а теперь еще и семь прекрасных невесток, они готовы стать твоими служанками, хотя все дочери великих князей и царей. Скажи нам, что томит тебя, и мы исполним любую твою прихоть.

— Я и сама не знаю, почему грустна, — вздохнула Аинман, — этой ночью мне приснился странный сон, наверное, от этого моя печаль...

— Что же тебе приснилось? Скажи нам.

— Во сне я видела двух ангелов — один красивее другого. Они спустились с небес, первый держал в руках меч, а второй — букет цветов. Один ангел занес свой сверкающий меч над вашими головами, а другой протянул мне свой благоухающий букет. Сквозь сон я услышала, как под моим окном щебетали птички: «Вург-Вург-Вург». Услышав это щебет, я проснулась и вдруг поняла, что пташка назвала имя того ангела, который принес мне букет во сне. Как он был красив, как красив! – сказала Аинман и в слезах ушла со свадебного пира в свои покои.

— Наша сестра видела вещий сон, — проговорил старший брат. — Если тот, кто ей приснился, придет сюда, мы будем побеждены. Блеск его меча над нашими головами предсказывает нам поражение.

— А, может быть, пора и нашей сестре обрести своё счастье? — сказал младший брат. — Сколько мы крови пролили, оберегая ее. Отныне тому, кто посватается к ней, окажем почет и уважение.

— В этом ты прав, — сказал третий брат, — но если тот, кто придет, окажется не Вургом? Неужели мы должны отдать сестру за первого встречного?

— Нет, нет, — хором заговорили все братья, — пусть над нашей головой сверкает меч, но наша сестра выйдет замуж только за того, кого выберет сама.

Сказали это семь братьев, но в сердце каждого из них закрался такой страх, какого они никогда не испытывали прежде.

А двое верных друзей были уже совсем близко. Шли они семь дней, встречали в пути и зло, и добро, слышали немало об опасностях, которые их подстерегают, но бесстрашно продолжали свой путь, пока не достигли Черной Крепости.

Черная Крепость возвышалась на вершине могучей горы, со всех сторон покрытой густым лесом. Вург и Арсен смело поскакали вперед и остановились у родника, который бил в усыпанной цветами долине. Крепость была совсем рядом, и усталые путники сошли с коней.

— Ты собери хворост и разведи костер, — сказал Арсен, — а я спущусь в ущелье, может, раздобуду что-нибудь на обед. Видишь, сколько здесь следов, должно быть, это хорошее место для охоты.

Арсен ушел, а Вург вместо того, чтобы собрать хворост, стал срывать цветы и сделал прекрасный букет. Вернулся Арсен с огромным кабаном на спине и спрашивает друга:

— А где же огонь?

— Огонь в моем сердце, — ответил Вург. — Посмотри, какой красивый букет я сделал для моей Антес.

— Эх ты, друг, не видя воды, ты уже приготовился плавать? Ну, что ж, тогда подойдем поближе к крепости и там разведем костер, чтобы нас скорее заметили. Посмотрим, что нам там скажут.

— Пойдем скорее! И будь, что будет! – нетерпеливо воскликнул влюбленный царевич.

Поднялись они еще выше и развели огромный костер у самой крепостной стены, целого кабана насадили на длинный шест и стали жарить. Арсен так поступил неспроста, он хотел, чтобы в крепости подумали, что пришли не простые люди, а два великана, если они готовы съесть целого кабана.

Как только дым от костра поднялся высоко в небо, семь братьев заметили его, и один из них вышел из Черной крепости, чтобы узнать, кто к ним в гости пожаловал.

— Смотри, к нам кто-то идет, — сказал Арсен, — держись с достоинством, подобающим царскому сыну, и при случае давай мне приказания, чтобы все поняли, что ты — мой господин, а я — твой слуга.

В это время к ним подошел человек невиданного роста. Хотя Арсен и Вург сами были высокими и широкими в плечах, незнакомец выглядел как настоящий великан.

— Кто вы такие? Зачем сюда пожаловали? – проревел великан издалека. Арсен махнул ему рукой, мол, подойди к костру, посмотрим, чего ты хочешь.

Великан подошел ближе и, когда увидел, что они жарят огромного кабана, то испугался, но не показал свой страх и грозно спросил, как они осмелились охотиться в их краях. В ярости великан наклонился к огню, чтобы взять вертел и отшвырнуть его вместе с добычей подальше, но Арсен ловко схватил непрошеного гостя за ворот и швырнул его так далеко, что великан покатился, как бревно. Рассвирепев, он встал и мертвой хваткой вцепился в Арсена. А тот, уже испытавший силу великана, схватил его за уши, головой ударил о землю и исполин рухнул перед храбрецом на колени. Тогда Вург расстегнул крепкий кожаный пояс великана и связал им его руки. Поверженного великана друзья привязали к толстому дереву, а сами сели обедать.

— Хорошее начало, — улыбнулся Арсен, — посмотрим, каким будет конец, а затем, обернувшись к великану, сказал: — Мы приехали к вам в гости, а вы так принимаете своих гостей? Хочешь, дадим тебе кусок мяса? На, поешь.

С этими словами он поднес ко рту великана большой кусок мяса.

— А вы, значит, так угощаете своих гостей? – нахмурился великан.— Сначала развяжите меня, а уж потом приглашайте к столу.

— Ну, а потом? Ты даешь нам слово, что не убежишь и не позовешь своих братьев? – спросил Арсен. Даже если дашь слово, кто тебе поверит? Но чтобы ты убедился, что мы добрые люди, посмотри на этот меч, одним ударом я мог бы снести тебе голову, но я дарую тебе жизнь, потому что этого желает мой повелитель, он не велел мне проливать кровь.

Тут двое друзей заметили, что к ним приближается еще один великан. Когда он увидел своего брата привязанным к дереву, его охватил страх, и он рассвирепел еще больше, чем первый, и, не расспрашивая ни о чем, сразу же набросился на царевича и его спутника. Арсен ловко прикрыл своего друга, выскочил вперед, схватил за уши второго великана и тоже поставил его на колени:

— Сначала поклонись, а потом дерись, — сказал он второму великану, — мы не простые земные люди, а ваши ангелы смерти.

Услышав это, второй брат, задрожал, как заяц, угодивший в лапы охотничьего пса. Он был так напуган, что позволил себя привязать к дереву рядом с братом. Затем к костру по очереди пришли третий, четвертый, пятый, все семеро исполинов.

— А где же ваши остальные братья? — вскричал Арсен, когда был самый старший из великанов. – Что же они не идут к вам на помощь?

— Нет у нас больше братьев, — ответил старший великан, — нас всего семеро.

— Очень хорошо, — сказал Арсен, — тогда какой вы нам дадите выкуп за своё освобождение?

Вы сами видите: ваша жизнь в наших руках и одного моего удара достаточно, чтобы снести вам головы. — И Арсен поднял над их головами свой сверкающий меч...

Но тут он услышал прекрасный голос:

— О, пожалейте, пожалейте, моих братьев, это не вы победили их, а судьба.

Арсен оглянулся и увидел, что к ним спешит девушка с белым покрывалом на лице.

— Ну, теперь пришло время тебе действовать, — сказал Арсен царевичу.

— О небо, помоги мне! — воскликнул Вург, с букетом в руках он подошел к девушке и, преклонив колени, сказал:

— О, моя Антес-Аннман, возьми у меня этот букет, вместе с ним я вручаю тебе свое сердце и душу.

— Я приму этот дар, потому что вручает мне его Вург.

— Откуда ты знаешь мое имя, любимая? – удивился царевич.

— Мне назвали его птицы небесные, — ответила девушка и, откинув покрывало с лица, сказала — а вот тебе мой дар — моя красота. Увидев, как прекрасна Аинман, царевич с трепетом в сердце едва смог обнять ее и поцеловать, но от любви оба лишись чувств.

— Мой друг испытал сейчас сладость единственного счастливого мгновения человеческой жизни. Даже если после этого нас убьют, не беда, жизнь прожита не зря, — сказал Арсен, со слезами радости на глазах подошел к привязанным братьям-великанам и освободил их.

Великаны решили в тот же день выдать свою единственную сестру замуж. Один из них побежал в крепость, чтобы подготовить свадебный пир, а остальные окружили храброго Арсена и, восхваляя его отвагу, пригласили в свой замок. Позади всех шли счастливые Вург и Аинман, они то и дело останавливались, любовались друг другом и рассказывали о своих мечтах и сновидениях.

Свадебный пир продолжался в Черной Крепости три дня, три дня великаны не отпускали храбрецов, каждый день устраивая в честь них новое торжество, а через три дня проводили их с щедрыми дарами и богатым приданым.

А когда царевич с невестой возвратился домой, во дворце сыграли две свадьбы одновременно: Вурга и Антес-Аинман, а также его верного друга Арсена с Астхик. Во время этой свадьбы прямо с неба упали три яблока, но на этот раз яблоки предназначались не для тех, кто рассказывал и слушал. Одно яблоко было для верных и храбрых, второе — для верующих и добродетельных, а третье — для любящих.

СЧАСТЬЕ БЕДНЯКА

Давно это было. В одном селении жили муж и жена, и были они так бедны, что часто им нечем было накормить даже своего единственного сына.

Однажды жена сказала мужу:

— Ах, муженёк, никак нам не вырваться из нищеты! Сходил бы ты в другие селенья и города, может быть, там ты сумеешь заработать хоть что-нибудь на жизнь.

Муж собрался и пошёл искать работу. Вот пришел он в один зажиточный дом и нанялся сторожить яблоневый сад.

Рядом построил себе маленький домик и поселился там. Только бедняк обосновался на новом месте, как пришла к нему бездомная кошка, ласковая и звонкая. Приютил ее бедняк, так и прожили они вдвоем всё лето. Наступила осень. Поспели яблоки, и хозяин сада расплатился с бедняком за его труды большим мешком яблок. Поблагодарил его бедняк и хотел было отправиться назад, как вдруг видит: едет мимо купец, его давний знакомый. Поклонился ему бедняк и говорит:

— Здравствуй, сосед. Вот заработал я мешок яблок, да ещё кошку нажил, возьми всё моё имущество и передай моей жене.

— Хорошо, — говорит купец. — Передам на обратном пути. Только сначала распродам свои товары в чужих краях.

Прибыл купец в одну далекую страну и видит: всего там вдоволь, и каких только чудесных плодов нет, вот только яблоки совсем не растут. Как увидели жители этой страны у купца целый мешок яблок, стали его упрашивать продать им диковинку. Купец сначала отказывался, а потом согласился. Продал он мешок яблок по яблочку и получил за него целый мешок золотых монет. Погрузил купец золото на свою повозку и отправился дальше.

Приехал он в другую страну и сразу повез свой товар в царский дворец. Вошел во дворец и видит: беда в царских покоях, повсюду бегают полчища мышей, и нет от них никакого спасения.

— Что ты дашь мне, повелитель,— сказал купец царю, — если я избавлю тебя от этих мерзких тварей?

— Мешок золота даю! — обрадовался царь.

Тут купец выпустил из своего мешка голодную кошку, и она быстро переловила всех мышей.

Поблагодарил царь купца, дал ему целый мешок золота, и купец, довольный отправился в обратный путь.

Приехал в родное село и передал жене бедняка два мешка золота:

— Вот, хозяйка, — сказал купец, — забирай золото, всё это прислал тебе твой муж.

Бедная женщина, увидев такое богатство, растерялась:

— А не сказал ли мой муж, что мне делать со всем этим богатством? — спросила она у купца.

Купец улыбнулся в ответ, вспомнив голодную кошку и яблоки, и сказал:

— Нет, ничего не сказал твой муж, так что поступай с этим богатством, как хочешь.

Жена бедняка выстроила на эти деньги роскошный дом и отдала сына учиться.

Прошло пятнадцать лет. А бедный крестьянин за все эти годы сумел заработать только три золотых монеты. С ними и отправился он домой.

По дороге пришлось ему заночевать у одного крестьянина. И случилось так, что у него в доме в тот вечер, был семейный праздник. Вошел бедняк в крестьянский дом и видит: сидят за столом гости, пьют и едят и весело болтают между собой, и только один человек за столом ничего не ест, не пьет и всё время молчит.

— Почему этот гость молчит? — спросил бедняк у хозяина дома.

— Да, ну его, — махнул рукой хозяин. — У него каждое слово на вес золота.

Изумился бедняк и достал один из трех своих золотых.

— Вот, — говорит, — золотая монета для него. Пусть скажет хоть что-нибудь.

Поглядел молчун на бедняка и произнес:

— Дважды не умирают. Не бойся глубины.

Ещё больше удивился бедняк: что это молчун имел в виду? Достал бедняк вторую монету.

— На, — говорит, — тебе ещё золотой, говори ещё.

— Лучше всех та, которую всей душой любишь, — промолвил молчун.

— Эх, будь что будет! — сказал бедняк. — Уж очень складно ты говоришь. Вот тебе моя последняя монета.

— Как чихнёшь, не спеши, постой, подумай, — подытожил молчун.

Ничего не понял бедняк из этих слов, лег спать, а наутро проснулся опять бедняк бедняком без гроша в кармане и отправился дальше.

Дошёл он до одной деревни и видит: весь народ собрался у колодца.

— Что вы тут делаете? — спросил бедняк.

— Беда у нас, незнакомец, страшная беда, — ответили ему из толпы.— Пересох наш колодец, воды осталось всего несколько кувшинов на самом дне. Да только любой, кто спускается в колодец за водой, назад не возвращается. Скоро мы все умрём от жажды. Попробуй, прохожий, может быть, тебе удастся достать воду. Если достанешь, каждый из нас даст тебе по золотой монете.

Вспомнил бедняк слова молчуна и говорит: — Дважды не умирают. Не боюсь я глубины. Полезу в колодец!

Спустился он в колодец, набрал воду с самого дна, хотел уже подняться наверх, вдруг кто-то схватил его за подол и не отпускает.

Обернулся бедняк и что же он увидел? В углу человеческие головы в кучу свалены, рядом стоит большой стол, и сидят на нём ворон и лягушка. Вдруг ворон говорит человеческим голосом:

— Ну, раз ты сюда пришёл, отвечай на мой вопрос. Не ответишь как надо — голову отрублю.

— Спрашивай, — сказал бедняк.

— Видишь вот эту лягушку? Стоит ли мне на ней жениться?

Вспомнил бедняк слова молчуна и отвечает:

— Лучше всех та, которую любишь всей душой.

Только он это проговорил, как у него на глазах стали ворон и лягушка расти и раздуваться. Вдруг лягушачья кожа лопнула, оперенье ворона разлетелось в разные стороны и превратились ворон и лягушка в прекрасных юношу и девушку.

— Ты освободил нас от колдовства, — воскликнул юноша. — Спасибо тебе, и в награду прими от нас сундук золотых монет.

Вылез бедняк (а был он уже теперь не бедняк) из колодца, вытащил свой сундук и большой кувшин воды. Протянул воду людям, и тут случилось чудо: пересохший колодец снова до краев наполнился водой. Обрадовались жители селенья и щедро расплатились со своим спасителем.

А крестьянин отправился дальше и вскоре пришел в родное село. Видит, на месте его бедной лачуги стоит роскошный дом, а вокруг него пышный сад расцвел. Заглянул он в окно, а в доме его жена какого-то молодого гостя угощает и ласково с ним беседует.

«Ах, вот оно что! — подумал бедняк.— Значит, пока я трудился в поте лица на чужбине, моя жена за богатого замуж вышла? Сейчас я им покажу!»

И выхватил ружьё. Прицелился и только хотел выстрелить, как неожиданно чихнул. Вспомнил тут крестьянин последние слова молчуна. Остановился, задумался и вдруг слышит, как молодой человек говорит:

— Эх, мамочка моя, нани-джан, что-то от нашего отца совсем вестей нет? Я по нему так соскучился.

А жена отвечает:

— Ай, сыночек, бала-джан, и я все глаза по нему выплакала! Так мне хочется, чтобы он вернулся и посмотрел, какой у него сын вырос!

Тут муж всё понял, распахнул двери, вбежал в дом и бросился обнимать жену и сына.

А потом до конца своих дней благодарил себя за то, что не пожалел последних денег за умные слова.

Вот так пришло к нему счастье, пусть придёт оно однажды и к вам.

КРАСАВИЦА БЕЗ РУК

Жили на свете брат и сестра. Брат в своей сестре души не чаял, славная и добрая была девушка, а какая красавица: глаза ясные, как небо, косы золотые, как солнечные лучи. Так все ее и звали «лучик света» или по-армянски Лусик.

Пришло время, женился брат и привёл в дом молодую жену. А жена брата, как увидела красавицу Лусик, так чуть не умерла от зависти. Затаила она на девушку лютую злобу и стала думать, как бы ей от нее поскорее избавиться. Лусик работает весь день, не покладая рук, а жена брата от этого еще больше злится, ворчит и соседям на нее жалуется. Нелегко стало жить девушке в родном доме, нет-нет, да и заплачет украдкой от обиды и несправедливости. Заметил брат, что опечалилась его милая сестрица, и стал еще больше о ней заботиться: то похвалит, то букетик цветов принесет, а то и платье новое на ярмарке купит. От этой доброты Лусик снова светилась, как солнечный лучик, а жена брата становилась мрачнее тучи.

И задумала она отомстить Лусик. Ушел как-то муж на работу, а она, бессовестная, всю посуду в доме перебила, муку и крупу рассыпала, вещи в клочья разорвала и по полу разбросала, а сама встала у двери, скрестила руки на груди и стала ждать возвращения мужа.

А как увидела коварная жена, что муж домой возвращается, стала руки заламывать и заголосила на всю округу:

— Горе нам, горе! Посмотрите, люди добрые, всё, что у нас в доме было, пошло прахом, всё погубила эта Лусик, разорила нас, по миру пустила!

— Не плачь так горько, жёнушка дорогая, — успокоил ее муж. — Вещи не стоят твоих горьких слез. Подумаешь – тарелка разбилась, мы, другую купим. Но если разобьётся сердце Лусик, то другого такого на свете потом не сыщешь.

Закусила губу злобная жена, поняла, что её коварный замысел провалился. На другой день снова ушел муж на работу, а злая жена взяла его любимого коня и отвела на дальние луга и там оставила.

А сама вернулась домой, встала у двери, скрестила руки на груди и стала дожидаться возвращения мужа. А как увидела, что муж возвращается, стала руки заламывать и снова заголосила на всю округу:

— Горе нам, горе! Посмотрите, люди добрые, что творится! Муженек мой дорогой, твоя ненаглядная сестричка повела на пастбище любимого коня твоего и потеряла его на дальних лугах. Так она совсем развалит наш с тобой дом! Разорит нас и по миру пустит!

— Это не беда — успокоил ее муж. – Это всего лишь конь. Если он пропал, то я еще больше буду работать, заработаю денег и куплю другого. А разве можно купить другую сестру?

Поняла коварная женщина, что не поссорить ей брата с сестрой, и пришла в неописуемую ярость.

От злости разум ее совсем помутился, и решилась она на ужасное преступление. В одну из ночей она... убила своего собственного ребёнка, спавшего в колыбели, а окровавленный нож подложила Лусик под подушку, а затем принялась рвать на себе волосы и выть:

— О, горе нам, горе! Моё дитя, моё невинное дитя ненаглядное!

От этого крика проснулись брат и сестра среди ночи и видят: младенец убит в колыбели. Сердца их едва не разорвались от горя.

— Кто это сделал?! Кто поднял руку на беззащитного ребенка?!– причитала жена. – Ведь в доме, кроме нас троих, никого не было. Давайте поищем кругом, может, мы найдём орудие преступления и догадаемся, кто убийца!

Стали они искать убийцу. И вдруг под подушкой Лусик, обнаружили окровавленный нож. Это было невероятно, но это было именно так!

— Ага! Вот кто это сделал! Это всё твоя ненаглядная сестра! – закричала злая жена, обливаясь слезами.

Она рвала на себе волосы, раздирала ногтями лицо до крови и выла сквозь слёзы не своим голосом:

— О, моё дитя, кровиночка моя! О, единственное моё дитя! Злодейка погубила твою невинную душу!

Утром страшная новость облетела всю округу. Люди были возмущены таким страшным преступлением и требовали сурово наказать убийцу. Мать погибшего ребёнка рыдала и взывала к правосудию. Несчастную, невиновную Лусик заключили в тюрьму. Вскоре судья вынес страшный приговор: отрубить Лусик обе руки. И вот отрубили ни в чем неповинной девушке обе руки, отвезли ее подальше от людей и оставили в диком лесу на верную смерть.

Заметалась несчастная Лусик в чаще, продираясь сквозь заросли и бурелом, в клочья изодрала всю свою одежду. Комары нещадно кусали ее, а лесные пчёлы больно жалили, – у бедняжки теперь не было рук, чтобы отогнать их. Наконец, Лусик нашла себе убежище в большом дупле старого дерева и, совсем обессилев, уснула в нем. Разбудил девушку громкий лай собак. Открыла она глаза и видит: окружили дерево охотничьи псы, прыгают вокруг него и отчаянно лают. А рядом царевич со всею своей свитой на конях, ждут, когда собаки из дупла дикого зверя выгонят.

— Смилуйтесь, мой повелитель, — взмолилась девушка. – Не травите меня собаками, я – не зверь, а – человек.

— Если ты человек, тогда выходи из дупла, — сказал царевич.

— Я не могу, выйти, мой повелитель, моя одежда изорвана в клочья, мне стыдно.

Царевич спрыгнул с коня, скинул с себя плащ и дал его одному из своих слуг, чтобы тот отнёс его к дереву.

Завернулась Лусик в царский плащ и выбралась из своего убежища. Она была так прекрасна, что все, кто был с царевичем на охоте, ахнули. А сам царевич полюбил ее с первого взгляда.

— Кто ты, красавица, и почему прячешься здесь, в дупле этого старого дерева в глухом лесу?

— Я — самая обыкновенная девушка, — ответила Лусик. – А в дупле я живу, потому что больше у меня нет дома. Раньше были у меня и дом, и любимый брат, но его жена прогнала меня прочь.

— Я не брошу тебя в такой беде, — сказал царевич и увез Лусик с собой во дворец.

Привез он ее во дворец, представил родителям и велел готовиться к свадьбе.

— Сынок, не спеши жениться на первой встречной, — стала отговаривать его мать-царица. – На белом свете есть еще столько достойных девушек, богатых и красивых. Почему же ты хочешь жениться на девушке, у которой нет ни одежды, ни дома, ни даже рук?

— Да, ты права, мама, — отвечал царевич, — Но ведь это та самая девушка, которую я буду любить всю свою жизнь.

Созвали царь и царица во дворец всех своих мудрецов и спросили у них совета: разрешить ли сыну жениться на безрукой девушке или нет? Посовещались мудрецы между собой и сказали:

— Любовь к этой девушке вашему сыну ниспослана свыше. Богу угоден их союз.

Услышав их ответ, царь и царица женили своего сына на Лусик.

Свадебный пир длился семь дней и семь ночей. А через некоторое время после свадьбы пришлось отправиться царевичу в дальние края. Уехал он, а у Лусик вскоре родился красивый мальчик с золотистыми, как солнечные лучики, волосами. Царь и царица не могли налюбоваться на своего внука и поспешили обрадовать своего сына. Написали они царевичу письмо и вручили гонцу, да наказали, чтобы тот поскорее его доставил. Отправился гонец с радостным известием. Долго ли, коротко ли он ехал, и вот как-то пришлось ему остановиться на ночлег в одном селении. И случилось так, что заночевал он как раз в том селении и в том доме, где когда-то жила Лусик. Рассказал гонец хозяевам о большой радости, которая случилась во дворце, о том, что родила первенца молодая царица, что нет на свете ее прекраснее и добрее, глаза у нее ясные, как небо, волосы золотые, как солнечные лучи, всем хороша молодая царица, вот только рук у нее нет. Услышав рассказ гонца злая невестка сразу же догадалась, о ком идёт речь.

В полночь встала она с кровати, вытащила у гонца письмо и бросила его в огонь. А сама написала новое, которое и подсунула спящему гонцу. И вот что она написала: «После того, как ты покинул дом, твоя жена родила чудовище. Мы обесчещены перед всем народом и целым миром. Напиши, что нам теперь делать?»

Доставил гонец это письмо царевичу. Тот прочитал его и содрогнулся, но написал своим родителям такой ответ: «Значит, такова моя судьба. Я приму всё, что Бог мне даёт. Не осуждайте мою бедную жену и не обижайте её. Ждите моего возвращения». Отдал царевич новое письмо гонцу и гонец отправился в обратный путь. По пути он снова заночевал в том же селении и в том же доме, где когда-то жила Лусик. В полночь злая невестка снова незаметно вытащила письмо у спящего гонца, прочитала его, разорвала в клочья и написала такой ответ: «Привяжите ребёнка к груди моей безрукой жены и выставьте их прочь, чтобы к моему приезду их во дворце не было. А не сделаете, как я велю, то быть беде».

Когда царь и царица прочитали это страшное письмо, то сначала изумились, а потом зарыдали. Их сердца сжимались от горя жалости, когда они сообщили Лусик, что ей больше нет места во дворце. Но ослушаться сына они не посмели. Вот привязали они ребенка к материнской груди и, плача, словно на похоронах, вывели их за ворота.

Убитая горем мать стала отправилась скитаться со своим ребёнком. Шла она через леса и поля, и, однажды, забрела в бесплодную и сухую степь.

Измученная жаждой Лусик совсем выбилась из сил. Вдруг видит, стоит перед ней колодец. Подошла она к нему, заглянула – вода совсем рядом. Но как только она наклонилась, чтобы попить, её маленький сын выпал из пеленок в колодец. Отчаянно закричала Лусик, как вдруг услышала, что кто-то за её спиной говорит:

— Не бойся, деточка, не бойся, дорогая. Достань ребёнка из колодца, спаси его.

Обернулась Лусик и увидела старца с длинной седой бородой до самого пояса.

— Как же я спасу ребёночка, отец – зарыдала Лусик. – У меня же нет рук!

— Ты вытащишь его оттуда! Ты сможешь сделать это. Есть! Есть у тебя руки. Протяни их к своему ребенку

Лусик нагнулась над колодцем и – о, чудо! Своими прежними руками она легко достала ребёнка из воды.

Царевич тем временем возвратился домой и видит: у ворот не встречает его любимая Лусик, а как узнал он, что его любимую жену и новорожденного сына по злому оговору прогнали из дворца, тотчас отправился на их поиски. Много дней искал он их повсюду, но всё напрасно, никто не видел Лусик с младенцем. И вот однажды повстречал царевич одинокого путника.

— Добрый день, путник — поприветствовал его царевич.

— Пусть Господь хранит тебя, – ответил незнакомец.

— Куда ты путь держишь?

— Я ищу свою сестру, — ответил путник.

— А я ищу мою жену и нашего сына. Может быть, мы вместе будем искать своих родных?

Путник согласился. И стали они странствовать по свету вдвоем. Странствовали не год, и не два и не три. Но так и не нашли тех, кого искали. И не было о пропавших никаких вестей, ни хороших, ни плохих до тех пор, пока путешественники не возвратились в родные края. Как-то остановились царевич со своим спутником на одном постоялом дворе. А его спутник и говорит:

— Пойду я, проведаю свою дорогую женушку, которую не видел много лет. Я родом из этих мест, а живем мы в соседнем селении.

Пока царевич отдыхал, его попутчик сходил домой и вернулся назад со своей женой. Оказалось, что все эти годы вместе с царевичем странствовал родной брат Лусик, а его злая жена – виновница всех несчастий ждала его дома. Решили они втроем задержаться на этом постоялом дворе на несколько дней, в надежде услышать от проезжих постояльцев какие-то известия о Лусик.

И случилось так, что в это же время здесь нашла приют одна бедно одетая женщина с маленьким сыном. Рассказывали, что женщина эта много повидала в жизни, знала много разных историй и постояльцы, собираясь по вечерам, просили её рассказать о своих странствиях, чтобы скоротать время. Вот как-то царевич и говорит своему другу:

— Надо нам поговорить с этой женщиной и её ребёнком. Может быть, от них что-нибудь узнаем?

Согласился брат Лусик, а его жена, наоборот, рассердилась и стала ворчать:

— Что может знать эта нищенка? Только место зря занимает на постоялом дворе, пусть лучше убирается прочь отсюда вместе со своим сыном.

Но царевич настоял на своем, сердце подсказало ему, что он должен обязательно увидеть бедную странницу. Позвал он слугу и велел привести эту женщину.

Вошла странница в комнату, где остановился царевич, и скромно присела у стены. Рядом с ней устроился её сын. Говорит царевич незнакомке:

— Здравствуй, странница, что-то не спится нам сегодня. Может быть, ты знаешь какие-то сказки или легенды. Если хочешь, то расскажи нам одну из них, а мы с удовольствием тебя послушаем.

А незнакомка отвечает:

— Мой повелитель, много я знаю сказок и легенд, но вам хочу рассказать одну поучительную историю, которая случилась в этих краях. Если вы не против, то приготовьтесь слушать.

— Да, конечно, расскажи нам эту историю, — заинтересовался царевич.

И нищенка начала свой рассказ:

— Как я уже сказала, эта история случилась в этих краях и не очень давно. Так вот, жили-были брат и сестра, жили они дружно и в достатке, пока брат не женился. Привел он в дом молодую жену, а она оказалась коварной, злой и завистливой женщиной.

Услышала жена брата Лусик эти слова, и лицо ее исказилось от злости. Вскочила она с места и воскликнула:

— Ну и вздор ты несёшь! Какая-то скучная история! Давайте не будем ее слушать!

— Что это с тобой? Почему ты перебиваешь рассказ? – остановил свою жену брат Лусик. — Продолжай, свой рассказ, странница, прошу тебя.

Нищенка продолжала:

— Сестра была девушкой доброй. В селении ее любили и уважали все. А брат в ней души не чаял, и, приходя домой, каждый раз приносил сестре какой-нибудь подарок, то букет цветов, то наряд. Вот только невестка от злости и зависти не находила себе места. И однажды решила поссорить брата с сестрой навек.

— Что за небылицы ты тут нам рассказываешь? – опять перебила рассказчицу жена.

— Да что это с тобой, женушка, сегодня? Давай выслушаем эту историю до конца, — успокоил ее муж. — А ты, странница, не обращай внимания, продолжай свой рассказ.

Нищенка продолжала:

— Злая невестка была очень изобретательна в своих кознях. Однажды она перебила в доме всю посуду, рассыпала муку и во всем обвинила сестру мужа. В другой раз она увела лучшего коня подальше от дома и снова обвинила сестру, а в третий раз она вообще убила своего собственного ребенка...

— Закрой свой рот, наглая лгунья! – закричала злая жена. Это неправда, этого не было! Кто поверит в то, что мать могла убить своего собственного ребёнка?

— Опять ты перебиваешь, – возмутился её муж. – Пусть рассказывает, мне очень хочется узнать, что было дальше.

Нищенка продолжала свой рассказ:

— Состоялся суд. Невиновную девушку приговорили к страшному наказанию – ей отрубили руки и изгнали из селения. Убитая горем, страдая от боли, скиталась сестра в лесу и ее едва не затравили охотничьими собаками, как дикого зверя. Но случилось чудо, изгнанницу в лесу повстречал царский сын и женился на ней. И родила ему безрукая девушка чудесного сына. Но царевич так и не смог увидеть своего наследника. Радостное известие не дошло до него. Путь гонца с известием о рождении у царевича наследника случился через дом невестки, куда он попросился на ночлег, и коварная невестка подменила письмо...

— Всё я больше не желаю этого слушать! С меня хватит! – злобно закричала жена брата.

— Друг мой, — вмешался царевич, — попроси свою жену помолчать. Давай слушать дальше – история-то очень интересная.

Странница продолжала:

— Царский сын, получив это лживое письмо, был убит горем. Ведь в нем говорилось, что его жена родила чудовище. Но он просил своих родителей заботиться о своей многострадальной жене и ее ребенке, каким бы тот ни был. Но злая невестка выкрала и это письмо и подложила вместо него другое...

Убирайся прочь, лгунья! – завопила жена не своим голосом.

— Довольно! — прикрикнули на неё оба – и муж, и царевич. — А ты, странница, продолжай, рассказывай, что же было дальше?

— Когда царевич вернулся домой, — продолжала незнакомка, — он узнал всю правду и отправился на поиски своей жены и сына. Во время этих поисков он повстречался с братом этой безрукой девушки, который разыскивал свою сестру. Они начали странствовать вместе, но так и не нашли девушку. А она, голодная, в рубище, скиталась по миру со своим золотоволосым сыном. Однажды, выбившись из сил, томимая жаждой и голодом, она подошла к двери большого придорожного постоялого двора. Здесь двое незнакомцев сжалились над ней и пригласили её к себе.

— Лусик, дорогая моя жена, ты ли это? – воскликнул царевич сквозь слезы.

— Лусик, сестрица моя ... — заплакал её брат.

— Да, это я — Лусик. Добрая сестра и верная жена. А рядом со мной мой золотоволосый сын. А эта женщина – та самая — коварная и завистливая невестка.

Посмотрел брат Лусик на свою жену, изменился в лице, и тотчас прогнал ее прочь.

И стали они жить-поживать и добра наживать. Много лет прошло с тех пор, но рассказывают, что и сейчас там, где пролилась кровь невинного ребенка, пышно цветет алый шиповник. А там, где пролились горькие слёзы Лусик, появилось чистое озеро. Старые люди говорят, если посмотреть на него с высоты, то в глубине можно разглядеть спящее в колыбели дитя и нож, лежащий у подушки.

Ещё рассказывают, что есть в тех местах монастырь, в котором уже несколько веков одна женщина, стоя на коленях, просит прощенья на свои грехи.

КРАСАВИЦА И ОХОТНИК

В давние времена в одном из селений на берегу горного озера жила красавица. Синеве небес и бирюзе горного озера был подобен цвет ее глаз, золотые косы сияли как солнце, а имя Хосрովануш напоминало о древних предках, которые снискали себе добрую славу.

Едва прекрасной Хосрованyш исполнилось восемнадцать лет, как из всех соседних селений стали свататься к ней удальцы, один лучше другого. Но только неприступная красавица всем давала один неизменный ответ:

— Ищите счастья в другом месте!

И вот однажды, пришел просить ее руки статный юноша по имени Гегам, он был силен как могучий бог Торк-Ангеха и слыл в округе бесстрашным охотником. Рассказывали, что однажды Гегам в одиночку и без оружия расправился с целой стаей волков, напавших на отару в горах, а когда на горной тропе его встретил ловкий барс, юноша отважно вступился с ним в схватку и руками разодрал его хищную пасть. Знала красавица Хосрованyш о подвигах Гегама, и когда он стал просить ее руки, не отказала ему, но и не дала согласия.

— Знаю я, как ты силен и могуч, не хочу я давать тебе от ворот поворот, — сказала она. — Но есть у меня условие одно... Обещай, что выполнишь его!

Что могло остановить удалого влюбленного охотника?! Гегам заглянул в бездонные глаза девушки и, словно почерпнув в них новой силы, решительно ответил:

— Обещаю выполнить любое твое условие, Хосрovануш!

И тогда дева гор сказала ему:

— Посмотри, Гегам! Видишь, вдалеке возвышается каменистая гора, нет в ней жизни, ни одна травинка не пустила на ней свои корни. А сколько бедствий приносит эта скала окрестным деревням! Селевые потоки, увлекая с собой щебень и песок, губят посевы, политые потом и кровью людей, обрекают на голод детей и стариков. Озелени эту гору, Гегам, чтобы не осыпала она каменным градом наши поля, чтобы зеленой стеной встала на пути селевых потоков!

— Непростое условие поставила ты мне, Хосрovануш, — сурово ответил Гегам. — Но я выполню его. Однако ставлю и я тебе одно условие — ты должна ждать меня десять лет!

— Призываю в свидетели небеса, я буду ждать тебя десять лет! – воскликнула красавица. — Пусть услышат мой обет богиня-мать Анаит и хранительница любви Астхик: клянусь, что дождусь тебя!

Еще раз окунулся Гегам в глубокие синие глаза Хосрovануш, взглянул в ее прекрасное светлое лицо, и любовь с новой силой заполыхала в его сердце, придав ему небывалую мощь.

На следующий день об условии Хосрвануш заговорило всё селение.

— Мудрое условие поставила девушка! — говорили седобородые старики. — Не зря говорят, — любовь может горы свернуть...

А отвергнутые женихи, сгорая от ревности и зависти, перешептывались между собой:

— Зря старается Гегам. Нет, вовек не зазеленеть голой скале, не растут цветы на камнях!

А Гегам тем временем с большой плетеной корзиной за спиной уже поднимался в гору. В его корзине был ил. Юноша покинул селение до рассвета, деревенские очаги еще не дымили, а горное озеро не очнулось от ночной дремоты, но вскоре все в округе знали, что понес на скалу Гегам.

— Разумно поступает удалец, — говорили старики, — только ил может удержаться на крутом каменистом откосе!

А Гегам поднимался всё выше и выше. От тяжести напряглись жилы на его шее, побагровело лицо. Наконец, преодолев крутой подъем, добрался он до вершины горы и оттуда, с высоты, где вили гнезда орлы, высыпал первую корзину ила на каменистый склон. Увидели это старики и похвалили юношу. А отвергнутые женихи только позлорадствовали:

— Тащить ил со дна озера на вершину горы! Надо же было додуматься до такого! Это всё равно, что ковшом пытаться вычерпать реку или вырыть яму иглой. Ну, и глупец же наш Гегам!

Но Гегам не обращал внимания на пересуды. Обливаясь потом, с тяжелой корзиной за плечами с раннего утра и до позднего вечера поднимал он на гору ил и удобрял им горный склон. Однажды на крутом выступе, как раз над родным селом, Гегам посадил хрупкий юный дубок и подумал: «Пусть первым зазеленеет он, как вестник нашей молодой любви!» И через несколько лет на бесплодном скалистом утесе, подобно вскинувшему зеленое пламя костру, поднял к небу свои ветки молодой дуб.

— Вот она — первая ласточка, первый вестник победы! — заговорили селяне с надеждой, а Хосрованануш глядела на этот дубок, как зачарованная, и в сердце ее вместе с ним расцветала любовь. И так год за годом по узкой, каменистой тропе, проложенной дикими козами, с корзиной на спине поднимался Гегам на вершину горы и терпеливо сбрасывал ил на бесплодные скалы.

Однажды, когда Гегам сбрасывал свой груз с вершины горы, порыв ветра толкнул его, и не устояла нога юноши на скользкой скале: покатился он по крутому склону и едва не погиб, но удержался на скале, ухватившись за ствол посаженного им дерева. И вот, наконец, Гегам покрыл плодородным илом всю гору: от голых скал до каменистых осыпей.

Но снова взвалил юноша свою тяжелую корзину и пошел наверх. Зачем? — недоумевали селяне. На этот раз в большой корзине Гегама были семена.

Прошло несколько месяцев, и однажды летним утром вышла Хосрованущ на порог своего дома. взглянула на гору, которая прежде серой, зловещей громадой нависала над селением, и не поверила своим глазам: крутые склоны были покрыты ярко-зеленым ковром, а одинокий молодой дуб так вырос, что уже отбрасывал длинную тень.

Но к вечеру того же дня небо заволокли тяжелые тучи. Разбушевалось озеро, встали на дыбы волны и хлынули на берега, покрывая их пеной, а островок, на котором дымился священный жертвенник, потонул в густой мгле. Разразилась небывалая буря, хлынул дождь. И в селении с ужасом ждали, что вот-вот с горных вершин сойдут грязные селевые потоки и уничтожат весь урожай. Но на этот раз с гор хлынула чистая живительная влага, зеленая стена задержала песок и камни. Гордостью за любимого наполнилось сердце прекрасной Хосрвануш, а довольные крестьяне принесли благодарственную жертву щедрому богу Ванатуру, чтобы тот ниспослал им богатый урожай.

Прояснилось после дождя небо и, залитое лучами заходящего солнца, запылало багрянцем нагорье. В этот час и пришел к Хосрвануш ее герой, честно исполнивший своё обещание. От счастья засияли синие глаза красавицы, встрепенулось сердце в ее груди. Обняв Гегама и улыбаясь сквозь радостные слезы, она промолвила:

— Теперь я - твоя, мой храбрый Гегам! Пусть во веки веков славится наша любовь, как и эта возрожденная к жизни тобою гора!

— Лишь любовь к тебе, Хосрвануш, дала мне силы добраться до утесов горной вершины, где обитают орлы! — ответил ей растроганный Гегам. — Теперь я знаю, что может расцвести и камень, если его коснется рука влюбленного!

Вскоре сыграли свадьбу могучий Гегам и верная Хосрвануш и пригласили на нее всех односельчан.

— Пусть рука твоя во веки веков несет жизнь и благодать, как и возрожденная тобой гора! Пусть расцветут цветы под ногой у тебя, и ты никогда не спотыкнешься о камень на своем пути! Заслужил ты по праву руку моей Хосрохануш, смельчак! — так благословил своего зятя Гегама старый крестьянин.

С тех пор благодарные земляки назвали озелененную Гегамом гору его именем, а чудесное горное озеро у ее подножья Гегамовым озером.

ВОЛШЕБНАЯ РЫБА

Было это или не было, но рассказывают, что жил на свете бедняк, и вот как-то нанялся он к рыбаку в помощники. Если хороший улов, то бедняк приносил вечером домой несколько мелких рыбешек, а если плохой – возвращался не с чем. Так они с женой и жили: бедно, но дружно.

Однажды выудил рыбак особенную рыбку, чешуя ее переливалась на солнце, а глаза сверкали, как драгоценные камни. Обрадовался рыбак такой удаче, снова полез в воду в надежде наловить таких рыб побольше, а эту рыбку отдал бедняку-помощнику и велел глаз с нее не спускать. Вот сидит бедняк на берегу, смотрит на сверкающую рыбку и думает: "Жалко эту рыбешку, ведь она тоже живая и погибать ей не хочется. Наверное, у неё, как и у нас, есть родители и друзья, ведь всё она понимает и чувствует..."

Не успел бедняк подумать об этом, как рыбка заговорила с ним человеческим голосом:

— Послушай, брат мой! Не губи меня, пожалей. Резвилась я с подругами своими в волнах, от радости забылась и попала в рыбачьи сети. Теперь, наверно, родители мои ищут меня, плачут, и подружки грустят. И сама я, видишь, страдаю на берегу — задыхаюсь без воды. Отпусти меня обратно в реку.

Работнику стало жаль рыбку, взял он, да и бросил её в воду.

— Ну, что ж, плыви, красавица-рыбка! Пусть не горюют твои родители и не грустят подружки. Плыви, радуйся жизни, вместе с ними!

Увидел это рыбак и рассердился на своего помощника:

— Ну и глупец же ты! – закричал он на бедняка. — Я из воды не вылезаю, рыбу ловлю, а ты её выпускаешь! Не нужен мне больше такой помощник, уходи прочь!

И прогнал его. Вот идет бедняк к дому и думает: «Куда же мне теперь податься? Что делать? На что теперь с женой жить будем?». Бредет он грустный по дороге, а навстречу ему – человек, не человек, а чудовище в человечьем обличье, и гонит перед собой справную корову. Увидел бедняка и говорит:

— Добрый день, братец! — А что ты такой грустный? О чём задумался?

Бедняк рассказал ему про свою беду.

— Послушай, дружок, — улыбнулось чудовище, — хочешь, я отдам тебе эту отличную дойную корову на три года? Каждый день она будет давать столько молока, что хватит и тебе, и твоей жене и еще останется. Но ровно через три года в эту самую ночь я приду к вам и буду задавать вопросы. Ответите — оставлю корову вам, не сумеете ответить – вас обоих вместе с коровой уведу и сделаю с вами, что захочу. Ну, что согласен?

«Чем помирать с голоду, — подумал бедняк, — уж лучше возьму эту корову. Прокормит она нас три года, а там Бог милостив — может, пошлёт счастья и ответим мы на вопросы чудовища».

— Согласен! – ответил бедняк.

Взял он корову, повёл её домой.

Три года корова досыта кормила бедняка и его жену, и не заметили они, как время пролетело. Пришел назначенный день, когда чудовище должно было явиться к ним в гости. Вот уже и вечер наступил, сидят муж и жена у порога и думают, как им ответить на вопросы чудовища. Да и кто знает, что он у них спросит?

— И зачем я связался с чудовищем! — вздохнул муж. Но что было — то было, назад уже ничего не вернешь.

А на небе тем временем уже первая звезда загорелась. Вдруг подходит к ним юноша и говорит:

— Добрый вечер, хозяева! Приютите усталого путника на ночлег?

— С радостью мы приютили бы тебя, юноша, — сказал бедняк. – Ведь каждый гость, говорят, Богом послан. Но только в эту ночь останавливаться у нас опасно. Вот-вот нагрянет к нам чудовище. Три года назад дал он нам корову и поставил условие: что придет в назначенный час и будет задавать нам вопросы. Сумеем ответить — корова наша, нет — сами станем его пленниками. Чтобы чудовище с нами ни сделало, поделом нам, не надо было с ним дела иметь. Да вот как бы ты, невинный человек, с нами заодно не пострадал!

— Не беда! – махнул рукой юноша. – Будь, что будет, останусь у вас ночевать.

Ровно в полночь раздался страшный стук в дверь.

— Кто там? – спросил бедняк.

— Это я, чудовище! Как и договаривались, пришел через три года. Открывайте дверь – задам вам свои вопросы!

Где уж тут отвечать! От ужаса муж и жена слова не могли промолвить. Так оба и застыли на месте.

— Не бойтесь, хозяева, я буду отвечать за вас! – сказал гость и подошел поближе к двери.

— Эй, открывайте, я уже здесь! – нетерпеливо рычало за дверью Чудовище.

— Я тоже здесь, — ответил ему гость.

— Ты откуда?

— С того берега моря.

— На чём приехал?

— Оседлал хромого комара, сел верхом и приехал!

— Значит, море было маленькое?

— Какое там маленькое! Орлу его не перелететь.

— Значит, орёл — птенец?

— Какой там птенец! Тень от его крыльев заслонит город!

— Значит, городок небольшой?

— Какой там небольшой! Зайцу не перебежать его.

— Значит, заяц крошечный?

— Какой там крошечный! Из его шкуры можно выкроить тулуп, шапку да пару рукавиц в придачу.

— Значит, носить их будет карлик?

— Какой там карлик! Великан! Посади ему на колено петуха, он его «кукареку» не услышит.

— Значит, он глухой?

— Какой там глухой! Он слышит, как олень в горах траву щиплет.

Растерялось чудовище: чует оно, что там, за дверью, есть кто-то мудрый, смелый и непобедимый. Не знает чудовище, что ещё сказать, потопталось-потопталось на мете, тихо отступило и исчезло в ночной тьме.

Муж и жена обрадовались, что избавились от страшной напасти. А на рассвете их гость собрался в путь.

— Нет-нет, не тебя не отпустим, пока не отблагодарим от всего сердца! — преградили ему дорогу муж и жена. — Ты спас нам жизнь — скажи, чем мы можем отблагодарить тебя?

— Не за что меня благодарить, мне спешить надо.

— Ну, хоть имя своё назови. Если не сумели отблагодарить — так будем знать, кого вспоминать добрым словом.

— Знаешь пословицу? — улыбнулся юноша, — Сделаешь добро и хоть в воду его брось — оно не пропадёт. Я — та самая говорящая рыбка, которую ты однажды пощадил, — ответил незнакомец и исчез. А муж и жена от удивления только руками развели.

МЕЧ ХРАБРЕЦА

Давно это было, может быть, тысячу лет назад, а может быть, и больше. Пришли в Армению воинственные сельджуки во главе со своим повелителем по имени Тогрул-бек. Князь-сокол, как называли его на родине, хищной птицей пролетел над благодатной землей царей-Багратидов, превратил в руины великий город Ани и, предвкушая новую добычу, опустился на берегу озера Ван.

На рассвете, угадывая в туманной дымке очертания острова Ахтамар, воинственный Тогрул, предвкушал, что скоро и его назовет своим.

Раздумья султана прервал гонец.

— Повелитель, — взволновано сказал вестник, — несмотря на яростные атаки, нам пока не удалось взять замок Арджеш и положить его к твоим ногам. Как лев защищает его молодой воин Татул, сын повелителя этой земли. — Юн Татул, но ростом великан и обладает силой сорока буйволов. Не знают промаха стрелы его, а когда он поднимает свой лук, кажется, что в небо взмывает радуга. Голос Татула как гром разносится по замку и от него содрогаются крепостные стены! Не смогли мы пока одолеть этого исполина и его отважных воинов!

Мрачно выслушал гонца Тогрул. А потом нахмурил брови, в гневе схватился за рукоятку своего меча и велел призвать своего единственного наследника – сына сестры. Явился племянник к грозному Торгулу, и сказал ему повелитель сельджуков:

— Седлай коня, Давуд, и скачи в крепость Арджеш, возьми ее, и чтоб до восхода солнца Татул, поверженный и плененный, был в моем шатре!

— Слушаю и повинуюсь! — поклонился Давуд и поскакал к неприступному замку.

Татул издалека заметил юного всадника Давуда на игравшем под ним скакуне и крикнул ему с крепостной стены:

— Выслушай меня, правая рука и наследник могущественного Тогрула! Зачем нам истреблять безвинных людей и навлекать на себя проклятия женщин и стариков?!

Но гордый сельджук усмехнулся в ответ:

— Не жди пощады от меня! Если не хочешь кровопролития, — сдайся, склони свой меч перед великодушием всесильного Тогрула, и он сохранит тебе жизнь!

— Я не прошу милости у врага, а у тебя — жизни! — ответил Татул. — Если ты так смел, то сам выходи на бой, скрестим мечи, и пусть одержит победу сильнейший из нас. У кого дело правое – у того и правая рука сильнее.

Не ожидал Давуд такого ответа. На миг ощутил он страх, припомнив рассказ гонца, но не дрогнул и принял вызов. Никогда в жизни наследник Тогрула не отступал, ни разу не дрогнул меч в его правой руке.

— Принимаю твой вызов! – ответил он. — Померимся силами, и ты узнаешь мощь моего меча, как узнали ее другие воины, начиная от Турана до Ирана и от Турана до Вана.

И сошлись Давуд и Татул в смертельной схватке, и скрестили мечи, и задрожала земля.

Гром щитов и звон их мечей эхом долетели до лагеря сельджуков, до шатра самого Тогрула. Услышал султан скрежет металла, но ни один мускул не дрогнул на его лице, не сомневался он в победе Давуда... Но вдруг наступила тишина. Не звенели больше в бою мечи, не грохотали щиты. Казалось, замерли даже волны Ванского озера, и солнце, только что выскользнувшее из-за горы, как будто остановилось в небе.

Не привык Тогрул к тишине на поле брани, как сокол, встрепенулся султан и услышал топот копыт у своего шатра. На вспененном скакуне примчался всадник, пал на колени перед порогом и прерывающимся голосом поведал о том, что в поединке сражен наследник Тогрула.

Вскочил на ноги султан, выхватил меч. От гнева и горя помутнели его глаза, налились кровью, почернело лицо его, как грозовая туча, казалось, вот-вот сверкнет на нем молния ярости... Но предводитель сельджуков сдержал свою ярость, стиснув зубы, вскочил он на своего скакуна и умчался в замок Арджеш. И что же увидел там покоритель народов? На земле перед воротами крепости, залитый кровью, лежал Давуд...

— Татул, эй, бесстрашный Татул! — прогремел голос Тогрула. — Отвори ворота крепости и выйди ко мне! Я прибыл не для того, чтоб сразиться с тобой, обещаю, никто не поднимет руку на тебя.

Тяжело распахнулись ворота, и навстречу султану из крепости вышел статный юноша, с высоко поднятой головой.

— Ты ранил меня в самое сердце, Татул! – воскликнул султан. — Такого удара не наносил мне еще ни один враг... Клянусь, не будет тебе пощады, если не выживет мой названный сын и наследник, моя единственная надежда. Но если выживет он, за отвагу твою отдам я тебе и эту крепость, и город, и уведу своё войско с берега озера Ван. Скажи мне, смельчак, оживет ли мое раненое сердце?

Шагнул к сраженному противнику Татул, посмотрел на него и сказал спокойно:

— Удар нанесен моим мечом, я знаю силу своей руки — не жить ему, Тогрул!

Тогрул только глухо застонал в ответ, а через мгновенье окровавленный Давуд умер.

Кровь бросилась в лицо султана, а в сердце запылала жажда мести. Увидев бездыханным своего наследника, забыл он свое обещание и отдал приказ обезглавить Татула.

Палачи накинули на него аркан и пленили смельчака.

С презрением оглядел Татул окруживших его сельджуков и гневно крикнул:

— Так поступают простые разбойники, а не могущественные воины! Разве ты одолел меня в бою, Тогрул?

Тогрул сделал знак рукой подступившим к Татулу палачам и молвил:

— Встань передо мной на колени и вручи мне меч, которым ты убил моего наследника, тогда я сохраню тебе жизнь!

Татул пристально посмотрел в холодные глаза султана.

— Мой меч неразделим с моей правой рукой, — сказал Татул. — Так завещали мне предки: могу отдать жизнь, но меч — никогда!

Нахмурился повелитель сельджуков, достал из ножен свой меч и протянул его палачу:

— Такой смельчак достоин удара только царского меча. Возьми мой меч и отруби ему голову и правую руку! — А затем, обращаясь к подданным, добавил, — священный прах Татула отошлите безутешной сестре моей, рядом положите его правую руку и меч, чтоб утешалась она тем, что сын ее сражен рукой богатыря.

Приказ султана был тотчас исполнен – казнили храброго Татула. И потянулся в далекий город Туран траурный караван, а скорбная весть о гибели Дауда понеслась впереди него. Рыдала и с воплем рвала на себе волосы старая мать над прахом сына, и вместе с нею скорбели все матери Турана, но, увидев рядом с телом Дауда правую руку и меч Татула, стали они воспевать храбрость сраженного, ибо пал он в честном бою с богатырем, от удара его меча-молнии.

А когда пал на родную землю могучий Татул, сраженный коварством, поднялся над Арджешем невиданный ураган. Мрачное облако, подобное черному дракону, поглотило солнце, тьма окутала землю. Разразилась буря, засверкала молния. Смешались небо и земля, вспенилось озеро Ван. Налетел смерч на вражеский стан, разметал его и унес с собой шатры сельджуков, и ушли они с Армянского нагорья, которое с тех пор, как верный страж, охраняет гора Татул, названная в честь его бесстрашного защитника.

БРАТ И СЕСТРА

Жил некогда один богатый купец, звали его Амбарцум, что по-армянски значит «сияющий в небесах». Но главным его богатством была жена-красавица и двое детей: сын и дочь.

Был ещё у купца Амбарцума названый брат, тоже купец, по имени Петрос, и жил он в Стамбуле.

Бойко шла торговля у Амбарцума, а дети его росли дружными, трудолюбивыми и учились с удовольствием.

Но случилось у купца большое несчастье — умерла его любимая жена. Так горевал о ней купец, что от горя сам слёг в постель и почувствовал, что настаёт и его последний час.

Позвал он своих детей и говорит:

— Дети мои, будьте всегда дружны и преданны друг другу. Сынок, тебе завещаю свое дело, не ленись, иначе не сбережёшь богатство и разоришься через год. Собери караван верблюдов и отправляйся в город Стамбул к названому брату моему Петросу. Он поможет тебе в торговле.

Попрощался с детьми купец и умер. Сын и дочь похоронили отца со всеми почестями, как и положено, много денег роздали беднякам. Но вот пришла им пора расставаться, брат должен был выполнить завет отца — отправится с товарами в Стамбул. Долго плакала сестра, так не хотелось ей отпускать от себя любимого брата. Но делать нечего.

— Что поделаешь, — утешал ее брат. — Мне и самому горько оставлять тебя одну. Знаешь что? Давай попросим художника нарисовать наши портреты. А потом обменяемся ими, чтобы меньше скучать в разлуке. Я тебе оставлю свой портрет, а твой — возьму с собой. Как станет мне грустно, посмотрю я на твой портрет, вспомню тебя, и мне станет легче.

Так они сделали. Написал художник портреты брата и сестры. Обменялись они своими портретами. Брат собрал караван, нанял сестре служанку — по дому помогать и, нежно простившись с любимой сестрой, отправился в далекий Стамбул.

Долго ли, коротко ли шел его караван, наконец, прибыл сын купца Амбацума в Стамбул, разыскал он дядю своего Петроса, рассказал ему о кончине родителей и от имени покойного отца попросил содействия и помощи.

Купец Петрос принял его, как родного сына, накормил, напоил, помог распродать товар, а потом повёл во дворец к царю. Пришелся ко двору купеческий сын, а молодой царевич – сын царя сразу понял, что лучшего товарища ему во всем Стамбуле не сыскать. Стал царевич каждый день его в гости к себе приглашать и щедро угощать.

Так прошёл целый месяц. Однажды сын купца Амбарцума говорит Петросу:

— Дядя, неудобно мне, что каждый день я бываю у царевича во дворце, а сам его к себе в гости так ни разу и не позвал.

— Что ж, — отвечает ему Петрос, — давай и мы устроим царскому сыну достойный прием.

На другой день купец Петрос велел всю дорогу от царского дворца до своего крыльца устелить роскошными коврами и приготовил для царевича роскошные угощенья.

Пришёл сын купца Амбарцума к другу и стал в гости его приглашать.

— Я с радостью, — ответил царевич, — только спрошу разрешения у отца с матерью.

Пришел царевич к своим родителям, спросил их разрешения навестить купеческого сына, а царь ему и говорит:

— Хорошо, сынок, ступай в гости, только возьми с собой визиря и не оставайся у купцов ночевать.

Вот пошёл царевич в гости в дом Петроса, пировал там целый день, а к вечеру стал собираться домой. Сын купца Амбарцума стал его уговаривать задержаться еще, и в конце концов царевич согласился и остался у него ночевать. Слуги принесли для него роскошную постель. Все легли спать, но не сразу заснули: царевич долго не сомкнул глаз, всё беспокоился, что отец рассердится на него; визирь слишком много съел и ворочался с боку на бок; а сыну купца Амбарцума не спалось от того, что вспомнил он о родной сестре и затосковал. Тогда достал он ее портрет, поднес свечу и стал негромко с сестрой разговаривать. Подошел к нему царевич, как увидел лицо девушки, сразу же влюбился в красавицу.

Визирь тоже увидел портрет и тоже не мог оторвать от него глаз. Наутро встал царевич печальный и хмурый, сел к столу, но ни к чему не притронулся.

— Отчего ты такой грустный? — спросил его сын купца Амбарцума. — Почему не хочешь отведать наших угощений? Не заболел ли ты, друг?

— Нет, я здоров, — отвечал царевич. — А грустно мне оттого, что ты называешь меня другом, а сам хранишь от меня свои секреты.

— У меня нет от тебя секретов, за что ты обижаешь меня? — удивился сын купца.

— Нет, есть, — сказал царевич. — У тебя есть невеста, а ты скрыл это от меня.

— Нет у меня невесты,— изумился сын купца.

— А чей же это портрет?

— Да это портрет моей сестры!

Достал он портрет, показал его гостям, и тут царевич и визирь окончательно потеряли голову от любви.

Вернулся царевич во дворец сам не свой, мрачный, молчаливый и вскоре заболел от тоски. Ни один лекарь и ни один знахарь не могли ему помочь.

— Скажи, что с тобой? — допытывались царь и царица.

Долго молчал царевич и, наконец, сказал родителям:

— Посватайте за меня дочь купца Амбарцума, а не то я умру.

— Как? — воскликнули царь и царица. — Разве нет на свете царских дочерей, что ты хочешь жениться на купеческой дочери?

— Не нужны мне царские дочери. Или женюсь на дочери купца Амбарцума, или не буду жить на свете.

Нечего делать. Послал царь за купцом Петросом и сыном купца Амбарцума. Пришли они во дворец, а царь им говорит:

— Хочу посватать дочь купца Амбарцума, потому что царевич полюбил ее всем сердцем и жить без неё не может.

Обрадовались купцы.

— Многие лета здравствовать тебе, царь, — поклонился Петрос в ответ. — Возьмете эту девушку в невестки, не пожалеете. Она и умна, и образованна, и скромна. А какая красавица!

На том и порешили. Объявили глашатаи о помолвке царского сына с дочерью купца, и все стали готовится к большому пиру. Узнал об этом визирь и начал думать, как бы ему эту свадьбу расстроить, а самому жениться на дочери купца Амбарцума. Ничего не придумал и решил обманом действовать. Пришёл визирь к царю и говорит:

— Многие лета здравствовать тебе, царь. А знаешь ли ты, что тебя обманули? Ты сватаешь за своего сына не только простолюдинку, но и распутницу?

— Что?! – воскликнул возмущенный царь. — Головы всем отрублю за то, что меня обманули! Позвать ко мне купцов!

Явились во дворец купцы, поклонились, а как услышали, что сказал им царь, удивились.

— Многие лета здравствовать тебе, царь, – сказал сын купца Амбацума. — Дай нам срок. Пусть визирь твой попробует доказать, что моя сестра — распутница, а я докажу, что она – честная девушка. А когда, каждый из нас представит свои доказательства, тогда и решай, кого казнить — нас с дядей или этого предателя-визиря.

Царь согласился. Коварный визирь тотчас побежал к царскому писарю и велел написать ему фальшивое письмо от имени купеческого сына к его сестре. Выполнил писарь приказ визиря –

написал письмо, в котором брат просил сестру принять визиря как дорого гостя. Взял визирь поддельное письмо и поехал к красавице. Приехал он в город, где жила дочь купца, быстро нашел ее дом и отдал послание слугам.

Прочитала девушка это письмо и сказала слугам:

— Верните это письмо тому, кто его принес, и скажите ему, что я велю его зарубить, если он осмелится переступить порог моего дома. Это письмо фальшивое, его писал не мой брат. Недаром мой отец учил меня писать. Неужели я не узнаю почерк моего родного брата?

Вернули слуги письмо визирю и не пустили его на порог. Рассвирепел визирь, но решил всё-таки не отступать. Подкараулил он старушку-служанку, что жила вместе с девушкой, пригрозил ей и велел незаметно украсть у хозяйки кольцо. Улучила старуха момент, когда девушка купалась и сняла свой перстень, незаметно взяла его и потом передала визирю, а тот, не теряя ни минуты, поскакал в Стамбул.

Только на следующий день девушка обнаружила пропажу. Она сразу заподозрила старую служанку, стала ее расспрашивать, но та не призналась.

А визирь тем временем уже доскакал до Стамбула и прямиком направился в царский дворец.

— Многие лета здравствовать тебе, царь! — прокричал он, вбегая в царские палаты.

— Вот моё главное доказательство! Это кольцо той девчонки, которую ты хотел сосватать за своего сына! Рассуди сам, разве честная девушка примет в доме чужого мужчину и разве подарит ему своё кольцо?

Нахмурил брови царь и приказал позвать купца Петроса и сына купца Амбарцума.

— Ну, чьё это кольцо? – строго спросил повелитель.

— Это кольцо моей сестры, — честно ответил сын купца Амбарцума. А сам удивился и подумал:

«Неужели моя сестрица всего за месяц моего отсутствия так изменилась и сбилась с пути? Этого быть не может! Но ведь кольцо-то её!»

Выпросил купеческий сын у царя ещё пять дней сроку. Оделся в чёрную одежду, сел в чёрную карету и поехал к сестре. Вышел он из кареты у родного дома, а как подошла к нему сестра, плюнул он ей в лицо, развернулся и умчался прочь.

Заплакала сестра. А вскоре от людей она узнала, что в далеком Стамбуле сватал её царь за своего сына, а коварный визирь подло оболгал её.

Призадумалась честная девушка, как вернуть ей своё доброе имя. А потом обошла она все уважаемые дома в своем городе, и в каждом все жители как один подписали ей послание для царя в Стамбуле. «Эта девушка порядочная и честная, — говорилось в этом письме, — чище и добрее её нет на свете». Взяла купеческая дочь это письмо, села в карету и приказала вознице:

— Гони лошадей в Стамбул как можно быстрее, я заплачу тебе, сколько скажешь.

Погнал возница коней и уже к вечеру примчались они в Стамбул. Перво-наперво решила дочь купца Амбацума пойти в церковь, помолиться Богу. Вошла она в храм, а там вечерняя служба идет. Стала девушка читать молитву и просить у Бога защиты, и вдруг видит: рядом стоит женщина молится и горько плачет.

— О чём ты плачешь? — спросила она женщину.

— Я плачу оттого, что завтра моего мужа, купца Петроса, и его молодого друга, сына купца Амбарцума, должны казнить из-за одной бессовестной девчонки.

— Не плачь, Бог милостив,— сказала ей девушка. — И если можешь, приюти меня в своем доме переночевать, нет у меня знакомых в этом городе.

— Идём, — ответила несчастная женщина. — Мне всё равно. Утром затрубила зурна. Палач уже наточил топор...

Переночевала девушка в доме купца Петроса. А на рассвете по всему дому раздался плач: повели купца и его племянника на казнь.

— Не плачь, хозяйка — успокаивала гостья жену купца. — Бог милостив, он не оставит вас в беде. А сама прикрыла лицо платком и побежала во дворец к царю.

— Что тебе нужно? — спросил её царь.

— Многие лета здравствовать тебе, царь, — ответила дочь купца Амбарцума с поклоном. — Отложи казнь на несколько минут и выслушай меня.

Царь махнул палачу. Палач опустил топор. А купеческая дочь достала кольцо и положила его перед царем:

— Повелитель, твой визирь украл у меня перстень, – сказала она. — Вот его пара. Вели ему отдать моё кольцо.

Визирь покраснел и возмущённо закричал:

— Я впервые вижу эту девушку!

— Ах, так! – ответила дочь купца. — Ты слышал это, царь? И народ твой тоже слышал? Так как же ты, визирь, можешь судить обо мне, раз не знаешь даже меня в лицо! Я — сестра этого несчастного, которого вы собрались казнить. А вот письмо от уважаемых людей нашего города...

Тут дочь купца Амбарцума рассказала царю обо всём: как визирь посылал к ней фальшивое письмо, как он подкупил старуху-служанку и как, украв перстень, оболгал её перед царём и братом.

Царь тут же приказал освободить купца Петроса и сына купца Амбацума, а коварному визирю отрубили голову.

Вскоре сыграли во дворце пышную свадьбу. Сорок дней и сорок ночей праздновали свадьбу царского сына и дочери купца Амбарцума. Так они нашли свое счастье. Однажды, и вы своё тоже найдете...

ЦАРСКАЯ ДОЧЬ

Жил на свете бедный сирота и звали его Аслан. Звали его так потому, что он был сильным и бесстрашным, как лев. На Востоке льва так и называют «аслан», а храбрецов – Асланами. Говорят, нелегко жилось нашему сироте-Аслану. Родители его умерли рано, и пришлось ему с детства самому зарабатывать себе на хлеб. Добрый пастух сжалился над мальчиком — взял его к себе в помощники и не ошибся. Однажды храбрый Аслан в одиночку поймал волка, который подкрался к стаду, и победил страшного зверя в неравном бою, поборов его своими сильными руками. Хозяин стада, узнав о таком бесстрашном поступке, сразу сделал Аслана главным чабаном.

С тех пор так и повелось, юноша каждый вечер угонял стадо на пастбище далеко в горы, потом, доверив его пастушьим собакам, ложился отдохнуть, а на камень в изголовье всегда ставил свою дорожную суму-хурджин с завтраком.

И вот пастух стал замечать, что кто-то ночью понемногу берёт у него еду из хурджина.

Ложится он спать, оставляет в нем четыре яйца и две лепёшки, а к утру находит там только два яйца и одну лепёшку. Решил Аслан подкараулить того, кто без приглашения делит с ним его хлеб.

На следующую ночь положил он суму на камень, лёг и притворился спящим. В полночь послышался шорох. Аслан приоткрыл глаза и видит: подошла к камню девушка-красавица, тихонько приоткрыла хурджин, достала лепешку, отломила от нее кусочек, запила глотком воды и уже собралась уходить. Гора перед ней распахнулась как ворота, девушка шагнула к ней и уже готова была скрыться в каменной пещере, но Аслан вскочил и ловко схватил ее за подол.

— Отпусти меня, — взмолилась девушка. — Я принесу тебе одни несчастья.

— Я ничего не боюсь, — ответил Аслан. — Ты так хороша, что за тебя я даже умереть был бы рад.

— Спасибо тебе, смелый юноша, за такие слова — вздохнула девушка, — так уж и быть, расскажу я тебе свою историю.

... Далеко-далеко отсюда, — начала свой рассказ красавица, — за семью высокими горами лежит царство грозного царя Зарзанда. Это мой отец. Год назад напал на нас враг, и отец с войском отправился на поле брани. Пока его не было дома, перелетел через семь гор трёхглавый дэв и утащил меня в свой дворец. Сорок дней умолял он меня стать его женой, но я отказалась, а на сороковой день дэв заболел и сказал своей матери:

— Пришел мой последний час, я умираю и уже не смогу жениться на этой девушке. Раз она не досталась мне, так пусть же не достается никому. Уведи ее, и спрячь подальше, пусть никто и никогда не станет её женихом, и она весь свой век проведет в одиночестве. — Так сказал дэв, а его мать привела меня к каменной скале и прочитала свое страшное заклятье:

— Камень, камень, приюти дочь царя Зарзанда, — шептала мать дэва. – Стереги ее, пока не придёт за ней юноша с миртовой веткой и не прилетят ласточки, которые ему помогут. Камень, камень, слушай меня и помни, когда он трижды коснётся тебя этой веткой, отпусти пленницу. А пока стереги пуще глаза и открывайся только на час — ровно в полночь. Если же пленница не вернется назад в назначенный час, порази её на месте.

Вот и всё, — вздохнула девушка. — Теперь прощай. Я должна возвратиться в свою каменную могилу.

— Я спасу тебя, красавица, — успел прокричать ей в след Аслан, прежде чем каменная скала сомкнулась.

Наутро вернулся Аслан в селение, оставил стадо, попрощался с хозяином и отправился по свету искать ласточек. Ходил он от дома к дому, из села в село, но нигде не встретил ласточек. Вдруг в одном дальнем селении, на самой его окраине, заметил он маленький покосившийся дом, а под его крышей сновали две ласточки. Вошел юноша в этот дом и видит: одинокая старушка зажигает свечу.

— Здравствуй, матушка, — сказал Аслан.

— Добро пожаловать, — ответила она.

— Матушка, я чужой в этих краях, пусти меня переночевать?

— Гость всегда послан Богом, — сказала хозяйка. — Заходи.

Вошел Аслан в дом, старушка накормила его, напоила и спать уложила. На рассвете проснулся Аслан, вышел из дому и слышит: ласточки щебечут под крышей. Стал он прислушиваться и вдруг начал понимать птичий язык.

— Жёнушка, жёнушка,— щебетала одна ласточка.

— Что, муженёк? — откликалась другая.

— Посмотри, не тот ли это Аслан, который нас хлебными крошками угощал?

— Тот, тот.

— А зачем он сюда пришел?

— Хочет пленницу спасти, но не знает, как.

— Что ж, пусть он, уходя, трижды руку старой хозяйки поцелует и скажет трижды: «Спасибо, добрая матушка». Она его и научит.

Тогда пошёл Аслан к старушке, видит: она уже встала.

— Я спешу, матушка, позволь с тобой попрощаться, — сказал он и, прощаясь, трижды поцеловал ее руку и трижды повторил: «Спасибо, добрая матушка».

— Славный ты парень, — промолвила старушка. — Иди и ничего не бойся. — Знаю я, что тебе надо победить трёхглавого дэва и освободить дочь царя Зарзанда. Вот тебе четырнадцать желудей. Четырнадцать дней ты будешь скакать в замок дэва, и каждый день будешь съедать по жёлудю, становясь сильнее день ото дня. Вот тебе еще два ореха а придачу. Как отойдёшь от села, спрячься, чтоб тебя никто не видел, и расколи их. Увидишь, что будешь. Вот тебе ещё кувшин воды и мешочек муки. Крепость сторожит мать дэва. Брызни ей водой в лицо, она уснёт на три дня. Рядом с ней в вазе стоит зелёная миртовая ветка. Возьми её и торопись к пещере.

Поблагодарил Аслан хозяйку и отправился в путь.

Сначала, как велела старушка, нашёл он укромное местечко, разбил там орехи. Из одного вышел огненный конь, а из другого выпали меч, щит и воинские доспехи. Облачился Аслан в доспехи, взял щит и меч, сел на коня и поскакал в замок дэва. Увидел мать дэва у ворот, брызнул ей в глаза водой и усыпил ее на три дня, а потом схватил миртовую ветку и поскакал на своем коне прочь. Три дня скакал Аслан, не останавливаясь, а на четвёртый слышит: несутся за ним вскачь дэв и его мать и вот-вот догонят. Тут молвил ему конь человеческим голосом:

— Аслан, развяжи мешок и развей муку по ветру.

Открыл Аслан мешок, рассыпал муку и вырос вслед за ним непроходимый лес. Заблудились дэвы в лесу и пока пробирались сквозь шипы и колючки, далеко ускакал Аслан с миртовой ветвью. Скакал он, скакал, а через день снова услышал рев за спиной и понял: выбрались дэвы из леса и снова догоняют его.

— Не уйти нам от погони, — сказал Аслану огненный конь. — Придётся с трехглавым дэвом сразиться.

Повернул Аслан коня и помчался навстречу дэву. Ударом меча отсек он дэву одну из трёх голов. Кинулся на него разъярённый дэв, но огненный конь со всей силой ударил чудовище копытом, закачался дэв от удара, растерялся, а юноша отрубил ему вторую голову. Рассвирепел дэв, кинулся к высокой горе, отломал вершину и стал крошить ее и кидать каменные глыбы в Аслана. Но ловко прикрывался щитом храбрец и ни один камень не задел его. Все камни разбросал дэв. А когда повернулся и стал отламывать вершину у второй горы, подскочил к нему юноша на огненном коне да и снёс ему третью голову. Рухнул бездыханный дэв за землю, а Аслан повернул коня и помчался к пещере. Вдруг видит, откуда ни возьмись, раскинулось перед ним огромное озеро.

— Осторожнее, Аслан, — предупредил его конь. — Это мать дэва колдует. Вырви из моей гривы три волоса и брось на воду.

Вырвал Аслан три волоса из гривы, бросил на воду, и превратились они в крепкий мост. Проскакал Аслан по нему через озеро и оказался у той самой скалы, где в заточении была красавица. Трижды ударил по камню зелёной миртовой веткой и проговорил:

— Камень, камень, отворись, выпусти дочь царя Зарзанда.

Распахнулась скала, выбежала из пещеры красавица и стала благодарить своего спасителя. А он ей в ответ:

— Дочь царя Зарзанда, не меня благодари, а одну бедную старушку. Позор нам, если мы забудем о ней и не возьмём с собой во дворец твоего отца.

Сели они вдвоём на коня и поехали к ней. Обрадовалась старушка, быстро собрала свои вещи в узелок и сказала:

— Вы скачите на коне, а я и так от вас не отстану.

Тут сняла она с головы платок, расстелила на земле, встала на него и полетела за ними вслед.

Вот прибыли они на границу царства грозного царя Зарзанда, а перед семью горами стоит надежная охрана и никого не пропускает. Не пустили стражники ни Аслана с царской дочерью, ни старушку.

— Что ж, — сказала старушка. — Придется лететь по воздуху. Расстелила она свою большую шаль, все поместились на ней; взвилась шаль под облака и перенесла их через все семь гор.

Прилетели они к дворцу, и Аслан хотел сразу пойти к царю, но девушка остановила его:

— Не ходи, Аслан, все его визири высоко сидят, а назири — далеко глядят и тебе навредят. Каждый из них мечтал, чтобы я вышла замуж за его сына; а как узнают назир-визири, что ты мой жених – не сносить тебе головы.

— Тогда я схожу к царю, — предложила старушка. Влюбленные согласились, а царская дочь дала ей медальон с портретом своей матери.

— Если тебе не поверят, — сказала она, — то покажи этот медальон и скажи:

«Мой отец самый сильный, а моя мать самая красивая», — так я говорила о них в детстве. Услышав эти слова, мой отец всё поймет.

Пошла старушка к воротам дворца и села на каменную скамью, на которую садятся сваты. Подошел к ней слуга и спрашивает:

— Что тебе надо, старая женщина?

— Я пришла сватать дочь царя Зарзанда.

— Но у царя нет дочери.

— Как это нет? Есть. Ведите-ка меня к царю.

Пришел слуга к царю, рассказал ему о странной женщине у ворот, а царь и говорит:

— Хочу я посмотреть на эту бессердечную старуху, которая решилась посмеяться над моим горем.

Подошел царь к окну, поглядел на неё издали, отвернулся и хотел уйти обратно в царские покои, а старушка заметила его и крикнула, что было силы:

— Мой отец самый сильный, а моя мать самая красивая!

Услыхал царь эти слова, дрогнуло его сердце, и велел он, чтобы старушку пропустили. Вошла она в царские палаты, а царь ее спрашивает:

— Скажи, старая женщина, откуда известны тебе слова, что любила говорить в детстве моя дочь? Бедняжку утащил дэв, и с тех пор нет у меня больше дочери.

— Твоя дочь сама и научила меня, — сказала старушка и протянула царю медальон.

Тут царь понял, что дочь его жива и здорова. А как увидел он свою красавицу, тут же приказал выдать ее замуж за спасителя, за храброго Аслана, и устроили во дворце свадебный пир.

Вдруг на пиру подошёл к Аслану царский конюх и говорит:

— В конюшню залетел овод, он так жалит коней, что мы боимся, как бы они все не взбесились.

Собрался Аслан в конюшню, а старушка ему и говорит:

— Подожди, Аслан. Я сама схожу.

Зашла она в конюшню, зажгла две сухие ветви и выкурила назойливого овода. Сразу догадалась мудрая женщина, что злым оводом обернулась мать дэва, и решила, что надо Аслана от ее козней беречь.

Ночью, когда все уснули, тихонько вошла старушка в комнату жениха и невесты, встала у них в изголовье. Ровно в полночь раздался в спальне тихий шорох. Видит она: подбирается к Аслану огромная змея. Схватила старушка острый трезубец и вонзила его прямо в голову змеи. Змея пискнула и испустила дух. И тут все увидели, что не змея это вовсе была, а коварная мать дэва.

За мудрость и доброту щедро наградили царь с царицей бедную старушку и воздали ей большие почести. Семь дней и семь ночей пировали во дворце. Так храбрый Аслан нашел своё счастье, и вы найдете своё.

ТРИ ЖЕЛАНИЯ

Жил на свете бедный дровосек, и всё, что он имел: топор в руке, да жена на шее. Каждый день, заткнув за пояс свой топор да намотав на руку веревку, уходил он в лес и до позднего вечера рубил деревья, колол дрова и тащил их домой, чтобы продать и прокормить семью.

Однажды заметил дровосек под деревом огромную корягу, в три обхвата. «Мне повезло, столько дров сразу наколю!» — обрадовался бедняк, вытащил топор и со всей силой ударил по коряге. Вдруг как из-под земли вырос перед ним старик с длинной белой бородой.

— Сынок, — сказал он, — не разрушай мой дом, а за это я дам тебе скатерть. Только смотри, не говори по дороге домой:

Скатерть, милая скатёрка,
Покажи себя, скатёрка!

Взял дровосек подарок, понес домой, но на полпути призадумался: почему это старик не велел ему скатерть разворачивать, да заветные слова говорить? Разобрало бедняка любопытство, не стерпел он, да и говорит:

Скатерть, милая скатерка,
Покажи себя, скатерка!

И только промолвил эти слова, как скатерть сама собой развернулась, и на ней откуда ни возьмись появились самые вкусные, самые замечательные угощенья и напитки. Обрадовался дровосек, тут же присел к столу, поел-попил, и снова повторил:

Скатерть, милая скатерка,
Покажи себя, скатерка!

Волшебная скатерть свернулась сама собой. Не чуя под собой ног от радости, побежал дровосек домой.

— Эй, жена! — закричал он с порога. — Смотри, что я из лесу принес. Скатерть — всем на удивление... Только спрячь-ка ее подальше и не смей говорить:

Скатерть, милая скатерка,
Покажи себя, скатерка!

Обрадовалась жена, припрятала скатерть, а как только муж ушел из дома, достала ее, покрутила в руках, и стало ей так любопытно, что это за скатерка? Недолго думая, сказала жена заветные слова:

Скатерть, милая скатерка,
Покажи себя, скатерка!

Скатерть тут же развернулась перед хозяйкой, и откуда ни возьмись, появились на ней удивительные угощенья, чего там только не было, разве что птичьего молока не доставало. Наелась вдоволь жена дровосека и убрала волшебную скатерть на место. С той поры муж и жена жили – не тужили. Как только вздумается, доставали свою скатерть, произносили заветные слова, лакомились от души и не могли нарадоваться своему счастью, ведь они вырвались, наконец, из горькой нищеты и больше не задумывались о хлебе насущном.

Но однажды дровосек подумал-подумал и говорит своей жене:

— Пойду-ка я еще схожу в лес к той самой коряге, навещу старика. Если у него нашлась такая скатерть, то может быть, еще что-нибудь для нас отыщется?

Пришел дровосек в лес, отыскал знакомую корягу и давай бить по ней топором: стук-стук...

И снова перед ним как из-под земли вырос белобородый старик.

— Я же тебе, сынок, подарил скатерть, чтобы ты оставил мой дом в покое, — сказал старик. Зачем же ты опять стучишь ко мне? Ну, так и быть, раз уж пришел, подарю я тебе еще и маленький жернов. Но только смотри, больше тут не появляйся...

— Зачем мне этот жернов? – удивился дровосек.

— А вот зачем, — ответил старик. Как будет нужда, скажешь:

Жернов, жернов, милый жернов,
Покажи себя, мой жернов!

Принес дровосек жернов домой и, как только произнес заклинание, жернов начал вращаться и молоть муку. И столько из него посыпалось муки, что жена уже и не знала, куда ее девать. Наполнила все свои мешки, сбегала за мешками к соседям, весь дом заставила мешками, и тогда решила жена дровосека торговать мукой. Но сколько она ни продавала, мука из жернова все сыпалась и сыпалась, и ее всегда оказывалось вдвое больше, чем продано. Стали они богатеть не по дням, а по часам.

Но прошло немного времени, и решил разбогатевший дровосек снова в лес сходить, старика навестить, любопытно ему стало, чем же старик откупиться на этот раз?

«Если у него нашлась волшебная скатерть и чудесный жернов, наверняка, есть что и получше», — решил он и как в былые времена заткнул за пояс топор, намотал веревку на руку и отправился в лес. Нашел знакомую корягу и стал по ней стучать топором: стук-стук... И снова появился перед ним белобородый старик.

— Что опять явился? – спросил он. — Скатерть я тебе подарил, жернов тоже, нет теперь у тебя теперь нужды дрова колоть да в лес ходить. Зачем же ты снова пришел и разрушаешь мой дом? Ну, ладно так и быть, возьми эту курицу и больше меня не тревожь. Но смотри, не говори по дороге:

Ну-ка, милая несушка.
Покажи себя, несушка!

Взял дровосек курицу, понес ее домой, но по дороге снова не утерпел.

Ну-ка, милая несушка,
Покажи себя, несушка!

Сказал крестьянин заветные слова и тут же на ладони у него появилось золотое яичко. Обрадовался он, прибежал домой:

— Смотри, жена, что я принес: это не курица, а настоящее сокровище...

И снесла эта курица столько золотых яиц, что за один год дровосек с женой сказочно разбогатели. Построили высокий дворец, посадили вокруг роскошный парк, завели прислугу. Жену дровосека теперь стало не узнать: прежде она с утра до вечера с кизяком возилась, а теперь ходила только в шелках да атласе, в рубинах и кораллах, и столько было у нее дорогих колец, что пальцев не хватало, чтобы все перемерить. Стали муж и жена жить душа в душу и ни в чем не знали нужды. Но однажды пришел день, когда и этого бывшему дровосеку стало мало, и как в былые времена заткнул он за пояс топор, намотал на руку веревку и отправился в лес. Отыскал там старую корягу и хвать по ней: стук!

Раз ударил, другой, и тут выскочил из-под коряги тот самый старик и, схватив свою белую бороду руками сердито закричал:

— Ай-яй-яй! Опять ты явился разрушать мой дом? Три добрых дела сделал я для тебя, а тебе все мало... Раз так, прими от меня на память эту дубинку. Только смотри, не говори по дороге:

Дубинка, дубинка.
Покажи себя, дубинка!

Радости дровосека не было предела. «Ай, да старик! – подумал он. — Опять не поскупился!» Схватил крестьянин дубинку, побежал домой, чтобы скорее обрадовать жену, да на полпути не утерпел.

Дубинка, дубинка,
Покажи себя, дубинка!

Едва он произнес эти заветные слова, как дубинка сама выпрыгнула у него из рук, ударилась оземь и снова подскочила. Остановился дровосек и ждет: что же на этот раз посыплется из дубинки? Но дубинка, подскочив, начала колотить его, что было мочи: сначала по голове, потом по спине... Как не старался крестьянин увернуться, как ни пытался поймать ее — всё напрасно. Дубинка без остановки охаживала его до тех пор, пока он без сил не рухнул на землю. Долго ли, коротко ли он так лежал, но шли мимо добрые люди, подняли дровосека, привели в чувства и проводили до дома.

Подошел дровосек к своему дому и видит: стоит на месте роскошного дворца, его старая лачуга. А в ней больше нет ни курицы, которая несет золотые яйца, ни чудесного жернова, ни волшебной скатерти. И только сидит в углу его жена в заштопанном платье и сучит нитки веретеном.

ПЯДЬ РОДНОЙ ЗЕМЛИ

Вечерняя прохлада опустилась на персидскую столицу – шумный Тизбон. Город оживал после дневного зноя, и только в роскошном дворце Сасанидов царила напряженная тишина.

Задумчиво сидел на своём троне царь Шапух, ни один мускул не шевелились на его властном лице и только драгоценные камни мерцали на его тиаре, отражая последние лучи заходящего солнца. Но вот тяжелые занавеси тронного зала раздвинулись, бесшумно вошёл распорядитель дворцовых приемов и раболепно склонился перед царем.

— Разреши молвить, повелитель... — едва слышно произнес он. — Прибыли маги и звездочеты во главе с верховным жрецом.

Высокая тиара чуть качнулась на голове Шапуха, он повел рукой, и распорядитель приемов, пятясь, покинул зал.

Размеренным шагом в зал проследовали самые известные в стране маги и чародеи и остановились в двух шагах от трона.

Шапух приветствовал их едва заметным поклоном, подождал, пока они расселись на подушках у стены, а потом заговорил:

— Всем вам известно, что вот уже тридцать лет воюем мы с государством армян, никак не можем заставить их принять священное учение Лура-Мазды и склонится, наконец, перед нашим могуществом. Я послал приглашение армянскому царю Аршаку и во что повелел написать в нём:

— «Хватит нам враждовать друг с другом. Приезжай ко мне в Тизбон, и станем мы отныне как отец и сын, и пусть воцарятся между нами мир и дружба!»

Поверил мне царь Аршак, едет в Тизбон вместе со спарапетом Васаком Мамиконяном... Но неспокойно у меня на душе. Не верю я, что царь армян передаст свою страну и народ свой под власть мою, отвернется от Византии и перестанет знаться с проклятым племенем кочевников. Сначала я хотел было отпустить его с почестями обратно, но теперь опасаюсь, что возвратившись домой, он откажется повиноваться мне. Посоветуйте же, мудрые мужи арийские, как мне поступить?

Первым поднялся верховный жрец огнепоклонников, воздев руки к небу, он проговорил:

— Живи во славе и счастье, царь царей! Мудро ты поступаешь, помня о заповеди: «Трон — опора алтарю, и алтарь — опора трону». Мудро поступил ты и тогда, когда пригласил царя армян к себе в Тизбон, не зря говорят: льва заманивают в западню приманкой, а человека — добрым словом. Я воззвал духом своим к великому Ахурамазде, и вот что открылось мне: прими с почетом гостя своего, развлекай его пирами и охотой, пока не привезут тебе из страны армян два мешка земли и бурдюк горной воды. А как привезут – прикажи слугам посыпать половину тронного зала персидской землей и окропить ее нашей водой, а другую половину зала посыпать армянской землей и окропить водой армянской. И еще прикажи, чтоб расстелили на первой половине зала ковры персидские, а на второй — армянские. После этого пройди с царем армянским сначала туда, где посыпана персидская земля, и задай ему несколько хитрых вопросов... Потом пройди с ним туда, где пол посыпан землей его родины, и задай ему те же вопросы... Тогда и узнает повелитель арийцев: останется ли верен царь армян союзу с Персией, если ему позволят уехать с миром в его Армению...

Тотчас послал Шапух гонцов на быстроногих беговых верблюдах в Армению за землей ее и водой ее. И доставили они то, что им было приказано. А царь всё сделал так, как посоветовал ему верховный жрец.

Вот прибыли в шумный Тизбон армяне, и Шапух принял их с великими почестями: два дня он чествовал их пирами, пригласил на большую охоту, а на третий день передал через смотрителя дворца приглашение пожаловать к нему в тронный зал.

Взяв за руку царя Аршака, Шапух вёл его по тронному залу и, когда дошли они до половины зала, посыпанной персидской землей, персидский царь ласково спросил:

— Ответь мне, царь армян, почему ты затаил в сердце вражду против меня и тянешься к врагам арийской державы — Византии коварной и варварам-кочевникам? Ведь я возлюбил тебя как сына, собирался отдать тебе в жены свою дочь... А ты не принял моей дружбы и вот уже сколько лет враждуешь со мной, не хочешь мне покориться!

Горела под ногами у Аршака чужая земля, пал он духом и ответил, потупив взор:

— О, царь арийцев, я признаю свою вину...

Но вот увлек его Шапух, беседуя, на ту половину тронного зала, где пол был посыпан землей армянской и окроплен водой армянского родника. Воспрянул духом армянский царь и на повторные упреки Шапуха с возмущением ответил:

— Не пытайся притворной лаской обмануть меня, искуситель! Разве могу я забыть пролитую тобой кровь моих соотечественников, опустошение моей родины посланными тобой разбойничьими войсками?! Вижу, что допустил я ошибку, дал себя обмануть лукавыми обещаньями мира. Но ведь так жаждет мира мой измученный, трудолюбивый народ!

Нахмурился Шапух и, напомнив, что вечером ждет гостя на торжественный пир в его честь, отпустил Аршака.

Вечером вошёл царь армян в тронный зал и удивился: его почетное место рядом с персидским царём было занято, и дорого гостя проводили в самый дальний угол. Там хозяева высыпали мешок армянской земли, окропили ее армянской водой и предложили царю сесть прямо на неприкрытый пол.

Возмутился Аршак, обернулся к Шапуху и гневно воскликнул:

— Ты что же забыл, хозяин, что я почетный гость, прибывший по твоему приглашению и что мое место рядом с троном, на котором восседаешь ты?! Знай, я не забуду этого унижения, и отомщу тебе, помню я, что ты — сын похитителя царского престола, который отнял его у законного наследника!

В самое сердце ранили эти слова Шапуха. Слишком хорошо он знал, как его прадед Арташир взошёл на персидский престол, обагрив свои руки кровью законного царя.

— Знай, дерзновенный, отныне не видать тебе страны своей, ты сгинешь у меня в тюрьме и горько раскаешься в своем неповиновении! — воскликнул персидский царь и приказал начальнику дворцовой стражи:

— Закуйте его в цепи и заточите в «Крепость забвения»!

Стража тут же бросилась к Аршаку:

— Ты заманил меня сюда обманом и предательством, коварный повелитель арийцев! Ты можешь заковать в цепи мои руки и ноги, но никогда не заковать тебе в цепи мой дух! – гордо ответил ему царь армян.

— Повелитель арийцев, веди себя как царь, а не как обманщик царей! – воскликнул пораженный предательством спарапет армян Васак Мамиконян. — Жаль, что я приехал сюда как гость и не взял с собой своего меча. Но помни, не всегда буду я безоружен, и рано или поздно придет возмездие за предательство твое!

— Эй, хитрый лис, ты думаешь, я забыл, столько лет ты истреблял лучшие отряды моих воинов?! Но вот наконец-то попал ты ко мне в ловушку, чтоб умереть смертью затравленного плута! — злорадно рассмеялся Шапух.

Спокойно прозвучал в ответ голос Васака:

— Это меня ты называешь теперь плутом? Но, помнится мне, что не так давно стоял я, опираясь ногами своим на две высокие горы. Когда переносил я всю тяжесть на правую ногу, — поддавалась под пятой у меня правая гора, а когда переносил всю тяжесть на левую ногу, — поддавалась под нею левая...

— Поведай же мне, — какие это горы попирал ты своей пятой? — усмехнулся Шапух.

— Так, значит, не знаешь ты, что одной горой был ты, а другой — кесарь византийский?! — насмешливо спросил Васак.

Пена выступила на губах у Шапуха, глаза его налились кровью:

— Смертью пойманной лисы умрешь ты у меня! — снова прошипел он.

— Ну что ж, доводи свое предательство до конца, державная лиса! – не дрогнув, ответил ему спарапет. — Но помни — ты можешь убить и меня, и моего царя, но поставить на колени народ армянский ты не в силах!

— Содрать с него кожу, набить соломой и послать в «Крепость забвения» в подарок его царю! — завопил обезумевший от ярости Шапух.

И, оглядев присутствующих, с усмешкой хладнокровно добавил:

— Ведь спарапет армян предан царю своему и был неразлучен с ним. Поэтому я не буду разлучать их — пусть вечно стоит он перед глазами царя своего!

С той поры ни днем, ни ночью не знала покоя жена плененного царя — прекрасная Парандзем, оплакивая участь мужа, выискивая способ передать ему весточку и не зная, как спасти его. И привиделся как-то измученной тяжелыми думами царице сон, как будто из окна «Крепости забвения» протянул к ней свои закованные в цепи руки царь Аршак, прильнул к решетке и безотрывно смотрит в сторону родины, словно хочет о чем-то поведать ей.

Едва дождалась утра Парандзем и велела послать за князем Драстаматом Камсараканом, толкователем снов, который слыл провидцем. Рассказала царица ему свой сон, и поник головой мудрый старец.

— Страдает наш царь от разлуки с родной страной... О том и поведал он тебе в вещем сне! – сказал князь с горечью. — Возьми щепотку земли с могил его предков и отошли ему, чтоб придала она сил нашему царю выдержать муки и не поддаться тоске по отчизне!

— Но кто же решится доставить эту землю царю во вражеский стан?! — горестно покачала головой Парандзем.

В ответ старец лишь улыбнулся.

Глазам своим не поверил царь Аршак, когда на плечо ему вдруг уселся проскользнувший между прутьями темницы сокол. Сразу заметил он мешочек на шее у верной птицы, развязал шнурок — и догадался, что находится в нем.

С благоговением поцеловал царь-узник ладанку с родной землей и спрятал ее на груди. В этот миг почудилось ему, что затянулись его кровоточащие раны, спали с рук и ног тяжелые кандалы и раскрылся тесный железный воротник с шипами, который до него носил византийский кесарь Валериан, также обманом плененный персами.

А сокол вспорхнул и опустился на плечо набитого соломой чучела, подвешенного на цепях в углу темницы. Шапух выполнил свою страшную угрозу: по его велению с Васака Мамиконяна содрали кожу и, набив ее соломой, повесили перед Аршаком, чтобы вечно мучился царь армян, сознавая свое бессилие отомстить деспоту за преданного спарапета.

Со слезами на глазах смотрел Аршак на сокола, который перелетел с одного плеча замученного товарища на другое, словно удивляясь тому, что хозяин не узнаёт, не ласкает его.

Тем временем воинская удача изменила Шапуху. Воинственные кочевники, как ураган, пронеслись над Персией и разбили его войско, а сам царь с несколькими приближенными попал в засаду. Гибель его казалась неизбежной. Но вдруг вдали показался отряд всадников. Увидев его, кочевники опустили оружие и отступили. Шапух не верил своему счастью, он был спасен от позорного плена и неминуемой смерти: степняки ни за что не пощадили бы ненавистного царя персов.

Спасителем царя персов оказался армянский князь Драстамат Камсаракан.

Вернувшись в родной Тизбон Шапух в присутствии знатнейших своих сановников поведал о подвиге князя Драстамата и, обращаясь к нему, сказал:

— Ты спас жизнь и честь царя арийцев. Проси что пожелаешь, ты ни в чём не получишь отказа!

Тогда склонился перед ним князь и молвил:

— Повелитель, позволь мне, увидеть моего царя, чтоб я мог хоть на день снять с него оковы и оказать ему почести, подобающие повелителю всех армян!

Рассердился Шапух, услышав такую дерзкую просьбу, но не мог не сдержать своего обещанья, данного в присутствии знатнейших вельмож Персии.

— Возьми назад просьбу свою, князь Драстамат... — хмуро ответил он. — Разве ты не знаешь, что имя человека, заключенного в «Крепости забвения», никогда не упоминается в присутствии царя и навсегда предаётся забвению? Своей просьбой ты нарушил этот запрет, и я могу казнить тебя! Но я прощаю тебе твой проступок, ибо велик совершенный тобой подвиг и велика заслуга твоя перед персидским троном. Ступай с миром, обдумай свои слова и проси себе достойной награды — проси земель, проси сокровищ и золота!

— Я уже высказал тебе просьбу свою, повелитель арийцев! — твердо сказал Драстамат. — Не нужны мне ни почет, ни земли, ни богатство. Теперь тебе решать, выполнить её или нет.

Нечего было возразить царю арийцев, дал он князю почетную охрану и именной указ с царской печатью и разрешил ему войти в «Крепость забвения». И вот настал заветный день — с лязгом распахнулись перед Драстаматом ржавые ворота темницы, в которой томился армянский царь, князя провели темными переходам, и открыли перед ним дверь каземата.

Драстамат с ужасом и яростью оглядел его полутемную каморку: в углу была свалена охапка соломы — ложе царя; на полу — ячменная лепешка и миска с водой – его обед.

Волоча тяжелые цепи, к двери подошел сам Аршак. Мертвенно бледным стало его лицо, подбородок зарос всклокоченной бородой, но священным огнем горели впавшие глаза.

Драстамат бросился к узнику, обнял его, поцелуями покрывая скованные руки.

— Ты ли это, мой верный Драстамат?! — взволнованно спросил Аршак. — Как добрался ты до этого земного ада?!

Не отвечая ему, Драстамат обернулся к начальнику тюрьмы и повелительно махнул рукой.

В комнату тотчас вбежали тюремщики и кузнец, они расковали царя, сняли с него тяжелые цепи. Потом внесли в темницу тюки с одеждами, корзины и ящики со съестными припасами, кувшины с вином и флаконы с благовониями. Драстамат сам омыл теплой водой царя, умастил его душистыми маслами и облачил его в царские одежды. Затем, усадив на шелковые подушки, разложил перед ним подносы с изысканными яствами, отбил горлышко у запечатанного кувшина с десятилетним вином.

Но прежде чем отпить из золотого кубка, Аршак с тревогой спросил:

— Какие вести привез ты из Армении?! Поднялся ли народ на борьбу с врагом?

— Не тревожься, государь, растёт сопротивление, земля уже горит у врага под ногами! — успокоил его Драстамат.

И стал он рассказывать царю о родной земле; о сыне замученного спарапета, Мушеге Мамиконяне, как он, собрав сорокатысячное войско, дал отпор ворвавшимся персам; как пешие воины Мушега, изловили коней убитых врагов и сами стали искусными наездниками, вступив в конные отряды; бойцы, не имевшие, кроме пращи, вскоре превращались в искусных лучников; ополченцы, вышедшие на бой лишь с дубинками и косами в руках, вскоре обзаводились мечами, копьями и щитами. Рассказал он и о младшем сыне погибшего спарапета, своим мечом юноша вспорол брюхо боевому слону, на котором сидел персидский военачальник. Смертельно раненый слон рухнул на землю, но юный смельчак не успел увернуться и погиб под тушей исполина.

Драстамат всё говорил и говорил, а царь жадно слушал его, боясь пропустить хотя бы одно слово, умолял продолжать, не останавливаться.

Рассказал Драстамат и о том, что потерпевший поражение в бою около горы Нпат персидский царь едва не попал в плен и бежал в Тизбон в такой спешке, что Мушег смог захватить его казну и даже весь царский гарем, который Шапух всюду возил с собой. Горя местью за отца-мученика, Мушег велел содрать кожу со всех захваченных в плен персидских полководцев и, набив соломой, отослать Шапуху, но и пальцем не тронул молодой армянский спарапет женщин царского гарема и повелел отправить их в Тизбон, заявив, что с женщинами он не воюет.

Великодушие Мушега поразило персидского царя: ни он сам, ни предшественники его никогда не поступали так с пленницами.

Но, увы, пристыженный великодушием юного спарапета Шапух не был столь бескорыстен, он не вернул сыну прах отца и не помиловал своего царственного пленника.

Окончил свой рассказ Драстамат, но, заметив, что Аршак загрустил, снова наполнил его кубок вином и протянул царю со словами:

— Выпей, государь, — вино смывает накипь с сердца! Поверь мне, пройдут черные дни, и снова улыбнется тебе счастье!

Затем, наклонившись к Аршаку, он тихо договорил:

— Завтра я должен покинуть «Крепость забвения» — так повелел царь персов. Но тебя я не могу оставить здесь: страна Армянская ждет тебя, и ты должен вернуться на родину!

В ответ на удивленный взгляд Аршака, князь продолжал:

— Я уже всё обдумал: ты переоденешься в мою одежду, накинешь на себя мой плащ, возьмешь именную грамоту Шапуха и под покровом ночи покинешь эту проклятую обитель заживо погребенных! Мои телохранители и быстрые кони ждут тебя в роще за ближайшим холмом.

— Нет, нет... Я не могу на это пойти! — решительно возразил Аршак. — Возвращайся в Армению и отвези мой завет сыну моему Папу: пусть и он, по примеру доблестного Мушега, поднимет меч отца и не опускает его до тех пор, пока последний захватчик не будет изгнан из страны Армянской! Ступай, мой Драстамат, да пребудет с тобой мое благословение.

— Не упорствуй, государь! — взмолился Драстамат. — Родина призывает и ждет тебя, и ты обязан услышать ее зов! Ведь только ради твоего спасения я спас жизнь ненавистному Шапуху...

Молча смотрел Аршак на кубок с вином, вспоминая былую свою славу, вспомнил и народную песню о тоскующем вдали от родины несчастном царе Арташесе:

...О если б дым Отчизны мне вернули.
В тот летний день, когда приходит Навасард,
Когда олени в пенной синеве тонули,
Под переливы труб, и звук охотничьих фанфар...

Встал Аршак, подошел к замученному спарапету и горестно спросил:

— Где же был твой меч, мой бесстрашный Васак?!

Пустыми глазницами смотрел Васак на царя.

И вспомнил Аршак те дни, когда вместе с Васаком гнал он врагов из страны армянской, вспомнил, сколько они не успели сделать и, вздохнув, залпом осушил поданный Драстаматом кубок. Затем, обращаясь к нему, решительно сказал:

— Прощай, мой верный Драстамат! Помни, что ты принес своему царю покой и утешение в последний час. Я умираю счастливый, ибо знаю, что есть защитники у моей отчизны, что сумеет она отстоять свою свободу. Не вкладывай меч в ножны, пока последний захватчик не будет изгнан из пределов нашей страны!

И схватив лежавший на блюде острый нож, Аршак вонзил его в свое сердце. С ужасом увидел Драстамат, как рухнуло на пол тело царя, и кровь окрасила каменный пол казомата...

Когда весть о гибели царя достигла Армении, в скорбь погрузилось нагорье. Но вскоре двое сыновей, царевич Пап и молодой спарапет Мушег, выполнили наказ своих отцов и изгнали врагов с родной земли.

ЦАРЕВИЧ-ЗМЕЙ

Давным-давно жили-были старик со старухой. И не было у них детей.

— Кто же позаботится о нас, когда мы совсем состаримся и станем немощными? — горько вздыхала старуха. — Кто похоронит нас, когда мы умрем? Ведь нет у нас ни детей, ни внуков,

— Жена, Господь милостив, — отвечал ей муж, — он сам позаботится о нас, раз не дал нам детей. Не переживай, мы сами будем работать и сможем прокормить себя.

Нелегко приходилось старикам. Каждый день в зной и стужу они ходили в лес, рубили дрова, а потом продавали их. Этим и жили. Как-то раз пошел старик в лес, нарубил дров, взвалил на свои плечи вязанку и вдруг видит: вылетела из кустов дикая утка.

— Дай-ка посмотрю, что там, — сказал сам себе старик, раздвинул кусты и нашел в траве три яйца. Обрадовался старик и принес яйца домой.

— Смотри, что сегодня Бог послал нам на ужин, — сказал он жене, протягивая яйца, — Я так проголодался, изжарь одно утиное яйцо и вместе поужинаем. Съели они одно яйцо. На другой день старик попросил жену приготовить на ужин второе яйцо.

— Послушай, муженек, — сказала старуха, — соседская курица могла бы высидеть оставшиеся два яйца. Из них вылупятся утята, а когда они подрастут, у нас каждый день на столе будут свежие яйца.

— Приготовь мне еще одно яйцо, а с последним поступай, как хочешь, — ответил ей старик.

Они съели и второе яйцо, а третье, последнее, старуха отложила, чтобы положить его потом под курицу-наседку.

На следующий день вернулся старик с дровами из леса, а старуха криком кричит, боится в дом войти.

— Что стряслось, жена? – спросил он. — Почему ты так кричишь и в дом не заходишь?

— Из того яйца, что я отложила, чтобы высидеть утенка, вылупился не птенец, а змеёныш!

— Быть этого не может! – удивился старик. Я сам видел, что на этих яйцах сидела дикая утка. Не мог из утиного яйца вылупиться змей!

— Вон он ползет! Возьми скорее палку и убей его, — взмолилась старуха.

— А где же палка?

Пока старуха искала посох мужа, змей выполз на порог и заговорил человеческим голосом:

— Ищите палку, чтобы прикончить меня, да? Так знайте, нет на всём свете такого человека, который смог бы меня убить. Не пытайтесь избавиться от меня, а делайте то, что я вам скажу, и с этого дня заживете припеваючи. А не станете меня слушать, то я сам убью вас обоих. Вспомните, вы так долго молили Бога, чтобы он послал вам ребёнка, и Господь услышал ваши молитвы. Он послал меня, чтобы я стал вашим приемным сыном. Так что, дорогой отец, я хочу, чтобы ты завтра же отправился к царю и посватал за меня его младшую дочь.

— Ты в своём уме?! – изумился старик. – Кто я такой, чтобы так разговаривать с самим царём?! Я – нищий дровосек. Ты что же, хочешь, чтобы мне во дворце за такую наглость сразу голову отрубили? Да к тому же, ты – змей, так и женись на змее, зачем тебе девушка?

— Я - не змей, я - человек. Настанет день, и я вам расскажу, кто я на самом деле. Но помните: никто и никогда не должен узнать, что я не змей, а человек. Иначе я исчезну, и вы никогда больше меня не увидите.

Бедному старику ничего не оставалось, как оставить у себя змееныша. «Хорошо, что он нас со старухой не убил, — подумал старик про себя, — К тому же, говорят, змея в доме появляется к удаче. Может и нам со старухой, наконец, повезет?»

Утром взял старик свой посох и отправился в царский дворец. Только подошел он к воротам, увидели его стражники и сразу прогнали прочь. Снова подошел старик к воротам и присел на каменную скамью, поставленную напротив царских ворот для знатных гостей. На этом раз не стали стражники прогонять старика, а рассмеялись над ним. Один из воинов швырнул ему медную монету и, широко улыбаясь, сказал:

— Послушай, старый чудак! Эта скамья поставлена здесь для тех, кто хочет посвататься к младшей дочери нашего повелителя. Тот, кто садится на эту скамью, сразу даёт понять царю о своём намерении стать женихом его дочери, а может быть, и зятем ему самому. Неужели ты собрался жениться?! Если же ты, старик, пришёл сюда, чтобы на кого-нибудь пожаловаться, то встань со скамьи и спутай к судье.

— Ради Бога, служивые, позвольте мне войти во дворец. Мне очень надо поговорить с царём, — взмолился старик.

Но стражники не пускали его. На шум из дворца вышел царский вельможа:

— Что тут у вас происходит? – строго спросил он.

— Этот нищий старик хочет говорить с царём.

— О чём ты хочешь говорить с царём? – обратился вельможа к старику.

— Мой сын хочет жениться на его младшей дочери, вот я и пришел ее посватать.

Вернулся вельможа во дворец и сказал царю:

— Хочу поздравить ваше величество, наконец-то, объявился жених для вашей третьей дочери. Его отец сейчас стоит у ворот и ждет позволения войти.

— Зови! Что ж, послушаем, что он нам скажет, — оживился царь.

— Но хочу сразу предупредить вас, — замялся вельможа, — что этот человек не принадлежит к знатному роду. Это самый обыкновенный нищий.

— Вот как? – удивился царь и поднял вверх бровь. – Теперь всякий нищий проходимец считает возможным набиваться мне в зятья. По-моему, я слишком гуманный правитель?! Эй, советник?

— Да, мой царь.

— Отведите-ка сразу этого проходимца к палачу. А потом бросьте труп этого старика за городом на съедение бродячим псам. Пора преподать моим подданным урок.

Схватили стражники бедного старика, и палач тотчас казнил его.

Змей сразу почувствовал, что с его отцом случилась беда.

— Матушка, — обратился он к жене старика.

— Что тебе, сынок?

— Только что царские слуги убили отца, положили его тело в мешок и сейчас несут его по дороге, чтобы бросить за городом бродячим собакам. Скоро слуги царя пройдут мимо нашего дома, выйди на порог, скажи им, что ты жена этого несчастного и уговори их отдать тебе мешок.

Как услышала старуха, что ее старика больше нет в живых, села она у порога и зарыдала. А когда показались вдалеке царские воины, бросилась она к ним, упала в ноги и стала умолять отдать ей мешок с телом старика. Стражники с радостью отдали ей мешок, чтобы поскорее избавиться от страшной ноши. Несчастная женщина упала на мешок и зарыдала пуще прежнего:

— Они убили его! Они убили его! – причитала старуха. — Это всё из-за тебя, змееныш, — обернулась она в сторону Змея. – Это ты разрушил нашу жизнь.

— Не плачь, матушка, они всего лишь четвертовали его, вот и всё, — ответил Змей. — Да не убивайся ты так, он жив. Иди, приготовь ему чистую постель.

Женщина, вытирая слезы, ушла стелить постель для мужа. А когда вернулась, не поверила своим глазам. Ее муж целый и невредимый лежал на полу и мирно спал.

— Он жив, он, действительно, жив! – радостно воскликнула жена.

Подняли они вдвоем со Змеем спящего старика и перенесли его на кровать. Утром проснулся старик и чувствует, как будто заново родился. Подполз к нему Змей и спрашивает:

— Отец, помнишь, вчера я посылал тебя к царю. Так что он ответил?

Старик подробно рассказал Змею обо всём, что с ним приключилось:

— А потом я почувствовал удар меча палача и вдруг очнулся уже в своей постели... Я так и не понял, как я снова дома очутился ... Послушай, сынок, я же говорил тебе, что мне нечего делать во дворце. Царь даже не пускает на порог таких людей, как я. Каждый должен знать своё место.

— Послушай, отец, пойди во дворец еще раз и еще раз спроси царя, отдаст он за меня свою дочь или нет? Мне нужно знать его ответ.

Вздохнул старик и снова пошёл во дворец. Сел на каменную скамью перед воротами и стал ждать.

Увидел его из окна вельможа и доложил царю:

— Ваше величество, этот нищий старик опять вернулся.

Царь вскочил на ноги:

— Так вы не выполнили мой приказ?! Пощадили его?!

— О, нет, повелитель, мы выполнили твой приказ, — хором воскликнули десять царских советников. Вчера на наших глазах палач четвертовал этого нищего.

— Тогда сегодня не четвертуйте его, а изрубите на мелкие кусочки. Останки сложите в мешок, и бросьте его в реку, — приказал царь.

Царский приказ был незамедлительно исполнен. Воины схватили бедного старика и изрубили на мелкие кусочки. Змей снова почувствовал, что с отцом случилась беда, и сказал своей матери:

— Матушка, нашему отцу сегодня снова не повезло, опять казнили его, изрубили на мелкие кусочки, положили в мешок и сейчас несут мешок к реке, чтобы бросить в воду...

Рыдающая старуха опять села у порога и, увидев стражников, взмолилась:

— Сынки, это муж мой, — причитала она. – Разве кто-нибудь может противиться царскому гневу? Люди добрые, ради Бога, отдайте мне этот мешок, я хочу похоронить моего мужа, как положено.

Царские слуги снова оставили мешок у ее дома и ушли.

Горько зарыдала старуха над телом мужа, а Змей подполз к ней и говорит:

— Не плачь, матушка. Лучше закрой ворота и приготовь ему постель.

Старуха закрыла ворота, а пока она стелила постель, Змей заполз в мешок и каждый кусочек тела смазал своим чудодейственным ядом.

Вышла старуха во двор, смотрит, а её муж сидит на земле целый и невредимый. Она бросилась к нему, обвила шею руками и расцеловала. Но Змей одёрнул её:

— Матушка, погоди, ты сможешь поцеловать его позже. А сейчас ему нужно хорошенько выспаться. Но прежде я хочу поговорить с ним.

Старуха уложила мужа в кровать, а Змей принялся расспрашивать:

— Ну, что скажешь, отец?

— Сынок, на этот раз они снова не стали разговаривать со мной.

— Мне важно знать царский ответ, — вздохнул Змей. Отец, пойди и спроси его, а не то я весь его дворец переверну вверх дном.

— Сынок, — вмешалась старуха, — неужели ты хочешь, чтобы моего мужа превратили в пыль? Его итак уже дважды убивали.

— Матушка, не беспокойся понапрасну. Я ведь не просто Змей, а царевич-Змей и смогу вернуть отца к жизни всегда, пусть они его хоть сто раз убьют.

Нищий старик в третий раз отправился во дворец.

Пришел он к дворцу и, так случилось, что в этот момент царь вышел пройтись в сопровождении своих советников и придворных. Увидел царь сидящего на каменной скамье старика и спросил у своих подданных:

— Кто этот человек? И что он хочет?

Советники и вельможи от страха застыли на месте, боясь, слово вымолвить.

— Я задал вам вопрос, — рассердился царь, — почему вы молчите?!

— Многие лета здравствовать тебе, царь, — проговорил вельможа, отвечавший за выполнение царского приказа. – Это тот самый нищий старик, которого мы уже казнили дважды.

— Странно всё это, – удивился царь. – Непростой этот старик, наверное, колдун или чародей. Надо это выяснить. Скажите ему, пусть придет во дворец.

Вернулся царь в свои покои, уселся на трон и приказал слугам:

— Ну, зовите, старика!

Вошел нищий старик, старательно отвесил семь поклонов своему повелителю.

— Что тебе надо, старик? – спросил царь.

— Мой сын хочет жениться на твоей младшей дочери, вот Господь и привёл меня сюда, просить её руки.

— А ты раньше сюда приходил?

— Дважды. И вот пришел в третий раз, чтобы поговорить с тобой с глазу на глаз.

— Оставите нас вдвоем, — сказал царь, повернувшись к придворным, — я хочу выслушать этого старика без свидетелей.

— Пусть продлятся твои годы, о мудрый повелитель, — наперебой заговорили придворные и с поклоном удалились.

— Ну, теперь давай, отец, рассказывай, что твой сын за человек, чем он занимается? – спросил царь.

— Мой сын нигде не работает. По-моему, он и ремеслом-то никаким не владеет. Его любимое занятие — это лежать себе, свернувшись кольцами в углу комнаты. Да и не человек он вовсе. Дело в том, что он Змей.

— Вот так-так! Значит, твой сын и не человек вовсе?

— Мой сын – царевич-Змей.

Призадумался царь, а потом сказал:

— Хорошо. Если этот твой царевич-Змей, как ты говоришь, желает стать мужем моей дочери, пусть он сначала построит для неё достойный дворец, да такой высоты, чтобы его тень полностью закрывала мой дворец. И еще, всё должно быть готово завтра утром.

Услышал старик эти слова, и потерял дар речи. Разве можно построить дворец всего за одну ночь? Вернулся бедняк домой, а Змей подполз к нему и расспрашивает:

— Отец мой, чем ты опечален? Что-то случилось? Неужели ты принес мне плохие новости?

— Ох, сынок, — вздохнул старик, — царь хочет, чтобы ты, прежде чем свататься, построил для его дочери дворец, да такой высокий, что бы тень, которую он будет отбрасывать, полностью закрывала дворец самого царя. И всё это он требует к завтрашнему утру, иначе не отдаст за тебя свою дочь.

— Не печалься, отец, — сказал царевич-Змей – скажи, помнишь ли ты то место, где нашёл три яйца?

— Конечно, помню, сынок.

— Так вот, пойди туда, посмотри вокруг внимательно и увидишь змеиную норку. Наклонись к ней и скажи: «Молодая госпожа, молодой господин велит, чтобы ты послала ему маленький дворец со всей обстановкой и двенадцать слуг в придачу».

Пришел старик в лес, нашел змеиное логово и только произнес над ним заветные слова, как голос из-под земли тотчас ответил ему:

— Уже посылаем, добрый человек!

Вернулся старик домой и видит: на месте его бедной лачужки стоит роскошный дворец, высотою в целых семь этажей. Вокруг дворца расцвели пышные сады, в садах заструились фонтаны, а перед дворцом благоухают розовые кусты, каких бедняк никогда не видел. Вошел он во дворец и ахнул: на полу повсюду мягкие ковры, на стенах удивительные картины. Царский дворец, где старик побывал вчера, теперь показался ему бедной хижиной, по сравнению с тем дворцом, который выстроил Змей.

Еще больше удивился старик, когда подошли к нему слуги, поклонились до земли и помогли ему переодеться в царственные одежды, которые были великолепны и стоили не меньше, чем тысячу серебряных монет. Потом набросили ему на плечи мантию из соболиного меха и, наконец, вручили посох, украшенный драгоценными камнями.

Змей выполз навстречу старику и сказал:

— Отец, теперь ты смело можешь пойти к царю и посватать за меня его дочь. Я уверен, дело идёт к свадьбе.

Гордой походкой отправился старик во дворец. Как увидел вельможа его в дорогом одеянии, так и замер на месте от удивления и не мог проронить ни слова.

— Ну, что же ты стоишь и глазеешь на меня? – улыбнулся, старик. – Пойди, доложи царю, что сват пришел.

Вельможа со всех ног бросился к царю.

— Пусть войдёт, — приказал царь.

Вошел старик в тронный зал и гордо встал перед царём. Царь был в замешательстве. Вид у бедняка был такой, словно он и сам могучий властелин. «Неужели это всё тот же нищий?» — подумал царь, а вслух спросил:

— Ты сделал то, о чём я тебя просил?

— А ты выйди на балкон, повелитель, и сам посмотри.

Царь вышел на балкон и увидел прекрасный дворец, да такой большой, что его собственный замок померк в его тени. Новый дворец поднялся от земли на целых семь этажей, в свете солнечных лучей переливались золотые и серебряные кирпичи, из которых он был сложен, а орнаменты, из драгоценных камней, так сияли, что на них было невозможно долго смотреть. Причмокнул царь языком: понравился ему новый дворец, который своим блеском освещал весь город. У самого-то царя дворец был высотой всего в пять этажей и сложен из самого обычного кирпича.

— Что ж, — сказал потрясенный повелитель, — пожалуй, с этих пор я не буду больше называть тебя стариком. Теперь я буду величать тебя своим другом. Вот смотрю я на этот дворец и не могу понять, как ты это сделал, а? Кстати, у меня к тебе будет ещё одна просьба.

— Постараюсь её исполнить, повелитель.

«Да, этот старик не так прост, — подумал про себя царь, — того и гляди уведёт мою дочь, если я буду таким сговорчивым», — а вслух произнес:

— Я хочу, чтобы теперь ты привёл мне караван из семи верблюдов, гружённых доверху бриллиантами, изумрудами, сапфирами и рубинами. Пусть к моему дворцу их пригонит погонщик, да не простой, а ростом с аршин и с бородой в семь аршин.

Вернулся старик домой, а Змей к нему подползает и спрашивает:

— Отец, что сказал царь?

— Он хочет, чтобы к его дворцу я привел караван из семи верблюдов, доверху гружённых бриллиантами, изумрудами, сапфирами и рубинами. А погонщик этого каравана должен быть сам ростом с аршин и с бородой в семь аршин.

— Ну что же, справимся и с этим, — ответил царевич-Змей. – Ступай снова в лес к змеиной норе и скажи: «Молодая госпожа, молодой господин велит, чтобы ты послала ему семь верблюдов, доверху груженных бриллиантами, изумрудами, сапфирами и рубинами. И чтоб погонщик был сам ростом с аршин и с бородой в семь аршин»

Пришел старик в лес, наклонился над змеиным логовом и только произнес заветные слова. Как тотчас голос из-под земли ответил ему:

— Караван уже в пути, добрый человек.

Вернулся старик к своему дворцу и видит: стоит у ворот караван из семи верблюдов, а на первом верблюде сидит погонщик, сам ростом с аршин и с длинной бородой в семь аршин, и борода эта у него лихо закручена вокруг пояса.

Отвел старик караван с несметными сокровищами к царскому дворцу и сказал:

— Многие лета здравствовать тебе, повелитель, выполнил я вторую твою просьбу – привел караван с драгоценностями, как ты просил.

Обрадовался царь и велел перенести все дары от жениха-Змея в свою сокровищницу. А сам зачерпнул горсть драгоценных камней из первого попавшегося мешка и спросил у придворного ювелира:

— Сколько будет стоить самый маленький из них камней?

— Тысячу серебряных монет, повелитель, — ответил ювелир.

Потирая руки, довольный царь подозвал к себе старика:

— Дорогой мой приятель, ты прекрасно выполнил моё второе поручение. Это так. Только будет тебе ещё задание. Я хочу, чтобы ты выткал огромный ковер, да такой, чтобы он простирался от моего дворца до храма и от храма до твоего дворца, и нигде не прерывался. И еще посади вдоль него деревья такой толщины, чтобы четверо богатырей, распахнув руки, не могли их обхватить.

«Ну, с этим-то он точно не справится, — усмехнулся про себя царь. — Так что мне не придётся отдавать свою дочь непонятно за кого».

Пришел старик домой, а царевич-Змей уже тут как тут:

— Что сказал царь на этот раз?

— Царь хочет, ты выткал огромный ковер, да такой, чтобы он простирался от моего дворца до храма и от храма до твоего дворца, и нигде не прерывался. А вдоль него посадить деревья такой толщины. Чтобы четверо богатырей, распахнув руки, не могли обхватить их.

— Ну, это не задача. Мы справимся, отец, – сказал Змей. – Ступай в лес к той самой змеиной норе и скажи молодой госпоже, что мне нужен такой ковёр и такие деревья. Да еще скажи, пусть в их кронах обязательно поют соловьи.

Пошел старик к змеиному логову и только произнес заветные слова, как голос из-под земли ответил:

— Мы всё уже сделали, добрый человек.

Вышел из леса старик и увидел, что раскинулась перед ним дальняя дорога, вся покрытая длинным-предлинным ковром, а вокруг нее растут мощные деревья высотой почти до самого неба.

— Отец, как видишь, всё готово, ступай к царю, — сказал царевич-Змей, — посмотрим, что он ответит на этот раз.

Пришел старик во дворец, вошел в тронный зал, а царь его и спрашивает:

— Ну, что, ты выполнил мою третью просьбу?

— А ты выйди из дворца и сам посмотри.

Царь вышел из дворца и ахнул: раскинулся перед ним ковер невиданной длины. По бокам растут высокие деревья, а в их кронах щебечут соловьи.

— Что я слышу? – удивился царь. – Неужели птички поют?!

— Да, повелитель, — улыбнулся старик. — Я подумал, что пение соловьёв в этих густых кронах станет для тебя приятным сюрпризом. Пусть это будет не в службу, а в дружбу.

— Ну, раз так, то вот тебе моё последнее задание перед свадьбой: принеси для моей дочери подвенечное платье, да непростое, а сшитое без единого стежка и из такого материала, какого свет не видывал. Ещё я хочу, чтобы на свадьбе моей дочери играло семь ансамблей волынщиков и барабанщиков. Пусть их музыка будет слышна повсюду, а самих не будет видно. Если выполнишь и эту просьбу, то в следующий раз можешь приходить во дворец вместе с женихом, царевичем-Змеем.

Старик вернулся домой.

— Ну и что же царь хочет на этот раз? – спросил Змей.

Старик рассказал ему о том, что приказал царь.

— Отец, снова ступай к змеиной норе и скажи: «Молодая госпожа, молодой господин велит послать для его невесты подвенечное платье, сшитое без единого стежка и из такого материала, какого свет не видывал. И еще семь ансамблей волынщиков и барабанщиков. Пусть их музыка будет слышна повсюду, а самих не будет видно».

Старик пришёл в лес, сказал заветные слова у змеиной норы и вдруг выскочил из норы грецкий орех.

— Возьми этот орех. Внутри него – платье для невесты, — сказал подземный голос. – Невидимых музыкантов мы также посылаем вам.

— Приглашаем вас на свадьбу, — закричал в ответ старик.

— О, нет, нет, мы не можем! — ответили из норы. Это слишком далеко. Не расстраивайся, мы отпразднуем свадьбу здесь, под землёй.

Старик вернулся в город и слышит: повсюду звучит музыка, у ворот дворца его встречает Змей и говорит:

— Отец, собирай соседей, и пойдём к царю свататься.

Созвал старик соседей, и пошли они во дворец вместе с женихом-Змеем невесту сватать.

Царь приказал своим подданным встретить гостей со всеми почестями. Двое знатных вельмож поклонились Змею и торжественно подвели его к будущему тестю.

— Ну, здравствуй, царевич-Змей, — сказал царь, — я слышу игру волынок и бой барабанов, но не вижу музыкантов. Отлично. Ты сделал всё, как я велел. А теперь покажи-ка свадебное платье, которое ты принес для невесты.

Тот передал ему орех. Расколол царь орех и достал оттуда невиданной красоты свадебное платье, сшитое из тончайшего материала. Тогда царь велел позвать свою жену и двух своих старших дочерей, которые уже были замужем.

Вошла царица с двумя дочерями в тронный зал, а царь и говорит:

— Внимательно рассмотрите это свадебное платье, подобных которому свет не видывал, и проверьте, чтобы не было на нем ни одного стежка. Если это действительно так, то оденьте его на мою младшую дочь и приготовьтесь к венчанию.

Как услышали царица и две царевны приказ отца, упали перед ним на колени со слезами:

— Не отдавай царевну замуж за Змея, пожалей ее. Вокруг столько царевичей и среди них можно было бы найти достойного жениха.

— Я — царь и обязан держать своё слово. Я не могу отказаться от того, что обещал, — и, топнув ногой, крикнул: — Сейчас же готовьтесь к свадьбе.

Царица и две старшие царевны взяли свадебное платье, не нашли в нем ни одного стежка и со слезами на глазах одели невесту, самую прекрасную девушку в царстве. Когда всё было готово, привели ее в тронный зал.

— Вот твоя невеста, — сказал вельможа Змею.

Тот приподнялся вверх на своём хвосте, сначала поклонился семь раз царю, потом семь раз придворным и затем, схватив зубами подол платья невесты, повел её венчаться в храм.

Так младшая дочь царя вышла замуж за царевича-Змея. Свадебный пир длился семь дней и семь ночей. И всё это время на улицах города и во дворце играли невидимые музыканты, в кронах могучих деревьев распевали соловьи, а гости веселились и танцевали.

А когда пир закончился и все разошлись по домам, царевич-Змей со своей невестой отправились во дворец.

— Закрой дверь на ключ, — попросил Змей свою невесту.

Девушка закрыла дверь на ключ и снова села рядом с женихом, дрожа от страха.

— Царская дочь, не бойся меня, — сказал Змей. — Наступи мне на хвост.

Встала невеста, наступила на хвост Змею, а он вскрикнул, сбросил змеиную кожу и обернулся красивым молодым царевичем. Царевна смотрела на это чудесное превращение и не верила своим глазам.

А царевич взял её за руку и сказал:

— Царская дочь, я – царевич. Зовут меня Каспар. Днём я — змей, ночью – человек. И так будет еще сорок дней, прошу тебя, храни эту тайну. Скоро колдовские чары рассеяться и я снова стану человеком. Но пока колдовство еще действует, никто не должен знать о нашей тайне, иначе исчезну я, и исчезнет всё в этом дворце и сам дворец.

— Обещаю, суженый мой, что никому даже полслова не скажу, — ответила царевна, которая была счастлива, что ее жених оказался прекрасным юношей.

Они обнялись, поцеловали друг друга и легли спать.

Утром Каспар вновь надел змеиную кожу, превратился в Змея и, свернувшись кольцами, лег в углу комнаты.

А царь тем временем вызвал в тронный зал царицу и двух старших дочерей и велел им:

— Сходите во дворец Змея и узнайте, как там наша младшая царевна поживает.

Отправилась мать-царица с дочерями в гости к новобрачным. На пороге их любезно встретил старик-отец и проводил в комнаты молодых супругов.

— Вот здесь теперь живут царевич и царевна. Вчера вечером они зашли к себе, и с тех пор я их не видел и не слышал, — сказал старик.

— И не удивительно. С таким супругом даже не поговоришь! – зло усмехнулась царица и громко постучала в дверь.

Дверь открыла младшая царевна, она была счастлива и улыбалась.

— Как дела, доченька, — улыбнулась ей в ответ царица.

— Слава Богу, всё в порядке.

— А как твой... Змей?

— Змей? Вон он лежит, свернувшись кольцами, в углу. Бедный мой.

— А мы не спали всю ночь, — вздохнула царица, – беспокоились о тебе.

— О, вам больше незачем беспокоиться. Я очень счастлива.

Пока царевич-Змей спал, его молодая жена пригласила мать и сестер к столу и угостила их такими вкусными и изысканными блюдами, которых они раньше никогда не пробовали даже по праздникам. Все были очень довольны, но мать всё никак не могла успокоиться, что ее любимица вышла замуж за Змея и перед тем, как уйти, прошептала на ушко дочери:

— Милая моя, понимаешь, отец не мог нарушить своё слово, и вынужден был выдать тебя за этого Змея, но почему ты теперь должна страдать? Возьми камень и размозжи голову этому спящему чудовищу.

— Матушка! – воскликнула царевна, — как ты могла такое подумать?! Я хочу, чтобы ты сейчас же ушла из моего дома и не приходила до тех пор, пока не перестанешь ненавидеть моего мужа.

Царица промолчала в ответ и гордо ушла прочь вместе со старшими дочками.

— Ну и как там моя дочка? – спросил царь у царицы, когда она вернулась назад.

— Она так счастлива, будто на седьмом небе. Представляешь, она даже рассердилась на меня, когда я предложила ей размозжить камнем голову этому Змею.

Прошло десять дней, и всё это время царская семья ни разу не навестила свою младшую дочь и ее мужа. Но однажды утром под окнами их дворца появились придворные глашатаи. Они объявили, что царь устраивает турнир и любой мужчина, кто умеет ловко обращаться с копьём и булавой и имеет доброго коня, может бросить вызов соперникам и получить награду из рук самого царя.

Тысяча воинов собралась на площади перед дворцом, где были накрыты столы щедрыми угощеньями, пели волынки и гремели барабаны.

Все самые искусные воины и сыновья самых знатных семей желали помериться силами и побороться за награду царя. И только царевич-Змей не приехал на турнир.

— Если Змей не приехал, тогда давай позовём нашу дочь, пусть она посмотрит на турнир, — сказал царь царице. – Пусть развеется и повеселится вместе с нами.

Царица с радостью согласилась и сама отправилась к своей любимой дочери.

В это время царевич-Змей подполз к молодой жене и сказал ей:

— К нам идёт твоя мать, чтобы пригласить тебя на турнир. Прими ее приглашение. Я тоже буду участвовать в состязании, ты сразу узнаешь меня по белым доспехам, белому оружию и белому коню. Но только прошу тебя, когда ты увидишь, как я белой булавой буду вышибать из седла соперников, не хвастайся моими успехами перед сестрами. Помни: никто не должен знать о нашей тайне! И как бы тебе не хотелось похвалить меня перед всеми — молчи. Даже когда твои сёстры будут хвастаться перед тобой своими мужьями и дразнить тебя, чтобы замужем за Змеем. Никто пока не должен знать, что я – человек. А если ты не послушаешься меня, и скажешь, что белый воин – это я, то больше не увидишь меня никогда. Я обернусь чёрным облаком и исчезну из этого мира. Исчезну я, и исчезнет всё в этом дворце и сам дворец.

Только Змей успел сказать последние слова, как в комнату вошла царица:

— Здравствуй, доченька, пойдем с нами турнир смотреть, — предложила она.

— Матушка, как же я пойду одна? Я замужем и не могу оставить своего мужа.

— Мужа? А, ты об этом Змее! Ему полезно побыть одному. Змеи любят одиночество.

— Матушка, а почему вы не хотите и меня взять с собой? – удивился Змей. — Я бы тоже хотел посмотреть состязания.

— А что тебе там делать? На турнире-то? – усмехнулась царица в ответ. — Хочешь, чтобы лошади ненароком тебя затоптали?

И отправилась царевна вместе с матерью на царский турнир. Вошла во дворец, поцеловала руку царя, а тот поцеловал её в лоб и тихо сказал:

— Не беспокойся, доченька, тебе осталось недолго мучиться с этим Змеем.

Царь, царица и три царевны заняли свои места в царской ложе и приготовились наблюдать состязания. Мужья старших сестёр гарцевали перед ними на своих конях, готовясь к главной битве, а все остальные разбились на два войска по пятьсот всадников в каждом и ждали, когда протрубит рог.

Каспар, оставшись один, быстро сбросил змеиную кожу, надел царские одежды и ринулся в бой на своем белом скакуне. Конь был под стать всаднику, сильный и выносливый, и так мчался, что искры летели из-под его копыт.

Началась главная битва, и белый всадник, внезапно появившийся перед дворцом, сразу вступил в бой. Добравшись до свояков, — мужей сестёр царевны, он сразу вышиб их из седла. Никто не знал, кто этот таинственный воин, сражающийся на белоснежном коне, который как молния сверкал среди других на поле боя. Вскоре никто из зрителей уже не сомневался, что белый всадник сегодня победит и получит награду из рук царя.

— Чтоб он свалился с коня и сломал себе руку, — в сердцах воскликнула одна из сестёр.

— Почему ты так говоришь?! – возмутилась младшая царевна. — Этот воин имеет такое же право участвовать в турнире, как и твой муж!

— Зато мой муж – человек! А твой кто? Змей, свернувшийся кольцами у стены! С таким даже поговорить нельзя.

— Если на то была воля Бога, чтобы я вышла замуж за Змея, то я с радостью приняла её.

В это время первое сражение турнира завершилось победой белого всадника на белом коне. Он подъехал к царю и получил из его рук награду.

— Как твоё имя, храбрый воин? – спросил царь.

— Я назову своё имя в последний день турнира. Пока же прощай, мой царь, — ответил белый всадник и умчался прочь, оставляя за собой золотое облако искр, летящих из-под копыт его коня.

А Царь, царица и три царевны отправились во дворец.

— Не возвращайся к своему Змею, — стал уговаривать дочь царь, — оставайся с нами.

— Нет-нет, я не могу. Я должна идти, — ответила отцу младшая царевна.

— Но как же ты можешь жить со Змеем, доченька?

— А что мне остаётся делать? Вы же сами отдали меня за него замуж. Если моя судьба выйти замуж за Змея, то зачем теперь жаловаться?

Она поднялась и пошла домой. Змей ждал её, свернувшись кольцами в углу.

— Жена, закрой дверь на ключ и наступи мне на хвост.

Царевна наступила Змею на хвост, и тот снова сбросил с себя змеиную кожу. Они обнялись и поцеловали друг друга.

— Любимая моя, я рад, что ты смогла сохранить нашу тайну, — сказал царевич. – Осталось совсем немного, скоро истекут эти долгие сорок дней, и я отправлюсь с тобой во дворец и предстану перед твоими родителями в своём истинном, человеческом облике.

Прошло еще десять дней, и царь объявил о втором турнире. И снова перед дворцом собрались лучшие воины.

— Позови снова нашу младшую дочь, пусть посмотрит турнир, а то она совсем заскучала со своим Змеем, — сказал царь.

И царица снова пошла к своей младшей дочери.

— Любимая моя, твоя мать снова идет к нам. Она опять позовет тебя на турнир. Иди с ней. Сегодня я буду сражаться в красных доспехах с красной булавой и приеду на красном коне. Смотри, не выдай нашу тайну, чтобы ни говорили твоя мать и твои сёстры.

А царица-мать вошла к ним и сказала:

— Собирайся, доченька. Пойдём, посмотрим турнир.

— Матушка, — сказал Змей в ответ, — она придет сама, когда управится. У меня ведь нет ни рук, ни ног. Без жены я беспомощен.

«Если бы о тебе заботилась я, то ты уже давно протянул бы свой хвост от голода», — подумала про себя царица, но ничего не сказала вслух, взяла дочь за руку и увела с собой на турнир.

Когда в брызгах искр, высекаемых копытами красного коня, на арене появился красный всадник, все зрители затаили дыхание. А он поднял вверх руку с красной булавой и вызвал на поединок сразу тысячу воинов. Смело ринулся красный всадник в неравный бой, вышиб из седла двух царских зятьев и затем один победил всех соперников.

Посмотрели две старшие царские дочери на победителя, и каждая с сожалением вздохнула, что красный всадник не ее супруг, но при этом обе подумали, уж лучше пусть такие мужья, как у нас, чем Змей, как у нашей младшей сестры и тихо посмеялись над ней. Тем временем красный всадник снова получил награду из рук царя и исчез с поля боя также стремительно, как и появился, в облаке искр, летевших из-под копыт его красного коня.

Зрители разошлись по домам, а царская дочь, несмотря на уговоры родителей остаться у них, вернулась к себе. Змей ждал ее дома.

— Молодец, — похвалил ее муж, – тяжело тебе сегодня пришлось, но ты с честью выдержала испытание: не выдала нашу тайну.

— Никогда! Ты слышишь? Никогда я не выдам наш с тобой секрет, — воскликнула царевна.

Через несколько дней влюбленных ожидало новое испытание.

Все участники турнира снова собрались на арене, чтобы принять участие в последнем, третьем дне состязаний.

— Это последний день турнира, — объявил с трибуны царь, — и мы завершим его достойно, славным пиром! – А затем добавил в полголоса сидящей рядом царице: — Я надеюсь, ты не забыла пригласить нашу младшую дочь?

И царица снова поспешила к своей любимой дочери.

Царевич-Змей издалека почувствовал приближение царицы и решил в третий последний раз предупредить свою жену:

— Твоя мать идёт сюда. Она снова возьмёт тебя с собой на турнир. Иди с ней. На этот раз я буду выступать на вороном коне, буду одет в чёрные доспехи и вооружён чёрной булавой. Сегодня ты увидишь меня во всей моей удали. Твои сёстры, родители, да и вообще, все вокруг, станут расспрашивать, кто я такой. Но ты должна молчать, и ни словом, ни взглядом не выдать, что знаешь меня. Осталось потерпеть всего три дня, и я снова стану человеком. Тогда твой отец пригласит меня в свой дворец как равного себе, усадит за стол, и мы будем есть, пить и веселиться вместе. Так что позволь мне предупредить тебя в последний раз: не выдавай наш секрет. Иначе исчезну я, исчезнет дворец и всё, что в нём и всё, что вокруг него. А если это всё же произойдёт, то найти меня будет нелегко. Тебе придется обуть железные сандалии, взять стальной посох и отправиться на край земли. Когда твои сандалии протрутся до дыр, когда от твоего посоха останется одна рукоять, только тогда ты доберёшься до места, где буду томиться.

Едва царевич-Змей успел предупредить свою жену, как вошла царица-мать.

— Сегодня последний день состязаний, а после нас ждет знатный пир, так что мы славно проведём время, — сказала царица и увела дочь с собой.

Под звуки барабанов и волынок зрители ожидали начала решающей битвы. Младшая царевна наблюдала за зрелищем вместе со своими сёстрами из царской ложи. Протрубил рог и вдруг все увидели, как неизвестный всадник на вороном коне, черной молнией сверкнув над площадью, предстал перед царём и промолвил:

— Век живи, государь! Здесь тысяча рыцарей, я хочу сразиться с ними со всеми одновременно.

— Очень хорошо! Пусть будет так! Пусть это будет бой одного против тысячи, — согласился царь.

Глаза всех зрителей и всех участников турнира были прикованы к чёрному всаднику. Мужья старших царских дочерей поглядывали на него с опаской: после того, как он дважды вышиб их из седла, у них еще болели бока.

Чёрный всадник ринулся в бой. И там, где он его доспехи сверкали, как черная молния, редели ряды соперников. Он выбивал из седла всадников одного за другим, без устали размахивая своей чёрной булавой. Когда схватка завершилась, он был единственным воином, оставшимся верхом на коне.

Жена царевича-Змея, увидев его победу, рассмеялась от радости. Это разозлило её сестёр, они одёрнули её:

— Что это ты радуешься? Смеешься над нашими мужьями, что они проиграли? А твой-то муж кто? Вместо того чтобы сражаться, как мужчина, как поступили наши мужья, твой червяк спит в углу. Змеёныш!

— Змей, Змеёныш! Это всё, что вы можете сказать о нем? – не удержалась младшая царевна. — Чёрный всадник – это мой муж! Мой муж – победил всех! Белый, красный и чёрный всадник – это всё один и тот же человек. И я замужем за этим воином, за царевичем-Змеем.

И после ее слов, померк блеск черной молнии на поле, а черный всадник, опустив голову, подъехал на вороном коне к царю и сказал:

— О, мой государь, я обещал тебе назвать своё имя, я хотел быть твоим гостем через три дня, но, увы, больше ты никогда не увидишь меня. Твоя младшая дочь расскажет тебе, почему.

Тут ударил вороной конь копытом и исчез чёрный рыцарь. А там, где он был, осталось только черное облако, поднялось оно в небеса и развеялось у всех на глазах. Люди только и видели, как поднялась к небу чёрная дымка да там и развеялась.

Зарыдала жена царевича-Змея и со слезами на глазах рассказала отцу с матерью и своим сестрам о страшной тайне своего мужа, которую она не смогла сохранить:

— Это я во всем виновата! – причитала царевна. – Не смогла сохранить тайну! Оставалось всего три дня, колдовские чары бы рассеялись, и мой муж навсегда остался бы человеком. Сколько раз он напоминал мне, чтобы я молчала, чтобы я не выдавала тайну. Но мои сёстры хвастались своими мужьями, при этом смеясь надо мной и над моим мужем – Змеем, вот я и не удержалась.

— Эх, доченька-доченька, что ты наделала! – воскликнул с горечью царь. – Разве ты не могла потерпеть ещё три дня?

Младшая царевна только зарыдала в ответ и в слезах побрела к себе домой. Пришла она на то место, где стоял их роскошный дворец из золотых и серебряных кирпичей, где звенели струи фонтанов и цвел пышный сад. А там... Всё исчезло. Осталась лишь покосившаяся лачуга, а в ней плачущие старик со старухой.

На следующее утро отправилась царевна к кузнецу и сказала:

— Мастер Маркар, сделай для меня пару железных сандалий и стальной посох. Мне предстоит долгая дорога. За работу я тебе хорошо заплачу.

На следующий день заказ был готов. Надела царевна простое платье странницы, обула железные сандалии, взяла в руки стальной посох, поцеловала руки старикам и попрощалась с ними. Затем пошла во дворец, поклонилась царю и сказала:

— Я иду за своим мужем на край света.

Царь, царица и сёстры царевны стали умолять её остаться дома и забыть о царевиче-Змее навсегда. Но царевна была непреклонна. Поцеловала руки родителям, попрощалась с сестрами и ушла.

— Ступай, дочка, пусть Господь поможет тебе, — благословил ее на прощанье отец.

Долго ли странствовала царевна, коротко ли, наконец, пришла она к одному каменному замку и видит: идёт за водой девушка с двумя глиняными кувшинами в руках.

— Девушка, дорогая, скажи, пожалуйста, есть ли в этом замке царевич Каспар? – спросила у неё царевна.

— Нет. Царевича Каспара здесь нет! Ищи его в хрустальном замке, — ответила девушка, набирая воду в кувшины.

Бедняжка царевна пошла дальше. Долго ли, коротко ли она шла, наконец, добралась до хрустального замка и видит: идет за водой точно такая же девушка, как жила в каменном замке, но только держит в руках два хрустальных кувшина.

— Девушка, дорогая, скажи, пожалуйста, есть ли в этом замке царевич Каспар?

— Каспара здесь нет. Ищи его в медном замке.

Пошла царевна к медному замку. Целый год она шла, наконец, показался вдали медный замок. А из него вышла точно такая же девушка, как и в прошлый раз, только с двумя медными кувшинами в руках.

— Девушка, дорогая, скажи, пожалуйста, есть ли в этом замке царевич Каспар?

— Нет. В этом замке царевича Каспара нет. Ищи его в железном замке.

Долго ли шла царевна, коротко ли, уже потеряла счёт дням. Наконец, пришла она к железному замку и видит: всё та же девушка, что встречалась ей раньше, идёт за водой, а в руках у неё два железных кувшина.

— Девушка, дорогая, скажи мне, есть ли в этом замке царевич Каспар?

— Нет. Ищи его в стальном замке.

Снова бедняжка отправилась в путь, пробиралась сквозь колючие заросли, поднималась на горные вершины, шла вброд через студеные реки, пока не добралась до стального замка. Смотрит: всё та же девушка, что и в прошлый раз, идёт за водой, а в руках у неё два стальных кувшина.

— Девушка, дорогая, скажи мне, есть ли в этом замке царевич Каспар?

— Нет здесь царевича Каспара. Ищи его в серебряном замке.

Целый год шла царевна к серебряному замку. А как пришла встретила знакомую девушку, а в руках у неё два серебряных кувшина.

— Девушка, дорогая, скажи мне, есть ли в этом замке царевич Каспар?

— Нет. Каспара здесь нет. Ищи его в золотом замке.

Бедная царевна из последних сил пошла к золотому замку. Шла она, шла, а когда пришла к нему, увидела, что стерлись ее железные сандалии, а от её стального посоха одна рукоятка осталась. Присела царевна отдохнуть в тени зелёного гранатового дерева рядом с прохладным источником и думает: «Больше я не могу сделать и шага. Весь свет я уже обошла. Мой муж должен быть здесь». И тут увидела она всю ту же девушку, идущую за водой, только теперь у нее в руках были два золотых кувшина.

— Девушка, дорогая, скажи мне, есть ли в этом замке царевич Каспар?

— Да, да. Он здесь, в золотом замке, — ответила девушка и продолжала: — Знаешь, я так устала, вот уже три года подряд целыми днями без отдыха я ношу ему холодную воду. А если я не стану носить воду царевичу, он сразу умрет. Дело в том, что у него пылает сердце. Он кричит от боли дни и ночи напролёт и всё время твердит: «Я сгораю от любви к царевне». И мне приходится постоянно поливать его холодной водой. А избавления от этой напасти всё нет и нет. Только когда в Каспаре дотла выгорит его любовь к царской дочери, чёрт бы её побрал, только тогда я смогу выйти за него замуж. Я буду хорошей женой для него, не то, что эта царская дочь, которая предала его и обрекла на жизнь в этом золотом замке вместе с нами.

— Девушка, дорогая, я знаю способ, который поможет исцелить недуг Каспара. Позволь мне только выпить немного воды из кувшина, прежде чем ты отнесёшь его, чтобы охладить сердце царевича Каспара. Он поправится, вот увидишь, — сказала царевна.

Девушка протянула страннице один из золотых кувшинов. Она не увидела, как та незаметно сняла с пальца обручальное кольцо и бросила его в кувшин с водой.

Девушка взяла кувшины и вернулась в золотой замок.

— Что это ты так долго ходила за водой? Чем это ты занималась всё это время? – закричала на неё мать – колдунья.

— Я встретила странницу у родника и разговорилась с ней. Она сказала, что знает способ, как вылечить царевича.

Как только девушка вылила воду на Каспара, он сказал:

— Я чувствую облегчение. Теперь мне стало намного легче.

Никто не заметил, как Каспар поймал и спрятал выпавшее из кувшина обручальное кольцо. Он сразу узнал его – кольцо своей любимой жены.

— Приведи эту странницу сюда, я хочу сама увидеть ее, — сказала колдунья, которая сразу заподозрила, что под видом бедной странницы может скрываться жена Каспара.

Привела дочь колдуньи нищенку в замок, взглянул царевич на стертые железные сандалии и на рукоять от посоха в ее руках, и сразу догадался, кто перед ним. Злая колдунья тут же заметила его волнение и закричала на странницу:

— Бесстыжая девка, я тебя насквозь вижу. Уж меня-то ты не проведёшь. Больше трёх лет изо дня в день, из ночи в ночь я поливала холодной водой Каспара, чтобы охладить его любовь к тебе. Всё это время он мучился из-за тебя! Я разорву тебя в клочья, чтобы он увидел, что ты получила по заслугам!

— Оставь нас наедине, — попросил колдунью Каспар. – Я отошлю её обратно, туда, откуда она пришла.

— А, может быть, ты собрался отослать и нас подальше отсюда, вместе с ней, а? Да я с неё с живой кожу сдеру, если она уведёт тебя отсюда!

— Я сказал: оставь нас вдвоём, — приказал старой ведьме царевич.

— Замолчи! Хочешь – оставайся наедине с этой девкой, — сказала колдунья и ушла вместе со своей дочерью в сад.

— Я так счастлив, что ты нашла меня, любимая моя! – сказал царевич жене. — Моя душа погибала в разлуке с тобой. Проклятье свершилось, и я был заточен в этот замок, где попал под власть старой ведьмы и её дочери. Нам надо подумать, как сбежать отсюда.

В это время вернулась злая колдунья и сердито приказала царевне:

— Ступай в дом к моей сестре и скажи ей, что мне нужна скалка, чтобы раскатать тесто. Если не пойдешь, я убью тебя на месте. Да смотри не мешкай по дороге. Я готовлюсь к свадьбе дочери. А мы с ней пока пойдём в лес – надо запастись дровами.

Ушла колдунья с дочкой в лес, а Каспар сказал своей жене:

— Не ходи к ее сестре. Ведь она тоже ведьма. Как только ты придешь к ней, она сразу проглотит тебя.

— Ну и что же мне делать? Старая ведьма убьёт меня, если я не пойду.

— Я тебя научу, как скалку достать. Выйди из замка и по пути к ведьминой сестре увидишь грязную, мутную канаву. Попей из неё воды и скажи: «Ах, это вода из источника бессмертия». Мутный поток разойдётся в стороны и откроет тебе путь. Потом дорогу тебе преградят непроходимые колючие заросли. Сорви цветок чертополоха, понюхай его и скажи: «Ах, это цветок бессмертия!». Заросли расступятся и дадут тебе пройти. Потом тебе встретятся волк и баран и не дадут тебе пройти. Перед волком будет лежать копна сена, а перед бараном – жирный окорок. Тебе надо будет положить сено перед бараном, а окорок – перед волком, тогда они пропустят тебя дальше. Затем тебе придётся войти в закрытую дверь и закрыть открытую дверь. Наконец, когда ты войдёшь в дом ведьминой сестры, ты увидишь, что скалка висит на стене у двери. Скажи ведьме такие слова: «Тётушка просит скалку, будет раскатывать тесто к свадьбе дочери». Колдунья ответит: «Присядь, деточка, перекуси что-нибудь перед обратной дорогой». Она приготовит тебе яичницу, а сама выйдет из дома поточить свои зубы, чтобы съесть тебя. Вот тогда ты скорее хватай скалку и беги прочь так быстро, как только можешь. Ведьма бросится за тобой в погоню, но ты беги вперёд, и главное, не оглядывайся и не бойся.

Царевна поступила так, как и велел ей царевич Каспар. Сестра колдуньи угостила её яичницей и, как только вышла за порог, царская дочь схватила скалку, висевшую у двери, и со всех ног бросилась бежать прочь. Колдунья, догадавшись, что девушка сбежала, издала протяжный вой:

— Эй, двери, остановите вора!

— А почему мы? – удивлённо спросили двери. – Мы уже устали постоянно открываться и закрываться. Пусть проходит.

— Баран, останови её!

— А почему я? – удивился баран. – Я голодал. А теперь у меня есть душистое сено.

— Волк, останови её!

— А почему я? – спросил волк. – Некогда мне, я обедаю вкусным окороком.

— Эй, вы, шипы да колючки, остановите вора!

— А почему это мы? Кстати, мы не шипы и колючки, а цветы бессмертия, — ответили они и пропустили девушку.

— Канава с грязной, мутной водой, останови вора!

— А почему это я? Вообще-то я теперь источник бессмертия, а не канавой с грязной водой. Проходи, девушка, — ответила канава и пропустила царевну.

После этого сестра ведьмы поняла, что не сумеет догнать беглянку и вернулась домой.

Прибежала царевна в золотой замок, отдала царевичу скалку и сказала:

— Знаешь, если бы ты не научил меня, как поступать, я бы никогда не принесла её сюда.

А старая ведьма, как увидела, что царевна вернулась живой и здоровой, то подумала: «Надо будет поскорее зажарить её и съесть, пока Каспар не успел научить её другим уловкам».

— Эй, доченька, собирайся снова в лес за дровами, — велела колдунья своей дочке, — сегодня будем готовить сытный ужин. Царевич сразу прочитал ее мысли и, как только она с дочкой ушла из дома, поспешил предупредить царевну:

— Они посадят тебя в печь и зажарят сегодня, нам надо скорее бежать отсюда!

Достал он из-за пазухи конский волос из гривы своего белого коня, сжег его, и белый конь тут же предстал перед ним. Каспар надел белые доспехи, взял в руки белую булаву и сказал:

— Бежим скорее! Садись на коня! Только прихвати с собой мешочек с солью, кувшин с водой и несколько гребней.

Царевна взяла соль, воду и гребни, села на белого коня рядом с мужем, и они умчались прочь из золотого замка. Вернулась ведьма из леса, а царевича с царевной уже и след простыл.

— Отправляйся за ними вслед! – приказала она дочери. – Схвати и принеси их сюда! Я сдеру с них обоих кожу!

Обернулась дочь колдуньи черной тучей и полетела в погоню. Почувствовал Каспар неладное и говорит жене:

— Любимая моя, обернись назад, — посмотри, нет ли за нами погони?

Царевна обернулась и отвечает:

— Вижу, кто-то мчится за нами, как чёрный смерч.

— Это дочь колдуньи, — сказал Каспар. – Бросай скорее гребень!

Бросила царевна гребень, и тут же вырос за ними непроходимый лес. Налетела на него дочь колдуньи черным смерчем, запуталась в ветках и колючках и вся исцарапалась до крови, пока выбралась из него.

— Царевна, оглянись, посмотри назад, что там?— снова спросил ее царевич.

— Она выбралась из леса.

— Тогда бросай соль.

Бросила царевна соль и выросла вслед за ними огромная соляная гора. Стала карабкаться на нее молодая колдунья, соль попадала на ее свежие раны и больно щипала их. Но дочь ведьмы терпела эту невыносимую боль и продолжала погоню.

— Лей воду! – велел царевич Каспар.

Выплеснула царевна воду, и раскинулось за ними бескрайнее озеро. Но дочь колдуньи и через него переплыла.

— Любимая, обернись, посмотри, что там? – снова спросил царевич.

— Она перебралась уже и через озеро.

— Тогда нам лучше остановиться. Она всё равно настигнет нас, — сказал Каспар, спрыгнул с коня и вмиг превратил его в черный виноград, свою жену — в белый виноград, а сам обернулся стариком, торгующим у обочины виноградом. Увидела его дочь колдуньи, остановилась и спросила:

— Эй, старик, не проезжали мимо юноша и девушка на белом коне?

— Сколько-сколько винограда тебе взвесить? – отозвался глуховатый старик.

— Да не нужен мне твой виноград! – рассердилась дочь ведьмы. — Я спрашиваю тебя: видел ли ты юношу и девушку на белом коне? Ты что, глухой, что ли? Не слышишь?

— Цена такая: два медяка за фунт, — хитро улыбнулся старик в ответ.

Разозлилась ведьмина дочь, плюнула от досады и пошла назад.

А Каспар вновь обернулся царевичем, посадил свою жену на белого коня и поскакал дальше.

Вернулась дочь ведьмы в золотой замок, а мать встречает ее у порога.

— Почему ты одна? Что случилось, почему ты не схватила их?

— Я потеряла их след. А на всём пути мне повстречался лишь один старик, торговавший виноградом на обочине дороги. Больше никого не было, вот я и вернулась.

— Это и был Каспар! – всплеснула руками мать. — Тебе надо было купить у него виноград, тогда его волшебство сразу бы рассеялось, и мы вернули беглецов обратно в замок. Сейчас же лети и купи виноград.

Дочь колдуньи с новой силой бросилась в погоню.

А Каспар сказал царевне:

— Обернись, любимая, посмотри, не преследует ли нас кто?

Царевна обернулась и сказала:

— Я вижу, к нам приближается новый смерч.

Достала царевна второй гребень, бросила его, и обернулся он непроходимым лесом. Снова изодрала кожу в кровь дочь колдуньи, но продолжила погоню. Тогда бросила царевна соль и выросла на пути ведьминой дочки новая гора, но она снова перебралась через нее, потом переплыла через озеро... Понял царевич, что не уйти им от погони, остановил коня, превратил его и свою жену в тыквы, а сам обернулся садовником.

Поравнявшись с ним, дочь колдуньи спросила:

— Эй, садовник! Проезжали ли здесь юноша и девушка на белом коне?

— Медяк за фунт, — ответил садовник.

— Эй! Я спрашиваю, не видел ли ты беглецов на белом коне?

— Это окончательная цена. Дешевле тыквы я не отдам, — хитро улыбнулся садовник в ответ.

Рассердилась дочь ведьмы, плюнула с досады и помчалась назад. А Каспар снова обернулся царевичем. Погладил он своего уставшего коня по белой гриве и отпустил его, а затем достал из-за пазухи красный волос, сжег его, и красный конь тут же предстал перед ним.

Надев красные доспехи и красный плащ, Каспар посадил царевну в седло и помчался вперёд.

Тем временем, дочь колдуньи вернулась в золотой замок.

— Где они? Что случилось на этот раз? – закричала ведьма.

— Я не нашла их. Я встретила ещё одного старика. Это был садовник, продававший тыквы на обочине дороги.

— Ты у меня сейчас получишь! – рассердилась мать. — Это же и был Каспар! Почему ты не купила тыквы? Если бы ты купила хотя бы одну тыкву, волшебство сразу рассеялось бы, и мы вернули беглецов в замок.

— Ну, теперь-то они меня точно не проведут, — заявила дочь колдуньи. – Я их из-под земли достану. — Имей в виду, они теперь мчатся на Красном коне, — предупредила ее мать.

А дочь уже бросилась в погоню.

— Царевна, посмотри, не преследует ли кто-нибудь нас? – спросил Каспар.

— Я вижу ураган, который вот-вот нас настигнет, — закричала царевна.

— Бросай гребень!

Бросила она гребень — вырос лес, ловко выбралась из него дочь колдуньи, просыпала царевна соль — поднялась соляная гора, перебралась через нее злодейка, а когда та в третий раз переплыла через озеро, царевна закричала мужу:

— Она снова догоняет нас!

Тот соскочил с красного коня и превратил его и жену в овец, а сам обернулся пастухом.

— Брат пастух, не встречались ли тебе юноша и девушка на красном коне? — спросила молодая ведьма.

— Я не вижу людей годами. Путешественники не ходят этой дорогой.

Дочь колдуньи разозлилась, что опять упустила беглецов, плюнула от досады и пошла назад.

А Каспар отпустил красного коня и сжёг волос из гривы вороного скакуна. Вороной конь тут же предстал перед ним. Надев чёрные доспехи и чёрный плащ, Каспар посадил в седло жену и помчался вперёд.

Тем временем усталая дочь колдуньи вернулась в замок.

— Ты, что, совсем несмышлёная? Где они? – набросилась старая ведьма на свою дочь.

— Я не смогла найти их, я видела только пастуха с овцами.

— Ну и глупая же ты! Это был Каспар! Он снова обвел тебя вокруг пальца и теперь мчится прочь из этих мест на вороном коне. Это его самый быстрый конь. Оставайся дома, я сама догоню их. Уж от меня-то они никуда не денутся, я знаю все их уловки. Догоню и с живых кожу сдеру! – закричала старая ведьма и сама бросилась в погоню.

А Каспар сказал жене:

— Царевна, посмотри назад, нет ли за нами новой погони?

— Я вижу, как на нас надвигается целая буря, она поднимает вверх тяжелые камни, словно пылинки.

Оглянулся Каспар и видит: за ними земля и небо слились воедино и превратились в страшный смерч.

— Это старая колдунья сама гонится за нами. Она мчится быстрее моего Вороного коня.

Каспар остановил коня, превратил его в розовый куст, жену – в цветок, а сам обернулся змеем и обвил розовый куст.

Как из ада, из туч горячей пыли появилась перед ними колдунья и заревела громовым голосом:

— Каспар, ты неблагодарная тварь! Мы кормили тебя, поили, заботились о тебе, а ты отплатил за нашу доброту чёрной неблагодарностью. Я не такая, как моя дочь, меня ты не проведешь! Я знаю все твои уловки. На этот раз тебе не уйти, я проломлю тебе голову, — закричала колдунья и наклонилась к земле, чтобы схватить камень.

Как только старая ведьма нагнулась, Каспар метнулся молнией и ужалил её в шею. Злодейка тут же испустила дух. Колдовские чары рухнули.

Теперь царевичу Каспару и царевне больше ничего не угрожало, они приняли свой прежний облик и вернулись в родной город. Пришли они к старику и старухе, а те сидят в старой лачуге и горько оплакивают своего приемного сына.

Как увидели они царевича с молодой женой живыми и здоровыми, расцеловали их и заплакали от радости. Вскоре на пороге их хижины появился царь, узнав, что дочь и зять вернулись домой, он не смог усидеть на своем троне и сам пришел их навестить. Увидел он, что царевич Змей стал красавцем – воином, самым лучшим во всём его царстве, стал гордиться своим зятем и предложил ему с дочкой перебраться в свой дворец. Но Каспар с царевной решили остаться жить со стариками.

В первую же ночь царевич сам отправился к змеиной норе и поговорил с молодой госпожой.

Наутро лачуга стариков превратилась в великолепный семиэтажный дворец, сложенный из золотых и серебряных кирпичей и украшенный драгоценными камнями. Рядом с дворцом снова зацвели сады и зазвенели мраморные фонтаны с лазурною водой. Всё стало так, как и было раньше и даже ещё лучше.

Царь устроил новый свадебный пир. Гости ели, пили, плясали и веселились семь дней и семь ночей напролёт.

Царевна родила Каспару много детей, а старики, воспитавшие царевича-Змея, жили в почёте и благополучии и умерли в глубокой старости, до последних дней сохраняя ясный ум и отменное здоровье.

Так сбылись их мечты, так пусть же сбудутся и ваши.

ВЛЮБЛЕННЫЙ ПАСТУХ

Давно это было, так давно, что никто уже и не помнит когда, и только тихие воды Севджура хранят полузабытое предание о любви и верности. В одном из селений на берегу этой реки жил отважный пастушок по имени Асо. Слыл он таким отчаянным храбрецом, что никто не решался с ним тягаться. Даже разбойники обходили его стороной, а волки боялись приблизиться к его отаре. Злу Асо всегда давал достойный отпор, а на добро — отвечал добром. Девушки заглядывались на бойкого и смелого пастушка. Еще бы, такой завидный был жених! А как он играл на свирели! То его свирель звенела, как хрустальный горный родник, то в ней слышался легкий полет облаков в небесной лазури, то нежные трели влюбленного соловья, а иногда она тосковала, как печальный осенний дождь. Никого не оставляла равнодушным свирель Асо, завораживала и людей, и животных, и птиц. Бывало, присядет юноша на скалистом утесе и заиграет на своей дудочке и кажется, что сами небеса склоняются над ним, чтобы послушать эту дивную мелодию, и Севджур затихает у ног музыканта. Говорят, что от его музыки даже камни оживали и ветер стихал, что уж говорить о послушных овечках, его благодарных слушателях.

Пасутся овечки — свирель играет им нежный «Берик», купаются в реке — бодрый «Хозат», а когда пора домой – над горными лугами разносился громкий «Клич», и, услышав его, овцы бежали к своему пастуху сквозь любые преграды.

Безмятежно и счастливо жил юный Асо, обласканный природой и защищенный горными склонами, пока однажды не увидел красавицу Залхе. Увидел и полюбил. Стройная, как чинара, с колдовскими глазами, девушка словно приворожила его. Да и сама красавица не могла забыть бойкого Асо. Но вот беда, была она дочерью аги — сельского головы, а значит, не могла выйти замуж за простого пастуха. Загрустил Асо. Былой удали и веселья в нём как не бывало. Каждый день ноги как будто сами несли пастуха к дому Залхе, хотя овцам там негде было пастись. Он не сводил глаз с башни, где жила возлюбленная, жалобно пела его свирель, словно плакала от неразделенной любви.

Истомилось сердце и у Залхе. Украдкой поглядывала она в окно, наблюдала за Асо, не пропускала ни единого звука его печальной свирели и не притрагивалась к еде и питью. Они страстно любили друг друга и оба знали: какая пропасть отделяет дочь аги и пастуха.

Хитрый ага сразу догадался, что пастушок играет у него под коном неслучайно. Сначала рассердился отец красавицы и хотел убить дерзкого пастуха, но потом решил не оскорблять свой дом кровопролитием и хитростью отвадить безродного жениха. Не мог богач вынести, когда в селе пошли пересуды, что за его дочерью какой-то пастух увивается. Призадумался коварный ага, а потом позвал к себе Асо и говорит:

— Знаю, Асо, знаю, как ты любишь мою дочь. Наслышан я о твоей храбрости. Еще говорят, ты на свирели хорошо играешь... Решил я выдать за тебя дочь, но только с одним условием. Видишь вон ту высокую башню? Я велю приставить к ней деревянную лестницу, ты поднимешься по ней на самый верх и станешь играть на свирели. Слышал я, что овцы у тебя послушные и покорные овцы, и готовы идти на звук твоей дудочки хоть на крышу. Если овцы поднимутся по лестнице к тебе, то бери дочь себе в жены, живите на здоровье. А если нет — то немедля соберешь свои пожитки и уйдешь отсюда восвояси. Знай, пастух не пара дочери сельского головы.

— Воля твоя, ага, — ответил Асо с улыбкой, — я принимаю твоё условие.

Сделали по приказу аги длинную-предлинную деревянную лестницу в девяносто девять ступенек. Хитрый ага тайком подпилил одну ступеньку посередине лестницы, а потом на место её поставил, чтобы незаметно было, но стоило задеть сломанную ступеньку, и человек кубарем покатился бы вниз, не говоря об овцах. Даже самые послушные овцы теперь ни за что не взобрались бы наверх.

Ага, довольный своей хитростью, усадил ничего не подозревающего пастуха на лестнице у самой башни, а свою дочь — на балконе и сказал Асо:

— Видишь, даже Залхе вышла тебя поддержать. Так что теперь всё зависит от тебя: выполнишь мое условие — получишь ее в жены.

Взглянул Асо на любимую, а она в ответ смущенно улыбнулась ему. Смекнул паренек, что любит его красавица и сразу приосанился, заломил шапку, взял свирель, поднес к губам и начал играть.

Запела влюбленная свирель и ответили на ее нежный призыв горы и ущелья, вздрогнули камни, зашелестели деревья. Даже бессердечный ага проронил слезинку, а взволнованная Залхе чуть было не бросилась к лестнице и не припала к ногам Асо, как покорная овечка. ☺

Тем временем оживились овцы Асо, заблеяли, двинулись к лестнице и друг за другом стали взбираться наверх к башне. «Ло-ло-ло», — пела свирель пастуха, «Ло-ло-ло», — всё тревожнее становился ее напев. А овцы покорно поднимались, плененные ее звуками и теснились у лестницы, расталкивая друг друга, позабыв, что внизу под ними бездонная пропасть. Подняв печальные глаза, они послушно карабкались вверх.

Казалось, весь мир, как зачарованный, безмолвно взирал в этот миг на пастуха и его стадо, даже коварный ага застыл на месте, и только влюбленная вдруг Залхе подалась вперед, простерла руки к Асо и воскликнула:

— Я — твоя, Асо! Твоя навеки! Я люблю тебя, люблю так, как Лейла не любила своего Меджнуна. Я люблю тебя, люблю так, как любит бабочка огонек, соловей — розу, божий мир солнце, а цветок — землю! Ты — мой огонь, моя роза, мое солнце и моя земля!..

От этих слов сердце неистово забилось в груди Асо, и свирель зазвучала ему в такт, громче и увереннее. В этот миг добрался вожак отары до коварной ловушки, понял он своим диким чутьем, что смотрит смерти в глаза, но, завороженный, смело шагнул на сломанную деревянную ступеньку.

Пошатнулась ступенька, раздалось отчаянное блеяние, и красавец-вожак, кружа в воздухе, полетел в пропасть и разбился о камни.

Сердце сжалось у Асо: «Ах, мой славный вожак!» — вскрикнул он с горечью, но, взглянув на Залхе, позабыл о невинной жертве, взялся за свирель и заиграл.

А овцы, увидев гибель своего вожака, на мгновенье остановились, хотели повернуть обратно, но, родная свирель снова позвала их вперед, и они устремились вверх.

Овца, что следом за вожаком хотела перепрыгнуть через сломанную ступеньку, качнулась, вскинула передние ноги и тоже сорвалась в пропасть.

— Ай, ай, ай, погибла моя лучшая овечка! — простонал Асо, но взглянув на Залхе, тут же позабыл и об этой несчастной овечке, и что есть мочи заиграл на свирели.

Еще одна овца попыталась перепрыгнуть, и ей это почти удалось, но, ударившись о переднюю ступеньку, она отскочила, закружилась и с жалобным блеянием полетела вниз. Овцы остановились в нерешительности.

— Прыгайте же ко мне, мои милые овечки! — звал Асо. — Смелее, мои густошерстые ягнята, идите же к вашему хозяину!

Но овцы больше не сдвинулись с места, попятились назад. Рассердился на них Асо, он так и не разглядел с высоты сломанной ступеньки. Заиграла другую песню его свирель, но овцы попрежнему отступали назад. Стыдно стало юноше, едва жива была отчаявшаяся Залхе. Казалось, бедный пастух сам не ведал, о чём сейчас пела его свирель. Река остановила свой бег, ветер затаил дыхание, всё смолкло. Кто не слышал песни «Лур-да-лур»? Она растапливала черствые сердца, соединяла влюбленные души, сколько непреступных красавиц, услышав ее, бросились в объятья своих милых. Дивная это была песня, всем песням песня. В ней слышались голоса ангелов. И повиновались овцы, как зачарованные, двинулись они вперёд к своей гибели. Они покорно шагали вверх и друг за другом срывались в пропасть. Тут наклонился Асо вперёд, увидел сломанную ступеньку и догадался в чём дело... Взглянул он на ликующего агу и понял: Залхе потеряна для него навсегда, а, значит, ничего не стоит его жизнь. Подняла свои печальные глаза Залхе, посмотрела на коварного отца, потом на возлюбленного и поняла: Асо потерян для нее навсегда, а, значит, и вся ее жизнь ... Смолкли, растаяли в воздухе последние звуки «Лур-да-лура». Наступила тишина и вдруг... раздался крик: двое влюбленных, бросились в пропасть, кружась в воздухе, у самой земли они соединились и так и застыли на камнях в объятьях друг друга: бесстрашный Асо и прекрасная Залхе...

ЛЮБОВЬ

Говорят, что любовь бывает во все времена... Но такая любовь случается очень редко. Давно это было. Жила в одном селении прекрасная девушка, звали ее Сиран. Славилась она не только своей красотой, но и добрым сердцем. И вот пришло время, полюбила она прекрасного юношу по имени Сирван. Каждый вечер, возвращаясь с охоты, он приносил своей возлюбленной цветы и, целуя ее, шептал на ушко:

— Сиран, ты моя и будешь моей навеки.

— Да, любимый мой, — отвечала Сиран, — на веки вечные.

Были они так счастливы, как могут быть счастливы только влюбленные, и втайне от всех хранили свою любовь.

Но вот однажды объявился у Сиран другой жених. Пришли за ней сваты из соседнего села. Ведь она была так красива, что ни один юноша не мог равнодушно пройти мимо нее.

— Я пришел сорвать чудесный цветок, что растет в вашем доме... — сказал отец жениха отцу Сиран.

Отец Сиран, конечно же, догадался, к чему клонит гость и зачем он пришёл, но потом подумал-подумал и решил: «Всё равно — хочешь, не хочешь, — а за кого-то дочь отдавать замуж придется, так уж лучше пусть идет в невестки к доброму знакомому, уважаемому человеку».

Дал согласие отец свату, позвал дочь и говорит: так, мол, и так, собираюсь выдать тебя замуж, жених твой живет в соседнем селении.

— Но я люблю другого, отец, — сказала Сиран, пылкая любовь придала ей смелости.

— Не говори лишнего, дочка! Выйдешь замуж за хорошего человека и будешь с ним счастлива!

— Но мой возлюбленный сразу умрет, он наложит на себя руки, если я выйду замуж за другого!

— Ничего с ним не станется, дочка, — успокаивал ее отец.

Грустила и плакала бедная Сиран — и на виду у домочадцев, и в одиночестве, но не могла ослушаться своего отца. Его слово было для нее законом.

А вечером пришла она на свидание к своему возлюбленному и со слезами на глазах рассказала, что отец против воли сосватал ее и придется ей выйти замуж за другого.

— Но я так тебя люблю, мой Сирван, — призналась девушка, — так люблю, что в первую же ночь убегу к тебе, чтобы развеять твою печаль.

— Клянешься, любимая? – воскликнул Сирван.

— Клянусь, — ответила Сиран. И ее возлюбленный со спокойным сердцем ушёл домой, уверенный, что Сиран придет к нему сразу после свадьбы.

А свадьба была уже не за горами.

Не прошло и месяца, как отец выдал свою Сиран замуж. Справили богатую свадьбу и в нарядной повозке, сопровождаемой музыкантами, отправил отец свою дочь к жениху в соседнее село.

Радушно встретили Сиран в доме жениха. Устроили пышный пир... Но прекрасная невеста ни на миг не забывала о своём тайном возлюбленном — Сирване.

А когда жених увел ее в спальню, убранную по случаю торжества великолепными коврами, невеста откинула фату и, глядя ему в глаза, сказала:

— Я не останусь с тобой в эту ночь. До свадьбы я любила другого и поклялась прийти к нему сегодня. Я должна сдержать свое слово и только потом смогу стать твоей женой.

Услыхал ее слова жених и изменился в лице.

— Я не пущу тебя! — воскликнул он.

— Но я должна сдержать свое слово, — взмолилась Сиран. — Если ты меня не отпустишь — значит, совсем не любишь, и мне остается только одно — покончить с собой.

Настойчивость невесты, ее вспыхнувшее румянцем лицо и огонь в глазах удивили и испугали жениха. Посмотрел он на нее внимательно и подумал: «Такая, и в самом деле, может наложить на себя руки прямо в ночь свадьбы»! И, побоявшись позора, жених согласился отпустить свою невесту к другому.

— Хорошо, — сказал он, — но только я сам тебя провожу.

— Нет, — возразила Сиран, — я пойду одна.

— Но на дворе глубокая ночь, идти одной опасно и страшно.

— Я не боюсь, — воскликнула Сиран.— Любовь сделала меня бесстрашной.

— Когда же ты вернешься? – спросил жених.

— Этой же ночью, — пообещала Сиран.

— Знай, Сиран, я не лягу без тебя спать, я буду ждать до тех пор, пока ты не вернешься, — предупредил ее жених.

— Я вернусь до рассвета, — ответила девушка.

И вот когда опьяневшие гости заснули беспробудным сном, Сиран в белом подвенечном платье незаметно выскользнула из дома и побежала в соседнее село к своему возлюбленному.

Печальный жених проводил ее до околицы.

— Я буду ждать тебя здесь.

— Жди, — сказала невеста и исчезла во тьме.

Ночь выдалась мрачная и беззвездная. Но смелая Сиран, подобрав подол своего подвенечного платья и откинув с лица фату, торопилась в родное село, чтобы поскорее увидеть и утешить любимого Сирвана.

И бежала невеста в подвенечном платье по тёмным полям, как белое пламя, не бежала, а летела. Всё боялась, как бы ее милый Сирван, отчаявшись, не наложил на себя руки. Всё спешила доказать любимому, что ни на мгновенье не забывала о нем, и словно не замечала, как вокруг нее сгущается непроглядная тьма, а небо над головой становится всё мрачнее. Недаром говорят: истинная любовь не знает преград.

Бежала Сиран, ничего не видя и не слыша, кроме стука своего любящего сердца, и как будто и не замечала, как леденящий ветерок цепко ухватил ее за подол подвенечного платья и во мраке раздался громкий окрик:

— Стой!

Девушке показалось, что это жених окликнул ее. «Видно, пожалел, что отпустил меня, и теперь торопится вернуть назад», — подумала Сиран и ускорила шаг.

Но вот окрик прозвучал прямо над ее головой, остановилась испуганная невеста и увидела прямо перед собой трех разбойников, которые смотрели на нее, как охотники, предвкушая добычу. Один из них схватил за руку сбежавшую невесту и приказал:

— Пошли!

— Куда ты ведешь меня, братец? — спросила Сиран дрожащим голосом.

— Пошли со мной! — повторил незнакомец.

— А кто ты, братец?

— Я — разбойник Аби. А это мои товарищи.

— Братец, милый, — взмолилась Сиран, — отпусти меня, я спешу. Мне нужно вовремя добраться до родного села. Мой возлюбленный наложит на себя руки, если я опоздаю!

И Сиран со слезами на глазах рассказала разбойникам, как отец против воли выдал ее замуж за другого, а она дала клятву любимому в первую же ночь после свадьбы прийти к нему, чтобы доказать свои чувства и утешить несчастного. Рассказала, и как жених пожалел ее и отпустил, и вот она прямо из-под венца, не успев даже снять фату, поспешила к возлюбленному... А попала к разбойникам.

Выслушали разбойники искренне признание девушки и пожалели ее. Не зря говорят: истинная любовь смягчает даже самые жестокие сердца.

— Ну, раз ты такая честная девушка, — сказал атаман разбойников, — мы сами проводим тебя к твоему возлюбленному...

И Аби с товарищами проводил Сиран до самого дома Сирвана.

Сиран с бьющимся сердцем постучалась в дверь и вдруг услышала печальный отчаявшийся голос:

— Кто там?

— Это я, — радостно воскликнула Сиран, узнав голос любимого и обрадовавшись, что он жив-здоров. — Я пришла к тебе!

Открыл Сирван дверь и не поверил своим глазам: на пороге в белом подвенечном платье и фате стояла его любимая.

— Ты убежала? – удивился он.

— Нет, жених сам отпустил меня.

— Отпустил?.. Как же так!.. – еще больше удивился Сирван.

— Это было мое условие. Я сказала, что дала слово в первую же ночь прийти к тебе.

— И он отпустил тебя ко мне? — переспросил пораженный юноша.

И тут Сиран поведала ему, что ей пришлось пережить в эту ночь: как жених благородно отпустил ее, как разбойники сжалились над ней и сами проводили ее к любимому.

Сирван, растроганный до глубины души поступком жениха и благородством разбойников, молча склонил голову и поцеловал руку своей любимой.

— Спасибо тебе, что пришла. Сказать по правде, я до последнего не верил, что жених отпустит тебя... Но раз уж он сделал это, значит, он достойный человек. Пойдем же к нему, пойдем, не теряя ни минуты.

Сирван взял за руку Сиран и повёл ее обратно к жениху той же дорогой, которой она только что спешила к нему. Не зря говорят: истинная любовь возвышает человека.

Еще затемно влюбленные достигли соседнего селения, где у околицы их встретил взволнованный жених. Он стоял один и с тоской смотрел на дорогу.

Сирван подвёл к нему невесту и сказал:

— Возвращаю тебе ее, такой же чистой и невинной, какой она пришла ко мне. Теперь я знаю, что ты благородный человек и достоин, быть ее мужем. Если ты отпустил ее ко мне в первую же ночь в свадебном наряде, значит, у тебя доброе сердце. Так будь же мужем Сиран и моим названным братом.

Тронутый до глубины души его словами, жених ответил:

— Если ты возвращаешь мне свою любимую такой же чистой и невинной, какой она к тебе пришла, значит, ты любишь ее по-настоящему и достоин ее руки. Так будьте же мужем и женой, а я стану вашим братом.

Так и случилось. Сиран и Сирван стали мужем и женой, а недавний жених — их названным братом. А жителям обоих селений осталось только удивляться тому, что может произойти в жизни всего за одну ночь. Не зря говорят: истинная любовь глубока и непостижима...

СУДЬЯ И КУПЦЫ

Жили когда-то два купца. Одного звали Захар, другого — Шакар. Вот как-то решили купцы из родной Армении свой товар аж во Францию отвезти. Надеялись, что на чужбине дела у них лучше пойдут. Но не тут-то было. Не пошла у них торговля во Франции, то ли сноровки не хватило, то ли изворотливости, а может своего покупателя не нашли. И вот однажды одному из них – Захару всё-таки повезло, удачно продал он весь свой товар и с хорошими деньгами засобирался на родину. А его земляк Шакар еще и половины своего не распродал, вот и говорит Шакар Захару: «Послушай, брат, ты скоро дома будешь. Вот возьми этот драгоценный самоцвет – передай его моей жене и скажи, что я вернусь, как только закончу свои дела».

Само собой, Захар взял драгоценный камень и поклялся передать жене друга, но, как приехал домой, решил оставить самоцвет себе. Встречает Захар жену Шакара, а она волнуется: всё о муже его расспрашивает, интересуется, когда вернётся, а Захар ей отвечает: дескать, жив он и здоров, велел кланяться, а вернется, как только распродаст весь товар. А про самоцвет — молчок. «Франция, — думает Захар, — страна далекая, путь оттуда долгий и трудный, всякое может по дороге случится. Вдруг Шакар и вовсе домой не вернется, тогда и самоцвет можно не возвращать, а пока пусть у меня еще полежит».

Но вскоре и второй купец Шакар вернулся в Армению. Спросил у своей жены про самоцвет, а она ни сном, ни духом о нём не знает. Удивился Шакар, не стал думать-гадать, а прямиком отправился к другу выяснить, что случилось. Не верил Шакар, что Захар поступил нечестно и присвоил камень себе, думал, что, может быть, друг, потерял его в дороге, постеснялся признаться и теперь надеется купить точно такой же и потом вернуть.

Пришёл доверчивый Шахар к хитрому Захару и прямо спросил его про самоцвет, а Захар, и бровью не ведя, стал клясться ему всеми святыми, что сразу отдал камень его жене. Еще больше удивился Шакар, ведь его жена тоже клялась и божилась, что никакого самоцвета в глаза не видела.

Долго препирались купцы, понял Шакар, что не получит он назад своего самоцвета и отправился вместе с женой в столицу к государю правды искать.

— Прикарманил Захар наш самоцвет и не отдаёт, — пожаловался купец царю.

Выслушал его государь, стал думу думать. А Захар тем временем подкупил лжесвидетелей. Пришли они к правителю и клянутся, мол, сами видели, как Захар камень отдал. Рассердился государь, вызвал к себе Шакара с женой и их же пристыдил, что они, дескать, друга своего оговорили.

— Ступай прочь, — сказал государь купцу, — и больше не смей являться ко мне с такими жалобами!

И вот все вместе обманутый купец с женой и Захар с подкупленными свидетелями из столицы отправились домой. По дороге встретили они бедного крестьянина. Тот стал расспрашивать ходоков, кто они такие, да куда путь держат? Захар и его свидетели даже не взглянули на бедняка, а хлебнувшие горя Шакар с женой рассказали незнакомцу все, что с ними приключилось.

Удивился бедняк, что государь не поверил честному человеку, и говорит Шакару:

— Сходи лучше к сельскому судье, он сразу во всем разберется и рассудит, кто прав, кто виноват.

Стал звать Шакар Захара с его свидетелями к сельскому судье, а тот не соглашался.

— Где это видано, — возмущался Захар, — после самого государя обращаться к какой-то деревенщине... Ты что же, друг, не веришь в справедливый царский суд?

— Верю, как не верить, — вздохнул Шакар. — Но если твоя совесть чиста, чего тебе бояться? Не станет правый человек избегать суда. А раз ты избегаешь, стало быть, чувствуешь за собой вину.

Задели за живое эти слова хитрого Захара.

— Ладно, пошли, — сказал он. — Поглядим, что нам скажут. Нечего мне бояться. Вот я, а вот мои свидетели.

И все вместе отправились они к сельскому судье. Пришли на то место, которое им бедняк-попутчик указал, и оказались на краю села у самого поля. Смотрят: а судья-то простой пастух.

Плотным кольцом окружили его люди. Из толпы время от времени выходил то один крестьянин, то другой и, став перед пастухом, выкладывал свою жалобу. А седой пастух, внимательно выслушав, сразу выносил свой приговор.

Увидев, что судить его будет какой-то пастух, рассердился спесивый Захар, решил было уйти; да и Шакар с женой тоже засомневались, стоит ли пастуху доверять такое сложное дело? Но тут сам старик-пастух поднялся им навстречу и спросил:

— Что привело вас сюда, добрые люди?

— Чего же ты стоишь? – стал подначивать Захар Шакара. – Иди, расскажи сельскому судье все как есть, а мы поглядим, как он нас рассудит.

Шакар нехотя, чтобы не обижать старика, рассказал ему всё, как было: как отдал камень другу, а тот его прикарманил, не отдаёт и даже нанял лжесвидетелей...

— Хорошо, — сказал пастух. — Пусть свидетели подойдут ко мне. Вы видели этот камень?

— Да, — в один голос ответили лжецы.

— Ну что ж, — промолвил пастух, — тогда разойдитесь в разные стороны и найдите что-нибудь, похожее на этот камень размером и цветом.

Тут уж лжесвидетелям стало не до смеха. Думают они, гадают, что бы им такое отыскать — тот самоцвет они ведь и в глаза не видели. «Но старый пастух-то этого самоцвета тоже не видел, — стали успокаивать себя они, — а значит, что ему ни покажи — всему поверит».

Разошлись они в разные стороны и немного погодя вернулись к судье. Один нес клочок сероватой древесной коры, другой — круглый зеленый листочек, а третий достал пуговицу из кармана.

Взял у них пастух кору, лист и пуговицу и разложил перед собой.

А потом велел Захару и Шакару сделать то же самое: разойтись по сторонам и найти что-то, похожее на тот самоцвет.

Вскоре Захар и Шакар принесли ему небольшие, почти одинаковые куски бурого песчаника.

Эти куски песчаника пастух тоже положил перед собой, а потом поднял голову, и с укором посмотрел на покрасневшие от стыда лица свидетелей.

— Видишь, как все обернулось? — обратился он к Захару.

— Вижу, — ответил сгорающий со стыда Захар.

— Как вернешься домой — отдашь драгоценный камень этому человеку, — велел пастух-судья Захару. И тот не посмел ослушаться бедняка — вернул самоцвет хозяину.

Не прошло и дня, как весть о мудром пастухе дошла до государя.

Удивленный его мудростью, владыка призвал его во дворец, долго беседовал с ним и, убедившись в его уме и смекалке, встал со своего трона и уступил его пастуху.

— Это место достойно тебя, — сказал ему государь.

Но пастух ни за что не соглашается сесть на трон.

— Долгих лет тебе, государь, но я соглашусь сесть на этот трон, если только ты прикажешь ослепить меня, — ответил пастух.

Изумленный царь долго думал над словами старого пастуха, но до самой смерти так и не понял, что хотел сказать ему мудрец.

РАЗУМ И СЕРДЦЕ

Как-то поспорили между собой ум и сердце. Ум твердил, что люди живут им, а сердце уверяло, что все прислушиваются только к нему. Спорщики не пошли за истиной к судье, а решили разобраться во всем самостоятельно, договорились не вмешиваться в дела друг друга и каждый стал действовать сам по себе. Свой договор они решили испытать на первом попавшемся крестьянине.

А он, бедняга, и не догадывался, что его ожидает. Как-то прохладным весенним утром этот крестьянин, как обычно, взял соху и пошел в поле. Только он начал пахать, как увязла соха в глубокой борозде. Наклонился крестьянин и видит: выглядывает из-под земли медный кувшин, а в кувшине — золото. Призадумался мужик: «Как теперь быть? С такими деньги я теперь богач!»

Но тут же в дело вмешался ум. «А что если воры узнают о таком богатстве, поди, угрожать начнут, а стану отнекиваться, того и гляди, убьют они меня», — подумал крестьянин. Долго размышлял бедняк над кувшином с золотом, пока не заметил на дороге судью. И тут ум оставил бедняка.

«А не лучше ли отдать это золото судье?» — поддался крестьянин зову сердца и пустился бегом за судьей. Догнал судью, привел на свое поле... Но тут к нему опять вернулся ум. Мигом опомнился мужик, спрятал медный кувшин с золотом за спину и сказал судье:

— Послушай, судья, ты, стало быть, человек ученый, рассуди, какой из этих двух быков лучше?

Судья в ответ только покрутил пальцем у виска, выругался и пошёл прочь. Ушел судья, и следом за ним покинул бедняка ум. Вновь засомневался он, мол, зачем я оставил себе клад, что теперь с ним делать, где хранить?

Сокрушался крестьянин до самого вечера, пока снова не увидел на дороге судью, который на этот раз шёл назад.

Бросился безумный бедняк к судье, стал его умолять снова прийти на его поле. Догадался судья, что бедняк что-то не договаривает ему и пошёл на поле. Как только подошли они к полю, ум снова вернулся к крестьянину, и он, виновато улыбаясь, сказал судье:

— Христа ради, не сердись меня! Будь добр, взгляни на мое поле и рассуди, когда я больше пропахал вчера или сегодня?

На этот раз судья решил, что перед ним сумасшедший, улыбнулся и пошел прочь. В тот же миг покинул бедняка ум. Молча уселся крестьянин на краю поля и не знает, что теперь делать.

— Господи! — вдруг взмолился бедный человек. – Почему я не отдал судье это золото? Куда мне теперь его спрятать, чтобы не нашли воры?

И тут недолго думая, схватил крестьянин кувшин с золотом, спрятал его в заплечный мешок, мешок взял покрепче под мышку и бегом домой.

— Жена, — с порога прокричал бедняк, — ступай быков привяжи, да сена дай, а мне к судье надо.

Удивилась жена, а как увидела, что муж в мешок что-то прячет, решила выведать, что же там.

— Не женское это дело – быков привязывать, — ответила жена, — мало того, что я целыми днями вожусь с овцами да коровами. Лучше сам пойди, привяжи, а после ступай куда хочешь.

Положил крестьянин мешок с золотом и пошел загонять быков в хлев. А пока он с быками да сохой возился, жена развязала мешок, увидела кувшин с золотом, вытащила его, а в мешок камень положила. Привязал муж быков, взял мешок и прямиком к судье.

— Вот тебе подарок, бери, — сказал он судье.

Тот обрадовался, развязал мешок и ахнул, увидев камень. Рассердился судья и велел немедленно посадить крестьянина в тюрьму и еще к нему двух сторожей приставил, чтобы те сообщали, что будет делать и говорить крестьянин...

А безумный крестьянин сидит в тюрьме и гадает, как кувшин с золотом мог в камень превратиться. Сидит, сам с собой разговаривает и руками показывает, — дескать, кувшин был вот такой ширины, вот такой ужины, вот такой имел носик, а сколько в нем золота помещалось!

Тюремные сторожа бегом к судье, так, мол, и так, крестьянин руками машет, что-то показывает, но о чём бормочет себе под нос — не разобрать.

Судья велел привести крестьянина и спрашивает его:

— Расскажи-ка, братец, отчего ты в тюрьме руками махал, что это ты показывал?

Но ум вновь вернулся к бедняку, и он, лукаво улыбаясь, ответил судье:

— Тебя измерял, — голова твоя вот такой ширины, шея вот такой ужины, живот вон какой, а борода твоя...как у моего козла. Вот и прикидывал я у кого она длиннее.

Еще больше рассердился судья и приказал крестьянина повесить. Накинули мужику на шею петлю, а он взмолился:

— Не вешайте меня, пощадите! К судье отведите, я всю правду ему расскажу!

Отвели его к судье.

— Ну, говори, крестьянин, всю правду! Я тебя слушаю! – велел судья.

— Нечего мне тебе сказать, — ответил крестьянин. Если бы не сняли с моей шеи петлю, я бы наверняка погиб. Вот тебе и вся правда.

Засмеялся судья в ответ, развеселил его крестьянин и отпустил он беднягу домой. А разум и сердце в этот миг помирились раз и навсегда, и теперь неразлучны. Ведь человека человеком делают они оба — разум и сердце, сердце и разум.

РАЙСКИЙ ЦВЕТОК

В давние времена жил в одном городе богатый купец и была у него одна единственная дочь — красавица. Звали ее Цахик, то есть цветочек. Она и впрямь была нежная и хрупкая, как первый весенний цвет.

Вот как-то собрался купец по своим торговым делам в дальние страны и спрашивает у своей дочери:

— Что тебе привезти из дальних стран, дочь моя милая, дочь моя любимая?

А дочь подумала-подумала и говорит:

— Привези мне, пожалуйста, райский цветок.

— Хорошо, привезу, — пообещал отец.

Отправился купец в чужие края, много у него было забот, ездил он из города в город, из страны в страну, продавал, покупал, обменивал товар, много повидал, еще больше – заработал, но нигде ему встретился райский цветок. Никто не знал, как он выглядит и где его отыскать. Наконец, повстречался купцу в дороге древний старик.

— Скажи, мудрый человек, — спросил его торговец, — не знаешь ли ты, где найти райский цветок? Ты давно живешь, может быть, что-то слышал о нем?

— Знаю я, где растет райский цветок, — отвечал старец, — укажу тебе дорогу к нему. Но будь осторожен, Белый Дэв стережёт его...

Но разве предостережение мудрого старца могло остановить любящего отца? И купец тут же отправился по дороге, которую ему указал старик. Долго ли он шёл, коротко ли, наконец, пришёл он в дивный сад и увидел райский цветок. Недолго думая, наклонился и сорвал его.

Вдруг, разразилась страшная буря, померк солнечный свет, и, словно из-под земли, перед купцом выросло ужасное чудовище. Взглянул на него купец и онемел от страха. Много он повидал на своём веку, но сейчас не мог понять, кто перед ним: то ли зверь, то ли человек? И вдруг чудище заревело человеческим голосом:

— Почему ты сорвал мой цветок? Теперь ты должен умереть.

«Ты должен умереть...» – эхом отозвалось по всему саду. Полуживой от ужаса купец, склонился перед чудовищем:

— Пощади меня, о, могущественное создание... я старался не для себя! Моя единственная дочь просила привезти этот цветок.

— Я пощажу тебя, — проревело чудище, — только, если ты взамен своей жизни отдашь мне дочь.

— Я согласен... — прошептал купец.

— Ну, если так, то я дарю тебе жизнь. Возвращайся домой, но помни: как только гора, что видна из твоего окна, станет белой, открывай дверь, это значит, я — могущественный белый дэв, пришел за твоей дочерью.

Возвратился купец в родной дом мрачнее ночи. Красавица-дочь бросилась к нему навстречу, обняла за шею и поцеловала.

— Вот, дочь моя милая, твой подарок, привез я тебе райский цветок, — сказал отец, тяжело вздохнув.

Обрадовалась дочь, взяла чудесный цветок и унесла к себе. Не решился купец рассказать ей, какой ценой достался ему этот райский цветок, молча хранил он свою страшную тайну, думая о ней дни и ночи напролёт, и становился всё мрачнее и печальнее.

И вот однажды утром подошел купец к окну и увидел, что выпал снег и гора побелела. Зарыдал бедный отец. Со всего дома сбежались слуги и стали спрашивать его: что случилось? А купец больше был не в силах скрывать своё горе и рассказал им об обещании отдать дочь чудовищу.

— Белый дэв уже у порога, – причитал купец, — видите, гора стала белой, это его знак, он пришел забрать мою единственную дочь, мой цветочек...

— Не плачь, отец, — ответила дочь, — я пойду с Белым Дэвом. Чему быть, того не миновать.

Тем временем у ворот раздался страшный грохот. Белый Дэв ворвался в дом, страшно рыча:

— Где Цветок? Где она? Отдайте её мне.

От его рёва и ледяного дыхания деревья в округе затрепетали и замерзли. Что оставалось делать бедным людям в селении? Одетая в свои лучшие одежды, с райским цветком в руках, вышла Цахик навстречу Белому Дэву. Чудовище победно рассмеялось, схватило прекрасную девушку и умчалось прочь. Там, где пронеслись крылья дэва, поднялась страшная буря, затмившая небесный свет, а когда она улеглась всё, что было на ее пути, обледенело и погибло.

Чудовище спрятало красавицу в самом глубоком ущелье у горы Арарат. Там в мрачном подземелье, покрытом льдом, стоял хрустальный замок Белого Дэва. Раз в году дэв покидал своё ледяное убежище и вырывался наружу, снежным ураганом проносился над землей, уничтожая всё живое и оставляя за собой холод и страх.

Заточив пленницу в своём замке, Белый Дэв умчался прочь и самозабвенно кружил над миром. Повсюду наступила суровая зима. В одиночестве бедная Цахик провела несколько месяцев и вот однажды, в самом начале весны, как раз перед возвращением Белого Дэва, ей удалось бежать.

Вернулось чудовище и видит: сбежала пленница. Дэв пришёл в ярость, собрал воедино все свои злые силы и бросился в погоню. Обернувшись снежной бурей, понёсся он за беглянкой, свистя и шипя, словно гигантский змей.

Тем временем, девушка уже была у подножия горы Арагац. Оглянулась она и поняла: Белый Дэв вот-вот настигнет её.

Он был уже совсем близко, свирепый и ужасный. Почувствовав его леденящее дыхание Цахик испуганно закричала, взывая о помощи, ждать которой было неоткуда.

Но вдруг случилось чудо: гора Арагац распахнула перед ней волшебную дверь. Девушка вошла в нее и оказалась внутри горы. Дверь тут же закрылась перед самым лицом злобного Белого Дэва. В бешенстве чудовище со всей силы ударило по вершине горы Арагац своими крыльями и заревело:

— Где Цахик? Где она? Отдайте её мне...

Но красавица была уже далеко, она шла вперед и вперед и, наконец, оказалась у ограды чудесного сада. Прислушалась девушка и вдруг поняла, что тысячи разноголосых звуков, которыми был наполнен сад, сами собой складываются в странную песню:

В изумрудном дворце — золотой гроб
А в нем заколдованный силами злыми
Лежит наш Арин, как будто бы спит
И в целом мире от этого скорбь.
Он спит, но однажды придет пора,
И в сад за ним примчится голубкой,
Та, что жизни полна и добра,
Разбудит его ладонью хрупкой.

Цахик вошла в сад. Он ещё больше наполнился ликующими звуками и радостными голосами:

Вот идёт она – наша царевна!
Сюда, сюда, здесь суженный твой.
Теперь он восстанет из темного плена,
Наш храбрый Арин, очнись, наш герой.
Теперь он поднимется, славный царевич,
Могучий и славный Арманелин.
И в мире весенний ветер повеет,
Рассеются чары дэва, как дым.
И жизнь на земле возродится вновь,
Цветы расцветут и придет любовь.

Девушка прошла через поющий сад и увидела дворец из изумруда. Она поднялась по сверкающим ступеням. В самом центре дворца стоял золотой гроб, в котором лежал прекрасный молодой царевич. Он был ни жив и не мёртв. Он едва дышал. Как только Цахик увидела его, ее сердце сжалось от горя. Она заплакала, склонилась к царевичу и поцеловала его. Капли её слёз упали на его юное лицо. И вдруг случилось чудо! Царевич медленно открыл глаза и поднялся. Это был он – заколдованный Арин-Арманелин.

— Кто ты, прекрасная девушка? – спросил Арин-Арманелин. – Как ты смогла прийти сюда?

Цветок рассказала ему всё, — о том, как она стала пленницей Белого Дэва и сбежала от него, а дэв бросился за ней в погоню.

— Я слышу его адский рев, – сказал царевич. — Он заколдовал меня несколько месяцев назад, наслав на меня глубокий сон, подобный смерти. Он делает так каждый год. И я нахожусь здесь до тех пор, пока кто-нибудь ни придёт и не разрушит его злые чары. Ты, Цахик, одна из тех, кто смогла разбудить меня, и теперь я пойду и сражусь с Белым Дэвом. Встал Арин из золотого гроба, взял свой огненный меч и вышел на бой с чудовищем.

И сошлись две силы в битве не на жизнь, а на смерть. И бились они так, что земля и небо поменялись местами.

Белый Дэв ревел, как грозовая туча, а царевич Арин-Арманелин смело разил его своим мечом. И вот он нанес последний удар дэву, дрогнули горы, съежилось чудовище, зашипело и белой змеей уползло в своё глубокое ущелье у горы Арарат. А на земле торжествовал победу прекрасный воин Арин. Счастье вернулось в долину Аракса.

Вскоре Арин-Арманелин обвенчался с прекрасной Цахик. Природа расстелила перед супругами дивный ковер из тюльпанов и роз, повсюду зазвучали гимны влюбленными, а на небосводе, раскинулась яркая радуга, и свежее, весеннее солнце улыбнулось миру.

С тех пор это повторяется каждый год: Белый Дэв околдовывает прекрасного Арина-Арманелина и каждый год его злые чары бессильны перед прекрасной и хрупкой, как цветок, Цахик.

РОЗОЧКА

Жили на свете муж и жена, и были очень несчастны, так как отовсюду, где бы они ни появились, их изгоняли.

— Прихожу в церковь, а меня не пускают на порог, — плакала жена.

— Иду к соседям, а мне указывают на дверь, — жаловался ей муж. – Давай лучше уйдём отсюда в горы и будем жить подальше от этих жестоких людей.

Собрали они свои скудные пожитки и отправились жить в горы.

— Слава Богу, теперь у нас нет никаких соседей, — ответила жена, когда они обустроились в пещере.

— Так-то оно так, — вздохнул муж, — но ведь нам надо на что-то жить. Пойду-ка я в ближайший город и наймусь на работу.

— Пусть Бог поможет тебе, — сказала жена. – Только запомни: чтобы выжить среди людей им нужно говорить то, что они сами хотят о себе слышать. Говорят же в народе, что хитрый ягнёнок семь овечек сосёт...

Ушел муж в город, и не было его целый месяц. Наконец вернулся он к жене с большим мешком подарков и гостинцев за плечами, подошел к пещере и не верит своим глазам: перед входом в пещеру лежит великан. Оробел муж. Застыл на месте, не знает, что дальше делать. А великан поднялся с земли, пробормотал что-то себе под нос и исчез.

Тут вышла из пещеры жена навстречу мужу и говорит:

— Не бойся великана, он добрый. Господь послал его охранять наш очаг, пока тебя нет. Проходи в дом.

Муж был счастлив вновь вернуться к родному очагу и любимой жене. Вошел он в пещеру, развязал мешок.

— Смотри, жена, этого нам хватит на целый месяц. Мне повезло, я работал у доброго хозяина. Он мне щедро заплатил и сказал, что раз в месяц будет отпускать меня к тебе.

Поужинали муж и жена и легли спать.

Погостил муж несколько дней и снова засобирался на работу, пообещав жене, вернуться домой через месяц. А у его жены скоро должен был родиться ребенок. И вот пришло время ребёнку появиться на свет, и женщина, в муках и в отчаянии, воскликнула:

— Я здесь совсем одна, кто же мне поможет? Что же я буду делать без повитухи?

Тут, откуда ни возьмись, в пещере появилась повитуха. Она помогла родиться ребенку, омыла его, вытерла насухо и положила в постель рядом с матерью. А родилась у женщины девочка, да такая красивая и нежная, как цветочек.

Прошла неделя. Пришло время крестить дочь.

— Боже мой! – воскликнула мать. — Как же мне крестить девочку? Ведь здесь нет ни священника, ни крёстного отца.

И откуда ни возьмись, в пещеру вошли священник и крёстный отец. Повитуха наполнила водой купель, крёстный отец взял младенца на руки, а священник, размахивая кадилом над крещенской купелью, прочитал молитву, положил в воду благовония и окунул девочку в купель. Он дал ей имя Роза, Розочка, и, завершив обряд, передал ее в руки матери.

— А теперь, когда мы окрестили ребёнка, пусть каждый из нас благословит младенца, — сказала повитуха.

— Первой это можешь сделать ты, — ответил ей священник.

— Пусть Господь превращает воду, которой будет умываться Розочка, в золото и серебро, — пожелала повитуха.

— Если Розочке доведётся плакать, то пусть Господь её слёзы превращает в жемчужины, — сказал священник.

— Пусть Господь сделает так, чтобы везде, где бы ни ступала её нога, распускаются цветы невиданной красоты, — предрек крёстный отец.

Благословив девочку, все трое исчезли также внезапно, как и появились.

А через два дня, когда мать купала девочку, ей показалось, что вода в купели подернулась льдом. Она взяла да и вылила её в дальнем углу пещеры, вода высохла и превратилась в золото. Но женщина не заметила этого.

Когда девочка плакала, из глаз его катились не слёзы, а маленькие жемчужинки, но мать думала, что это градинки, смахивала их со щек и высыпала в том же углу.

Прошел месяц и вернулся в пещеру муж. Как всегда он принес огромный мешок с гостинцами и подарками. Заметив у входа в пещеру великана, муж на этот раз уже не испугался его и спокойно прошел в дом. А там его ждала жена с новорожденной дочкой.

— Какая красавица-дочка у нас родилась! — воскликнул счастливый муж. — Но кто же тебе помогал?

— Слава Богу, я была не одна, — улыбнулась жена. Сначала мне помогала повитуха, а через несколько дней священник и крестный отец окрестили нашу дочь и назвали её Розочкой.

На следующий день, когда в их полутемную пещеру проникли первые солнечные лучи, муж вдруг заметил: что в самом дальнем углу их жилища что-то поблёскивает.

— Откуда здесь взялся лёд? – сказал он и начал складывать в мешок то, что сияло ледяным блеском. – Отнесу его хозяину. Он любит потягивать своё вино с кусочками льда. Тем более он меня просил принести лёд, если я увижу его в горах.

— А знаешь, откуда здесь лёд? – ответила жена. – Когда я купала дочку, то вода в купели начала замерзать, и я вылила её в тот угол. А когда она плакала, пол был усеян градинками. Я выбросила их туда же.

Муж завязал мешок, взвалил его на плечо и пошёл на работу в город. Хозяина дома не было, и он решил спрятать мешок в холодном погребе, чтобы не растаял лёд. Когда хозяин пришёл, работник развязал мешок, зачерпнул из него пригоршню льдинок и принес ему.

— Откуда ты это взял? – удивился хозяин. — У тебя ещё много такого добра?

— Полный мешок.

— Ну-ка, покажи.

Они спустились в погреб и открыли мешок.

— О, Господи! Приятель, и это ты называешь льдом? Да ведь это же золото, серебро и жемчуг. Сынок, у меня нет прав на это богатство. Оно только твоё. Давай пойдём на базар и продадим это всё. Через час бедный работник стал сказочно богат.

— Тебе больше не нужно работать на меня, — сказал ему хозяин. – Иди домой и живи в своё удовольствие.

Муж взял свои деньги и вернулся в горы.

— Жена, там, в углу, был не лёд. Это – золото, серебро и жемчуг, — сказал он. – Посмотри, я принёс тебе целый мешок денег. Мы больше не будем ютиться в этой пещере, вернемся в город и поселимся в роскошном доме, на зависть всем.

— Но мы можем построить дом и здесь, около нашей пещеры, — предложила жена. – Господь однажды уже уберёг нас от злых соседей, не стоит испытывать судьбу, нам так спокойно одним.

Так они и сделали. Муж нанял работников и вскоре у пещеры был построен настоящий дворец. Счастливо зажили в нем муж и жена вместе со своей дочкой, которая росла не по дням, а по часам. В пятнадцать лет Розочка стала настоящей красавицей, с гибким станом и нежной кожей. Там, куда ступала её нога, распускались розы и фиалки. Её тугие золотые косы доходили до пят, а слова слетали с её алых губ, словно нектар с лепестков цветка. И сама она была подобна райскому цветку, как будто говорящему самому солнцу: «Отдохни, солнышко, позволь мне светить вместо тебя». Но вот любоваться красавицей могли только ее отец и мать, так как мало, кто заходил в такую даль.

И случилось так, что однажды в этих местах охотился царевич вместе с царским советником. Целый день они провели в поисках добычи, да всё напрасно. Вдруг они заметили лань. Пришпорив коней, охотники бросились в погоню. Лань же, ловко уклоняясь от их стрел, перепрыгнула через стену, ограждавшую дворец, где жила Розочка и скрылась из виду.

Подъехав к воротам, охотники спешились и подошли к мужчине, сидевшему рядом на скамье. Это был отец Розочки. Они попросили его пропустить их внутрь, чтобы поймать лань.

— Что ж, проходите, — согласился отец Розочки.

Охотники обыскали весь сад, но лани так и не нашли. Зато они увидели Розочку. Девушка шла по саду и там, где ступала её нога, расцветали фиалки и розы. Царевич не мог оторвать свой взгляд от такой красоты.

— Вот она, моя лань! – улыбнувшись, сказал он.

От этих слов у советника в жилах застыла кровь. Если бы он сейчас порезал руку, то ни одна капля крови не пролилась бы наружу. Он всегда был уверен, что царский сын женится только на его дочери! Но царевич, не теряя времени, уже попросил руки Розочки у её отца.

— Ты поговори об этом с нсй самой, — ответил тот.

— Я согласна, — сказала Розочка.

Царский сын, окрыленный легкой победой, хотел забрать Розочку с собой во дворец, чтобы сразу сыграть свадьбу, но советник отговорил его от такого поспешного шага:

— К чему так спешить, царевич? Ты сначала получи благословение своего отца на брак с этой девушкой.

Царевич согласился с ним. Быстро попрощался с невестой, вскочил на коня и, пообещав скоро вернутся, вместе с советником поспешил во дворец.

— Я встретил девушку, на которой хочу жениться, — с порога сказал царевич отцу. – В целом мире нет ее прекрасней.

Удивился царь и решил спросить у своего советника, что он думает об избраннице сына.

— Да, ты и сам её скоро увидишь, повелитель, — огрызнулся тот. – Дикая девушка с высоких гор. Родилась в пещере...

Но царевич был непреклонен, и отец, в конце концов, согласился на брак с Розочкой. И вот счастливый жених в сопровождении придворных и всадников поехал за невестой, а вместе с ним — и советник, и его дочь, которая переоделась стражником, и никем неузнанная решила сама взглянуть на свою соперницу. Отец Розочки устроил большой пир для сватов.

— Живите долго. Пусть старость застанет вас под одним кровом, — пожелали молодым родители Розочки.

А на утро, после пира, получив родительское благословение, Розочка с женихом и сватами отправилась в царский дворец.

В пути их застигла ночь.

— Давайте переночуем здесь, — предложил хитрый советник, — чтобы не сбиться с пути в темноте. Поставим шатры, отдохнем, а на рассвете отправимся во дворец. Ничего не подозревавшие гости согласились и снова продолжили пировать. Советник напоил гостей и придворных до бесчувствия, а затем взял Розочку за руку и отвёл к ближайшему ручью.

— Сиди здесь, дорогая моя, я сейчас приду, — сказал он девушке. – Я вернусь сюда с надёжным человеком, который будет тебя охранять. А то наши ребята сегодня выпили лишнего.

Вернулся советник вместе со своей дочерью. Она отняла у Розочки нарядное платье, надела его на себя, а затем, вынув из ножен свой кинжал, выколола у бедной Розочки глаза и спрятала их у себя в кармане.

Бросив бедную, истекающую кровью Розочку у ручья, злодеи вернулись в лагерь. Дочь советника прокралась в шатер жениха и улеглась с ним рядом.

И никто из слуг так и не заметил, что произошло.

На рассвете все отправились дальше, и вскоре вошли в столицу, где всё было готово к свадьбе. И обвенчали дочь советника с царевичем.

Прошло после их свадьбы несколько дней, и царевич спросил у своей жены:

— Скажи, любимая, почему больше не растут цветы там, где ступает твоя нога?

Жена в ответ придумала тысячу отговорок, а царевич заподозрил неладное. День обманывала его жена, другой, третий, рассердился царевич на свою жену и стал ее колотить. Жалко советнику свою дочь, но ничего он сделать не может, как не просил он царя, чтобы царевич пожалел молодую жену, не бил — всё напрасно – не было в их доме счастья.

А что же случилось с бедной Розочкой, которую злые люди бросили на погибель у ручья?

Случилось так, что у того ручья остановился отдохнуть богатый купец со своими слугами. Стали они обедать, и купец бросил своей собаке кусок хлеба. Та взяла его и скрылась в кустах, а когда собака вернулась, купец дал ей ещё один кусок. Схватив его зубами, собака вновь скрылась в кустах. Вернувшись, она получила очередной кусок хлеба и опять убежала в кусты.

— Эй, пойди-ка, посмотри, куда это она хлеб таскает, — сказал купец одному из своих людей.

Слуга вернулся в испуге:

— Хозяин, — прошептал он, — собака таскает хлеб слепой девушке, которая вся израненная и почти без одежды укрывается в кустах. Удивился купец, подошел к несчастной девушке и спросил ласковым голосом:

— Деточка, бедная, скажи мне, откуда ты?

— Я из столицы, — ответила Розочка.

— А я как раз туда товар везу. Буду рад вернуть тебя домой.

Так, вместе с караваном Розочка и прибыла в город.

— Спасибо тебе, добрый человек, — сказала она купцу, — теперь я сама найду дорогу к дому. Слепая девушка подошла к первой попавшейся двери и постучала в нее. Купец решил, что это и в правду ее дом поехал по своим делам.

Дверь Розочке открыла древняя старушка:

— Кто ты, деточка? Что тебе надо?— спросила она.

— Матушка, разреши мне остановиться у тебя.

— Дитя моё, я бедная старая женщина, живу одна. Как же я могу приютить тебя в своём доме?

Розочка опустила руку в карман и когда старушка увидела перед собой целую пригоршню золотых монет, она сказала:

— Заходи, дорогая, заходи...

— Матушка, не бойся меня. Я не буду беспокоить тебя. Я даже помогу тебе разбогатеть. А теперь позволь мне искупаться.

Старуха взяла ведро и натаскала воды полную кадушку. Сама же стала в сторонке. Чтобы помочь слепой девушке, если понадобится.

— Матушка, оставь меня одну. Я искупаюсь сама, — попросила Розочка.

Искупалась гостья, а когда старуха решила вылить воду, то с изумлением увидела, что вся кадушка полна золота и серебра.

— Как же это случилось-то? – воскликнула она.

— Матушка, чтобы разбогатеть, тебе достаточно иметь пару крепких рук, чтобы носить мне воду для купания. А я смогу превратить её в золото и в серебро, — сказала ей Розочка.

С тех пор старушка с нетерпением ждала каждого купания Розочки, и каждый день с утра пораньше ходила к роднику за водой. А после купания прятала золото и серебро в своем доме. И вот как-то раз Розочка говорит старушке:

— Матушка, скажи, есть ли хорошие мастера в вашем городе?

— Конечно, есть, это же столица.

— Тогда давай наймём их. Пусть построят нам роскошный дворец. У нас уже столько золота, что пора бы нам и во дворце жить.

Привела старушка мастеров и через два месяца новый дворец был готов. Теперь все в городе только о нем и говорили, такой он получился красивый.

— Ну, матушка дорогая, думаю, теперь-то ты счастлива, — сказала Розочка старушке.

— Да нет, дитя моё. Как я могу сказать, что счастлива? Ведь здесь недостаёт самого главного. Я думаю об этом дни и ночи напролёт.

— И что же это? Скажи мне.

— Дитя моё, ведь ты не видишь света божьего. Как я могу это вынести? Как я могу быть счастлива, когда рядом со мною человек, который страдает?

— Матушка, дорогая, прошлой ночью мне приснился вещий сон. Я видела себя и тебя на берегу ручья. Голубь и голубка говорили друг с другом о том, как вернуть мне зрение. Сдаётся мне, этот ручей должен быть где-то поблизости.

— Хорошо, я отведу тебя к прекрасному ручью. Мы посидим на его берегу в тени платанов и подышим свежим воздухом.

На следующее утро хозяйка отвела Розочку к ручью: присели они на берегу и задремали под его убаюкивающее воркование. И тут приснился девушке новый сон: как будто сидят совсем рядом у воды голубь и голубка.

— Видишь эту девушку? Ее зовут Розочка, – сказал голубь голубке. – Она родилась в пещере. Дочь советника царя ослепила её и обманом вышла замуж за царевича. Глаза Розочки попрежнему у неё. Оставь здесь своё пёрышко. Старушка возьмёт его и отдаст Розочке. Вернет она свои глаза, и только коснется их этим волшебным перышком, как сразу снова станет видеть.

Сказал это голубь и вместе с подругой взлетел в небеса.

А Розочка проснулась и давай будить старушку:

— Проснись, матушка. Посмотри, нет ли где под деревьями голубиного пёрышка? Подними его, оно мне пригодится.

Старушка принялась искать. Нашла голубиное перышко и протянула его девушке.

— А теперь смотри, — сказала ей Розочка, — там, где я пройду вырастут розы и фиалки. Собери их в букеты, а потом пойди в город и продай. Но денег за них не бери, а проси пару глаз. Такова плата за эти цветы, другой — не надо, — велела девушка.

Наполнив огромную корзину розами и фиалками, старушка отправилась на улицы города. Это были цветы, словно из райского сада. Многие хотели их купить, но узнав, что хочет женщина взамен, удивлялись и даже называли торговку сумасшедшей. Ведь ни у кого не найдётся пара лишних глаз?

Так дошла старушка до царского дворца. Вдруг распахнулось окно, и молодая жена царевича прокричала:

— Эй! Торговка, я куплю у тебя все цветы!

— Я отдам их только за пару глаз.

Царская невестка, вынув из кармана глаза Розочки, передала их старушке:

— Вот, держи.

Оставив жене царевича корзину с цветами, старушка поспешила назад.

— Деточка, я продала цветы, вот то, что ты просила.

Розочка вернула свои глаза на прежнее место:

— А теперь, матушка, будь добра, принеси мне свежей воды из ручья.

Старушка принесла воду. Девушка окунула в неё голубиное пёрышко и провела им по глазам. И случилось чудо! Розочка исцелилась и прозрела.

А тем временем жена царевича решила украсить свою спальню прекрасными цветами, она развесила букеты по стенам и расставила в вазах у кровати.

— Вот они! Вот те цветы, о которых я говорил, — воскликнул царевич, когда вошел в комнату. – Прости меня за грубое обращение с тобой. И, пожалуйста, пройди так, чтобы я увидел, что цветы растут там, куда ступала твоя нога.

Этой просьбы дочь советника боялась больше всего:

— Ты опять хочешь поссориться со мной? — ответила она.

И молодые супруги снова повздорили. Оставшись один, царевич подумал: «Это может быть только Розочка. Только благодаря ей появляются такие чудесные розы и фиалки. Но если она всё ещё жива, где же она?»

И тогда царский сын решил, во что бы то ни стало, отыскать свою возлюбленную. Несколько месяцев он пытался хоть что-то узнать о ней, — но всё напрасно.

Пришла весна. И как было принято в этой стране, отворились царские конюшни, и все желающие могли взять себе коней, чтобы заботится о них до наступления холодов. Такой здесь был обычай. Старушка рассказала о нем своей юной гостье, и решили они тоже взять себе на лето лошадь.

Но когда старушка пришла в царские конюшни, всех лошадей уже разобрали. Осталась только один загнанный конь, которого никто не хотел брать. Он был такой слабый, и люди боялись, что он испустит дух, так и не дойдя на пастбища.

Но делать нечего, взяла старушка этого коня.

— Ты привела коня? – спросила Розочка.

— Да, привела. Только это не конь, а настоящая кляча. Как мы его будем выхаживать? У нас нет ни овса, ни ячменя, ни сена. Нам будет не так-то легко содержать его.

— Доверь это дело мне, — сказала Розочка. – Господь милостив. Он не оставит нас.

Конь так привязался к своей молодой хозяйке, что следовал за ней всюду, когда она гуляла по саду или шла на луг, а через несколько месяцев его было не узнать.

И вот пришло время возвращать коней на зиму в царские конюшни. Царевич сам пришел к старушке, узнать, жив ли тот слабый конь?

— Матушка, у вас должен содержаться один из наших коней, — сказал он старушке.

— Да, всё верно, — кивнула она. — Взгляни на того могучего коня, он такой резвый, что может прыгать со звезды на звезду.

Царевич отправился в сад и что же он там увидел? Красавца коня вела под уздцы Розочка. А тот шёл следом и срывал фиалки и розы, расцветавшие под её ногами. Царевича словно молнией поразило. Его сердце вмиг наполнилось любовью. И влюбленные бросились в объятия друг друга.

Девушка рассказала ему о том, как жестоко с ней поступили царский советник и его дочь.

Царевич вернулся к себе во дворец и сказал своему отцу.

— Ты упрекал меня за то, что я женился на горянке, на дикой девушке из пещеры. Ты всё время повторял: «Не вини меня за то, что ты женился по своей воле. Я хотел, чтобы ты женился на дочке моего советника». Так вот отец, сейчас ты увидишь ту девушку с гор. Она – моя настоящая жена. А теперь прикажи, пусть расстелют ковры от твоего дворца и до ее крыльца.

Советник был ни жив, ни мёртв от страха, когда узнал о том, что происходит.

По приказу царя расстелили ковры... И Розочку, как подобает, царской невесте, торжественно повели во дворец. Играла музыка, жители приветствовали ее, стражники оберегали ее покой, а дети беззаботно бежали вслед за красавицей, собирая букеты из фиалок и роз, которые расцветали там, где она прошла. Увидев красавицу, царь расцеловал Розочку и в тот же во дворце сыграли свадьбу. Так сбылись их мечты, пусть же сбудутся и все ваши мечты. Вы спросите: «А что стало с царским советником и его дочерью?». А вот что, по приказу царя, их прогнали из города прочь.

ВОЛШЕБНАЯ ШКУРА

Было это или не было, но рассказывают, жила когда-то на свете бедная вдова и был у нее один-единственный сын по имени Ошин. Жили они впроголодь. Подрос Ошин и задумался, как ему на жизнь заработать, да матери помочь на старости лет. Вот как-то спрашивает он у матери:

— Скажи, матушка, а чем занимался мой отец, каким ремеслом?

— Твой отец, сынок, был славным охотником, — сказала мать. — Знал каждую тропинку в горах.

— Я тоже хочу стать охотником, — воскликнул Ошин. — Дай мне отцовские лук и стрелы, пойду поохочусь, принесу в дом добычу и тоже буду кормить нашу семью, как отец.

— Нет, сынок, не надо, — возразила мать. — Твой отец погиб на охоте, не хочу я, чтобы ты повторил его судьбу, поэтому не дам я тебе ни лука, ни стрел. Займись-ка лучше другим ремеслом.

Но не послушал Ошин материнского совета, нашел припрятанные лук и стрелы и ушел на охоту. Весь день бродил он по горам и спускался в долины, но вернулся домой с пустым мешком, не встретил он ни одной маленькой птички, ни одного мелкого зверька. На другой день юноша снова пошел на охоту, но ему снова не повезло. На третий день он дал себе слово: «Будь что будет, а с пустыми руками домой не вернусь», — и опять ушел в горы. До самой темноты бродил сын охотника по узким горным тропкам, но всё напрасно. Уже засверкали в небе первые звезды, но юноше стыдно было возвращаться к матери с пустым мешком, решил он немного отдохнуть и потом продолжить охоту. Осмотрелся вокруг и увидел с высоты: внизу ласково плещется море. Только Ошин вышел на берег, как вдруг вдали среди темных волн заметил яркий свет. «Что это?» — удивился сын охотника. Странное свечение приближалось, становилось всё ярче и вскоре волны принесли к берегу существо, похожее на огромную, упавшую в море звезду. «Да, это же зверь морской, какого еще свет не видывал», — догадался юноша и меткой стрелой подстрелил его, снял чудесную шкуру и понес ее домой. Несет он эту шкуру, а она переливается, сияет в темноте, словно солнце. Вот накинул он ее на плечи, свернул на родную улицу, и на улице стало светло, как днем. Собрались вокруг сына охотника соседи, смотрят, удивляются.

В это время проезжал мимо именитый князь – первый нахарар, так его называли в этом городе, как увидел он сверкающую шкуру, потерял покой, захотелось ему заполучить диковинку любой ценой. Подозвал он к себе юношу и говорит:

— Отдай мне эту шкуру, я тебе заплачу.

— Не могу, — отвечает юноша. — Она нам самим пригодится. Люди мы бедные, нет у нас ни лучинки, ни свечи. Отнесу я шкуру домой, станет она по вечерам освещать комнату — и мать, сможет шить и прясть.

Как ни уговаривал князь юношу, тот не отдал ему чудесную шкуру, развернулся и пошел домой.

Пришел Ошин к своему дому и стучится в дверь:

— Отопри, матушка.

— Погоди, сынок, — отвечает мать. — Сейчас зажгу лучинку и отопру.

— Не зажигай, матушка, я свет с собой принес.

Открыла мать дверь и так и застыла на месте от удивления: стоит перед ней сын, а на руке у него шкура сверкает огнем, и от нее во дворе стало светло, как днем. Занес Ошин свою добычу и в дом озарился светом. Увидела мать это чудо, но не обрадовалась, а испугалась.

— Скажи, сынок, а кто эту шкуру видел? – обеспокоенно спросила она.

— Первый нахарар видел, — отвечает сын.

— И что же?

— Не отдал я ему шкуры, сказал, самим пригодится.

— Ох, сынок, — покачала головой мать, — уж лучше бы ты ему отдал эту диковинку. Он нам этого так не оставит, обязательно отомстит.

Не успела мать сказать это, как в дом постучали. Открыл Ошин дверь, а там незнакомец стоит и спрашивает его:

— Ты Ошин — сын вдовы?

— Да.

— Собирайся, царь тебя ждет.

«Какое царю дело до меня?» — удивился юноша, но делать нечего, пошел с царским посыльным во дворец. Вошел Ошин к царю, поклонился учтиво, а царь его и спрашивает:

— Скажи-ка, сынок, что ты вечером нес в руках?

— Долгих лет жизни тебе, повелитель. Нес я маленькую звериную шкуру.

— Шкуру-то шкуру, да видно не простую, а светящуюся... Правда?

— Правда, долгих лет жизни тебе, повелитель. Люди мы бедные, нет у нас свечей, вот и будет мать при свете этой шкуры шить и прясть.

— Ступай домой, сынок, и принеси эту шкуру во дворец, – приказал царь.

— А как же моя матушка прясть по вечерам будет? – растерялся юноша.

— Ступай сейчас же! – рассердился царь. — А ослушаешься, не сносить тебе головы!..

Вернулся Ошин домой печальный и рассказал матери о разговоре с царем.

— Чтоб ему пусто было, этому князю! Жаль, что он увидел эту чудесную шкуру, — расстроилась мать. — Я как в воду глядела — не жди теперь покоя. Ну, ничего не поделаешь, сынок?! Раз царь требует, надо отдать ему шкуру.

Отнес Ошин светящуюся шкуру во дворец.

Как увидел царь это чудо, от удивления дар речи потерял. Схватил шкуру и давай ее гладить, мять, сворачивать и растягивать, но никак не мог понять, откуда же исходил яркий свет. Потом велел спрятать ее в царскую сокровищницу, а сыну охотника хорошенько заплатить. Отвел князь — нахарар Ошина в сторону, дал ему один сребреник и две оплеухи отвесил да и выпроводил из дворца.

Но как только сына охотника выгнали прочь — перестала шкура светиться.

— В чем дело? — удивился царь. — Почему она не светится?

А коварный нахарар ему и отвечает:

— Долгих лет жизни тебе, повелитель! Шкура не светится, потому что надо хранить ее во дворце из слоновой кости. Там она будет сверкать еще ярче и заблестит всеми цветами радуги.

— Но кто же сможет добыть столько слоновой кости, чтобы построить дворец? – спросил царь.

— Пусть тот, кто добыл эту шкуру, позаботится и о подобающем дворце для нее.

Как узнал Ошин о новой прихоти царя, голову повесил:

— Где же я ее добуду столько слоновой кости, повелитель?

— Это уж твоя забота, — махнул рукой царь. — А не добудешь, не сносить тебе головы!

Опечаленный возвратился домой сын охотника и рассказал матери, что на этот раз потребовал у него царь.

— Чтоб ему пусто было, этому князю! Жаль, что он увидел эту светящуюся шкуру, — рассердилась мать. — Но ты не бойся, сынок, ступай к царю и скажи: чтобы привезти слоновую кость, понадобится тебе тысяча верблюдов, тысяча пудов соли, тысяча тюков немытой шерсти, тысяча кувшинов старого вина, тысяча работников, тысяча грузчиков, да еще в придачу еды и припасов для всех на сто дней. И пусть все это доставит тебе тот самый князь за свои деньги.

Пришел сын во дворец и сказал царю всё, как велела ему мать. Выслушал царь юношу и приказывает князю-нахарару:

— Снаряди-ка ты, князь, на свои кровные тысячу верблюдов, купи тысячу пудов соли, тысячу тюков шерсти, тысячу кувшинов вина, найми тысячу работников и тысячу грузчиков, да еще обеспечь в придачу еды и припасов для всех на сто дней.

Огорчился нахарар, но делать нечего, пришлось ему выполнить царский приказ.

Собрался Ошин за слоновой костью, а мать его наставляет перед дальней дорогой:

— Сынок, предстоит тебе и твоему каравану трудный сорокадневный путь, пройдешь через горы и ущелья, и, наконец, окажешься в дремучем лесу, куда не ступала нога человека. В этом лесу есть большое озеро, к нему и приходят на водопой слоны. Пускай твои люди выпустят из озера воду и наполнят его вином до краев, а берега хорошенько обсыплют солью. Как закончите, спрячьтесь подальше и ждите. Сначала слоны слижут соль и, чтобы утолить жажду, напьются вина, опьянеют и повалятся наземь. Тут уж не зевайте — бивни вырезайте и везите царю.

Поблагодарил Ошин свою мать за мудрый совет и отправился в путь.

Сорок дней и сорок ночей шел караван, то по крутым горам, то по пустыне, пока не достиг дремучего леса, где не ступала нога человека, и деревья не слыхали стука топора.

Отыскал Ошин большое озеро и сделал всё, как велела ему мать.

Тысяча работников пробили дно озера и выпустили из него всю воду, затем плотно заткнули отверстия немытой шерстью и наполнили озеро до краев белым вином, посыпали берег солью и притаились в засаде.

Вдруг у них под ногами закачалась земля, по всему лесу раздались тяжелый топот гигантских ног и треск сломанных деревьев. Собрались слоны на водопой, и дневной свет померк от их исполинских тел. Притаился Ошин и наблюдает: что же дальше будет? Вот почуяли слоны соль и стали жадно слизывать ее с камней, а потом всё стадо заревело и бросилось к озеру. Как отведали гиганты белого вина, сразу захмелели, стали вставать на дыбы, хлестать друг друга хоботами и трубить на весь лес. И так до тех пор, пока не выпили всё озеро и не рухнули от усталости наземь.

Только уснули хмельные слоны, вышел из укрытия Ошин со своими помощниками, срезали у слонов бивни, нагрузили верблюдов и пустились в обратный путь. Привел сын охотника караван в город и оставил его у ворот дворца.

— Я привез слоновую кость, повелитель, — сказал он царю, — посмотри в окно.

Увидел царь добычу, обрадовался и повелел своему нахарару отмерить смелому охотнику пять горстей золота. Тот опять дал Ошину один сребреник и отвесил две оплеухи.

Рассердился Ошин, но не стал жаловаться царю, решил, что царь ему всё равно не поверит.

А царь тем временем призвал к себе пять тысяч работников и тысячу мастеров. День и ночь, не покладая рук, работали они и построили дворец из слоновой кости, да такой невиданной красоты, что всякий, кто хоть раз взглянет на него, забывал обо всем на свете, не ел, не пил, а только бы глядел и глядел на это диво.

Вот принесли в это роскошный дворец волшебную шкуру, а она все равно не светится. Чудеса да и только: вынесут шкуру на улицу, она огнем горит, переливается, спрячут во дворец – меркнет; войдет Ошин – снова шкура сияет, а как выйдет – опять тускнеет.

— Ну и загадка! — удивлялся царь.

А коварный князь, всё никак не унимался и как-то сказал царю:

— Долгих лет жизни тебе, повелитель, видно, чего-то не хватает в твоем дворце.

— Да чего же тут может не хватать? — забеспокоился царь.

— Хорошо бы, разбить вокруг дворца пышный сад, в котором росли бы деревья и цветы со всех концов земли, а между ними струились фонтаны, и твой слух услаждали с утра и до вечера сладкоголосые птицы. Тогда шкура точно засверкает...

Всё никак не мог нахарар простить сыну охотника обиды и хотел сжить его со света.

— Кому же под силу разбить такой сад? — призадумался царь.

— Тому, кто достал светящуюся шкуру и добыл слоновую кость, — хитро улыбнулся коварный князь.

Царь снова вызвал к себе сына охотника, приказал ему разбить вокруг дворца чудесный сад и дал ему год сроку.

Печальный вернулся Ошин домой и снова стал просить совета у матери.

— Не грусти, сынок, — сказала она. — Нелегкую задачу задал тебе царь, но попробуем и с ней справиться. А сейчас ступай к царю и попроси у него тысячу работников и тысячу телег, ведь придется исколесить весь свет в поисках деревьев да цветов. И пусть за всё это снова платит первый нахарар.

Удивился нахарар новому царскому приказу, но делать нечего — надо выполнять. Собрал он все золото и серебро, какое у него было, что недобрал — отнял у простых людей, заготовил припасы на тысячу человек, чтобы их хватило на целый год, купил волов, тысячу телег, и все это передал Ошину.

И опять Ошин пустился в путь.

Исколесил сын охотника весь свет, привез диковинных деревьев и цветов, да вместе с ними отыскал себе в дальних краях невесту, да такую красавицу, какой в его царстве никогда не видывали. Но прежде чем свадьбу сыграть, поспешил сын охотника выполнить приказ царя – день и ночь он трудился в саду. И вот однажды утром просыпается повелитель в своем дворце из слоновой кости и слышит, как за окном заливаются соловьи и звенят прохладные струи фонтанов.

Выглянул он в окно и видит: до самого горизонта раскинулся пышный зеленый сад, молодая листва на солнце сверкала изумрудами, в густых кронах щебетали райские птицы, а между деревьев взмывали ввысь фонтаны и искрились на солнце.

Восхищенный этим зрелищем, царь позвал к себе первого нахарара и велел наградить сына охотника пятью горстями золота. И снова Ошин получил он него лишь один сребреник и две оплеухи, и опять не стал жаловаться царю. Не стал жаловаться, потому что считал, что итак вознагражден сполна – ведь он получил такую невесту, которая не сравниться никаким царским сокровищем и богатством.

Вот как-то стоит царь на балконе своего дворца из слоновой кости и вслух восхищается дивным садом, а коварный нахарар возьми да и скажи ему:

— Красивый сад, ничего не скажешь... Эх, мой повелитель, если бы ты увидел невесту Ошина, ты бы еще больше восхитился.

Как узнал царь, что в его городе появилась редкая красавица, забыл обо всем: и о чудесной шкуре, и о дворце, и о роскошном саде, велел позвать во дворец Ошина, да ни одного, а вместе с невестой.

Вошла девушка в тронный зал и царь влюбился в нее с первого взгляда. Никогда в жизни ему не доводилось видеть такую красавицу: высокая, стройная, кожа белая, как снег, волосы струящиеся, как полноводные реки, а глаза лучистые, как солнце.

— Почему ты прятал от меня эту красавицу? — нахмурил брови царь.

— Долгих лет жизни тебе, повелитель, — ответил Ошин. — Это моя суженная.

Царь снова взглянул на девушку, на ее прекрасные волосы, лучистые глаза, белое лицо и сказал Ошину.

— Найди себе другую невесту, сынок, эта девушка останется в моем дворце, пусть от ее красоты засветится, наконец, шкура, которую ты добыл.

Сразу догадалась невеста Ошина, к чему клонит царь и ответила ему:

— Мой повелитель, я не могу выйти за тебя замуж, ведь я бессмертна, а ты нет. Ты мне не пара. Да и если этот юноша не станет бессмертным, я и за него не пойду.

— Но разве может человек стать бессмертным?— удивился царь.

— Почему бы и нет? Мой повелитель, далеко-далеко отсюда бьет источник с живою водой. Достаточно только одной ее капли, чтобы обрести бессмертие.

Услыхал это царь и крепко призадумался. Созвал придворных мудрецов, советников и первого нахарара и стал спрашивать у них, где достать живую воду.

Обрадовался нахарар, что представился еще один случай свести счеты с сыном охотника и говорит царю:

—Мой повелитель, если кому и под силу привезти тебе живую воду, то только Ошину.

Пришел Ошин во дворец, на этот раз не поклонился царю, а спросил его, глядя в пол:

— Чего тебе еще нужно, повелитель?

Хитрый царь рассердился на него, но виду не подал и сказал ласково:

— Ошин, ты очень умный и смекалистый юноша, только ты сможешь привезти для меня живую воду. Я искупаюсь в ней и стану бессмертным...

Снова Ошин отправился за советом к матери. Изумилась мать, всплеснула руками:

— Ах, сынок! Чует моё сердце. Это всё козни хитрого нахарара! Но ничего не поделаешь, царский приказ надо выполнять. Но не грусти, я тебе подскажу, где найти живую воду. Иди семь дней и семь ночей и придешь на перекресток семи дорог. Там увидишь древнего старика, у которого волосы белые, как снег. Он расскажет тебе, где найти живую воду.

Услышала этот разговор невеста Ошина и говорит:

— Это я во всем виновата, из-за меня, Ошин, тебя царь теперь посылает на край света. Я рассказала ему о живой воде, чтобы он не сватался ко мне и оставил нас в покое, а он теперь тебе приказал живую воду найти. Ну, раз уж так вышло, иди и ничего не бойся. Я шагу не ступлю из дома, пока ты не вернешься. Я — твоя, а ты — мой. Но запомни, когда найдешь живую воду, никому ее не отдавай – неси прямо домой.

Слова невесты ободрили Ошина, и он отправился за живой водой.

Семь дней и семь ночей шел сын охотника и, наконец, остановился на перекрестке семи дорог. Видит, сидит там древний старик: борода у него длинная седая, как белый снег, лоб высокий, а глаза глубокие и мудрые. Поздоровался с ним юноша и говорит:

— Дедушка, укажи мне дорогу к живой воде и посоветуй, как добыть ее, не то не сносить мне головы.

— Э-э, сынок, — тяжело вздохнул старик, — многие ходили за живой водой, но никто еще обратно не возвратился. Едва ли и ты ее добудешь. Ну, раз просишь — скажу. Видишь вот эту, одну из семи дорог? Ступай по ней прямо и иди три дня. На рассвете третьего дня, когда еще прохладно, увидишь на своем пути птицу, возьми ее, положи за пазуху и отогрей. А как поднимется солнце — выпусти на свободу. И если суждено тебе найти живую воду, то принесет ее отогретая на твоей груди птица и никто другой.

Поблагодарил юноша старика и пошел по дороге, которую тот указал.

Шел он день, шел другой и на рассвете третьего дня заметил съежившуюся крошечную птичку у дороги. Она так замерзла, что не могла расправить крылышки и взлететь.

Сын охотника взял замерзшую птичку в руки, положил ее за пазуху и пошел дальше.

Шел он, шел, шел он, шел, а как взошло солнце и стало припекать, почувствовал, как птичка зашевелилась у него за пазухой, отогрелась. Достал ее юноша, положил на ладонь и подумал: «Если отогрелась, улетит, если нет — снова положу в тепло».

Увидела птичка ясное солнышко, вспорхнула с ладони, сделала круг над сыном охотника, словно присматриваясь к нему, а потом распрямила крылья и взмыла высоко-высоко, в небесную синь. А юноша пошел дальше. Вот поднялся он на вершину горы и увидел там глубокую расщелину, из которой била ключом живая вода. Но как достать ее оттуда? Сел Ошин на камень и призадумался. Вдруг с высоты небес что-то упало в расщелину, как небольшой камушек. Удивился юноша, заглянул в глубину, чтобы рассмотреть, что же это такое. И вдруг из глубокой расщелины вылетела к нему крошечная птичка, та самая, которую он отогрел на своей груди.

Подлетела пташка к Ошину и вылила из клюва в его кувшин немного живой воды, потом снова камнем упала в глубокую расщелину и снова принесла в клюве живую воду. Так трудилась птичка до тех пор, пока не наполнила кувшин до краев живой водой.

Хотел юноша поблагодарить птичку, но не успел, взмахнула она своими крылышками и взлетела высоко-высоко, в небесную синь... Не теряя времени, Ошин пустился в обратный путь. Только пришел он в родной город и переступил порог родного дома, как весть о том, что он принес живую воду, уже достигла царского дворца. Обрадовался царь, обрадовались придворные, а больше всех — первый нахарар. «Царь первым искупается в живой воде и станет бессмертным, — думал хитрец, — а следом за ним и я прыгну в воду и навсегда останусь первым нахараром».

А невеста Ошина подумала иначе: «Если царь искупается в живой воде и станет бессмертным, тогда уж точно быть мне его женой, и останется мой Ошин один-одинешенек». Долго думала девушка, наконец, придумала, как поступить, чтобы перехитрить царя и научила сына охотника.

Вот пришли за ним царские слуги и повели во дворец.

А там царь сгорает от нетерпения. Увидел он Ошина и давай расспрашивать:

— Мне самому искупаться в живой воде, чтобы стать бессмертным, или позвать слуг, чтобы они меня искупали?

— Долгих лет жизни тебе, повелитель, — ответил Ошин. — Это сделаю я. Только я могу искупать тебя в живой воде. Больше никто не умеет с ней обращаться.

— А когда же мы будем купаться? — волновался царь.

— Долгих лет жизни тебе, повелитель... Когда скажешь, хоть сейчас. Только прикажи сначала нагреть воды в самых больших котлах. Потом я капну туда живой воды.

Царь приказал нагреть в огромных котлах воду, а заодно приготовить пир, чтобы отпраздновать свое бессмертие.

Узнал первый нахарар, что царь собрался искупаться в живой воде, пришел к нему и стал просить у него разрешения искупаться вместе с ним.

Царь любил своего верного подданного и спросил у Ошина:

— Послушай, а мог бы ты обессмертить нас обоих?

— Конечно, могу,— отвечает сын охотника.

— Ступай, подготовься, — велел царь своему нахарару. Первый нахарар, не чуя под собой ног от радости, побежал домой. В это время вода в котлах закипела, и Ошин на глазах у царя и его приближенных плеснул в котлы несколько капель какой-то прозрачной жидкости и сказал царю:

— А теперь, мой повелитель, полезай в давильню для винограда. Я буду тебя поливать живой водой.

Всякому ясно, стать бессмертным не так-то просто, и человек готов ради этого на все. Царь быстро разделся и, рад-радехонек, сам залез в давильню для винограда, и тут Ошин велел слугам лить на него кипяток из котлов. Вылили слуги на царя кипящую воду, он вскрикнул не своим голосом и умолк. А юноша закрыл давильню крышкой и сказал царским слугам:

— Пока царь становится бессмертным, мы сходим к нахарару. Обессмертим и его.

Пришли они в дом к первому нахарару и видят: тот уже разделся, залез в давильню и с нетерпением поджидает Ошина.

Ошин опять плеснул в кипящие котлы прозрачной жидкости и велел слугам лить на нахарара кипяток. Вскрикнул коварный царедворец и тоже умолк навсегда.

Так в одночасье распрощались с жизнью оба недруга Ошина. А сам он стал полновластным хозяином дворца, который сам воздвиг, и сада, который сам посадил вокруг дворца, и женился на девушке, которую привез из далеких краев.

А чудесная шкура, наконец, засияла снова и с тех пор озаряла по ночам, как огромный светильник, каждый уголок дворца.

ЦАРЕВИЧ-СВИНОПАС

Жил на свете один царь. И мир не знал лучшего охотника, чем он. Рука его была тверда, а глаз меток. И вот однажды увидел царь в лесу диковинного зверя, который сиял, как солнце и освещал собою весь лес. Никогда опытный охотник не видывал ничего подобного.

— Такого красавца нельзя убивать, — сказал он своему советнику. — Давай, попробуем его поймать.

Поставили они вдвоем хитрую ловушку, загнали в нее лучистого Зверя, связали и отвезли во дворец. Царь, гордый собой, решил выставить чудо-зверя на всеобщее обозрение и велел слугам сделать для него стеклянную клетку. Слуги исполнили приказ царя, и лучистый зверь был заточен в стеклянную клетку.

Но как-то раз царский сын, которому едва исполнилось тринадцать лет, случайно разбил ее. Царевич стрелял из лука, его стрела пробила стеклянную стену, а зверь не растерялся и тотчас схватил стрелу.

— Отдай мою стрелу, — сказал ему царский сын.

— Нет, я не отдам тебе ее, пока ты не отпустишь меня, — ответил ему Зверь человеческим голосом. – Принеси ключ, который твой отец прячет под подушкой и открой клетку. Отпусти меня на волю, и я никогда не забуду твоей доброты.

Пожалел царевич пленника, сияющего, словно солнце, принёс ключ и открыл стеклянную клетку.

— Спасибо тебе, царевич. Я тебе еще пригожусь. Будет трудно, ищи меня в лесу у большого родника, я тебе всегда помогу, — сказал лучистый Зверь и убежал.

Увидев распахнутую клетку, царь пришёл в бешенство, а когда узнал, что на волю чудо-Зверя выпустил его собственный сын, велел отрубить царевичу голову.

— Одумайся, повелитель! Это же твой единственный сын! – в ужасе воскликнул советник. — Как ты можешь казнить его из-за такого пустяка? Если ты сердит, то изгони его из царства. Такого наказания ему будет вполне достаточно.

Царь прислушался к словам своего советника и велел привести к себе не только своего провинившегося сына, но и сына советника. И вот двое юношей предстали перед царём.

— Уведи моего сына прочь, — велел он сыну советника. — Мне всё равно, что с ним будет. Для меня он больше не сын и я не хочу, чтобы его нога когда-нибудь ступала на мою землю! – приказал царь и вручил юношам немного денег на дорогу.

И отправились юноши вдвоём в путь-дорогу. Но только вошли они в лес, как сын советника сказал царевичу:

— Отдай мне свой царский меч, пояс и корону или я убью тебя!

— Возьми, они мне больше не нужны, — ответил царевич и передал сыну советника всё, что было положено наследнику.

Тот взял их и сказал:

— С этого момента царский сын – я, а ты – мой слуга. Смотри, не вздумай никому сказать, что это не так.

Царевич промолчал в ответ, а сын советника, довольный собой, улёгся на мягкой траве под тенистым деревом и задремал.

Царский сын тем временем, решил побродить по лесу. Шёл он, шёл и вдруг увидел чудесное сияние. Смотрит, а это тот самый Зверь, которого он освободил, пьёт воду из большого родника. Царевич разрыдался от радости, бросился в объятья к своему другу и рассказал ему о своём несчастье.

— Не отчаивайся, — ответил Зверь, — испейка лучше воды из этого родника, тебе сразу станет легче. Юноша выпил воды из большого родника, а лучистый Зверь ему и говорит:

— А теперь потряси это дерево.

Царевич потряс дерево и выдернул его из земли вместе с корнем.

— Пей ещё! – велел Зверь.

Юноша снова выпил воды из родника.

— А теперь потряси вот это дерево, — сказал чудо-Зверь.

Царевич потряс его и тоже выдернул с корнем.

— Тебе достаточно столько силы, или ты хочешь стать ещё сильнее? – спросил Зверь

— Хочу стать еще сильнее, — ответил юноша.

— Тогда выпей ещё воды.

Царевич выпил ещё воды из большого родника и, словно траву, вырвал с корнями из земли несколько огромных деревьев.

— Ну, теперь-то ты доволен?

— О, да! Спасибо тебе! – воскликнул царевич и вернулся на то место, где спал сын советника, разбудил его и вместе они пошли дальше.

Долго ли, коротко ли они шли, наконец, пришли в столицу соседнего царства. Сын советника отправил посыльного к царю, чтобы сообщить ему о том, что в город прибыл молодой царевич со своим слугой. Царь встретил их как дорогих гостей и сказал сыну советника, который выдавал себя за царевича:

— Я отдам за тебя замуж свою старшую дочь. С этого момента можешь считать себя моим зятем. Если хочешь, твоему слуге мы тоже найдём место при дворе. Кем ты его хочешь сделать?

— Да мне всё равно, — надменно ответил сын советника. — Куда его направишь, туда пусть и идёт, так что сам решай, повелитель.

— Хочешь стать моим свинопасом? – обратился царь к юноше.

— Я не против, — ответил тот.

Так царевич стал придворным свинопасом. Каждое утро он выводил свиней на пастбище, а с заходом солнца возвращал в загон. Жил он рядом со своим свинарником в жалкой лачуге. Прошло время. Вот, как-то раз, проснулся царевич рано утром, одной рукой поднял огромное бревно, и отправился с ним к царскому дворцу, опираясь на него, как на посох. Громко стучало бревно по каменным улочкам столицы, от такого грохота все в городе проснулись ни свет, ни заря.

— Что ты хочешь? – спросили юношу царские привратники.

— Дайте мне медяк, хочу пойти купить себе орехов, — ответил царевич-свинопас.

Услышал их разговор царь, вышел на балкон и сказал:

— Эй, свинопас, вот тебе серебряная монета, иди, купи себе столько орехов, сколько захочешь.

— Да не нужна мне серебряная монета! – ответил тот. — Где же я её разменяю? Дай мне лучше медяк.

Кинул царь ему медяк, царевич взял его и отправился на базар — орехи выбирать. Купив себе на целый медяк орехов, он снова отправился пасти свиней на царские луга. А вечером, пригнав свиней в загон, снова отправился к царю:

— Слушай, царь, закажи для меня стальной посох! – попросил свинопас.

— А тебе что, этого бревна мало?

— Это разве посох? Такой хворостиной только мух разгонять. Закажи для меня посох из хорошей стали, весом в тысячу пудов.

Царь пообещал ему заказать такой посох.

На следующее утро царевич опять разбудил своим тяжёлым посохом весь город. Подошёл он к царскому дворцу, постучал своим бревном по балкону и снова потребовал у царя медяк на орехи. Снова царь дал ему медяк, и свинопас опять пошёл на рынок, купил самых лучших орехов и только потом погнал свиней на пастбище.

На другой день привезли царевичу-свинопасу стальной посох. Юноша взвесил его в руке, повертел им и говорит:

— Отлично! В самый раз будет! Его-то мне как раз и не хватало.

Взял он стальной посох, взвалил его на плечо и погнал своих свиней в земли Чёрного Дэва.

Пригнал он стадо прямо ко дворцу Чёрного Дэва и видит: ворота закрыты на замок. Но разве это препятствие для такого силача? Ударил он по замку своим стальным посохом, и тот пополам раскололся. Половина замка отлетела на запад, а другая половина – на восток. Впустил юноша свиней в сад Дэва, и они разбрелись вокруг дворца. Сам же царевич съел дыню и прилёг вздремнуть под тенистым фруктовым деревом.

Возвращается Чёрный Дэв домой на обед и что же он видит? По его саду бегают свиньи и громко хрюкают! От ярости закипела кровь Чёрного Дэва:

— Кто это сделал? – заревел он страшным голосом, бросился в сад и увидел под деревом спящего юношу.

— Эй, ты, пастух, а ну просыпайся! – зарычал Дэв.

Юноша в ответ и глазом не моргнул, сделал вид, что спит крепким сном и ничего не слышит. А Дэв еще больше рассвирепел.

— Сюда ни одна змея не заползала, ни одна птица не залетала, а тут какой-то свинопас со своими свиньями ворвался в мой сад! Ты кто такой? Отвечай! – ревел Чёрный Дэв.

А царевич приоткрыл один глаз и пробормотал, как бы сквозь сон:

— Не мог бы ты вести себя потише? Дай мне выспаться, а потом мы сразимся.

— Ха, да ты, я погляжу, храбрец! – усмехнулся Дэв. — Я же тебя на мелкие кусочки изрублю. Самыми крупными кусками, что останутся от тебя, будут твои уши.

Тут царевич вскочил на ноги и говорит:

— А ну, Дэв, становись и готовься к поединку!

— А кто будет бить первым? – спросил Дэв.

— Ты будешь первым. Я же твой гость.

Чёрный Дэв схватил свою булаву и давай ею размахивать туда-сюда, только тучу пыли поднял.

— Пусть у меня рука отвалится, — воскликнул Дэв, — но я своего добьюсь. Хотя, парень, от тебя, наверное, уже и ушей не осталось!

— Эй, погоди, Дэв, теперь моя очередь бить, — отозвался царевич.

В этот миг облако пыли рассеялось, и царевич стоял перед Чёрным Дэвом, цел и не вредим.

— Я ещё не умер, — крикнул юноша и ударил своим посохом Чёрного Дэва по шее.

Да так крепко ударил, что голова Дэва и по сей день в небе летает.

После этого царевич решил осмотреть замок Чёрного Дэва. Вошёл в конюшню и увидел там: десять вооруженных рыцарей, одетых в чёрные доспехи и на вороных конях.

— Кто вы? – спросил их юноша.

— Мы, — пленники Чёрного Дэва, — ответили они. – Если ты освободишь нас, то мы клянёмся тебе, что будем приходить тебе на помощь всегда, когда бы ты нас ни позвал.

— Хорошо. Только у меня будет одно условие: боевой конь Чёрного Дэва – мой, но пока я оставляю его вам, — сказал царевич.

Взял он коня Дэва, привязал к его седлу мешок с черными доспехами, одеждой и оружием, зная, что придёт тот день, когда всё это ему пригодится. Затем выдернул по одному волосу из гривы каждого коня и сказал рыцарям, что они свободны и могут идти, куда захотят.

Рыцари поблагодарили юношу и умчались прочь, забрав с собой вороного коня Чёрного Дэва.

К вечеру царевич вернулся домой, завёл свиней в загон и вдруг слышит: в городе заиграла музыка, народ веселится.

— Что тут происходит? Что за праздник у нас? – стал спрашивать царевич-свинопас.

— Во дворце свадьба. Старшая дочь нашего царя выходит замуж за царевича, который недавно прибыл к нам из соседней страны, — ответили ему.

Вздохнул царевич и пошёл в свою лачугу. Только он прилег отдохнуть, как в дверь постучались. Открывает юноша дверь, а на пороге стоит младшая дочь царя.

— Что тебе здесь нужно? – удивился он.

— Ничего особенного, просто пришла поговорить с тобой, — ответила царевна.

— Со мной? Но я всего-навсего свинопас. Не пристало царской дочери говорить со свинопасом! Или может, тебе захотелось на поросят посмотреть? Тоже мне, царская забава. Уходи отсюда. – Ответил царевич-свинопас.

Девушка в слезах убежала. Но вскоре вернулась с подносом, доверху наполненным фруктами и вновь постучалась в дверь. Юноша открыл:

— Ну, что ещё?

— Я принесла тебе фрукты и орехи. Угощайся.

— Я же просил тебя не приходить сюда — сказал царевич, а сам взял поднос из рук царевны и захлопнул перед ней дверь.

Девушка снова ушла вся в слезах.

На следующее утро царевич взял свой стальной посох и пошел во дворец.

— Тебе опять что-то надо, свинопас? — спросил царь.

— Царь, дай мне ещё медяк. Пойду, куплю себе орехов.

Получив медяк, свинопас как обычно пошёл на базар, купил орехов и отправился на пастбище. А когда вечером вернулся домой, то увидел, что во всём городе царит паника.

— Что случилось? – стал он расспрашивать горожан.

— Войско дэвов окружает наш город. Они требуют, чтобы царь отдал им свою старшую дочь. Мы собираем ополчение, чтобы дать дэвам отпор, – ответили ему.

Только вошёл свинопас в свою лачугу, как в дверь снова постучали. На пороге стояла младшая царевна и горько плакала.

— Почему ты плачешь? – спросил царевич.

— Дэвы хотят забрать мою сестру.

— Ну, рассказывай, чем я-то могу помочь?

— Ты можешь её спасти.

— Я? Да ты посмотри на меня. Я — простой свинопас, работаю от зари до зари, бегаю за царскими свиньями. Почему же муж твоей сестры не может защитить её? Как-никак, он царский сын.

— Он не умеет сражаться.

— Ну, это меня не касается. Ступай отсюда, не тревожь меня больше по этому поводу. Дэвы пришли к вам, вот вы с ними и разбирайтесь сами, — ответил свинопас.

Рыдая пуще прежнего, царевна побрела прочь.

Утром царевич опять пришёл во дворец, встал под балконом, а вокруг придворные плачут и причитают:

— Что же нам делать? Дэвы уже подошли к крепостным стенам!

— Я спешу, — сказал в ответ юноша, — дайте мне поскорее медяк, и я пойду.

Купив на медяк орехов, царевич выгнал на пастбище свиней, вынул из кармана прядь, выдернутую из гривы вороных коней, и сжёг её.

Десять вооружённых рыцарей в чёрных доспехах, верхом на вороных конях, тут же появились перед ним, с ними был и конь Чёрного Дэва. Царевич снял лохмотья пастуха и надел на себя чёрные доспехи и чёрный плащ. Теперь он ничем не отличался от своих рыцарей. Лихо вскочив на коня, повёл он их в бой.

Тем временем, войско царя уже выстроилось перед дэвами. Дэвов было так много, что исход битвы был предрешен. Чудовища уже приготовились разорвать ополченцев в клочья, как вдруг чёрной молнией в них ударил отряд рыцарей. После ожесточённого боя в живых остался только один дэв. Юноша отрубил ему уши и сказал:

— А теперь убирайся отсюда прочь и расскажи всем своим собратьям о том, как вас здесь гостеприимно встретили.

Счастливый царь хотел отблагодарить отважных воинов, но не успел, они уже развернули коней и исчезли также быстро, как и появились.

А царевич снова надел пастушьи лохмотья, собрал свиней и погнал их домой.

Вошёл он в город и видит: все жители празднуют победу, радуются, поют и танцуют прямо на улицах. А царевич молча побрел в свою лачугу. И снова на пороге его жилища появилась младшая царская дочь с подносом в руках.

— Снова ты? – вздохнул юноша.

— Я соскучилась по тебе. Вот принесла тебе ужин. Давай вместе и поужинаем.

— Царевна, разве я тебе не говорил, чтобы ты не ходила ко мне, – сказал свинопас, взял поднос с угощеньем и захлопнул перед ней дверь.

Плача от обиды, царевна пошла во дворец.

А утром, получив очередной медяк и купив на него целый мешок орехов, юноша погнал свиней на пастбище. На этот раз он решил пасти их не на царских лугах, а на землях Красного Дэва.

Привёл царевич стадо прямо к воротам его дворца. Ударил стальным посохом по тяжелому замку так, что он пополам развалился: один кусок улетел в страну Алеппо, а другой — в Чин-ма-Чин.

Пустил царевич своих свиней в сад Красного Дэва, а сам выбрал тенистое местечко и прилёг отдохнуть.

А в это время Красный Дэв пожаловал домой на обед. Увидел Дэв, как поросята резвятся в его чудесном саду, рассвирепел и бросился искать злодея. Вдруг видит: дремлет под яблоней свинопас.

— Эй, ты, смертный, а ну, вставай! – проревел Дэв.

Открыл юноша глаза и видит: стоит над ним огромный Красный Дэв.

— Ты такой большой и такой глупый, — сказал ему юноша. — Что расшумелся-то? Не видишь разве: лежит человек, отдыхает? А ты ревешь, как стадо быков.

— Как ты смеешь грубить мне после того, что устроил в моём саду? – возмутился разъярённый Красный Дэв. – Давненько мне не приходилось человечиной лакомиться. Что ж, сегодня в человеческом мясе у меня недостатка не будет.

Тут юноша быстро вскочил на ноги, схватил свой стальной посох и говорит:

— Что смотришь, Дэв? Давай сразимся!

Красный Дэв достал булаву и давай ею размахивать, словно мельница своими крыльями в ураган. Туча пыли поглотила царевича.

— Вот беда! – прорычал Красный Дэв. – Не судьба мне мясом полакомиться, похоже, что от этого парня остались одни уши.

Но вот облако пыли рассеялось, и Красный Дэв увидел, что юноша стоит перед ним, цел и невредим.

— Что не судьба, то не судьба, — согласился царевич. – А теперь моя очередь!

Взмахнул он своим стальным посохом и опустил его на шею Красного Дэва. Да так опустил, что его пустая голова отлетела на гору Арарат с такой скоростью, что грохот сотряс всю округу.

А царевич пошёл осматривать владения Красного Дэва, заглянул в конюшню и увидел там двадцать вооружённых рыцарей в красных доспехах верхом на красных конях.

— Кто вы? – спросил он.

— Мы – узники Красного Дэва. Освободи нас и мы всегда будем готовы служить тебе, как только ты этого захочешь.

И на этот раз царевич объявил, что боевого коня Красного Дэва он оставляет за собой. Привязал к его седлу мешок с красными доспехами, плащом и оружием, затем выдернул по волосу из гривы каждого коня и отпустил рыцарей.

На закате царевич пригнал свиней в город и узнал, что в этот день царь выдал замуж свою среднюю дочь. А пока все веселились, младшая дочь царя снова пришла к свинопасу и сказала:

— Пойдём со мной во дворец. Сегодня у нас все пируют, танцуют и веселятся. Что же ты здесь всё время один?

— Уходи, — нахмурил брови царевич. — Что ты от меня хочешь, в конце концов? Я всего лишь свинопас. Я не могу прийти в царскую семью, даже как гость.

— Для меня ты – царь! Я люблю тебя.

— Нет. Я уже всё сказал. Я остаюсь дома, — ответил юноша, вытолкал царевну из лачуги и захлопнул дверь.

Вскоре царевна, даже не постучавшись, вошла к нему с подносом, уставленным кушаньями.

— Ну же, давай, вставай. Мы и вдвоём с тобой неплохо отпразднуем!

Юноша взял поднос и опять выставил девушку за дверь:

— Уходи! Это не место для царевны!

Наутро царевич вновь пришёл во дворец, стал стучать своим стальным посохом, требуя медную монету. Купив на неё орехи, он выгнал свиней на пастбище. А вечером, возвращаясь домой, увидел, что в городе снова паника.

— Завтра утром здесь будет армия дэвов, — сказали ему люди. — Дэвы придут и уведут с собой среднюю дочь царя!

Вошёл царевич в свою лачугу, а на пороге снова младшая царевна вся в слезах:

— Я полагаюсь только на Бога в небесах и на тебя на земле, — сказала она. – Я знаю, что это ты спас от дэвов мою старшую сестру. Ты теперь должен спасти от них и мою среднюю сестру!

— Иди туда, откуда пришла! У царя что, зятьёв нет? Я всего лишь свинопас. Оставь меня в покое.

— Царские зятья?! Да они ни на что не годны. Ты – единственный, кто может спасти мою сестру.

Царевич выпроводил девушку за дверь, и она ушла во дворец, плача пуще прежнего.

На следующий день, оставив свиней пастись на лугу, юноша вынул прядь волос из грив красных коне и сжёг их.

Двадцать вооружённых рыцарей в красных доспехах и верхом на красных конях тут же предстали перед ним. Был с ними и боевой конь Красного Дэва.

Облачившись в красные доспехи, царевич вскочил на коня и повёл свой отряд в бой.

Увидев отряд красных рыцарей, царь воспрянул духом и радостно воскликнул:

— Выше головы, воины, мы спасены! Этих храбрых всадников нам сам Бог послал!

Вихрем промчались красные всадники вдоль царского войска, осыпав их снопами искр из-под копыт своих коней, и красной стрелой вонзились в ряды дэвов. Не выдержав их натиска, враг дрогнул и бежал с поля боя.

Когда всё было кончено, царевич отрубил уши последнему, оставшемуся в живых, чудовищу и сказал:

— Отнеси это своему царю и расскажи ему о том, что бывает с незваными гостями, пришедшими к нам с войной.

И тут же отряд красных рыцарей вихрем промчался мимо царского войска и исчез.

— Хотел бы я знать, кто эти герои... — только и успел вымолвить царь.

В тот же вечер, когда юноша загонял свиней, в городе начался пир. Все праздновали победу над армией дэвов.

Младшая царевна вновь появилась в лачуге свинопаса и сказала:

— Послушай, не упрямься. Пойдём со мной во дворец, там сейчас пир. И мы с тобой будем есть, пить и веселиться. Весь город пирует, а ты что же?

— Нет-нет, я знаю своё место. Я всего лишь свинопас. Даже не пытайся привести меня во дворец, я никуда не пойду. Я останусь здесь.

— Я люблю тебя всем сердцем, почему же ты так упорно хочешь оставаться в этой жалкой лачуге?

— Оставь меня в покое. Я же сказал: свинопас тебе не пара.

Царевна снова ушла во дворец одна, утирая слезы обиды. Но вскоре вернулась с подносом в руках, на котором красовались царские кушанья. И опять царевич-свинопас не стал с ней ужинать и закрыл перед девушкой дверь своего жилища.

На следующий день он погнал свиней пастись в земли Белого Дэва. Двумя ударами своего тысячепудового посоха царевич-свинопас разбил замок на воротах его дворца, пустил свиней пастись в его дивный сад, а сам утолил жажду у родника и прилёг отдохнуть под тенистым фруктовым деревом.

В это время к себе домой на обед пожаловал сам Белый Дэв. Увидел он свиней в своём саду и заревел в бешенстве:

— Эй, свинопас, подъём! А ну, вставай! – топнул ногой Бэлый Дэв, так что земля затряслась под его ногой.

— Слушай, не мог бы ты быть чуть повежливее и не шуметь так? А то весь сон разогнал, — отозвался царевич. – И что это ты так разбуянился, тебя что, свиньи мои укусили что ли?

— Я не ел человечины вот уже семь лет. До сегодняшнего дня. А ну, вставай, — проревел Белый Дэв.

Царевич вскочил на ноги и поднял свой стальной посох:

— Становись, Дэв, сразимся!

Белый Дэв отошёл на несколько шагов назад и поднял булаву. Потом ринулся вперёд и давай размахивать ей справа налево и слева направо, сверху вниз и снизу вверх. Поднялась страшная пыльная буря и поглотила царевича.

— Ха-ха-ха! – рассмеялся Белый Дэв. – Теперь этого беднягу ещё долго придётся отскрёбывать от земли. Жаль только, что обеда из человечины не выйдет.

— Это точно, не выйдет. Перестань хвастаться, Дэв, — ответил ему царевич, который стоял перед ним, цел и невредим. — Теперь моя очередь, — воскликнул он, взмахнул посохом и с такой силой опустил его на шею Белого Дэва, что голова чудовища вмиг слетела с плеч и покатилась прочь. Она, наверное, и по сей день ещё катится по земле.

Пошёл царевич осматривать владения Белого Дэва. В конюшне он увидел тридцать вооружённых рыцарей, закованных в белые латы, верхом на белых конях.

— Вы кто? – спросил их царевич.

— Мы – пленники Белого Дэва. Освободи нас, и мы всегда будем приходить к тебе на помощь, как только ты нас позовёшь.

Царевич оставил за собой боевого коня Белого Дэва, привязал к его седлу мешок, в который сложил белые доспехи, белый плащ и оружие. Затем выдернул из гривы каждого коня по волосу и отпустил белых рыцарей.

Вечером всё было как обычно: свинопас – в своей лачуге, а свиньи – в загоне.

Младшая царевна снова вбежала в домик свинопаса и, обливаясь слезами, сказала:

— Пожалуйста, пойдём со мной во дворец!

— Ну, сколько раз тебе повторять одно и то же? Я же сказал: свинопас царевне не пара!

— О, мой любимый, ты мне ближе, чем отец и мать. Ради тебя я готова жизнь отдать. Я люблю тебя так, словно ты для меня – целый мир.

— Иди, иди домой, – сказал юноша и выставил плачущую царевну за дверь. Вскоре она вернулась с большим подносом, уставленным разными яствами.

— Поднос с едой оставь, а сама иди, — велел он.

— Я никуда не пойду. Хоть убей, не пойду!

Царевич подумал, что словами делу не помочь, поэтому взял, да и выставил девушку за дверь.

Когда на следующий день он вернулся с пастбища, то увидел, что весь город вновь охвачен паникой.

А младшая царевна, вся в слезах бросилась ему в ноги:

— Ты спас двух моих сестёр, спаси от дэвов и меня! – умоляла девушка.

— А, мне-то, какое до них дело? Вернулись дэвы, ну и что? Они же не за мной пришли.

— Только ты можешь спасти меня! – воскликнула девушка.

— А почему я? Что ты всё от меня требуешь? У тебя есть братья, пусть они тебя и защищают.

— С этих царевичей толку нет. А у тебя есть стальной посох в тысячу пудов. Я знаю, ты умеешь сражаться. А мои братья – нет. Надеяться, что они защитят меня — тратить время попусту.

Царевич снова выставил девушку за дверь. Вскоре царевна появилась с подносом в руках. Он ломился от разных яств.

— Слушай, ты царевна, у тебя гордости не больше, чем у бродячей цыганки, — сказал юноша.

— Ты кушай, кушай, а я рядом посижу, — вздохнула она в ответ.

На этот раз царевич оставил бедняжку в своей лачуге. Царевна, подавив свою гордость, кушала со слезами на глазах.

— Ну, а теперь-то ты почему плачешь? – удивился юноша.

— Как же мне не плакать! Завтра за мной придут дэвы. Они приходили раньше за моими сёстрами. А ты даже не думаешь, как спасти меня.

— Я тебя обязательно спасу, — сказал царевич-свинопас. — Но всё это должно остаться в тайне. Об этом будем знать только ты и я.

Царевна возвратилась во дворец со спокойным сердцем. Царица-мать даже удивилась тому, что её дочь пребывает в таком радостном и весёлом настроении.

— Я тебя не узнаю. Что случилось? – спросила её царица. – Завтра за тобой придут дэвы, а ты счастлива.

— Мама, я уже ничего не боюсь! Я спасена! Он обещал спасти меня!

— Он? Кто Он? Кто обещал?

— Тот, кто спас моих сестёр!

— Кто же это?

— А ты никому не скажешь?

— Никому не скажу.

— Наш свинопас.

— Что? Что ты говоришь, доченька?

— Бог свидетель, мама. Я говорю правду. Это наш свинопас спас их.

— Сейчас я пойду в свинарник и поговорю с ним.

— Нет-нет. Что ты! Если он узнает о том, что я всё рассказала тебе, он меня убьёт. Да и тебя убьёт, наверное. Пусть это останется в тайне.

На рассвете царь вывел своё войско на битву с дэвами. Когда армии выстроились друг напротив друга, царь начал с тревогой вглядываться вдаль: не придут ли на помощь рыцари и в этот раз? Но рыцарей не было, вот-вот должна была начаться битва, и перевес снова был на стороне дэвов.

Вдруг на вершине холма появился белый рыцарь, а вслед за ним – отряд из тридцати всадников.

— Воины, выше головы и знамёна! Расступитесь, дайте дорогу этим храбрым рыцарям! – радостно крикнул царь.

Белой молнией пронеслась рыцарская конница сквозь царское войско и обрушилась на врага.

Что это был за бой! Только один дэв остался в живых. Белый рыцарь, командовавший отрядом, отрубил чудищу уши и сказал:

— Скажешь всем дэвам, чтобы навсегда забыли сюда дорогу!

Рыцари развернулись и поскакали в ту сторону, откуда появились, только их усталый командир отряда ехал медленно и царь успел догнать его.

На радостях, царь ласково потрепал гриву белого коня, затем потянул к себе рыцаря, поцеловал его в шлем, а потом и в лоб.

— Моё царство – твоё! – воскликнул спасенный царь и вдруг увидел, что у воина кровоточит рука. Царь достал свой платок и сам перевязал ему рану, а тот пришпорил коня и был таков. Никто так и не узнал этого всадника.

Отпустив белых рыцарей и коня Белого Дэва, юноша собрал своих свиней в стадо и погнал их домой. А в городе, межу тем, праздновали новую победу над дэвами.

Вечером младшая царская дочь с подносом, наполненным изысканными яствами, как всегда пришла в лачугу к свинопасу. Они вместе поужинали и беззаботно говорили друг с другом.

А во дворце в это время царь рассказал царице о храбром рыцаре, который вместе с товарищами трижды победил бесчисленные полчища дэвов.

— В последнем бою этот храбрец был ранен, и я сам перевязал ему руку, — сказал царь, — жаль только, что я так и не узнал его имени.

Царица только рассмеялась в ответ.

— Почему ты смеёшься? – удивился царь.

— Смеюсь оттого, что твой храбрый рыцарь, — это наш свинопас.

— Не может быть! Правда?!

— Ну, разумеется! Пойди сам к нему утром и спроси.

Царь тут же послал за свинопасом. Когда юношу привели во дворец, царь увидел, что рана на его руке перевязана его платком.

— Что же это? Я ничего не понимаю... — растерялся царь.

А царевич-свинопас ответил ему:

— Когда царского сына делают свинопасом, а сына советника возносят до небес и делают царевичем, — это унизительно для истинного наследника престола. Поэтому я и вёл себя так, как вы видели. Если ты, царь, ещё хоть немного сомневаешься в том, что я самый настоящий царевич, тогда позови своего зятя, — мужа твоей старшей дочери, который прибыл в твою страну вместе со мной. Посмотри на него и увидишь, кто отнял мой меч и мою корону.

Царь вызвал своего зятя – мужа старшей дочери. Смотрит: а на нём украденная корона и чужой меч, которые по праву принадлежат царевичу-свинопасу.

— Палача! – поднял руку царь.

Палач вошёл и поклонился.

Царь отдал царевичу то, что ему принадлежало по праву, и объявил:

— Моя младшая дочь теперь тоже твоя, — сказал он. – Насколько я знаю, она и сама к тебе неравнодушна.

Свадебный пир длился семь дней и семь ночей. Через пять дней после окончания свадебных торжеств, царевич увез жену на свою родину. К тому времени его суровый отец уже умер, поэтому его изгнанный сын взошёл на трон как новый царь и законный наследник.

Ну вот, мечты наших героев сбылись, так пусть же сбудутся и все ваши мечты...

ДУША

Было это или не было, но старые люди говорят, давным-давно стоял на берегу реки Мецамор город Двин и правил в нем молодой князь по имени Алан.

Как-то раз созвал Алан во дворец своих родственников и товарищей по оружию и устроил для них большой пир. В одночасье роскошные залы дворца наполнились гостями, так что яблоку негде было упасть, и зазвучали под каменными сводами протяжные застольные песни. Прекрасен был молодой князь в дорогом воинском одеянии, по плечам его струились черные кудри, а глаза горели огнем. Как гостеприимный хозяин он сам подходил к каждому столу, потчевал дорогих гостей и просил их веселиться от души и ни в чем себе не отказывать. И гости благодарили его за щедрость и поднимали кубки за здоровье Алана под наигрыши длинноволосых музыкантов-гусанов.

И вот в самый разгар веселья подозвал к себе князь верного своего слугу Антока и попросил:

— Сходи-ка в большой погреб, что в моем саду, и принеси для гостей вдесятеро больше вина... И следи, чтобы на нашем столе всегда было вдоволь угощений.

Услужливый Анток побежал в погреб, но вдруг по пути в сад споткнулся. Посмотрел слуга под ноги, а на земле человек лежит, не шелохнется; в небо глядели, не мигая, его широко раскрытые глаза и всем своим печальным видом несчастный взывал к милосердию. «Да, он умер!» — догадался слуга. Сердце доброго Антока сжалось от жалости, позабыл он о поручении князя. Хотя неведомо было слуге, кто перед ним — друг или враг, как он прожил жизнь, трудился или разбойничал, побежал слуга за священником, чтобы отпеть покойного по обычаю. Прибежал слуга к священнику, зовет его, а священник в ответ:

— А кто мне заплатит?

Анток только плечами пожал:

— Не знаю, судя по всему, это человек безродный, но будь милосердным, прочти заупокойную молитву даром, и похороним его по-христиански.

— Не стану я даром отпевать, — ответил священник.

— Тогда возьми вот эту шапку и мой пояс в придачу, — предложил слуга.

Согласился священник, отпел покойного, а затем слуга похоронил незнакомца на кладбище за городом со всеми почестями, как близкого человека, и только теперь поспешил выполнять приказ своего хозяина.

Но пока слуга дошел до города и до княжеских погребов, наступил вечер. Передал он приказ виноделам, погрузили они бочки с вином на телеги и медленно двинулись во дворец, а Анток пошел следом. Всю дорогу ему не давала покоя мысль, что он впервые ослушался князя и не знал, что сказать в свое оправдание.

Подвезли бочки с вином к воротам дворца. И слуга сразу понял, что пир закончился. Стихли музыка и смех, а сам молодой князь мрачно и взволнованно расхаживал взад и вперед перед воротами.

Теперь Анток уже не сомневается, что князь взбешен и решил сразу упасть перед ним на колени и просить милости.

Заметив приближающегося слугу, князь обнажил меч и бросился к нему.

— Презренный, бесчестный человек, где вино, что я велел привезти?! Ты испортил мне праздник, выставил перед гостями на посмешище!.. И теперь только кровью ты сможешь смыть этот позор!

И с этими словами князь... отрубил голову своему верному слуге.

Но в этот же миг князь почувствовал, как кто-то крепко схватил его за руку, только что убившую человека и произнес:

— Только что ты убил невинного и доброго человека, не удосужившись даже выслушать его. И искупить свою вину ты можешь, только отдав мне свою душу.

Обернулся князь, а его держит сам... ангел смерти. Испугался Алан, упал на колени перед ангелом и стал умолять его сжалиться над ним, обещал искупить свой грех покаянием и добрыми делами.

— Смилуйся надо мной и моей молодой женой! — просил князь, — мы только сыграли свадьбу, и, потеряв мужа, моя любимая может с горя наложить на себя руки.

И так он умолял, так просил, что гора, и та бы содрогнулась, камень и тот бы раскололся, а уж человек и подавно пожалел бы раскаявшегося князя и изменил свой приговор.

Но ангел смерти непреклонен:

— Решено, — твердо сказал он, — готовься! Даю тебе час времени!

Понял Алан, что ангел смерти непоколебим, и, повесив голову, пошел к своему старому отцу; рассказывал ему без утайки все, что случилось, и разрыдался.

— Отец мой, — причитал князь, — ангел смерти стоит у дверей и хочет забрать мою душу. Отдай ему взамен свою, спаси мою молодую жизнь. Ты ведь любишь меня.

— Верно, сынок, я люблю тебя, люблю всем сердцем, — ответил отец. — Но ведь я сам еще не так стар... А нельзя ли как-нибудь откупиться от этого ангела смерти? Может быть, выменяем на золото чью-нибудь душу и отдадим ему?

Зачерпнул отец горсть золотых монет, протянул их сыну, а тот не дослушав его, побежал к старшему брату.

— Брат мой старший, родной мой, помоги! — закричал Алан и рассказывал о своем горе. — Отдай свою душу вместо моей, спаси мою молодую жизнь. Ты ведь любишь меня, правда?

Выслушал старший брат Алана и призадумался.

— А ты попробуй, — предложил брат, — перехитрить этого ангела и взамен своей души отдать ему душу какого-нибудь из своих друзей?

Не дослушав брата, побежал Алан к друзьям, они не раз клялись отдать за него свою жизнь. Но друзья Алана, подобно отцу и брату, отказались умереть вместо него; и, опечаленный, потерявший надежду на спасение, побрел Алан по дороге и вдруг вспомнил о своей матери: будь она жива, уберегла бы от смерти своего сына, отдала бы ангелу материнскую свою душу. Но не было уже на свете его матери.

Подавленный горем, возвратился князь во дворец и стал ждать, когда пробьет час его смерти. Молодая жена сразу заметила смертную тоску на его лице, обняла нежно и спросила:

— Что случилось, любимый мой, какое горе терзает тебя?

Рассказал ей Алан о том, что с минуты на минуту придет за ним ангел смерти и что никто не захотел спасти его молодую жизнь: ни отец, ни старший брат, ни друзья. Полная сострадания, выслушала его молодая жена, а затем внезапно выхватила из ножен кинжал мужа, рассекла свою белоснежную грудь и, вынув свою трепетную душу, протянула ее мужу.

Потрясенный Алан забыл обо всем, и о своем смертном грехе, и об ангеле смерти, когда его любимая бездыханно упала на пол. Закричал князь во весь голос, выбежал из комнаты и стал звать на помощь. Но поблизости никого не было, никто не пришел на зов князя. С рыданьями возвратился он обратно и в изумлении застыл на пороге, не в силах вымолвить ни слова. И что же увидел князь? Его любимая снова была жива, беззаботно кружилась по комнате и, казалось, стала еще прекраснее... Заметив в дверях мужа, она подбежала к нему и нежно обняла его.

Что же произошло, когда молодой князь в отчаянии выбежал из своих покоев? Ангел смерти спустился с небес и с радостью принял чистую душу любящей женщины и восхищенный ее беззаветной любовью, растрогался, вернул душу и... снова вдохнул в нее жизнь.

ПТИЦА ПРАВДЫ

В стародавние времена жили царь с царицей, и было у них два сына: одного звали Богос, а другого — Бедрос. Но вот умерла царица-мать. Пять лет горевал о ней царь, но однажды решил развеять свою смертную тоску. Призвал он к себе придворного конюшего – черного араба. Много лет служил он царю верой и правдой и стал для него другом и советником.

— Седлай двух коней, — приказал ему царь, — поедем с тобой, развеемся.

Сели они на своих коней и отправились по улицам столицы. Вдруг видят: у большого фонтана три сестры-красавицы набирают воду в кувшины. Остановился царь, сошел с коня и спрятался за колонной, чтобы послушать, о чём говорят девушки.

— Если бы я была царицей, — сказала старшая сестра, — я бы соткала такой большой ковёр, что вся царская армия, разместившись на нем, не заняла бы и половины.

— Если бы я была царицей, — сказала средняя сестра, — то сшила бы такой большой шатер, что вся царская армия не заняла бы и половины его.

— А если я была царицей, то родила бы нашему царю златокудрых сыновей и дочерей, — сказала младшая сестра.

Услышал царь их разговор, призадумался и велел своему конюшему привести всех трех сестер во дворец. Пришел советник к фонтану и передал девушкам приказ царя. Как узнали сестры, что царь велел привести их во дворец, стали плакать и с жизнью прощаться. Решили они, что накажут их пустые слова о государе.

Привел советник сестер к царю, а царь им говорит:

— Слышал, я старшая сестра, что ты можешь соткать ковер такой величины, что всё моё войско не займет и его половины? Верно?

— О, мой царь, я готова соткать такой ковер. Но вот шерсти у меня мало. Дай мне столько шерсти, чтобы её хватило, и я сразу возьмусь за дело, — стала оправдываться старшая сестра.

Понял царь, что девушка хвасталась перед сестрами, не соткет она такой ковер, и обратился к средней сестре:

— А ты, средняя сестра, кажется, обещала сшить такой шатер, чтобы в нем могло укрыться всё моё войско и еще место бы осталось?

— О да, мой царь! – воскликнула средняя сестра. – Но вот где взять столько ткани? Дай мне столько ткани, сколько нужно для такой работы и ты сам увидишь, я всё исполню.

Понял царь, что и средняя сестра только хвалиться умеет и тогда спросил среднюю сестру:

— Ты и вправду хочешь родить мне златокудрых сыновей и дочерей?

— О, мой царь! – ответила девушка. – Не торгуйся со мной, как в лавке. Время покажет.

Подумал-подумал повелитель и женился на младшей сестре, а ее сестер при дворе жить оставил. Пришло время, родила ему жена, как обещала, мальчика с золотыми волосами, которые сияли, как солнце. Увидели ее сестры новорожденного и чуть не лопнули от зависти. Приказали коварные сестры советнику, положить в колыбель вместо младенца щенка. А ребёнка... бросить в море.

Не смог советник ослушаться сестер царицы, сначала они запугали его, а потом подкупить пытались: заплатили за молчание пятьсот серебряных монет и столько же дали повитухе, принимавшей роды.

Забрал советник младенца из дворца, но не смог утопить невинное дитя в море и спрятал его в конюшне в яслях. А в полночь, оседлав коня, отвёз его в горы, оставил в пещере на Монастырской горе и никем незамеченный тихо вернулся домой.

Весть о том, что у царя родился третий сын разнеслась повсюду, и на следующее утро ко дворцу пришло много людей: все хотели поздравить своего повелителя. Только собрался счастливый царь выйти к народу.

— А с чем его поздравлять-то? – зашипели старшие сёстры царицы. – Она же родила щенка.

Услышав это, царь был потрясён и в гневе сказал советнику:

— Немедленно брось эту недостойную женщину в море, не выполнила она своего обещания.

Покорно вышел конюший из дворца вместе с царицей, но и на этот раз ослушался приказа царя. Спрятал он несчастную женщину в своей конюшне и вернулся во дворец.

— Ты выполнил мой приказ? – нахмурился царь.

— Да, мой царь. Я бросил её в море.

— Отлично.

А ночью конюший посадил царицу на коня и отвез в ту же пещеру, где спрятал её ребёнка. Вошла царица в темную пещеру и подумала, что пришёл ее последний час, убьют ее по велению царя.

— Не бойся, моя царица, — сказал ей конюший. – Ты можешь доверять мне. Считай меня с этого дня своим братом. Не щенок у тебя родился, как сказали царю твои сёстры, а златокудрый сынок-красавец. Вот твой мальчик.

Увидела царица своего сыночка, радости ее не было предела и остались они вдвоём жить в этой пещере. С тех пор конюший заботился о них обоих. Днём он служил царю, а ночью – царице и царевичу. Приносил им продукты, одежду и всё, что было нужно.

Когда царевичу исполнилось десять лет, конюший подарил ему лук и стрелы. Мальчик стал каждый день ходить на охоту и рос таким смышленым, что мать и ее названный брат нарадоваться не могли. Так пробежало пятнадцать лет...

И вот однажды царь-отец позвал своего советника-конюшего и говорит:

— Седлай коней. Поедем на охоту.

Взяли они лук и стрелы, острые мечи и тяжелые палицы, сели на коней и поскакали.

— Ну, куда поедем? – спросил царь.

— Да куда пожелаешь, ты же царь, твоё слово закон, — ответил конюший.

— Царь-то я, царь. Но место для охоты выбирай ты.

Повез его конюший к Монастырской горе. И случилось так, что молодой царевич тоже вышел на охоту. Его сильное тело покрывала одежда из оленьей кожи, а золотые кудри скрывала шапка. Выследил юноша оленя, но как только поднял лук, чтобы пустить в него стрелу, откуда ни возьмись, появились два всадника и спугнули его добычу. Опустил юноша лук, притаился и решить посмотреть, что же будет дальше. Один из всадников в дорогом царском одеянии метким выстрелом подстрелил оленя. Но не успел он подойти к своей добыче, как юноша опередил его, ловко поднял оленя, взвалил себе на плечи и был таков.

— А ну-ка пусти стрелу ему вдогонку, — в гневе крикнул царь своему другу.

Конюший сделал вид, что прицелился, а сам пустил стрелу над головой беглеца. Стрела пролетела мимо, а юноша ловко юркнул в пещеру.

— Что с тобой, сынок? – испугалась царица. — Ты так напуган, что случилось?

— Два всадника преследуют меня. Я забрал у них оленя, которого они спугнули и помешали мне самому подстрелить.

В этот момент в пещеру вошли царь и конюший. Мать и сын встретили их у входа.

— Где олень, которого я подстрелил? – грозно спросил царь. – Кто тебе дал право, юнец, стащить мой охотничий трофей?

— Многие лета здравствовать тебе, царь, — ответил юноша, — дичь достаётся не тому, кто стреляет, а тому, кто её в свои руки возьмёт.

— А откуда ты знаешь, что я – царь?

— Молва о тебе по миру идёт. Вот я и знаю.

«Какой смелый и толковый юноша», — подумал царь и прошел вглубь пещеры. Конюший последовал за ним, и виду не подавал, что хорошо знаком с хозяевами жилища. Осмотрелся царь и был удивлен, что в пещере царят уют и порядок. Было здесь и немало охотничьих трофеев, да таких, что сам царь позавидовал.

Хозяйка пригласила гостей к столу и подала им прекрасное кушанье из отборной оленины. Пообедали царь и конюший. Стали седлать коней. А юноша и говорит царю:

— Возьми своего оленя, мой царь, он твой по праву.

Царь принял подарок, но не торопился уезжать. Странное предчувствие появилось у него.

— Послушай, мой верный друг, — обратился он к советнику, — может быть, мы возьмем этого славного юношу с собой?

— Живи долго, мой повелитель, — ответил советник и склонил голову. — Я должен тебе кое в чём признаться. Помнишь ли трёх сёстер, которых ты много лет назад повстречал у фонтана и об обещаниях, которые они тогда дали? Ты выслушал всех троих и женился на младшей. Так вот, знай, она сдержала своё обещание: у тебя родился сын – златокудрый царевич.

Конюший снял с головы юноши шапку, и по плечам царевича рассыпались золотые кудри.

Царь был потрясен. Он смотрел на царевича и не верил своим глазам. Это, действительно, был его золотоволосый сын! Бросился царь перед женой на колени, стал молить о прощении, и она простила его.

— Я даже не знаю, мой верный друг, как отблагодарить тебя за твою доброту, — сказал царь своему конюшему. – А пока поезжай во дворец и приведи мне ещё двух коней: я забираю жену и сына с собой.

Прибыл конюший во дворец, а навстречу ему старшие сыновья царя, Богос и Бедрос.

— У меня для вас очень радостная весть!— сказал им конюший. — Нашёлся ваш златокудрый брат-царевич, и его мать нашлась, наша царица. Они живы и здоровы и скоро вернутся домой.

Обрадовались старшие братья, а вот коварные сестры царицы, как узнали, что она жива, готовы были сквозь землю провалиться.

Вскоре у городских ворот показались царь с царицей и их златокудрый сын. Весь город вышел встречать счастливое семейство, а в празднично украшенном дворце их приветствовали советники и вельможи, вот только коварные сестры боялись попадаться царю на глаза и отсиживались в своих покоях.

Вошел златокудрый царевич во дворец, в руке у него была хрустальная клетка, а в ней — необычная птица — Птица Правды. Однажды поймал он ее в дремучем лесу, и с тех пор эта птица всегда оставалась с его матерью, когда он уходил на охоту.

Прошло семь дней, и коварные сестры решились показаться на глаза царю, царице и златокудрому царевичу. Вошли они в зал, притворно опустив головы и надеясь вымолить прощенье за свой грех. Но увидела их Птица Правды, начала тревожно биться в своей клетке, разбила ее и вылетела в окно.

— О, моя Птица! Моя Птица Правды, она улетела! – воскликнул царевич.

— Не расстраивайся, сынок, — сказал ему отец. – Я прикажу, и твою Птицу поймают и вернут во дворец.

А затем, повернувшись к старшим сёстрам царицы, добавил:

— Птица Правды улетела из-за вас. Убирайтесь с глаз моих и из моего дома.

Так злых сестёр прогнали из дворца.

А царь стал думать, как же поймать Птицу Правды?

— Позволь нам поймать Птицу Правды, — вызвались его старшие сыновья Богос и Бедрос, — мы сумеем изловить ее и вернём брату.

Согласился царь. Первым за Птицей отправился самый старший из братьев Богос. Взял он с собой отряд из сорока всадников и поскакал в лес.

Долго ехали охотники, а когда настала ночь, решили сделать привал. Поставили шатер, развели костер, поужинали и легли спать. Ровно в полночь в лесной глуши раздался душераздирающий вопль. Воины вскочили на ноги, схватились за оружие, решив, что неподалеку кого-то грабят разбойники, и, вскочив на коней, во главе с царевичем Богосом бросились туда, откуда раздался крик. Вдруг снова кто-то закричал страшным голосом раненной птицы, и все воины и царевич вмиг окаменели.

Прошло семь дней, средний сын царя стал собираться в дальнюю дорогу.

— Мой брат не вернулся, — сказал царю Бедрос, — теперь я поеду. Выясню, что с ним случилось.

Бедрос, как и старший брат, взял с собой отряд из сорока всадников и поскакал в лес. В пути их застала ночь, и охотники остановились на привал в том же месте, где до них останавливался со своим отрядом Богос.

И снова в полночь раздался душераздирающий вопль. Войны поскакали на крик, чтобы выяснить, в чём дело, и тут же превратились в камни.

Тем временем младший брат — златокудрый царевич стал собираться в путь. Не хотел его отпускать отец.

— А что если и с тобой что-нибудь случится? – беспокоился царь. — Кто тогда заменит меня на троне?

— Но я должен найти братьев, — настаивал на своём царевич.

— Тогда возьми с собой дружину из тысячи всадников, — велел царь.

— Нет, отец, я же не на войну иду. Достаточно будет одного человека – нашего друга конюшего.

— Я всегда к твоим услугам, царевич, — сказал конюший, поклонившись.

— Тогда седлай коней! – велел царевич. – И возьми с собой двадцать фунтов жареной пшеницы.

Попрощались они с царём, оседлали лошадей и отправились в путь. Привал они сделали в том же месте, что и два старших брата. Но перед тем, как лечь спать, царевич приказал своему другу разбросать вокруг их шатра жареную пшеницу.

Ночью не спалось конюшему. Поднял он голову, смотрит: к лагерю подкралась лиса и стала есть зерно. Взял он лук и говорит царевичу:

— Лиса ест жареную пшеницу. Может застрелить её?

— Не надо стрелять в голодную лису. Пусть ест вволю, — ответил царевич.

Через два часа конюший снова разбудил царевича:

— Смотри-ка, эта лиса уселась на твой плащ. Застрелить её?

— Да ты что? – удивился царевич. — Бедняжка нашла себе для ночлега мягкое тёплое местечко. А ты стрелять собрался...

Перед самым рассветом смотрит конюший: лиса поднялась с плаща и пошла прочь.

— Царевич, лиса уходит. Может всё-таки её застрелить?

— Да нет же, пусть идёт себе с Богом.

Услышала лиса эти слова, обернулась и молвила человеческим голосом:

— Спасибо тебе, златокудрый царевич! Поведай мне своё самое заветное желание.

— Моё самое заветное желание — найти живыми и здоровыми моих братьев и вернуть их домой..., — сказал изумлённый царевич.

И добавил:

— ...и мою Птицу Правды тоже.

— Оставь оружие у своего друга и следуй за мной, — сказала лиса и привела царевича в Птичий Город.

— Ты найдёшь свою Птицу Правды там, в амбаре, который стоит на окраине. Только смотри, будь осторожен, — предупредила лиса. — Бери только свою Птицу, а к другим даже не прикасайся.

Вошёл царевич в амбар и увидел целую стаю прекрасных птиц. Их было так много, что юноша решил, взять с собой еще одну птицу, кроме своей. Но как только он коснулся второй птицы, в амбаре раздался страшный гвалт. Царевича схватили и отвели к птичьему царю.

— Почему ты взял то, что не принадлежит тебе? – спросил его птичий царь.

— Не знаю... Наверное, поддался обычной человеческой жадности, – ответил царевич.

— Тогда вот что я тебе скажу. Я дам тебе вторую птицу, если ты приведёшь мне вороного коня. Конь этот томится у атамана шайки из сорока разбойников. Они грабят людей около Монастырской горы. Ступай, приведи мне коня...

Птичий царь приказал отпустить юношу, и как только царский сын вышел за ворота Птичьего Города, к нему подошла лиса.

— Разве я не говорила тебе о том, чтобы ты брал только свою Птицу? Что же ты прыгаешь со сковороды прямо в огонь? Ну, что ж, иди за мной, — сказала лисица и привела царевича прямо к логову сорока разбойников.

— Бери только коня, — строго-настрого наказала ему лиса. — Седло не трогай!

Пробрался царский сын в стан разбойников и увидел прекрасного вороного коня. Тот стоял под седлом. А что это было за седло! Оно стоило двух таких коней.

— А почему, собственно, мне не взять седло? – подумал царевич.

Он вскочил на коня, и тут со всех сторон на него накинулись разбойники, стащили с седла и отвели к своему атаману.

— Так, так, юнец... Значит ты и седло хотел моё стащить? – нахмурил брови атаман.

И, немного подумав, добавил:

— Ну, если ты такой лихой удалец, то раздобудь для меня красавицу-фею, что живёт на горе Арагац. Тогда я лично оседлаю своего вороного коня и дам его тебе в награду за храбрость.

Вышел царевич из разбойничьей пещеры, а навстречу ему лиса:

— Что ты наделал, царевич! Почему опять меня не послушался?

— Прости, лиса. Людям порой так трудно удержаться от искушения. Что теперь делать?

— Ладно, уж. Ступай за мной, — сказала лисица и повела юношу к горе Арагац. – Будь осторожен, царевич,— предупреждала она, — тебя ждет трудный и опасный путь. Иди в гору тихо и осторожно, а когда увидишь волшебницу-красавицу – не говори ей ни слова, даже не здоровайся с ней! Состриги у неё локон и убегай скорее. А если услышишь за спиной крики: «Держите вора! Не дайте ему уйти!» – не обращай на них внимания, беги и не оглядывайся.

Пообещал царский сын лисе, что сделает всё, как она велела, и стал взбираться на скалы. Нелегко было ему карабкаться вверх по скользким камням, снял царевич сапоги и полез босиком.

Только поднялся на гору, как встретила его красавица и радостно воскликнула:

— Здравствуй, мой златокудрый царевич! Где я тебя только не искала, а ты взял, да и сам ко мне пожаловал.

Царевич ничего не ответил. Быстро состриг у нее локон и бросился бежать прочь. И тут же все камни и деревья, что росли на горе, стали кричать ему вслед:

— Держите вора! Не дайте ему уйти...

Но юноша, словно не слышал их и, не оборачиваясь, устремился вниз.

— Вот локон волшебницы, — сказал он лисе, которая ждала его у подножья горы.

— Отдай его мне, — велела лисица.

Царевич отдал локон лисе и о, чудо! Лиса обернулась красавицей-феей.

– А теперь веди меня к атаману, — сказала она. — Оставишь меня у разбойников, а сам бери вороного коня и скачи прочь. Я догоню тебя.

Увидел атаман красавицу с горы Арагац, и так обрадовался, что приказал разбойникам оседлать вороного коня и отдать его юноше. Царевич вскочил на коня и был таков.

— А теперь, красавица, стань моей женой, — сказал атаман девушке.

— Ну, что ты за человек такой? – сказала она, высвобождаясь из его объятий. – Только меня увидел, и сразу свадьбу играть. Скажи, разве здесь нет других женщин? Я хочу сначала познакомиться с ними.

Атаман позвал разбойничьих жён. Тут-то все и увидели, что невеста атамана среди них самая красивая.

— Возьмите её с собой в сад, погуляйте, — сказал атаман женщинам.

В саду девушка, недолго думая, подошла к стене, перелезла через неё и, снова обернувшись лисой, побежала за царевичем вслед.

Догнала лисица царевича и говорит:

— Теперь пойдем в Птичий Город. Я обернусь вороным конем, и ты отведешь меня к царю, а настоящего коня привяжи в царской конюшне.

Обернулась лиса вороным конем, и повел ее юноша птичьему царю.

Птичий царь был счастлив, увидев такого роскошного скакуна.

— Дайте ему двух птиц, и пусть идёт, куда захочет, — приказал он.

Взял юноша птиц, сел на коня, которого оставил в конюшне и уехал из Птичьего города.

Тем временем птичий царь подошел к дареному коню, а тот лягнул его со всей силы, перемахнул через высокую стену, обернулся лисой и был таков.

Царевич ждал лисицу вместе со своим другом-конюшим в том месте, где они встретились первый раз, в лагере среди леса. Подбежала к нему лиса и говорит:

— Идем, я тебе кое-что покажу. – И отвела его к тому месту, где стояли его окаменевшие братья Богос и Бедрос.

— Посмотри на эти камни, златокудрый царевич, узнаёшь ли ты их? – спросила лиса.

— Нет, лиса, не знаю, хотя, если присмотреться, эти камни чем-то напоминают людей.

— Царевич, это твои братья. Они стали камнями, но видят и слышат нас! А вокруг – их воины.

Тут раздался вопль, похожий на крик раненной птицы, и все, окаменевшие люди ожили вместе с конями, на которых они сидели.

Лиса отвела всех обратно в лагерь.

— О, златокудрый царевич! – сказала она. — Если бы ты не угостил меня жареной пшеницей, то сейчас был бы таким же камнем, как были твои братья. А теперь пришла пора нам расставаться, ведь я выполнила все твои сокровенные желания, — промолвила лиса и ушла в лес.

Три брата, конюший и восемьдесят всадников благополучно вернулись в столицу. С ними были две Птицы Правды и вороной конь – подарок атамана разбойников.

Царь был так счастлив увидеть живыми и здоровыми всех своих сыновей и своего верного друга – конюшего, и устроил в честь их возвращения большой пир.

А через несколько дней пришли к царю Богос и Бедрос и говорят:

— Отец, созывай всех вельмож и советников на совет.

Удивился царь, но созвал придворных во дворец. «Наверное, старшие сыновья хотят перед всеми поблагодарить своего брата», — подумал он. Когда все собрались, Богос и Бедрос, встав перед царём и прижав руки к сердцу, сказали:

— Пусть продлятся твои годы, царь. Ты уже не так молод и тебе трудно нести такое бремя, как забота о государстве. Позволь же нашему брату, нашему спасителю, взойти на трон вместо тебя.

— Я и сам об этом подумывал, — ответил царь. – И очень рад, что между моими сыновьями царит такое согласие и взаимопонимание.

— Нет, даже не проси меня об этом, царь, — возразил златокудрый царевич. — Ты жив, отец мой, слава Богу, жив и в добром здравии. Да и братья мои старшие по закону должны взойти на престол раньше меня. Прости, отец, но я никогда не стремился быть повелителем.

– Брат, только тебя мы видим своим повелителем и не представляем, что может быть иначе, — в один голос ответили Богос и Бедрос.

– Что же, я принимаю оказанную мне высокую честь, но на сердце у меня тревожно, — сказал златокудрый царевич. – Пусть наш отец продолжает царствовать, а я буду лишь управлять от его имени.

– Мы согласны, — закивали братья.

И стал царевич править своим народом, а через некоторое время созвал вельмож и сановников на новый совет.

— Как вы смотрите на то, чтобы я и мои братья остепенились, начали семейную жизнь? – сказал он. – Отец что ты думаешь об этом, а, может быть, у тебя есть на примете хорошие невесты?

— Даю вам своё согласие и благословение на брак, — сказал царь.

— Отец, мы хотим, чтобы нашими жёнами стали сёстры-близнецы. Тогда не будет почвы для завистливых разговоров о том, у кого жёны красивые, — ответили три братья.

— Что же, дети мои, пусть будет по-вашему, — сказал царь. – Завтра я и мой друг конюший наденем одежду бедняков и отправимся странствовать по нашему царству. Бог даст, найдём вам хороших невест.

На следующий день царь и его советник в рубищах бедных странников отправились в путь. Долго ли, коротко ли, они шли, наконец, пришли в один город и остановились на его окраине у мельницы. Присели они отдохнуть и видят: пастух заводит овец и коз в загон, а из его дома, то и дело выходит девица-красавица с шерстяной пряжей в руках. Царь и конюший и подумать не могли, что перед ними не одна красавица, а три, так сильно эти сёстры-близнецы были похожи между собой.

Пастух загнал коз и овец, вошёл в дом и начал стыдить жену и дочерей:

— Как же вам не стыдно! Рядом с домом сидят два голодных дервиша, а вы им даже корки хлеба не вынесли. – А потом вышел во двор и позвал путников: — Заходите в дом, почтенные старцы. Будьте моими гостями.

Пастух усадил странников за стол, щедро угостил их, и тут они заметили, что у него не одна дочь-красавица, а три.

— Видишь? Это его дочери-близнецы, как мы и искали его дочери, — зашептались между собой царь и конюший, и довольные, на следующее утро отправились в обратную дорогу.

Вернулся царь во дворец и призвал своих сыновей.

— Я нашёл для вас невест, — трёх сестёр-близнецов, — сказал он. Они красавицы, правда, рода не знатного: их отец – пастух. Но, видно, на то воля Бога.

Обрадовались три брата. А через несколько дней верный конюший отправился в домик пастуха и передал ему царский подарок — тысячу серебряных монет. Пастух купил на эти деньги лавку и уже через три месяца стал преуспевающим купцом.

Затем к нему снова пожаловал конюший и говорит:

— Царь хочет, чтобы его сыновья женились на твоих дочерях? Ты даешь согласие?

Купец подумал, что это шутка и только улыбнулся в ответ.

— Я не шучу, — сказал конюший. – Я сюда прибыл только для того, чтобы договориться о свадьбе.

— Если сыновья царя хотят взять себе в жёны моих дочерей, то я буду только рад этому, — ответил купец.

Тогда конюший достал три обручальных кольца и положил их на каминную полку.

Вышли девушки, подошли к камину, взяли с полки кольца и надели их на пальцы. И так случилось, что старшая из сестер выбрала кольцо старшего брата, средняя сестра надела кольцо среднего брата, а младшая – златокудрого царевича.

— Это событие надо как следует отметить, — сказал обрадованный купец и устроил пир.

На следующий день конюший поскакал во дворец, предупредив купца, что сваты во главе с царем прибудут за невестами в первый день мая.

К назначенному сроку собрал царь знатных вельмож и дружину в тысячу всадников, созвал музыкантов и собрался в путь за невестами. Старшие братья с нетерпением ждали свадьбы, а златокудрый царевич был печален. Неспокойно было у него на душе. Проводил он сватов и предупредил отца, чтобы они не останавливались на ночлег у Запретного ручья, который был у них на пути. Царь пообещал сыну выполнить наказ.

Приехал царь с вельможами в дом купца, просватал его дочерей, посадил их на коней и двинулся в обратный путь. Все придворные были пьяны от счастья и вина, и позабыли наказ царевича. Поставили они шатер у Запретного ручья и легли спать. А утром проснувшись, увидели, что лагерь окружён огромным водным драконом — вишапом.

Воины разом обнажили мечи и приготовились к бою с вишапом. Но дракон вдруг заговорил с ними человеческим голосом:

— Послушайте меня, люди. Вы не напугаете меня своими мечами и саблями. Они не помогут вам в битве со мной.

Тогда царь склонил свою голову и сказал:

— Мой дорогой дракон, отпусти нас, пожалуйста, с миром. Я обещаю выполнить любую твою просьбу.

— Пришли мне сюда своего златокудрого сына, — ответил ему вишап.

От этих слов вся свита царя застыла в ужасе, а сам царь стал мрачнее ночи. Но он не мог взять обратно данное слово и приказал всем, кто был с ним, не рассказывать о случившемся златокудрому царевичу до самой свадьбы.

И вот прибыли сваты с невестами во дворец. Первым вышел царевич Богос и взял за руку старшую сестру, за ним вышел Бедрос и взял за руку среднюю сестру, а златокудрый царевич не сдвинулся с места, и его невеста осталась стоять одна.

— Пусть она лучше будет моей сестрой, чем станет моей вдовой, ведь я уже не царский сын, а жертва, которую вы принесли дракону, — горько сказал златокудрый царевич.

— Если наш брат говорит так, то пусть и наши невесты будут нам как сёстры. Негоже нам свадьбу играть в такой момент, когда мы теряем нашего брата, — ответили Богос и Бедрос.

Свадьбу во дворце отменили, а через семь дней златокудрый царевич стал прощаться со всеми.

— Когда я уйду к дракону, пусть люди, в память обо мне, сорок дней носят траур и молятся за упокой моей души, — сказал он и зашагал прочь из города. Люди плакали, провожая его, плакала и младшая дочь купца, так и не ставшая женой прекрасного царевича. А что же царь? Он тоже скорбел, но не мог нарушить своего опрометчивого обещания дракону, иначе подверг бы всех своих жителей страшным испытаниям.

А златокудрый царевич пришел к Запретному ручью, искупался в нем и прилёг вздремнуть на берегу. Проснувшись, он увидел стоявшего перед ним дракона.

— Так, так, так... — молвил дракон человеческим голосом, — значит, ты всё-таки пришёл сюда, златокудрый царевич. Ну что же тогда, приготовься к полёту. Закрой глаза!

Царевич закрыл глаза, а когда открыл их, то увидел, что сидит на спине дракона, парящего в небе.

— Посмотри вниз, на землю, царевич и скажи мне, что ты там видишь? – попросил дракон.

— Вижу горы. Они все в снегу, как будто их мукой посыпали, — откликнулся царевич.

Дракон поднялся ещё выше к солнцу, и царевич почувствовал, как нещадно оно палит.

— Эй, дракон, смотри, не изжарь меня на солнце заживо! — закричал он.

— Скажи мне, что ты видишь теперь? – снова спросил его дракон.

— Мы так высоко, что я уже ничего не вижу внизу, — ответил юноша.

— Мы сейчас пролетаем над страной Чин-ма-Чин, — сказал дракон, — сможешь ли ты привести мне дочь царя Чин-ма-Чина?

— Попробую.

— Да уж, попробуй. А то возьму да и сброшу тебя вниз с этой высоты. Потом костей не соберёшь.

Дракон перелетел через бескрайнее море, опустился на берегу, в стране Чин-ма-Чин. Хвостом снял юношу со своей спины и поставил его на землю.

— Ну а теперь, как говорится, в добрый путь, — сказал он царевичу. – Пусть тебе сопутствует удача.

Царевич, посетив голову, побрел в столицу страны Чин-ма-Чин. Тоскливо было у него на душе. Вдруг смотрит он — что за дела? На вершине горы дерутся друг с другом три великана-ховта. Они сразу заметили его, и один из них сказал:

— Этот смертный помешает нам выяснить наши отношения.

А царский сын подошёл к ним и говорит:

— Что тут у вас стряслось? Из-за чего дерётесь?

— Мы три брата и вот делим между собой наследство: шапку, ключ и скатерть, — ответили ховты.

— И вы передрались из-за таких пустяков? – удивился юноша.

— Это вовсе не пустяки, — обиделись ховты. – Если наденешь на голову эту шапку, то станешь невидимым. Сможешь пройти мимо ста тысяч человек, и никто тебя не заметит. Ключом этим можно открыть и закрыть любую дверь, — какие бы хитрые замки и тяжелые засовы там не стояли. А эта скатерть-самобранка накормит любого, стоит только ее развернуть.

Златокудрый царевич взял три камня, бросил их в пропасть и сказал великанам:

— Теперь мы устроим соревнования. Вы трое спуститесь на дно ущелья, а когда я дам вам знак, начнете подниматься вверх. Тот, кто придёт первым, получит шапку, вторым – скатерть, ну, а ключ достанется тому, кто будет последним.

Ховты наперегонки бросились на дно ущелья.

— Теперь поднимайтесь! – крикнул им царевич.

Великаны стали карабкаться в гору, а юноша, тем временем, взял скатерть и ключ, надел на голову шапку и исчез. Ховты поднялись на гору, широко раскинули свои лапы, ловили-ловили его, да где там...

— Он обманул нас, — обиделись ховты. – Но ведь нам некого винить в собственной глупости, кроме самих себя. Ведь обмануть можно только того, кто даёт себя обманывать.

А царевич, тем временем, шёл в столицу страны Чин-ма-Чин. Долго ли, коротко ли он шёл, но вдруг путь ему перегородили семь дэвов. Никак нельзя было их обойти. С одной стороны стояла высокая отвесная скала, с другой бились о берег высокие волны. Чудовища заметили юношу:

— Давненько нам не приходилось лакомиться человечьим мясом, — нетерпеливо прорычали голодные дэвы.

Испугался царевич, но вдруг вспомнил о скатерти-самобранке, раскинул ее перед дэвами, а они не поверили своим глазам, увидев столько угощений. Сели чудища к столу и стали пировать, а как наелись досыта, сказали златокудрому царевичу:

— Мы не ели ничего подобного целых семь лет, проси у нас теперь чего хочешь.

— Ничего мне от вас не надо. Дайте мне только дальше пройти, — ответил царский сын, сворачивая скатерть. – Я спешу в столицу, к царю Чин-ма-Чин.

Благодарные дэвы пропустили юношу и дали ему на прощанье клок своей шерсти.

— Как только тебе понадобится наша помощь – предупредили они, — брось этот клок шерсти в огонь, и мы придем тебе на выручку.

Царевич пошёл дальше. Долго ли, коротко ли он шёл, наконец, увидел на пути полчища голодных муравьев. Они уже были готовы наброситься на юношу и съесть, но царевич снова не растерялся: развернул скатерть-самобранку, и муравьи поели вволю.

— Благодарим тебя, — сказали муравьи, — ступай дальше. Только возьми с собой на прощанье этот маленький коготок. Как только тебе понадобится наша помощь – брось его в огонь, и мы будем тут как тут.

Пошёл юноша дальше. Шёл он, шёл, пока над ним не появилась огромная стая голодных белых птиц. Птицы уже собирались разорвать царевича в клочья, но тот успел расстелить скатерть-самобранку и накормить их досыта.

Птицы поблагодарили его за угощение и на прощанье дали ему белое перо.

— Как только тебе понадобится наша помощь – брось это перо в огонь, — прокричали с небес птицы, — и мы прилетим.

Царевич снова отправился в путь. Долго ли он шёл, коротко ли, и вот достиг столицы царства Чин-ма-Чин.

Вошёл он в город, присел в тени платанов, и, отдохнув, стал искать себе жильё. Попросился он в дом к бедной одинокой старушке, она с радостью пустила постояльца. Прожил юноша у нее семь дней и как-то утром говорит своей хозяйке:

— Матушка, сходи к своему царю, скажи ему, что я хочу жениться на его дочери.

— Сынок, забудь об этом. Царь никогда не отдаст за тебя свою дочь. Если не хочешь лишиться головы, то не ввязывайся в это дело, — ответила старушка.

— Не беспокойся обо мне. Просто сделай так, как я тебя прошу. Я хочу жениться на царевне.

Делать нечего. Пошла старушка во дворец, села на скамье у ворот и стала ждать.

Вышел царский советник и спрашивает:

— Что тебе здесь надо, старушка?

— Мой сын хочет жениться на царской дочери.

Советник пошёл к царю и доложил:

— Там у ворот сидит нищая вдова пастуха: она сватает своего сына за твою дочь.

— В самом деле? – удивился царь страны Чин-ма-Чин. — Ну что же, пусть войдёт.

Привели старушку к царю.

— Здравствуй, матушка, зачем пожаловала ко мне? — спросил её царь.

— Мой сын хочет жениться на твоей дочери. Вот я и пришла её сватать.

— Если твой сын желает стать моим зятем, то ему придётся пройти через испытания. Если он не справится хоть с одним из них – не сносить ему головы. Так что предупреди его.

Старушка поклонилась царю и вскоре пришла во дворец вместе с юношей. А царевич, чтобы себя не выдать, спрятал золотые кудри под платок.

— Прежде, чем я отдам тебе свою дочь, ты должен доказать, что достоин её, и пройти через несколько испытаний, — объявил ему царь.

— Слушаюсь, мой повелитель, — ответил юноша.

Вечером стражники закрыли царевича в комнате и поставили перед ним семь огромных медных подносов, на каждом из них лежал целый жареный баран.

— Если ты за одну ночь съешь все семь баранов, то царская дочь твоя. А если нет, то утром отрубим тебе голову, — сказали стражники.

Как может один человек съесть семь баранов? Царевич понял, что это задание ему не под силу и тут же вспомнил о семи дэвах, вынул из кармана клок шерсти и сжёг его. Затем волшебным ключом, добытым у ховтов, он открыл дверь, за которой уже стояли семь дэвов. Царевич пригласил их в комнату, угостил бараниной, которую они проглотили в один миг, а затем проводив их обратно, запер за ними дверь и лёг спать.

Утром царь, уверенный, что гость не выполнил его задание, позвал палача и говорит:

— Эй, палач! Пойди, отруби этому парню голову и принеси её сюда.

Палач вошел в комнату к царевичу и, увидев, что он сладко спит, а все семь блюд пусты, бросился обратно к царю и воскликнул:

— Да он всё съел! Может быть, везение этого юноши смягчит твоё сердце?

Царь от удивления подскочил на троне, надел туфли и бросился к комнате, чтобы убедится лично, что юноша всё съел. Вошёл царь и видит: всё пусто, ни одной косточки не оставил царевич. А тот, глядя на царя, усмехнулся и говорит:

— Что же ты, царь, к мясу не дал мне ни кусочка хлеба? Или у вас в стране хлеб едят только по праздникам?

Царь в ответ не смог вымолвить ни слова. Отпустил юношу домой, вывели его стражники из дворца во двор, и тут в окно выглянула царская дочь и, увидев прекрасного юношу, сразу же влюбилась в него.

На другой день царь снова позвал его во дворец, угостил обедом, а потом велел отвести в большую комнату, а там на полу рассыпана целая гора зерна: рожь, пшеница и просо были перемешаны между собой.

— Хочу, чтобы ты перебрал всё это зерно и разложил отдельно рожь, пшеницу и просо. Если у тебя ничего не выйдет, то не сносить тебе головы, — сказал царь юноше и запер за ним дверь.

Опечалился царевич, подумал, что вовек не перебрать ему этого зерна, и вдруг вспомнил о муравьях. Сжёг маленький коготок и вмиг отовсюду: из-под двери, с потолка, через окна, поползли в комнату муравьи.

— Что мы можем сделать для тебя, златокудрый царевич? – спросили они.

— Переберите всё это зерно и сложите отдельно рожь, пшеницу и просо.

Через два часа муравьи разложили всё по зернышку. Царевич расстелил скатерть-самобранку и от души накормил своих помощников и лег спать.

Рано утром царь снова позвал к себе палача, и вместе с ним отправился проверять, как юноша перебрал зерно. Увидев царя и палача с топором, царевич не пустил их к себе.

— Вам я не доверяю, — сказал он. Приведите сюда честных людей, страшащихся божьего гнева, пусть они войдут первыми и увидят мою работу. А то людям, вроде вас, ничего не стоит взять, да и незаметно смешать горсть зерна.

Царь призвал честных людей, страшащихся гнева божьего, вошли они в комнату и увидели, что всё зерно перебрал царевич зернышко к зернышку:

— Он победил, царь, он должен получить твою дочь, — сказали честные люди.

Но царь не спешил выдавать свою дочь замуж и приготовил третье испытание.

— Слышал я, — сказал царь, — что есть у тебя стая белых птиц? Хочу, чтобы твои белые птицы сразились с моими черными. Если мои птицы победят, — казню тебя. Если же мои птицы проиграют, — отдам за тебя свою дочь.

Вылетели на битву чёрные птицы царя, и было их так много, что солнце померкло. Тут достал царевич белое перо, подаренное ему птицами, сжег его. Рассекая воздух могучими крыльями, отовсюду слетелись несметные стаи белых птиц. И сошлись в битве белые птицы и чёрные, и упали с небес чёрные птицы, и усеяли своими безжизненными телами землю. Ни одной чёрной птицы не осталось в небе, всех победили птицы белые.

— Я угощу вас позже, — пообещал царевич белым птицам, не хотел он доставать чудесную скатерть-самобранку перед коварным царем. – А теперь, летите к своим гнёздам.

Улетели белые птицы, а юноша подошёл к царю и говорит:

— Пусть годы твои будут долгими, царь, не кажется ли тебе, что я прошёл все испытания?

— Ты прав, — вздохнул царь. — Ты победил. Моя дочь – твоя.

И сыграли во дворце свадьбу. Семь дней и семь ночей шёл свадебный пир. И на седьмой день златокудрый царевич и царевна страны Чин-ма-Чин стали мужем и женой. Пришли они в свою спальню, а царевич вынул свой меч и положил его на кровать между собой и женой.

— Что ты делаешь? – заплакала царевна. – Если бы ты знал, сколько славных юношей просили моей руки и отдали свою жизнь за меня!

— Прости меня, царевна, но сорок дней мы будем жить с тобой как брат и сестра.

И вот как-то раз, остался юноша один в своих покоях, снял он платок со своей головы, как вдруг в комнату заглянула его жена, увидела она золотые локоны и бросилась к отцу:

— Пойдём скорее! Посмотри на своего зятя...

Царь, царица и царевна кинулись в покои зятя. Входят, а он снова повязал голову платком. Подошла к нему жена, развязала платок, и вся комната озарилась чудесным блеском золотых волос царевича. Тут царь страны Чин-ма-Чин понял, что перед ним сын того царя, которому он много лет платит дань.

— Прости меня, царевич, за все те опасности, которым я тебя подвергал, — взмолился царь.

— Что было, – то было, – ответил царевич. Я тебя простил, так что позволь мне вернуться в свою страну с твоей дочерью.

Радостный царь тут же согласился и отпустил молодых, одарив их богатыми подарками и завидным приданым.

По пути домой новобрачным повстречалась стая белых птиц, которых было так много, что им показалось, будто наступила зима. Царевич раскинул скатерть-самобранку и накормил их. Птицы пропустили их дальше.

Затем они пришли в страну муравьёв. Юноша накормил их, и благодарные муравьи позволили ему пройти.

Потом пришёл черёд расстелить скатерть-самобранку перед семью дэвами. Насытившись, дэвы с удовольствием пропустили их дальше.

Наконец, они подошли к тому месту, где царский сын простился с драконом-вишапом. Царевич поднял голову и стал высматривать дракона в небе. Он надеялся, что его невеста скажет вишапу правду о том, что они всё это время жили вместе как брат и сестра, а не как муж и жена.

— Почему ты так беспокойно вглядываешься в небеса? – спросила царевна.

— Посмотри! Видишь – дракон. Я должен передать тебя ему, — ответил царевич.

Девушка побледнела и задрожала. Но как только дракон опустился на землю, он тут же скинул свою драконью кожу и обернулся прекрасным юношей, очень похожим на царевну страны Чин-ма-Чин. Как оказалось, это был ни кто иной, как родной брат царевны. Брат и сестра со слезами бросились в объятья друг друга.

— Мой отец был очень жесток ко всем, кто сватался к моей сестре. Из их черепов он выстроил дом в семь этажей, — сказал юноша-дракон. – Я не мог вынести такой жестокости и молился Богу. Я просил его превратить меня в дракона. И Бог услышал мои молитвы.

С этими словами брат царевны снова надел драконью кожу и обернулся драконом. Он посадил себе на спину молодых и перенёс их на другую сторону моря.

— Прощайте же, друзья мои, — сказал им дракон.

— Постой, погоди, не улетай! – воскликнул златокудрый царевич. Что же ты весь век будешь драконом? Теперь ведь всё изменилось, твоя сестра вышла замуж. Может быть, и ты начнёшь новую жизнь?

— Вообще-то мне приглянулась одна девушка, — ответил ему дракон. – Я видел её в тот день, когда окружил у Запретного ручья войско твоего отца. Это младшая дочь купца. Я подумал, что если бы я ей понравился, то я...

— Вот и отлично, — обрадовался царевич. – Идём вместе с нами.

Все втроём они благополучно добрались до столицы царства. Но как только вошли в город, первый же встречный бросился на них с кулаками:

— Как вы посмели войти в наш город с невестой в белоснежном платье, когда у нас траур и все носят чёрные одежды? – закричал он. — Разве вы не знаете, что всё наше царство оплакивает златокудрого царевича?

Царевич дал ему золотую монету и сказал:

— Беги скорее к царю и скажи, что его пропавший сын вернулся.

Царь наградил гонца и с музыкантами вышел из дворца встречать сына. Все ликовали, и только

младшая дочь купца грустно наблюдала из окна, как ее суженый ведет другую невесту.

Златокудрый царевич поднялся в ее покои и сказал:

— Пойдём со мной, красавица. Если судьба твоя – выйти замуж за царевича, так не отворачивайся от неё.

И устроили во дворце великий пир. Богос женился на старшей дочери купца. Бедрос – на средней. Брат царевны Чин-ма-Чина женился на младшей дочери купца, ну, а златокудрый царевич – на первой красавице страны Чин-ма-Чин.

Пир длился семь дней и семь ночей. Все, кто хотел, мог прийти на него и поздравить молодых. Их мечты сбылись, так пусть же сбудутся и ваши.

НЕВИДИМЫЙ МУРЗА

Как-то подружились Мышь и Сокол и решили вместе пшеницу сеять. Вот посеяли они пшеницу, потом сжали, обмолотили, провеяли и, наконец, стали делить.

— Давай делить поровну, — предложил Сокол, — сейчас я всё по зернышку разделю на двоих.

— Хорошо, — согласилась Мышь.

Поделил Сокол весь урожай пополам, но вот одно зёрнышко лишнее осталось, одно на двоих никак не делится.

— Моё, — говорит Сокол.

— Нет, моё, — не уступает Мышь. Позвали они Орла, чтобы их рассудил. Орёл говорит Соколу:

— Склюнь его, да и дело с концом.

Мышь только ухмыльнулась в ответ:

— Ну что ж, клюй на здоровье. Ладно, не будем из-за одного зерна ссориться. Пусть друг-Сокол у меня переночует, а утром летит с богом, куда глаза глядят.

Пошел Сокол к Мыши в гости. Поели-попили друзья, и спать легли. А ночью Мышь встала да как ударит спящего Сокола саблей, чуть не убила, тот едва из норы вылететь успел.

С трудом поднялся раненный Сокол на дерево, и задремал на нем до рассвета. А рано утром пришёл охотник, увидел Сокола на ветке, прицелился, и вдруг слышит:

— Не стреляй в меня, охотник, я ранен.

Удивился охотник, вертит головой туда-сюда, думает: кто это с ним разговаривает? Никого не увидел, снова прицелился, но опять кто-то простонал:

— Не стреляй, охотник, я ранен.

Что за чудо! Озирается охотник по сторонам — вокруг никого. Третий раз прицелился, а Сокол камнем упал к его ногам и взмолился:

— Не убивай меня, охотник. Мяса с меня мало, пух мой весь в крови. Лучше вылечи меня.

Пожалел охотник Сокола, отнёс его домой к жене и говорит:

— Возьми, да полечи его хорошенько.

Взяла жена искалеченную птицу, промыла раны водой, припарила травами, смягчила мазями и скоро раны его затянулись. А когда Сокол совсем поправился, сказал он своему спасителю:

— Иди, охотник, за мной.

Пошли они вместе в путь-дорогу. Сокол по небу летит, охотник по земле идёт, и вот остановились на берегу моря.

— Охотник, нам на тот берег надо, — говорит Сокол. — Садись мне на спину, я тебя отнесу.

Охотник сел к Соколу на спину, поднялся Сокол над морем, пролетел немного, да и сбросил охотника прямо в воду.

Как стал охотник тонуть — спустился к нему Сокол, подхватил его на крыло и дальше полетел. На середине моря опять сбросил Сокол охотника в воду и опять поднял на крыло. И в третий раз сбросил он охотника и снова спас. А как долетели до берега, Сокол ему и говорит:

— Теперь, охотник, мы с тобой квиты. Ты в меня три раза целился — три раза страху нагнал, и я тебя напугал тоже три раза. Отныне мы с тобой неразлучные друзья, а сейчас я тебя отведу в дом своего отца, он тебе будет за моё спасение предлагать всё, что только ты не пожелаешь, но ты ничего не бери, проси лишь шёлковый кисет – волшебный мешочек для табака.

Как добрались они до Соколиного дома, налетела на охотника соколиха-мать, хотела его заклевать, а Сокол ей говорит:

— Постой, матушка, что ты делаешь? Это же спаситель мой.

— Раз ты спас нашего сына, — сказал охотнику отец-сокол, — проси у меня чего хочешь.

— Ничего мне не нужно, — ответил охотник, — будьте здоровы.

— Нет, — покачал головой сокол-отец, — так не положено. Одна рука другой не должница. За доброе дело полагается награда.

— Ну, тогда давай мне твой шёлковый кисет. Принёс ему отец Сокола кисет.

— Вот, — говорит, — охотник, тебе волшебный мешочек, только не вынимай его из кармана и тем более не открывай его, пока не переступишь порог своего дома.

Охотник взял шелковый кисет и отправился в обратный путь. Проводил его друг-Сокол, перенёс через море, потом простился и полетел назад, в своё гнездо, а охотник побрел домой.

Подошёл охотник к своему селению, остановился на окраине, и так разобрало его любопытство, что не утерпел он, достал кисет. «Дай-ка, —

думает, — посмотрю, что это за вещица такая». Только охотник раскрыл мешочек, как тут же очутился посреди огромного базара, вокруг все шумят, толкаются, спрашивают, кто сыра, кто хлеба, кто табака. Растерялся охотник, стоит в незнакомом месте, как громом поражённый. А тем временем стало смеркаться, звезды на небе зажглись, а бедный охотник не знает, куда ему теперь идти. Тут подходит к нему какой-то хромой человек и спрашивает:

— Эй, охотник, что ты мне дашь, если я тебя отсюда вызволю и назад домой верну?

— Всё, что захочешь, проси, — отвечает охотник, — только отправь меня обратно.

— Ладно, — говорит хромой. — Отдай мне то, что у тебя дома есть, а ты об этом не знаешь.

— Хорошо, — согласился охотник, — бери, пустяк это, наверно, какой-то. Всё, что у меня дома ценного есть, я всё знаю.

Тогда взял хромой человек шелковый кисет, снова завязал его и всё разом исчезло.

Вошёл охотник в свой дом, жена его радостно встречает, за стол сажает, начинает угощать, поить-кормить. А потом и спрашивает:

— Слушай, муженёк, а что ж это наш сын домой не идёт, где же это он запропастился?

— Какой такой сын? – удивился охотник.

— Да как же? Пока ты за море ходил, у нас ведь сын родился!

Искали, искали они сына, так и не нашли. А мальчика этого сразу, как отец домой вернулся, хромой себе забрал, отвёз его на остров между Чёрным и Белым морями, и оставил там одного. Мальчик стал рыбу ловить, тем и кормился. Прожил он на том острове один-одинёшенек целых шестнадцать лет.

В один прекрасный день видит сын охотника: прилетели на остров три белых голубки, сбросили с себя свои белые перья и превратились в трёх прекрасных девушек. Вошли девушки в воду, стали купаться. А юноша подкрался к ним незаметно и перья одной голубки припрятал. Вышли девушки из воды, две оделись в свои перья, обернулись птицами и улетели, а третья осталась одна на берегу.

— Кто ты? — закричала она, — человек или зверь, чудовище или прекрасный юноша, выйди ко мне, покажись и верни мне перья голубиные, нельзя мне без них. А в награду хочешь, стану я твоей женой!

Вышел юноша из-за кустов, отдал девушке белые перья, а она дала ему клубок и говорит:

— Брось его на землю, и пойдём вслед за ним.

Покатился клубок прямо к морю, и перекинулась над морем с острова на берег длинная песчаная дорога. Перешли по ней юноша и девушка на берег, а на берегу том город стоял. Поселились они в этом городе. Молодая жена стала хозяйничать, а муж нанялся в батраки к одному богачу.

Однажды этот богач, проходя мимо домика, где жил его батрак, увидел его жену-красавицу.

— Чья это жена? — спрашивает он слуг.

— Того паренька, что к тебе в батраки нанялся.

Рассвирепел богач:

— Я его хозяин такой жены нс имею, а он бедный батрак такую красавицу в свой дом привёл! Не бывать этому! Я сам на ней женюсь.

Устроил завистливый хозяин званый ужин, созвал всех своих знакомых и слуг и говорит:

— Придумайте, как этого батрака извести, чтобы я на его жене смог жениться.

Ели гости, пили, кутили, ничего придумать не могли, только один хромой гость встал и говорит:

— Послушай, богач. Между Белым и Чёрным морями есть пара аистов — у одного клюв золотой, у другого крылья серебряные. Велите своему батраку, пусть принесёт вам тех аистов. Оттуда еще никто не возвращался, и он наверняка не вернётся.

Обрадовался богач, утром позвал батрака и говорит:

— Есть у меня для тебя одно задание. Между Белым и Чёрным морями живут два аиста. У одного клюв золотой, у другого крылья серебряные. Добудь их и принеси мне.

Вернулся батрак домой печальный, рассказывает жене, что приказал ему хозяин.

— Не расстраивайся, — утешает его жена. — Садись-ка лучше к столу, поужинаем.

Сели они, поужинали, а потом жена вышла во двор и позвала:

— Эй, араб!

И тут как из-под земли появился перед нею араб. Жена ему говорит:

—Доставь мне двух аистов, одного с золотым клювом, другого с серебряными крыльями.

— Сейчас, — ответил араб и исчез.

Только батрак и его жена заснули, как раздался стук в дверь, открыли они дверь, а это араб принёс двух аистов.

Утром чуть свет разбудила жена мужа, дала ему птиц и говорит:

— Как придешь к хозяину, дверь открой наполовину и скажи ему, что, мол, принёс, что обещал.

Если хозяин скажет «давай», ты тогда аистов вперёд себя пусти, а если ответит «не нужны» — развяжи им крылья, пусть назад летят.

Пошёл батрак к хозяину, приоткрыл дверь, говорит:

— Я принёс аистов.

А хозяин отвечает:

— Не нужны они мне.

Батрак аистов отпустил на волю.

На другой день завистливый богач снова позвал гостей и велел им придумать, как батрака извести. Гости едят, пьют, пируют, но придумать ничего не могут. Тогда встаёт тот же самый хромой и говорит:

— Пошли его на гору Арагац, пусть поймает там льва и приведёт сюда. Пока он льва будет сюда вести, тот его ещё по дороге растерзает.

Утром завистник позвал батрака и велел привести ему живого льва с горы Арагац. Вернулся батрак домой печальный. Рассказал жене про новый приказ хозяина.

— Не печалься,— утешает его жена.— Садись-ка к столу, поужинаем. Сели они, поужинали, а потом жена вышла во двор и позвала:

— Эй, араб!

Снова появился перед ней араб и спрашивает:

— Что ты хочешь, волшебница?

А жена батрака говорит:

— Принеси с горы Арагац живого льва, только свяжи ему лапы да пасть покрепче затяни.

— Сейчас, — ответил араб.

Только они уснули, раздался стук в дверь. Пришёл араб, принёс льва.

Утром отдала жена связанного льва своему мужу и велела:

— Отнеси льва хозяину, дверь настежь открой. Если скажет «давай» — развяжи льву лапы и пусти его в дом; если скажет «не нужен» — отпусти, пусть назад в лес возвращается.

Понёс батрак льва хозяину-богачу, отворил дверь во всю ширь и говорит:

— Хозяин, я льва принёс.

А тот отвечает:

— Не нужен он мне.

Батрак отпустил льва на волю.

Снова богач гостей созывает — совета спрашивает, как от работника ему избавится. Гости пили, ели, но придумать ничего не могли. Тогда опять встал тот хромой и говорит:

— Ну, уж теперь-то мы его в такое место зашлём, что он оттуда никогда назад не вернется.

Спрашивают его гости:

Где же на свете такое место есть?

А хромой отвечает:

— Пошлём его разыскать невидимого работника Мурзу, который всё делать умеет и во всякой работе помогает. Пусть найдет его и сюда приведет.

Утром позвал хозяин своего батрака и приказал:

— Иди куда хочешь, только приведи ко мне Мурзу, невидимого работника. А не то отрублю тебе голову.

Вернулся батрак домой печальный, говорит жене:

— Посылает меня хозяин за Мурзой, невидимым работником, а если не приведу его, грозил отрубить мне голову.

Вздохнула жена и говорит мужу:

— В этом деле я тебе помочь не могу. Придётся тебе самому идти. Вот тебе клубок, кинь его на землю, покатится он перед тобой и приведёт тебя к дому моей сестры. Ты ей обо всём расскажешь. Может, она тебе сможет помочь.

Взял батрак у жены клубок, бросил его на землю, покатился клубок, а батрак за ним пошёл. И вот привёл его клубок к маленькому домику. Вышла оттуда девушка и говорит:

— Ну, здравствуй, милый зять. Что тебя ко мне привело?

— Пришёл я за Мурзой, — отвечает батрак.

— Сейчас узнаем, где он, — сказала девушка.

Хлопнула она в ладоши, и тут же, к ней во двор прискакали лягушки со всего света: из всех рек и прудов. А волшебница спрашивает:

— Скажите, лягушки, с вами Мурза?

— Нет, — отвечают лягушки, — не с нами. И не знаем, где он.

— Ну, тогда ладно, возвращайтесь назад, — велела им девушка, а потом пригласила зятя в дом, напоила-накормила, и говорит:

— Вот тебе другой клубок. Брось его, он покатится, приведёт тебя к дому другой нашей сестры. Ей обо всём расскажешь. Может быть, она тебе поможет.

Взял батрак клубок, бросил на землю и пошёл за ним. Остановился клубок перед маленьким домом. Вышла оттуда девушка и улыбнулась ему:

— Тысячу раз добро пожаловать, милый зять. Искала я тебя днём с огнём да увидала в ясный полдень. С чем ты ко мне пожаловал?

— Пришёл я за Мурзой, — отвечает зять.

— Сейчас узнаем, где он.

Хлопнула она в ладоши, и тут со всего света: из всех морей и рек, собрались к ней во двор черепахи. Спрашивает их волшебница:

— Скажите, черепахи, Мурза среди вас?

— Нет его с нами, — отвечают черепахи, — и не знаем, где он.

Пригласила девушка зятя в дом, напоила-накормила, спать уложила, а утром чуть свет разбудила, дала ему клубок и говорит:

— Брось клубок на землю, иди за ним, приведёт он тебя к дому нашей матери. Ей обо всём расскажешь. Она тебе поможет.

Бросил батрак клубок и следом за ним пошёл. Докатился клубок до большого дома. Вышла из дома тёща и спрашивает:

— Что тебя ко мне привело, милый зятек? Зверь сюда не добежит, птица – не долетит, а ты пришёл! Заходи в дом да рассказывай.

— Пришёл я за Мурзой, — говорит батрак.

Вышла тёща на крыльцо, хлопнула в ладоши, и тут, сколько было змей в долинах Арарата и Арагаца, все собрались к ней во двор.

Тёща спрашивает у змей:

— Мурза у вас был, да куда подевался?

— Верно, был у нас Мурза, — отвечают змеи, — но теперь нет его. Уже десятый день, как забрал его к себе змеиный царь и заставляет на себя работать.

Накормила тёща зятя, напоила, да спать уложила, а утром чуть свет дала ему новый клубок и велела:

— Возьми мой клубок, кинь на землю и иди за ним следом. Приведёт он тебя к высокому дворцу, где живёт змеиный царь. Тихонько войди в этот дворец и спрячься за печкой, в которой хлеб выпекают. Сиди — не дыши, чтоб змеиный царь тебя не учуял, а то ужалит. Дождись, пока змеиный царь придёт и скажет: «Мурза, собери на стол». Стол сам покроется скатертью, а на ней сами собой разные кушанья появятся. Сядет змеиный царь пировать, а как наестся – сам уползёт. Тогда твой черед настанет: выйди из-за печи и скажи: «Мурза, есть хочу, умираю — накорми меня». Накормит тебя Мурза. А как поешь, скажи: «Мурза, я за тобой пришёл» — и уходи из дворца.

Батрак всё сделал, как тёща ему сказала. Спрятался за печкой, а как поел змеиный царь да отправился спать, вышел из-за печи и говорит:

— Мурза, есть хочу, умираю — накорми меня.

Тут появился перед ним стол, на столе — скатерть, на скатерти — разные угощенья.

Поел он, попил и говорит:

— Мурза, я за тобой пришёл.

А невидимый Мурза ему отвечает:

— Давно бы так. Что ж ты раньше за мной не приходил? А то меня змеиный царь вконец замучил.

— Ну, так, где ты, Мурза, покажись? — говорит батрак. — Идём со мной. Я уже ухожу.

— А я уже в дверях, — отвечает Мурза.

Прошёл батрак немного, никого рядом не видит, спрашивает:

— Мурза, ты где?

— Здесь я, — откликается невидимый работник.

Дошли они до моря. Ночь наступила.

— Мурза, — спрашивает батрак, — что делать будем, здесь заночуем или переправимся на тот берег?

— А зачем нам на другой берег? — отвечает Мурза.— Я в один миг дом построю, в нем и переночуем. Закрой глаза, а теперь открой.

Открыл юноша глаза, видит: стоит на берегу настоящий дворец. Вошли они в него, расположились на ночлег.

Тут причалил к берегу перевозчик, вытащил свою лодку на сушу и глазам своим не поверил, думает:

«Недавно я отсюда на своей лодке отчалил, никакого дворца на берегу не было. Откуда же он взялся?»

Зашёл перевозчик во дворец, а там сидит батрак. Увидел он перевозчика и говорит:

— Мурза, к нам гость пришёл, накорми его.

Откуда ни возьмись, появился стол, на столе – угощенье. Поел гость, попил, а батрак говорит:

— Мурза, убери со стола.

Стол мигом исчез. Изумился гость, и захотелось ему такого же невидимого слугу получить, тогда говорит он батраку:

— Давай с тобой меняться, я тебе свой волшебный рожок подарю, а ты мне своего невидимого работника отдай.

— Чем же твой рожок хорош?

— А вот чем: подуешь в него раз — выйдет из него конный отряд, подуешь второй — выйдет пешее войско.

— Хорошо, — согласился юноша — давай поменяемся.

Поменялись они и легли спать. Утром батрак встал, взял рожок и вышел, шёл-шёл он молча, а потом говорит:

— Мурза, ты где?

— Да здесь, — отвечает Мурза. — Разве я с ним остался бы!

Пришёл батрак домой. Рассказал обо всём своей жене. Выслушала она мужа и велит:

— Пойдёшь к хозяину — скажи, что не смог ты найти Мурзу.

— Хорошо, — сказал муж.

Пришёл он к богачу и говорит:

— Не нашёл, я Мурзу, хозяин, прости меня.

— Нет, не прощу, — рассвирепел богач, — сейчас же велю тебе голову отрубить.

— Ничего не поделаешь, руби, — ответил батрак и склонил голову, — только позволь мне перед смертью на рожке поиграть.

Достал он рожок, дунул раз — вышло конное войско, дунул другой — вышла пехота. Приказывает батрак войску:

— Отрубите голову моему хозяину. Он другому яму роет, так пусть сам в неё попадёт.

Вмиг расправились воины со злобным богатеем, а муж вернулся домой. Встретила его жена и говорит:

— Пойдём лучше туда, где твои родители живут. И Мурзу с собой возьмём.

— А я не знаю, — отвечает муж, — в каком они городе живут, я их никогда не видел, один на острове рос.

— Ты не знаешь, зато я знаю, — сказала жена-волшебница.

И прибыли они в тот город, где жил охотник со своею женой. Мурза им вмиг дворец выстроил. Вошли в него мужи жена. Поужинали и легли спать. А пока они спали, Мурза слетал в дом охотника, взял его с женой на руки и спящими перенес во дворец к сыну. Встали утром охотник и его жена — глазам своим не верят, не знают, как за ночь во дворце очутились. Тут выходит к ним навстречу молодая пара.

— Вот твой отец, а вот твоя мать, — сказала жена сыну охотника,

— А это ваш сын, тот, которого хромой у вас украл.

Тут все от радости засмеялись и заплакали. Устроили пир на семь дней и семь ночей.

Так сбылись их мечты, так пусть сбудутся и ваши. Тут бы и сказочке конец, но с неба упали три яблока. Одно тому, кто рассказывал, другое тому, кто слушал, а третье тому, кто на ус мотал.

СКАЗКА ОБ АЗАРАН-БЛБУЛЕ, ТЫСЯЧЕГОЛОСНОМ СОЛОВЬЕ

В давние времена жил на свете царь и было у него три сына. Состарился царь, стал немощен и слаб, и призвал к себе сыновей.

— Дети мои, — сказал царь. – Я уже стар, пришло время вам показать, чему я вас научил за свою жизнь. Постройте новый дворец, наш уже совсем обветшал.

Так сыновья и сделали: ветхий дворец разрушили, а на его месте новый построили, и дворец у них получился на славу. Обрадовался царь, созвал царь всех жителей столицы, чтобы показать мастерство своих детей. Все головами качали, ахали и хвалили. И только одна древняя старушка взглянула на роскошный дворец и говорит:

— Многие лета здравствовать тебе, царь! Хорош твой дворец, да не очень: чего-то в нем не хватает.

Нахмурился царь, велел этот дворец разрушить, а на его месте новый построить, еще лучше прежнего. Так и сделали. Царские сыновья разрушили роскошный дворец, а на его место новый поставили, еще лучше прежнего. Созвал царь жителей половины своего царства, с гордостью показал им свой новый дворец. Все головами качали, ахали и хвалили. Но опять была среди них та же старушка, подошла она к царю и говорит:

— Многие лета здравствовать тебе, царь! Хорош твой дворец, да не очень: чего-то в нём не хватает.

Опять велел царь разрушить дворец и на его месте новый построить, еще лучше двух прежних. Снова сыновья выполнили его приказ. И построили такой великолепный дворец, какого еще свет не видывал! Довольный царь на этот раз созвал жителей со всего своего царства, показал им новый дворец, какого свет не видывал. Смотрят люди – не насмотрятся, хвалят — не нахвалятся.

Но снова пришла старушка и говорит:

— Хороши твои палаты, царь, лучше и не бывает, да немного они стоят, раз не живет в них, не поет звонкий Азаран-Блбул — тысячеголосый соловей. Добудь этого соловья, посади в золотую клетку, и пусть он поет, заливается и щебечет в твоем дворце.

Сказала это старушка и исчезла, как будто ее и не было.

Наутро созвал царь своих советников и велит:

— Пойдите-ка, мои верные подданные, да найдите мне соловья Азаран-Блбула.

А те отвечают:

— Многие лета здравствовать тебе, царь! Как же мы его найдем, если мы его никогда не видели и не слышали?

Тут говорят царю его сыновья:

— Не печалься, отец, мы пойдем и отыщем для тебя эту диковинку.

Пустились они в путь. Долго ли шли, коротко ли, наконец, увидели благоухающий сад, а в нем –

садовник. Поздоровались царские сыновья с садовником и спрашивают его:

— Скажи, почтенный человек, куда ведут три дороги, что начинаются от твоего сада?

Отвечает им садовник:

— Верхняя дорога ведет в город Баки, средняя — в город Шаки, а кто по нижней пойдет, тот назад никогда не вернется.

— Что ж, — говорит младший брат, — ты, старший брат, иди в Баки, а ты, средний, иди в Шаки, а я нижней дорогой пойду, поглядим, что дальше будет. А кто из нас первый вернется, тот пусть у этого садовника остальных дожидается.

Расстались братья, каждый пошел своей дорогой. Старший дошел до Баки, средний – до Шаки, а младший все идет и идет по дороге туда, откуда еще никто не возвращался. Долго ли, коротко ли шел, наконец, подходит он к большому дому, а у дома сидит седовласый старик. Поклонился ему царевич и дальше пошёл.

— Эй, юноша, подойди-ка сюда! – окликает его старец.

Подошел царевич к старцу, а тот его спрашивает:

— Куда путь держишь, сынок?

— Иду за Азаран-Блбулом, – отвечает царский сын.

— Я, — говорит старик, — хранитель нашего царя и его главного сокровища Азаран-Блбула. Много я на своём веку людей погубил. Все, кто за тысячеголосым соловьем приходили, назад не вернулись. А тебе так и быть помогу: не пытался ты получить диковинку обманом, не клянчил ее у меня. Вот тебе шапка-невидимка, она поможет тебе достать чудесного соловья. Ступай, сынок, по этой дороге прямо, придешь ко дворцу, надень шапку-невидимку и притаись в царских покоях, там на стене в клетке и увидишь тысячеголосого соловья. Дождись, пока царь уснет, а потом хватай клетку и беги со всех ног назад.

Младший брат пришел во дворец, надел шапку-невидимку и притаился в уголке. Вскоре явился царь со своей свитой. Слуги накрыли перед ними столы, и стал царь пировать, а как насытился — лег спать. И все его придворные и слуги разошлись. Уснул царь, а юноша вышел из своего укрытия и видит: висит на стене прекрасный кинжал. Снял он со стены кинжал, привязал к поясу. Оглянулся – на столе лежит царская трубка, украшенная алмазами, взял ее и за пазуху положил. Подошел к царскому ложу – а рядом на ковре янтарные четки лежат, поднял и четки. Поглядел он на спящего царя, а это и не царь вовсе, а девушка красоты необычайной. Поцеловал он ее в нежную щечку, потом в другую, снял со стены клетку с Азаран-Блбулом и был таков.

Вернулся царевич в благоухающий сад, а братьев его старших еще нет. Тогда говорит он садовнику:

— Почтенный человек, возьми себе вот этот кинжал, на что-нибудь он тебе сгодится, а еще сохрани до моего возвращения Азаран-Блбула, тысячеголосого соловья.

Отдал младший брат соловья и пошёл по средней дороге, шёл он, шёл и дошел до города Шаки. Вдруг видит: идет ему навстречу средний брат, худой, измученный, одежда на нем вся в заплатках. Идет, покачивается, тащит на спине огромный мешок, и такой он видно тяжелый, что у среднего брата даже колени подгибаются.

Спрашивает его младший брат:

— Как ты, брат, дошел до такого? Ты же царский сын – и вдруг взялся за такую тяжкую работу – мешки таскать? Разве оскудела казна отца нашего, царя? Брось-ка свою ношу, и пойдем со мной.

Повел царевич своего среднего брата в богатую лавку, одел-обул, а потом и накормил.

— Сколько заплатить тебе? – спрашивает он хозяина лавки.

— Пять золотых монет.

— Вот возьми вместо денег в залог эти янтарные четки, — говорит ему царевич, а как пришлю тебе пять золотых, вернешь мне четки.

Купец спорить не стал, взял четки и повесил на стенку.

А младший брат отвёл среднего к садовнику и говорит:

— Приюти, добрый человек, у себя моего среднего брата, а я старшего искать пойду.

И пошел царевич верхней дорогой. Дошел до города Баки. Вдруг видит: идет ему навстречу старший брат, худой, усталый, грязный, и впереди себя гонит двух ослов. А ослы эти везут мешки с мусором.

Говорит ему младший брат:

— Как ты, брат, дошёл до такого? Ты же царский сын – и вдруг нанялся мусорщиком! Брось ты своих грязных ослов, и пойдем со мной.

Повел он старшего брата в богатую лавку, одел-обул, а потом и накормил.

— Сколько заплатить тебе за все это? – спрашивает он у хозяина лавки.

— Пять золотых монет.

— Вот возьми вместо денег в залог эту трубку в алмазах, — говорит ему царевич, а как пришлю тебе пять золотых, вернешь мне ее...

Взял торговец трубку и повесил на стенку.

А младший и старший братья вернулись к садовнику, взяли у него волшебного соловья, позвали среднего и отправились домой.

Шли они, шли, долго ли, коротко ли, им лучше знать.

Начал младший брат отставать, устал он в пути. Посмотрели на него двое братьев и задумали недоброе. Завидно им стало, что не они, а младший из них добыл заветного Азаран-Блбула. Первыми дошли они до глубокого колодца, накрыли его ковром, а сами по краям ковра сели. Подошёл к ним младший брат, а они ему говорят:

— Садись, братец дорогой, между нами на этот мягкий ковер, отдохни с дороги.

А как сел младший брат посредине, оба разом встали с ковра, он и провалился в колодец. Схватили старшие братья драгоценного соловья Азаран-Блбула – и наперегонки к отцу побежали.

Сидит младший брат на дне глубокого колодца, дрожит от холода, а выбраться из него никак не может.

В это время шёл мимо богатый купец со своим караваном. Захотел он из колодца воды набрать, наклонился и вдруг видит: на дне человек сидит.

— Эй, что ты тут делаешь? – окликнул его купец.

— Да вот, — отвечает младший брат, — ночью в темноте шел да оступился, теперь не знаю, как отсюда выбраться.

Кинул ему купец веревку, вытащил царского сына и спрашивает:

— А чей ты сын будешь?

— Ничей, — слукавил царевич. – Нет у меня ни отца, ни матери.

— Будь тогда моим сыном, — сказал купец, — своих детей у меня нет.

Взял купец юношу с собой, обул-одел, делу торговому научил, и стали они жить дружно и счастливо.

Тем временем в далёкой стране, откуда ещё никто не возвращался, обнаружили пропажу. Проснулась утром царь-девица в своём дворце и видит: исчез её бесценный тысячеголосый соловей. Осмотрелась она по сторонам: и четки янтарные украдены, и кинжала не видно, и украшенной алмазами трубки тоже нет. Зовет она в гневе своих придворных советников и приказывает им войско собирать, к походу готовиться.

Дошла царь-девица со своей армией до благоухающего сада, смотрит и глазам своим не верит: старый садовник ее кинжалом колышки заостряет. Набросились советники на садовника, стали его бить-колотить, а тот взмолился.

— Остановитесь, — говорит, — люди добрые, не губите меня. Мне ведь этот кинжал ни к чему. Просто я по бедности топора купить не могу, вот его вместо топора и приспособил. Мне этот кинжал один славный юноша подарил.

— А куда этот юноша подевался? – спрашивает царь-девица.

— Он средней дорогой пошел, — ответил садовник.

Повернула она свои войска на среднюю дорогу. Шли они, шли, наконец, пришли в город Шаки. Вошла царевна в лавку, увидела свои янтарные четки на стене и спрашивает:

— Сколько стоят эти чётки, хозяин?

— Пять золотых монет, — отвечает купец.

Достала царь-девица пять золотых, расплатилась и забрала четки. Снова пришла она со своим войском к садовнику и спрашивает:

— Скажи, садовник, куда потом этот юноша пошёл?

— Верхней дорогой, — отвечает садовник.

Повернула она своё войско на верхнюю дорогу, шли они, шли, наконец, пришли в город Баки. Вошла девица в лавку, увидела на стене свою трубку в алмазах и спрашивает:

— Сколько стоит эта трубка?

— Пять золотых монет, — отвечает хозяин лавки.

Расплатилась царевна, забрала свою трубку и снова вернулась к садовнику со своей армией.

— Куда он дальше пошёл? – спрашивает она у садовника.

Садовник указал ей дорогу.

Дошла царь-девица со своим войском до города, где жил старый царь с двумя старшими сыновьями, окружила его и выслала гонцов. Прискакали гонцы к воротам и прокричали:

— Пусть выйдет тот, кто украл Азаран-Блбула, или мы весь город сравняем с землей.

Забеспокоился старый царь, позвал сыновей и говорит:

— Ступайте к хозяину соловья.

Пошли старшие братья к царь-девице, а она их спрашивает:

— Ну-ка расскажите, как вы Азаран-Блбула добыли?

А братья пожимают плечами, не знают, что и ответить.

— Как добыли? – говорят. – Да вошли в твои покои и взяли.

— Лжецы! — рассердилась царь-девица. – Убирайтесь прочь, чтоб глаза мои вас больше не видели!

Опять посылает гонцов к старому царю. А он понять не может, кто же добыл драгоценного соловья? И тогда бросил старый царь клич на всю свою страну: покажись, тот, кто добыл тысячеголосого соловья, а не то его хозяин камня на камне не оставит, всю нашу страну сожжет и с землёй сравняет.

Дошла эта весть и до младшего брата.

— Отец, — говорит он купцу, — пойдем-ка поглядим, что стряслось в столице, из-за чего все волнение.

— Нас это не касается! – отвечает ему купец. – Мы-то с тобой Азаран-Блбула не похищали?

— Все-таки, давай, отец, сходим, посмотрим.

Юноша оделся так, чтоб его во дворце никто не узнал. Пришёл он с купцом к старому царю, поклонился и говорит:

— Многие лета здравствовать тебе, царь! Прошу тебя, достойно награди этого купца, а за что – я тебе потом расскажу... Я же тебе за это сослужу службу – прогоню из твоих владений хозяина Азаран-Блбула.

Согласился царь.

Вот пришел юноша к вражескому стану, проводили его в царский шатер.

— Многие лета здравствовать тебе, царь, — поклонился юноша. – Выслушай меня! Бесценного соловья у тебя украл один человек, а ты за его грех хочешь столько невинных людей погубить!

Несправедливо это! Я унес Азаран-Блбула, со мной одним и делай, что хочешь.

— А расскажи, как ты его добыл?

— А так, — ответил царевич. Прошел мимо старика, взял у него шапку-невидимку, а как ты, царь, после ужина спать лег, взял у тебя четки, трубку и кинжал, забрал клетку с соловьем и ушел. Вот и все.

— Верю, — говорит царь-девица. – Ты украл моего соловья. Что ж, выходи бороться. Если ты меня одолеешь – соловей твой, если нет – отрублю тебе голову.

И сошлись они в рукопашной схватке на зеленой траве, юноша и царь-девица, переодетая воином. Юноша взял соперника одной рукой за пояс, повалил на спину и коленом к земле прижал.

— Что ж, ты победил меня. Было мне предсказано, что тот, кто у меня соловья и в борьбе меня одолеет, станет моим мужем. Я ведь не царевич, а царская дочь.

— Знаю, — ответил юноша, — я еще тогда разглядел, что ты не царь, а девица-красавица.

Взял он ее за руку и повёл к своему отцу. Вошли они во дворец, а там соловей поёт, который всё время молчал, поёт на все лады – заливается, и от этого пенья сердце радуется.

— Почему это соловей вдруг запел на тысячу голосов? – удивился царь.

— А потому, — отвечает младший сын, — что и хозяйка его здесь, и тот, кто добыл его, тоже нашёлся. Многие лета здравствовать тебе, царь! Разве не узнаешь ты своего младшего сына?

И рассказал царевич отцу всё, что с ним произошло.

Как узнал царь правду — повелел изгнать из страны двух своих старших сыновей. А потом устроил пышную свадьбу младшему сыну.

Так бывает, что все желания исполняются. Пусть исполнятся и ваши.

ОХОТНИК И ЗМЕИНЫЙ ЦАРЬ

Жил на свете бравый охотник по имени Маркос. Вот как-то взял он своё ружье и пошел в лес. Бродил он, бродил по лесу и вдруг видит: под камнем две змеи сплелись в смертельной схватке: одна – черная, как ночь, а вторая пестрая, как пояс, и черная змея вот-вот пеструю одолеет. Прицелился охотник Маркос в чёрную змею, выстрелил, и, промахнулся, попал в пеструю змейку и убил ее.

«Вай, вай, что я натворил! — схватился за голову Маркос, — какой же я охотник, если даже не могу попасть в цель! Больше никогда в жизни не возьму в руки ружье».

И надо же такому случиться, та пёстрая змейка, которую случайно подстрелил Маркос, была женой самого змеиного царя. Рассвирепел змеиный царь и велел своим поданным отомстить охотнику. Послал он двух гадюк и приказал Маркоса так в пятку ужалить, чтобы яд у него по всему телу разлился и слезами из глаз закапал. Поползли змеи в село, отыскали дом охотника, поднялись на крышу и притаились у дымохода, ждут, когда Маркос уснет.

А Маркосу не до сна, засиделись у него допоздна гости, да всё расспрашивают его:

— Вай, Маркос, что у тебя стряслось? Ты сегодня сам не свой? Не заболел ли ты?

— Нет, я не болен, — вздыхает охотник, — но приключилась со мной беда, хуже всякой болезни. Хотел сегодня чёрную змею убить, а пёструю спасти, да вышло наоборот. Вот я и поклялся сегодня сам себе, больше ружьё в руки не возьму, какой же я после этого охотник?

Услышали гадюки, что Маркос своим друзьям сказал, и быстрей назад к своему царю. Рассказали ему всё, что подслушали. Задумался змеиный царь и велел охотника к себе привести.

Вернулись гадюки в дом Маркоса и говорят:

— Собирайся, наш царь тебя к себе зовёт.

И отправился охотник вслед за ними к змеиному царю.

Ползут гадюки впереди, путь-дорогу охотнику указывают, а одна из них вдруг и говорит человеческим голосом:

— Послушай, Маркос, чёрная змея — смертельный враг нашего царя. Он давно его выслеживает, да никак выследить не может. За то, что ты царицу случайно убил, наш царь тебя простит, а за то, что ты его врага выследил, он тебе наградит. Как предложит тебе царь выбрать в награду всё, что ты пожелаешь, не бери у него ничего, а проси, чтобы он тебя своим змеиным языком облизал. Станешь от этого мудрее всех людей на свете.

Пришли они к змеиному царю. Змей спрашивает у Маркоса:

— Ты мою царицу убил?

— Да, я, — ответил охотник и рассказал всё, как было.

А змеиный царь его спрашивает:

— Если ту чёрную змею увидишь — узнаешь?

— Многие лета здравствовать тебе, царь, если увижу — сразу узнаю.

Тогда велел царь созвать змей со всего света, и все они тотчас явились перед своим повелителем.

— Ну, что скажешь, охотник? — спрашивает его царь. — Узнал ли ты среди моих подданных ту самую коварную змею?

— Нет, — отвечает Маркос, — среди этих змей ее нет.

— Эй, слуги мои, посмотрите хорошенько, нет ли где ещё змеи, — велит царь.

А слуги отвечают:

— Есть один черный змей — сын самой старой змеи.

— Доставить его ко мне! — приказал змеиный царь.

Доставили во дворец этого черного змея. И Маркос сразу узнал его.

— Многие лета здравствовать тебе, царь, это тот самый змей, что пытался царицу твою погубить.

Тотчас же царь приказал казнить змея-преступника, а охотника подозвал поближе и говорит:

— Ты мне службу сослужил, и я тебя за это отблагодарю. Проси, чего хочешь.

— Ничего мне не надо, — отвечает охотник. — Вот только оближи меня своим змеиным языком.

— Пусть свернёт себе шею тот, кто тебя надоумил, — рассердился царь. — Я это сделаю, раз ты просишь, но знай, это принесёт несчастье и тебе и мне.

Облизал змеиный царь охотника Маркоса и строго-настрого предупредил его:

— Никому об этом не рассказывай, даже жене. И тело своё отныне не показывай ни одному живому существу, потому что теперь оно покрыто змеиной кожей.

Простился охотник Маркос с повелителем змей, вышел из змеиного логова и вдруг слышит: камни говорят, травы говорят и деревья тоже говорят. Дошёл он до своей деревни, прислушался, а одна соседская собака говорит другой:

— Сегодня ночью волки придут овец воровать, может, и нам мясца перепадёт?

— Не стыдно тебе?! – залаяла маленькая рыжая собачонка в ответ. – Мы своему хозяину обязательно скажем, когда волки придут, он их перестреляет.

Изумился охотник и понял, каким редким даром наградил его змеиный царь. Пошёл он к хозяину отары овец и говорит ему:

— Сегодня ночью не спите, придут волки. А свою рыжую собачонку не запирайте в доме, пусть остаётся во дворе, она вас предупредит.

Хозяин рассмеялся в ответ:

— Это тебе волки сами рассказали, Маркос? Иначе откуда ты узнал? Но если всё, что ты сказал, окажется правдой, в награду дам тебе двух своих самых жирных овец.

Едва сгустились сумерки, во дворе пронзительно залаяла маленькая рыжая собачонка. Выскочил хозяин из дому и видит: волки тихонько к стаду подбираются. Пострелял он волков, а утром повёл Маркоса в загон, чтобы он выбрал себе двух самых жирных овец. Подошли они к овцам, а Маркос слышит, как один ягнёнок говорит другому:

— Я — счастливчик. Тот, кому я буду принадлежать, получит стадо в тысячу голов, а я стану его вожаком.

Подумал Маркос и говорит хозяину:

— Не нужно мне жирных овец, не такую уж я тебе великую услугу оказал. Дай мне этого маленького ягнёнка, и хватит с меня.

С тех пор богатство само собой пошло в руки к охотнику Маркосу; и скоро у него уже было овечье стадо в тысячу голов.

А соседям Маркоса нет покоя, всё судачат между собой и понять не могут, как охотник так быстро разбогател. Однажды пришли к жене охотника Маркоса подруги и стали её донимать расспросами:

— Расскажи-ка нам, соседка, как твой муженек разбогател? И что ты за жена, если не знаешь, как он богатство своё скопил?

— И в самом деле, не знаю, — вздыхает жена Маркоса в ответ.

— Значит, у него есть тайны от тебя. Смотри теперь за ним в оба. А при случае, расспроси его, может он тебе всё и расскажет.

Вечером подсела жена поближе к мужу и давай у него тайну выпытывать: расскажи да расскажи.

— Ай, жена, — отвечает Маркос, — разве плохо тебе сейчас живётся? Зачем тебе чужие тайны знать? Стоит мне рассказать их — в тот же час и умру.

— Нет, всё равно расскажи, — не унимается жена. — А иначе я тебе не жена больше.

— Что ж, — вздохнул Маркос. — Расскажу. Только, вели сразу мне на кладбище могилу копать, да приготовь саван. Узнаешь мою тайну — и тут же меня похоронишь.

А жену до того любопытство разбирает, что и мужнина смерть не страшит, лишь бы его тайну выпытать.

— Пойду, — говорит Маркос, — в последний раз на своё стадо погляжу, а потом приду, расскажу тебе всё — и на тот свет.

Пришёл он со своей отарой проститься и видит: молодая овечка убегает, а баран за ней гонится. Овечка кричит барану:

— Прыгни с этого бугра. Если не разобьёшься, выйду за тебя замуж.

А баран ей в ответ:

— Я не такой глупец, как наш хозяин Маркос, чтобы из-за жены погибать. Не хочешь — не надо, я на другой женюсь, а разбиваться из-за тебя не собираюсь.

«Баран и то умнее меня!» — думает Маркос. Вернулся он в дом и прогнал любопытную жену прочь.

С тех пор стал охотник жить один, жил он счастливо и безбедно, пока в его стране не заболел царь. Собрались во дворце со всей земли мудрецы и знахари. Лечили, лечили царя — не вылечили. Наконец, вычитал один из лекарей в старой книге, что болезнь эту можно вылечить только одним средством – приготовить отвар из головы змеиного царя. А достать её может только один человек на всем свете, у которого тело покрыто змеиной кожей. И велел царь всем своим подданным разыскать такого человека. Искали, искали повсюду – не нашли. И вот как-то увидели два пастуха, как Маркос в озере купается и заметили, что кожа у него блестит как змеиная чешуя.

Обрадовались пастухи и побежали к царю за наградой:

— Многие лета здравствовать тебе, царь! Что ты нам дашь, если мы тебе укажем на человека, у которого кожа на теле похожа на змеиную?

— Золота дам столько, сколько вы все вместе весите, — сказал царь, — только скажите, где его искать.

— У охотника Маркоса кожа, как у змеи, — отвечают пастухи.

Тотчас послал царь за охотником Маркосом своих воинов, велел его силой раздеть догола и проверить, правда ли, что его тело змеиной кожей покрыто. Как увидели царские слуги змеиную чешую под одеждой охотника, немедленно доставили его во дворец.

— Ступай к змеиному царю, — приказал охотнику царь. — Или принесёшь мне его голову, или я твою собственную отрублю.

Делать нечего, пошёл охотник Маркос к змеиному царю. А тот был такой мудрый, что и спрашивать не стал, зачем Маркос к нему пришёл, сам всё понял.

— Вот видишь, — говорит он Маркосу, — я тебя предупреждал, что твоя просьба к беде приведёт.

— Прости меня, — отвечает Маркос.— Тридцать лет я прятался от людей, но всё равно случайно увидели меня пастухи. Теперь вот царь велел либо твою голову ему принести, либо грозился мою отрубить.

— Что ж, — вздохнул змеиный царь.— Раз он узнал, в чём его спасение, он так или иначе до меня доберётся. Руби мне голову. Как принесёшь её домой, налей воды в котел и кипяти в нём мою голову, пока не останется воды на дне, седьмая часть от того, что было. Приготовишь отвар —

наполни им две чаши. Одну сам выпей, а другую дай царю. Только, сделай всё так, как я велю.

Охотник Маркос срубил голову змеиному царю, пришёл домой и сделал всё, как тот ему велел.

Только выпил Маркос из своей чаши, как стало ему всего восемнадцать лет. А царь, как выпил из своей — тут же исцелился и помолодел ровно на двадцать лет. Обрадовался царь, снова уверенно сел на трон и назначил охотника Маркоса своим первым визирем:

— Знай, Маркос, — сказал ему царь, — Хоть я и царь, но слушаться во всем буду только тебя, потому что нет на свете человека мудрее.

А охотник Маркос отвечает ему:

— Змеиный царь был мудрее меня, и добрее меня, и мы с тобой всем ему обязаны.

Так сбылись их желания, пусть и ваши сбудутся.

СЫНОВЬЯ ПАТРИАРХА

Как Ной в час испытаний призвал на свой ковчег всех, кто должен был спастись, так и его правнук Торгом созвал всех своих сыновей. Почувствовал мудрый старец, что уже не подняться ему со смертного ложа, силы оставляли его с каждым часом и тогда сжал он горсть родной земли и стал ждать детей.

По крутым горным тропам на огненных конях примчались к нему сыновья: Айос-Гайк, Картвел-Картлос, Кавказ, Эгер и Гэр, и, скрестив руки на груди, окружили смертное ложе, ожидая последнего завета основателя славного рода.

Придя в себя, Наапет разжал руку, рассыпалась вокруг его ложа сырая земля, и в тишине раздался слабый голос седого мудреца:

— Дети мои, моя земная жизнь подходит к концу. Я созвал вас, чтобы дать последнее наставление и благословить вас. Мир полон зла, терзают его беды и междоусобные войны. Завещаю вам свято хранить узы братства и мирного содружества, чтобы пятно осуждения и укора не пало на имя потомков моих...

Уста Торгома уже немели, но взгляд его был ясен. На мгновение он замолчал, пристально оглядел сыновей и, в знак благословения, с усилием поднял правую ладонь, некогда посылавшая меткие стрелы, поднял кувшин с ледяной водой из горного родника, и пригубив ее, как причастие, снова обрел силы и продолжал:

— Мирно живите в ваших уделах, оказывайте помощь, всем нуждающимся в ней, изгоните нищету и насилие из ваших стран. — Берегите их, чтобы никогда не ступил враг на землю родины! Пусть руки пахаря, садовода и пастуха вместо меча, копья и лука возьмутся за соху, мотыгу и пастуший посох... Но, прежде всего, свято храните братскую любовь и единство! Пусть с Севера Картлос и Кавказ, а с Юга Гайк преграждают врагам доступ в свои уделы. Клянитесь охранять мирную жизнь на священной земле Сомхети — Айастана и Картли — Иверии!

— Клянемся, отец, что даже ценой своей жизни не позволим никому нарушить твой завет! И пусть не светит нам Солнце, если мы не выполним свой обет!

Выслушав их, прародитель спокойно закрыл глаза. Вместе со всеми соплеменниками бережно предали сыновья земле прах отца и сорок дней, сорок ночей справляли поминки.

А через сорок дней Картлос, Кавказ, Эгер и Хэр простились с Гайком, сели на коней и помчались по дорогам, ведущим на север. Полетели искры из-под копыт их скакунов, загрохотали скатывающиеся с гор валуны и, притаившийся в засаде враг в страхе бежал прочь с пути богатырей.

После этого Гайк, Картлос и братья их мирно правили в своих уделах, и братское содружество их сохранялось нерушимо. В вотчину Гайка, Арбисон, часто приезжали сыновья Картлоса — могучие Орбет и Мцхет, принимали участие в праздновании веселого Навасарда в жаркий день августа и показывали свою удаль в воинских состязаниях. Стрелы их без промаха разили кабанов и ланей, и птицу в небе.

Но однажды ясным утром, когда крестьяне вышли в поле, а дым из очагов мирно потянулся к небу, тень огромного дракона-вишапа заслонила горизонт. Померкло солнце, на юге Ванского озера загрохотал гром, и оглушительное эхо его раскатилось над волнами.

Запыхавшиеся гонцы сообщили Гайку:

— Войско вавилонского тирана Бэла вторглось в страну... Можно счесть звезды на небе, но нет числа воинству грозного Бэла!

Весть эта не застала врасплох Гайка — когда-то он отверг требование Вавилонского царя Бэла преклониться перед ним, увёл свой народом на юг, сохранив его на западном побережье Ванского озера. Оскорбил вавилонского тирана отказ подчиниться его воле, и он направил Гайку грозное послание:

«Бесчисленные народы покорно падают ниц перед многодержавным троном моим, а ты, презренный царь малочисленного народа, осмеливаешься восставать против моей воли?! Явись без промедления, сложи к ногам моим свой меч и лук, и я позволю тебе жить в мире под сенью моего трона. Иначе постигнет гибель неминуемая и тебя, и весь народ твой!»

Но Гайк послал с гонцом смелый ответ деспоту:

«Знай, надменный вавилонянин, что потомки Торгома никогда не склонят головы перед тобой! Мы предпочтем смерть твоему игу, и никогда не дрогнет у нас в руке меч, поднятый во имя защиты свободы!»

Услышав этот гордый ответ, рассвирепел Бэл и повелел своим военачальникам выступить с огромным воинством, боевыми колесницами и прирученными львами в поход. Вавилонские войска переправились через Евфрат, перевалили через горы страны Кордуйк и дошли до страны Гайка, чтобы сокрушить дерзновенного властителя ее. Надел Гайк доспехи, вскочил на коня и во главе своих смельчаков поспешил к реке Арацани, направив гонца к брату Картлосу с письмом: «Злобный вавилонянин с войском огромным вступил в страну нашу, чтобы разорить ее и превратить в рабов вольнолюбивый народ наш. Во главе моих храбрецов я иду навстречу захватчику».

Услышав зловещую весть, Картлос тотчас же велел оседлать своего скакуна и со своим войском помчался в страну армян — Сомхети. Без сна и отдыха летели вперед воины Картлоса и на третий день были уже на поле боя: на одном берегу Арацани стояло войско Гайка, на другом — Бэла.

Спрыгнул Картлос с коня и, обняв Гайка, воскликнул:

— Прибыл я выполнить свой братский долг!

И Гайк, положив руку на плечо брату ответил:

— Три дня уже льется кровь моих храбрецов, брат, — видишь, даже побагровела вода Арацани... На рассвете перейдем реку, вместе ударим по коварному врагу, сокрушим и обратим его в бегство. Голова Бэла должна слететь с плеч — поднявший меч, от меча и погибнет!

Занялся рассвет, и вот загремели боевые трубы и барабаны, сошлись два войска. Дрогнула земля под копытами коней, с лязгом стали биться со щитами мечи, и от града стрел затуманилось солнце. Картлос бился рядом с Гайком, заслоняя его своим бронзовым щитом, и то же делал Гайк для побратима.

В самый разгар боя Гайк заметил, что Бэл, поднявшийся на высокий утес напротив них, натягивает тетиву своего огромного лука. Стрела с визгом пролетела над головой Гайка, оцарапав бронзовый шлем. Вторая стрела вонзилась в щит Картлоса...

Тогда натянул Гайк свой лук широкотетивный и, прицелившись, выпустил трехжалую стрелу. Одновременно с ней полетела и стрела Картлоса, словно слетевшая с тетивы того же лука...

Смельчаки Гайка вместе с воинами Картлоса врезались в ряды врагов, и их натиск сломил боевой строй вавилонян; те дрогнули, и разрозненные ряды их рассеялись по полю боя.

Утром побратимы со своими воинами добрались до того утеса, с которого Бэл накануне посылал свои вражьи стрелы, и увидели, что властелин Вавилона лежит на утесе. Его сердце было пробито двумя стрелами.

Обезглавленные и разбитые войска Бэла отступили и, преследуемые по пятам смельчаками Гайка и Картлоса, бежали из страны.

Предрассветный туман заалел над долиной, осветился восток, и вечное солнце поднялось из-за окутанных облаками гор.

Окруженный служителями храма, посвященного богу Солнца, показался верховный жрец, торжественным шагом подошел он к вождям-победителям, поцеловал в лоб и благословил Гайка и побратима его, Картлоса. Затем, повернувшись лицом к востоку, он от имени великого Арамазда и Ваагна-ветрогона благословил всех бесстрашных воинов. Могучий бык, пригнанный из долины Тарона, был принесен в жертву богам.

На поле брани, покрытом телами павших воинов, загорелся священный огонь, и дым его поднимался к небу, возвещая о победе поборников свободы и справедливости.

А у берега реки, рядом с утесом, с которого Бэл стрелял в кровных братьев и где обрёл своё покой, из-под земли поднялась скала, напоминавшая очертаниями кровожадного дракона. Говорят, это тело тирана-великана окаменело и превратилось в мрачную скалу. Скалу эту люди назвали Усыпальницей Бэла, и, проходя мимо, проклинали вавилонянина.

Сорок дней, сорок ночей на берегах Ванского озера продолжался пир в честь одержанной победы. Народные певцы – гусаны прославляли победителей, девушки подносили им гранатовое вино и вино от лоз, привезенных Ноем в ковчеге, на вертелах над огнём подрумянивались лани и кабаны, а в чистое небо выпускали голубок в честь богини Астхик.

Из века в век продолжали потомки побратимов Гайка и Картлоса помогать друг другу в борьбе с персидскими, арабскими, и сельджукскими захватчиками, делили радость и горе, и вечное солнце светило им. И сейчас продолжают они хранить братство и дружбу, и процветают их две соседние страны – Армения и Грузия.

ХУДОЖНИК

Давным-давно в одном из селений Армении жил странный художник по имени Мануг. Странный, потому что, порой, красавца он изображал уродливым, а немощного старца — богатырём. За это многие его не любили. И мстили, как могли: то детей его обидят, то овцу украдут. А овца для бедняка, что для богатого – отара...

Много работал Мануг, но никто не покупал его картин. И чем больше он работал, тем больше беднел. Любой гончар или кузнец в селе жил лучше этого странного художника. И всё чаще упрекала его жена:

— У других мужья, как мужья: сеют, пашут, жнут. А ты только и знаешь, что малевать... И за что Господь наказал меня?

И подумал Мануг, что людям нужнее горшки, чем картины, ушел в горы и бродил среди скал как отшельник. И вот как-то встретил художник на горной тропе гончара.

— Добрый день, брат Ованес, — сказал художник. — Чего ты подскочил? Меня испугался?

— Нет, разве ты зверь какой, чтобы тебя бояться?

— Все меня избегают. Решил, что и ты...

— Люди не любят тех, кто не работает.

— Ованес, Ованес, да возвысится твой дом! Я тружусь день и ночь. Тружусь, как вол. А ты мне говоришь такие обидные слова...

— Это не работа, — ответил гончар. — Прямых ты кривишь, кривых выпрямляешь. Рисовал бы, как все.

— Как все – это проще всего. Труднее быть самим собой. Но не будем ссориться, брат Ованес. Ведь и ты лепишь горшки не такие, как у всех, потому что ты тоже художник.

— Но мои горшки берут, а твои картины – нет. Значит, не так ты что-то делаешь.

— Послушай, Ованес, ведь я тебя не учу, как лепить горшки. Хотя мог бы. А вот художников почему-то поучают все.

— Учить меня? Гончара – гончарному делу?! – возмутился тот.

— А зачем ты поднялся в горы? – улыбнулся Мануг. – Глину искал? Её у тебя во дворе целая гора. Нет, ты пришёл посмотреть, как растут дикие травы и поучиться у них. В каждом листке ты ищешь новое, незнакомое и говоришь себе: «Уже было». Я видел многое, созданное тобой.

— И что ты скажешь? — спросил гончар.

— Не туда ты идёшь. Горы отдали тебе всё – и большего не требуй. Иди к людям. К внуку своему. Присмотрись. Малыш, пуская ротиком пузыри, борется с пелёнками, опутавшими его: ведь стремление к свободе развивается с детства. У ребёнка большая голова и тонкие ноги.

Создашь ты его, порадуешься и снова загрустишь. Тогда на празднестве, где люди поют, смеются, танцуют, тебя удивит, сколько в селении стройных девушек. А среди них одна, со стыдливо-гордым взглядом, гибкой шеей, чёрными косами до пят – та, которую ты всю жизнь искал. И родится у тебя тонкостанный кувшин. Не кувшин – молодость. Звонкий, сам поёт. Создашь его, и не будет счастливее тебя человека.

Все устают, Ованес, от всего устают. И ты забудешь, как бывал счастлив, найдя новый узор, оттенок, изгиб... Начнешь по-новому искать ещё не созданный кувшин, искать смысл своей жизни. Остановишься, когда найдешь, перед седобородым дедом. С головой, ушедшей в плечи. Мозолистыми руками. Натруженными ногами, будто вросшими в землю. Ногами, прошедшими не одну сотню вёрст. Спина старика согнулась под тяжестью лет. В глазах глубина небес и величие гор. Сила старости – в мудрости. А там, где мудрость, крика не может быть: не спешит старик раздать накопленное годами случайным людям. Увидишь его, и будто молния тебя озарит – как соединить глубину небес с величием гор через согнутую спину, натруженные узловатые руки-ноги, сжатую мудрость губ, чтобы через него – одного – передать трудолюбивый народ... Вот когда создашь ты лучший кувшин. Не кувшин – итог своей жизни.

Ованесу тут же захотелось одарить художника. Но он не знал, как и чем и поспешно сказал:

— В селении считают тебя сумасшедшим. Но ты – ясновидящий! Разгадываешь мысли и людей видишь насквозь. Сразу нашёл то, что я годами искал. Одного не пойму: почему ты не пишешь иконы?

— Ованес! Бога надо искать, найти, понять! И не выдумать – увидеть хочу, чтобы спросить, почему в мире так много зла?

— Тогда рисовал бы богачей, красивыми и довольными жизнью, как они хотят. Зачем коверкаешь их лица? Только моришь голодом жену свою Майрам и своих детей. Зачем, Мануг?

— Ованес, дорогой мой, давай не будем о детях. А жена – что жена? Женщинам всегда всего мало. А Дар, он ведь даётся немногим. Немногим, но для всех. Смею ли я продать, что принадлежит не только мне? Даже ради детей. Нет. Вырастут – поймут.

— Не сердись, дорогой Мануг, не хотел я тебя обидеть... Лучше посмотри на наши горы. Видишь, сколько добротного камня? Мечта моей жизни – разбогатеть, закупить во всех селениях арбы и на них привезти землю из долин – прикрыть выступы. Бог свидетель, эти камни – кости наших предков.

Вздрогнул художник. Впился глазами в доброе лицо Ованеса, словно видел впервые, рывком обнял его, резко повернулся, побежал в свой старый дом и в одиночестве начал писать новую картину. Первой ее увидела жена художника и расхохоталась: на полотне с чудовищем сражался богатырь, лицом, ну, просто вылитый сельский гончар.

Майрам поспешила насмешить соседей. Соседи – своих соседей. Вскоре чуть ли не всё селение хохотало до слёз, и каждый встречный теперь кричал старому хромому гончару:

— Вай! Наш храбрый Ованес! Долгих лет тебе, спаситель! Скорее бери меч-молнию, враг на нас идёт!..

Маленький, тщедушный, хромой Ованес, опустив голову, сгорал от стыда. Нигде не мог он укрыться от насмешников и проклинал ту случайную встречу в горах с художником:

— Будь чёрным день встречи в горах, Мануг! Чтобы высох твой род! Чтобы погасло твоё солнце! За что, бессердечный, ты так посмеялся над стариком? За что, сделал посмешищем?

Мануга не смутили новые насмешки. «Они смеются не надо мной, — говорил сам себе художник, — Просто люди отвыкли от правды. Сами себя не видят, не знают, не понимают. А долг художника – помочь им понять себя. Пусть я живу хуже башмачника: разве не знаю, как стать богатым? Но для этого надо кривить душой. К тому же, обман обману рознь. От обмана купца – сотни обедневших, от лжи художника – целые поколения. Пусть простят мне мои дети. Вырастут – поймут...»

Его размышления прервал стук в дверь. Неслыханно! В низкую дверь хижины вошёл сам князь в сопровождении слуг.

— Добрый день, Мануг! Добрый день, наш варбед! Ну-ка, покажи, покажи, что творишь с людьми. Говорят, ты мастер смеяться над ними?

— Да будет, князь, к добру твой приход. Я пишу сородичей, какими их вижу. А им кажется, что они лучше или хуже. Из-за этого и обиды. Даже добрейший Ованес теперь проклинает меня...

Князь стал рассматривать картины. С одного полотна на него дерзко смотрел крестьянин. «В глазах моих крестьян всегда покорность, — подумал князь. — Они согнуты нуждой. И чем беднее люди, тем покорней. К чему такая дерзость?»

Нахмурился князь, но сдержал свой гнев. Остановился перед другой картиной: на лань охотились турок, византиец и перс. От раненой лани тянулся кровавый след, похожий на очертания Армении. Князь поспешно отвернулся. И здесь увидел портрет юродивого юноши. Он жил подаянием, но никогда не радовался, не благодарил и не крестился, если даже подавали щедро. На портрете юродивый одухотворённо смотрел на луч солнца, который надвое рассекал черную тучу.

Осмотрев ещё несколько картин, князь вновь подошёл к портрету юноши. Возвышенный образ захватил его.

— Если и меня напишешь не хуже, награда будет достойной.

Пронзительно взглянул художник в красивое лицо князя. И вздрогнул: чуть ли не все пороки прочёл он в этих правильных чертах.

— Нет! Таким я не могу тебя написать! – твердо ответил художник.

— Что, мне для этого надо стать горбатым? – усмехнулся князь.

— Горб юноши – муки и надежда народа. И ты, князь, горбат. Но твой горб – пороки и злодеяния.

Расхохотался князь.

— Нет! Таким я не могу тебя написать! – повторил художник, переведя взгляд на портрет.

— Мануг, ты беден, потому что упрям. А ведь твои дети не хуже других, — и к ногам художника упал тугой кошелёк.

— Кто несёт правду, не бывает богат. Возьми кошелёк, князь, я неважный льстец, — ещё не досказал он, как ворвалась жена – Майрам.

Она схватила кошелёк, прижала к иссохшей груди и с ненавистью посмотрела на мужа:

— Нет, ты будешь рисовать! В селении нет человека, кому мы не должны. Ради детей прошу, не ради себя. Уступи хоть раз! А не уступишь – не надо! Я сейчас же раздам долги, а ты с князем рассчитывайся сам... — и раздражённо хлопнула дверью.

С омерзением писал князя Мануг. Падала палитра. Ломались кисти. Терпеливо сидел перед ним князь. Почтительными тенями в стороне стояли слуги.

Когда все кисти были переломаны, князь послал слугу за новыми. С другими кистями, не имевшими прошлого, работа пошла быстрее. Покорными псами лизали они все краски подряд.

Через несколько новолуний князь забрал портрет. После этого посыпались заказы именитых...

Мельничными жерновами закрутились дни, недели, годы, увеличивая доходы и седины художника. И странно: чем меньше работал Мануг, тем больше богател. Заморские мастера выстроили ему дворец. В его конюшне стояли скакуны лучших пород. Жена Мануга утопала в шелках. Дочери блистали драгоценностями. Сыновья небрежно швыряли золотыми. А самого Мануга знатные особы наперебой зазывали в гости. Молча ездил он к ним. Молча ел и пил. Не успевал встать из-за одного стола, как его усаживали за другой. И вновь вино, тосты, весёлая музыка, звучавшая для художника погребальным плачем. Никто не догадывался, что Мануг перестал видеть людей такими, какие они есть. Теперь он видел их такими, какими они хотели выглядеть. Его некогда проворные кисти сковывала тяжесть кошельков. Лестью затуманились его пронзительные глаза. Скользкими стали пальцы от жирных шашлыков. С ненавистью смотрел Мануг на жену, толкнувшую его на этот путь. Невзлюбил и детей, которых богатство сделало ленивыми и высокомерными. Они легко сорили деньгами, заработанными унижением отца...

И вот однажды на людей обрушился мор. Болезнь свирепой тучей носилась по селениям: кто был силён – ослаб, кто был слаб – погиб. Люди вспомнили Бога и поспешили в храмы. Начали резать скот во имя Всемогущего. А тщедушный старик Ованес не заболел. Не слегли ещё несколько чабанов. Задумался гончар: почему бы? Догадавшись, собрал всех, кто ещё мог ходить. Привёл на горные луга, где искал для своих кувшинов новые формы. Сказал измученным людям старик:

— Если небо бессильно, сами спасём себя. Чабаны здесь пасли овец – не слегли. Я рвал эти травы – не заболел. Целебны они! Давайте соберём травы. Будем поить соком слабых и больных. Вставшие на ноги пусть спасают других.

Долго боролись они, и страшный недуг, наконец, отступил. Исцелился народ и прославил Ованеса. Песню о нём сложил сказитель-ашуг. И тут вспомнили все о старой картине Мануга: сражается с чудовищем богатырь, и лицом он похож на хромого гончара. Священники признали в нём святого. Картину повесили в церкви, на видном месте. Она стала иконой. И толпа, до этого хохотавшая над ней, теперь со слезами молилась на неё.

Семью Мануга тогда тоже спасли крестьяне, исцелился мастер и стало тесно художнику в просторном дворце. Однажды ночью он не выдержал и снова ушел в горы. Но горы встретили его враждебно: неистово хлестал дождь, яростно упирался ветер, сбивая с ног. Мануг скользил к пропасти. Вставал на колени и падал, и пачкались его дорогие одежды. Поднимался он, а ветер снова гнул, ломал его, швырял на камни. Мануг с горечью думал, вытирая кровь: «Я купил земные блага, отдав взамен свой волшебный дар. Отдал и обессилел. В бедности силу я черпал в горах, а теперь горы обессиливают меня...»

Не преодолев крутого подъёма в суровых горах, Мануг к рассвету вернулся назад. Крестьяне уже запрягали быков. Озябшие дети помогали им.

«А мои ещё спят – устали от танцев и пиров. И долго ещё будут спать... Да и я усыплён. Разве раньше мог я пройти мимо вопля нищеты!» – И вдруг за спиной художник услышал знакомый голос гончара:

— Никого теперь не видит Мануг. У него сейчас позолоченные глаза!..

Сжался Мануг от такого оскорбления – знал: заслуженного – и побежал в свой старый дом. Выбил заколоченную дверь. Схватил поломанные кисти, когда-то верой и правдой служившие ему. Прижал к груди. И сказал он кистям, как погибшим воинам:

— С тех пор, как я вам изменил, души обездоленных закрыты для меня. Я куплен богатством, которое уродует моих детей, похитило мой дар. Теперь я не хуже других обманываю народ. Но обманывать можно и без позолоченных глаз. Так пусть же ослепнет уводящий от истины.

Упал Мануг на засохшую палитру, и на палитре выступила кровь – последняя краска погибшего художника.

ЦАРЕВНА-ЛЕНТЯЙКА

Как-то заболела у бедняка старая мать и так ослабла, что он уже и не знал, как ее на ноги поднять.

— Матушка, может, покушаешь хоть немного? Что тебе принести? — спрашивал у нее заботливый сын.

— Я бы сейчас мяса покушала, — вздыхала мать в ответ, — сил бы у меня сразу прибавилось, может быть, я бы и поправилась.

— Где же мне взять мяса? — удивился сын.— У нас только два вола, если одного из них зарезать, то весной мы не сможем поле вспахать? И тогда совсем обеднеем.

— Что ж, сыночек, делать нечего, зарежь вола, а там видно будет. Хуже смерти ведь ничего не бывает.

Зарезал сын вола, сварил мясо, накормил свою мать, она и поправилась.

Вот пришла весна, настало время пахать. Мать говорит сыну:

— На одном воле поле не вспашешь, давай-ка я с волом вместе впрягусь, а ты иди следом за плугом и паши землю.

Стали они пахать.

В это время неподалеку охотился царь. Застрелил он куропатку и строго-настрого приказал своему слуге:

— Разведи костёр, изжарь мне эту птицу, но только смотри, чтобы она не подгорела.

Стал слуга жарить куропатку и вдруг увидал, как деревенский парень в пару с волом старушку запряг и на них на обоих пашет.

Так он на это чудо засмотрелся, что всю птицу спалил, одни угли остались.

Рассердился на него царь.

— Ты что наделал, негодный, весь мой завтрак сжег?

— Многие лета здравствовать тебе, царь,— ответил испуганный слуга. — Загляделся я вот на такое чудо: сын свою мать в пару с волом запряг и пашет на старухе.

— Позвать его ко мне, — грозно приказал царь.

Привели бедняка к царю, а тот как закричит на него:

— Как не стыдно тебе старую мать наравне со скотиной по полю гонять?

А парень отвечает ему с поклоном:

— Не гневайся, царь, второго вола мы зарезали, чтобы мать от болезни спасти. Что же нам делать? Мы люди бедные; если поле не засеем, с голоду умрём.

— Распрягай мать сейчас же, — повелел царь. — Я тебе одного бычка дам, сумеешь на него ярмо надеть — подарю тебе его и паши на нем, сколько хочешь.

Привели бедняку бычка, а это не бычок, а целый бык, да такой разъярённый, что сладить с ним никому не под силу.

— Ничего,— сказал себе бедняк,— делать нечего, как-нибудь я с ним справлюсь.

Накинул он быку на рога верёвку, спутал ему ноги и три дня в стойле без еды продержал. На четвёртый день грозный бык немного присмирел, тогда парень ему дал полведра воды да кинул охапку сена. А на пятый день надел на быка ярмо да пахать заставил. А как бык поработал, тогда он его вдоволь накормил. Удивился царь, что его свирепого быка так быстро приручить сумели.

— Как тебе удалось приручить этого свирепого быка? — спросил он у бедняка.

— Да так, — усмехнулся тот.

— Тогда вот что, — сказал царь. — Есть у меня дочь. Да такая ленивая и строптивая, что сладу с ней никакого нет. Если сумеешь ее перевоспитать, я тебя щедро награжу. В общем, завтра присылай свою мать мою дочку сватать.

Пришёл парень домой и сказал матери:

— Завтра сходи, матушка, во дворец, посватай за меня царскую дочь.

Мать на него руками замахала:

— Что ты, что ты, да мне и выйти-то не в чем!

Пошёл сын на базар, купил матери на последние деньги новое платье и наутро отправил её во дворец.

Пошла мать во дворец, но внутрь войти постеснялась, встала у порога и стоит, с ноги на ногу переминается. Пошли слуги к царю и доложили ему: стоит, мол, у ворот какая-то старуха, а войти не решается.

— Немедленно приведите её сюда, — приказал царь.

— Многие лета здравствовать тебе, царь, — сказала мать бедняка и низко поклонилась. —

Есть у меня к тебе просьба, государь, но я даже подумать о ней боюсь.

— Не бойся, говори.

— Я пришла твою дочь сватать. Отдай её за моего сына замуж.

— Пусть берёт, — согласился царь.

Сыграли они свадьбу, и царская дочь переехала из дворца в дом бедняка. Но вела она себя так, как раньше. Встанет утром с постели, сядет у окна, сложит свои нежные ручки и ничего не хочет делать.

Терпела-терпела мать ленивую невестку, но однажды не выдержала и пожаловалась сыну:

— Послушай-ка, сынок, кого это ты в дом привёл? Нам такая ленивая хозяйка не нужна.

— Ничего, — успокоил ее сын, — вот увидишь, матушка, я её научу уму-разуму.

На следующий день не дал он жене своей ни еды, ни питья, ни крошки хлеба, ни глотка воды — совсем ничего.

— Мы с матерью с утра до ночи трудимся, не покладая рук, — сказал он царской дочери, — вот мы и будем есть. А ты сидишь весь день, сложа руки, за что же тебя кормить? У нас не царский дворец. Не хочешь работать – не будешь есть.

На другой день проснулась царская дочка, встала со скамьи, у себя под ногами подмела и обратно уселась у окна. Вечером сын говорит матери:

— Дай ей, матушка, немного воды и кусочек хлеба.

На следующий день встала царская дочь, вымела полкомнаты и снова села отдыхать.

Вечером дал ей муж за это два куска хлеба.

«Вот, — думает ленивая царевна,— попала же я в семью! У моего отца меня и так кормили и поили, а тут работать каждый день заставляют».

Но ничего не поделаешь: научилась царская дочь и дом прибирать, и двор подметать, и стряпать научилась — не умирать же ей с голоду! Стала она с мужем и со свекровью есть за одним столом — что они кушают, то и она с ними. И сделалась дочь царя такой работящей и прилежной, что муж и свекровь нахвалиться на нее не могли. А тем временем царь затосковал о своей дочери и однажды сказал своей жене:

— Пойду-ка я, навещу нашу ленивицу: какая бы ни была, всё-таки она нам дочь.

Приготовил он для нее дорогие подарки и приехал в дом бедняка. Увидела царевна отца, подбежала к нему, сама коня его ведет, да сама во дворе привязывает, а отца в дом любезно приглашает.

— Садись, батюшка, — говорит, — да не сиди без дела, а мне помоги, я обед готовлю, так ты чеснок почисть.

Царь про себя усмехнулся, но виду не подал и стал чистить чеснок.

Возвращается домой мать-старушка, видит: сам царь у нее на кухне чеснок чистит.

— Что же это ты, дочка, — воскликнула она, — самого царя чеснок чистить заставила?

— Как же, — отвечала ей царская дочь, — ведь вы его иначе и за стол не посадите!

Тут царь рассмеялся, поужинал с ними и счастливый вернулся во дворец.

— Ну, — сказал он царице, — наша дочка совсем исправилась. Ай, да крестьянский сын, молодец!

На следующее утро пригласил царь дочку с зятем к себе во дворец и устроил роскошный пир. И стали они все вместе жить-поживать и добра наживать.

ВОЛШЕБНЫЙ КИНЖАЛ

Давным-давно жил на свете один царь. Семь лет он был женат. И семь лет не было у него детей. И семь лет не приносила жеребят его кобылица. И семь лет не было плодов на его яблоне. Опечалился властелин, никто не мог помочь ему в этом горе. Однажды остановился у ограды царского сада бедный странник и сказал царю:

— Многие лета здравствовать тебе, повелитель! Я знаю, почему ты такой печальный.

— Брат мой, странник, — ответил царь, — раз знаешь, так помоги мне.

— Многие лета здравствовать тебе, повелитель! – ответил незнакомец. – Помогу я твоему горю. А сейчас пойди в свой сад. На твоей яблоне висит одно-единственное яблоко. Сорви его и очисть. Пусть твоя жена-царица съест этот плод, а кожуру отдай своей лошади. Как родится у царицы сын — назови его Каджик, что значит «храбрец», а как будет у кобылицы жеребёнок — назови его Севук или «конь вороной».

Сказал это странник и исчез — как сквозь землю провалился.

Выполнил царь его наказ. И правда, вскоре родился у царя сын, а у лошади — жеребёнок. Назвали их, как велел путник, Каджик и Севук.

Каджик с детства сам ухаживал за своим жеребёнком, и росли они оба не по дням, а по часам.

И вот достиг царевич Каджик совершеннолетия. А через несколько дней почувствовал он сильную боль у самого сердца. И такая нестерпимая была эта боль, что показалось царевичу, что он умирает. Из последних сил дошел он до конюшни, чтобы проститься с верным вороным другом и прошептал своему коню на ухо:

— Прощай, Севук, я умираю...

— Потерпи, мой хозяин, сейчас твоя боль пройдет, — успокоил его конь. — Пошарь правой рукой под левой полой. Там у тебя под одеждой кинжал. Достань его.

Пошарил Каджик правой рукой под левой полой и вытащил кинжал. А кинжал блестит и сверкает, а на нём изображено лицо прекрасной девушки и написано её имя — Цовинар, что означает «морская царевна».

Как увидел царский сын эту красавицу, полюбил ее с первого взгляда и решил жениться на ней.

— Милый мой Севук, — сказал он, — где же мне отыскать эту красавицу Цовинар?

— Нелегкое это дело, — ответил конь, — но мы с тобой попытаемся ее найти. А пока закажи мне нарядное седло, оседлай меня и собирайся в путь-дорогу.

Заказал Каджик у мастера самое лучшее седло, а когда оно было готово, оседлал коня, и отправился странствовать по свету в поисках Цовинар. Долго ли, коротко ли он ехал, наконец, достиг границы Чёрной страны. Видит: всё кругом черней ночи. А из чёрного леса выехал чёрный всадник и преградил ему путь.

— Кто ты такой, что топчешь нашу землю? — закричал он Каджику и выхватил саблю.

Каджик в ответ вытащил из ножен свой кинжал, и вся округа осветилась таким блеском, что чёрный человек заслонил рукавом глаза и упал на колени.

— Не губи меня, — взмолился он, — Я вижу, ты сильнее меня, мне не тягаться с тобой, раз у тебя есть такой кинжал. Давай лучше побратаемся.

Побратались Каджик и черный всадник и вместе проскакали всю Чёрную страну от края и до края. А на краю Чёрной страны увидели они, как три отважных воина сражаются с целым войском. Храбрый царевич пришел им на помощь и вчетвером они победили всех врагов. Поклонились Каджику трое отважных воинов и сказали:

— Спасибо, тебе царевич, мы — сыновья повелителя Чёрной страны. Ты спас нас от врагов в неравном бою, поэтому мы хотим представить нашего спасителя своему отцу.

Приехали они во дворец Черного повелителя. Поблагодарил он Каджика за смелость и решил породниться с ним.

— Храбрый воин, — сказал Черный властелин, — женись на моей дочери, стань моим зятем.

Но Каджик в ответ покачал головой.

— Я люблю красавицу Цовинар, а дочь твою лучше отдай в жены моему чёрному брату.

— Твоё слово — закон для меня, — согласился повелитель и устроил свадьбу.

Пировали они семь дней и семь ночей. На восьмой день собрался Каджик в путь-дорогу и сказал своему чёрному брату:

— Вот тебе, побратим, моё золотое кольцо. Если оно почернеет — спеши ко мне на помощь.

Долго ли, коротко ли ехал Каджик, наконец, попал он в Белую страну. А в Белой стране и деревья, и цветы, и земля — всё белым-бело. Выехал ему навстречу из белой чащи белый всадник и преградил путь. Каджик и белого всадника ослепил блеском своего кинжала. Упал белый всадник перед царевичем на колени и стал просить у него пощады. И с белым всадником побратался Каджик. Вместе они проехали всю белую страну от края и до края. А у края Белой страны увидели, как три отважных воина бьются с целым войском. Храбрый царевич пришел им на помощь и вчетвером они победили врагов. Эти войны оказались сыновьями повелителя Белой страны. Привели они своего спасителя к отцу, и он тоже хотел породниться с Каджиком — женить его на своей дочери. Но снова Каджик отказался от красавицы, и вышла она замуж за его второго побратима – белого всадника. А царевич отправился на поиски своей прекрасной Цовинар и на прощание сказал своему белому брату:

— Вот тебе моё золотое кольцо. Если оно почернеет — спеши ко мне на помощь.

Долго ли, коротко ли он ехал, наконец, остановился у границы Зелёной страны. Выехал из-за зелёного холма зелёный всадник и преградил ему путь.

— Кто ты такой, — воскликнул всадник, — что топчешь нашу землю? — и взмахнул зелёной саблей.

Через мгновенье и этот зеленый всадник на коленях просил пощады у Каджика. Царевич пощадил и его, и они побратались. Вдвоем проехали они всю Зелёную страну, а у самой ее границы снова три воина вели неравный бой с врагом. Храбрец также пришел им на помощь, и снова всё закончилось свадьбой, но не его: женил Каджик своего зелёного брата на дочери зелёного царя.

А расставаясь, протянул третьему побратиму свой золотой пояс и сказал:

— Если почернеет мой золотой пояс — спеши, брат, ко мне на помощь, — а сам сел на своего верного Севука и поскакал дальше.

Долго ли, коротко ли искал Каджик свою невесту, но нигде не находил и спросил у своего Севука:

— Севук-севушка, скажи, где наша девушка?

— Скоро-скоро приедем к ней, — ответил конь. — Но знай, предстоит тебе кровавый бой.

И вот приехали они в Красную страну. А посреди Красной страны увидели огромное море, которое не обойти, не объехать. На одном берегу этого моря сражались с войском Красного властелина три огромных льва, а на другой стороне стоял дворец царевны Цовинар, красавицы, изображённой на кинжале Каджика. Нелегко пришлось храброму царевичу. Сначала он разгромил всё войско повелителя Красной страны. Но как только от его кинжала пал последний воин, сразу три льва набросились на Каджика. Он и со львами справился.

— Ну, а сейчас держись крепче, — сказал ему Севук, как птица, взлетел над морем и принес царевича к воротам дворца красавицы Цовинар. — А теперь ступай во дворец, — велел ему конь. — Не удивляйся, что в этом дворце все двери заперты, как только ты коснешься замков своим волшебным кинжалом, они перед тобой сами распахнутся.

Вошёл Каджик во дворец. И все двери открылись перед ним сами собой. Вышла ему навстречу красавица Цовинар и молвила:

— Здравствуй, суженый мой. Было мне предсказано за тебя замуж выйти. Мил ты мне, потому что умён и храбр. Знаю, что ты разбил всё войско злого Красного властелина, вот только львов зря ты убил. Они охраняли меня от повелителя Красного страны, который хотел меня похитить, а теперь меня некому беречь.

— Будь спокойна, моя суженая, теперь я всегда буду защищать тебя.

А в это время властелин Красной страны в своем замке не находил себе места от ярости. Не мог он простить Каджику, что он всё войско его разгромил и красавицу-невесту увел. Тут пришла к нему старая ведьма и зашептала:

— Сидишь ты, Красный властелин, в своём дворце, гневаешься в одиночку и не знаешь, что этот самозванец Каджик убил львов, и теперь нам ничто не помешает. Я помогу тебе вернуть Цовинар. Но только дай мне золота ровно столько, сколько я вешу во всех своих лохмотьях, и ещё вели сделать для меня большую деревянную ступу, в каких масло взбивают. Вот увидишь, добуду для тебя царевну Цовинар.

Дал ей Красный властелин золота и деревянную ступу. Уселась старуха в нее и переплыла море. Выбралась на берег, спрятала ступу в кустах, а сама, притворившись нищей, пришла во дворец к Цовинар и заголосила жалобным голосом у ворот:

— Возьмите меня к себе, люди добрые, я — нищая, одинокая старушка. Буду дружно с вами жить, буду верно вам служить.

Заподозрила Цовинар неладное и стала прогонять коварную старуху прочь, а Каждик пожалел ее и попросил жену:

— Давай оставим эту бедную женщину у нас, разве тебе не жаль ее?

Цовинар в ответ только головой покачала:

— Вот увидишь, эта старуха принесёт нам несчастье.

— Ничего не бойся, — успокоил ее Каджик. — Что может нам сделать больная, старая женщина?

Так ведьма и осталась жить у них во дворце.

Как-то раз, когда Каджик был на охоте, подошла она к Цовинар и спросила:

— Что же ты у своего мужа не выведаешь, в чём же его сила, и как он один смог целое войско победить?

Призадумалась молодая жена.

Вернулся Каджик с охоты, а жена к нему — с расспросами:

— Скажи, муж мой, в чём твоя сила, и как ты один целое войско победил? Ведь между нами не должно быть никаких тайн?

— Нет у меня от тебя тайн, — ответил царевич. Моя сила — в моём кинжале.

А злая старуха в это время под дверьми стояла и всё подслушала. Ночью выкрала она кинжал и забросила его далеко-далеко в море, и Каджик тут же лишился чувств. Цовинар проснулась утром, думает, что спит её муж, и вышла на берег погулять. А ведьма тут как тут: втолкнула Цовинар в свою деревянную ступу, закрыла крышкой, пошептала заклинание и вмиг очутилась царевна на другом берегу. Отвела ее коварная старуха к Красному властелину и сказала:

— Вот тебе невеста, повелитель, она свободна, ведь муж её умер.

Заплакала Цовинар:

— Нет, — говорит, — ни за кого замуж я не пойду, пока сорок дней после смерти мужа не пройдут. Пришлось повелителю выполнить требование Цовинар. Свадьбу назначили через сорок дней.

А побратимы храброго Каджика уже седлали своих коней в путь-дорогу. Как только его волшебный кинжал упал на дно морское, у братьев его почернели золотые кольца и пояс.

Собрались они все вместе и примчались в Красную страну. Переплыли море и видят: стоит верный конь Севук землю копытами бьёт и стонет жалобно. Спросили они его:

— Что случилось с хозяином твоим? А конь молвил:

— Кинжал Каджика пропал. Но где его искать, сам не знаю? На земле, в воде или на небе? Ты, белый брат, иди и спроси у звёзд: не видели ли они волшебный кинжал? Ты, зелёный брат, спроси у людей. А ты, чёрный брат, спустись на дно морское и спроси у рыб, не знают ли они, где кинжал, без него нам Каджика не воскресить.

Тут белый брат на белом коне взлетел в небеса, зелёный — поскакал по земле на зелёном коне, а чёрный — прыгнул в море. Созвал он всех рыб, но ни одна из них не встречала на дне кинжала. Тогда спросил у них черный брат:

— Скажите мне, рыбы морские, все ли вы приплыли на мой зов? Не запропастился ли кто-то из ваших сестер?

Ответили ему рыбы:

— Нет еще одной нашей сестры, она тяжело больна, поэтому не смогла к тебе приплыть.

— Приведите ее ко мне, вылечу, — велел черный брат.

Привели к нему больную рыбу, а у нее в спине тот самый кинжал торчит. Вынул он кинжал, а с ним вместе и кости нечаянно вытащил.

— Ничего, — сказал черный брат этой рыбе, — ты поправишься и будешь царицей среди рыб.

Так и вышло, поправилась раненная кинжалом рыба и стала главной в этом море, ее потомков люди до сих пор чтят и ишханами называют!

А черный брат взял кинжал и поспешил назад, созвал двух других братьев и отправились они все вместе во дворец. Привели они Каджика в чувства и рассказали ему, как всё вышло.

Тем временем настал сороковой день. И повёл Красный властелин бедную Цовинар под венец. Долго плакала невеста и решила откладывать свадьбу до последнего мгновенья, а потом вонзить себе нож в сердце на пороге царского дворца.

Вдруг потемнело всё вокруг, откуда ни возьмись, налетел ураган. А вместе с ним примчался белый брат, схватил Красного властелина, швырнул его в небо и разбил о звёзды. Примчался чёрный брат, схватил ведьму и утопил её в море. И, наконец, прискакал зелёный брат и снова принес на землю мир.

А следом за ним появился Каджик на своем верном Севуке и обнял жену-красавицу Цовинар. И устроили в Красной стране пир в честь Каджика и его названых братьев. Семь дней они ели, пили и веселились.

Пусть и ваши заветные желания сбудутся, как их – сбылись.

ТОЛКОВАТЕЛЬ СНОВ

Жили-были на свете брат и сестра. Нелегко им жилось, родители их давно умерли и оставили детям только скромный саманный домик недалеко от городского базара. В нем сироты и бедовали, сестра вела хозяйство, а брат рубил в лесу дрова и продавал их. На это они и жили. Как-то раз брат нарубил дров, взвалил их себе на спину и понес домой. Дошёл он до знакомой поляны и вдруг незнакомый голос сказал ему: «Тот, кто меня возьмёт, будет каяться, и тот, кто меня оставит, тоже будет каяться».

Видит брат: лежит на земле пустой череп. Растерялся парень, не знает, как поступить: оставить череп нельзя, да и брать его с собой не хочется. Тогда решил он сжечь его прямо на этом месте, взял свои дрова, развел костер и сжег череп дотла, а потом пошел домой. Пришёл он домой с пустыми руками, а сестра его спрашивает:

— Что же ты дров не принёс? Нам ведь завтра есть нечего будет.

— Заболел я, — ответил брат. — Не смог дрова до дома донести.

На следующий день снова пошёл он в лес, нарубил дров, понес домой, а как дошёл до той поляны, где череп нашел, подумал: «Ну-ка, погляжу, что на том месте, где череп сгорел, осталось». Подошел парень к пепелищу, разгреб палкой золу и нашел в золе зеленую бусинку. Положил он её в карман, взвалил на спину дрова и зашагал домой.

Много времени прошло с той поры, позабыл брат о бусинке. И вот как-то раз говорит сестре:

— Выстирай мне одежду, хочу пойти я в город, может быть, там хоть немного зерна заработаю, посеем его и будем с тобой кормиться.

Стала сестра стирать одежду, нашла у брата в кармане красивую зелёную бусинку. Некуда было ее положить, сунула она бусинку за щеку и нечаянно проглотила.

Ушел брат в город на заработки. Много ли, мало ли времени прошло, наконец, вернулся он домой, принес полмешка зерна и узнал, что у его сестры скоро родится ребёнок.

— Что же это такое, сестра, нам и самим есть нечего, а тут ещё ребёнок будет? — рассердился брат.

— Я не виновата, — оправдывалась сестра. — Нашла я в твоём кармане зеленую бусинку, нечаянно её проглотила. Вот от этого и будет у меня теперь ребёнок.

Вспомнил брат. Как эта бусинка к нему попала, но ничего не сказал сестре. Одолжил он у соседа пару быков, впряг их в соху и пошёл пахать землю, чтобы засеять её зерном. А пока он пахал, у сестры родился сын. И только мальчик родился, как тут же заговорил:

— Матушка, — сказал младенец, — дай мне кусок хлеба, отнесу я его дяде.

Удивилась мать, но ничего не сказала. Завязала хлеб в узелок и дала ему в руки. Пошёл мальчик на пашню и кричит:

— Дядюшка, я тебе еду принёс! Отдохни и покушай.

А тот думает: «Что это такое, черти меня одолели, что ли? Кто это со мной разговаривает?»

Смотрит он на землю и никого не замечает, а сам говорит:

— Где ты тут есть? Подбрось что-нибудь с земли, чтобы я тебя разглядел.

Мальчик подбросил комок земли, и дядя его увидел.

— Чей ты мальчик? — спрашивает. А тот отвечает:

— Я твой племянник, сын твоей сестры.

Догадался брат, в чём тут дело, взял у мальчика хлеб, съел его и хотел снова пахать, а мальчик говорит:

— Дядя, позволь теперь я буду волов погонять?

Сел он верхом на ярмо и стал погонять волов. Да так ловко он это делал, что волы мигом всё поле вспахали.

— Молодец ты, Чико, — сказал ему дядя. С тех пор так этого мальчика и стали звать Чико.

Засеяли они вместе всё поле и вернулись в свой саманный домик. Дядя пошёл отдыхать, а племянник остался у ворот с мальчишками поиграть. Вдруг едут мимо два чёрных всадника. Подошёл к ним Чико и говорит:

— Я знаю, куда вы едете. Царь видел сон, да не может понять, к чему он ему приснился. А вы спешите за колдуном, чтобы тот растолковал царю его сон. Но колдун не сможет его понять. Этот сон только я могу растолковать.

Удивились чёрные всадники и спрашивают:

— А как тебя зовут, мальчик?

— Меня все называют Чико.

Рассмеялись царские гонцы над таким прозвищем и поехали своей дорогой: привезли к царю колдуна, но тот не смог разгадать сон царский.

Тогда слуги говорят своему повелителю:

— Многие лета здравствовать тебе, царь. На одной из улиц мальчишка, по имени Чико, хвастался, что он разгадает твой сон.

— Пойдите и приведите мальчишку сюда, — велел царь.

Поскакали чёрные всадники назад, разыскали Чико и привели к царю. Посмотрел он на мальчика и только хотел рассказать ему свой сон, а Чико ему и говорит:

— Не надо, не рассказывай. Я и так знаю, что ты во сне видел. Видел ты, что над твоими палатами пронеслись красные и зелёные тени, а вокруг твоего дворца поднялись высокие деревья до самого неба.

Удивился повелитель, а мальчик продолжает:

— Дай мне, царь, вертел, лопату и работника, я растолкую твой сон.

Дали Чико, всё, что он просил, тогда вышел он во двор, воткнул вертел в землю и велел работнику:

— Копай.

Стал работник копать и вскоре выкопал кувшин с золотом. Зашёл Чико с другой стороны, снова воткнул вертел в землю и опять велел копать. И работник выкопал второй кувшин с золотом. Отдал Чико всё золото царю, а тот заплатил ему столько, сколько хотел заплатить колдуну. А тот колдун, разозлился, что не он царский сон разгадал и стал следить за мальчишкой, и когда тот возвращался домой, подстерёг его и говорит:

— Сын мой, пойдём ко мне жить, будешь мне вместо родного сына.

— Сыном твоим я быть не могу, — отвечает Чико, — у меня есть мать, и ей я сын, а в услужение к тебе наняться готов. Заплати за меня моей матери, а я буду служить тебе верой и правдой.

— Сколько же ей заплатить? — спрашивает колдун.

— Дай ей столько золота, сколько я сам вешу. Дал ему маг золота, а Чико отнёс его матери и дяде, а сам поселился в доме чародея. Однажды говорит чародей своей дочери:

— Пришло моё время. Сейчас я пойду в баню омоюсь, а ты к моему приходу этого мальчишку зарежь, свари его мозги с пловом, я их поем и стану таким же умным, как он.

Загрустила дочь мага, стала точить ножи, чтобы зарезать Чико, точит и горько плачет.

— Хочешь, я скажу тебе, зачем ты точишь нож? – спрашивает её Чико.

— Говори.

— Точишь ты нож, чтобы меня зарезать. Твой отец хочет мой мозг съесть, он думает, что поумнеет, но от этого поумнеть невозможно.

— Что же нам теперь делать? Если отец придёт и увидит, что я его не послушалась, он убьёт меня.

— Сходи купи бычка, — посоветовал ей мальчик. Мы из него плов приготовим, накормишь отца, он и не догадается.

Так они и сделали.

А Чико, чтобы колдун ничего не заподозрил, забрался в сундук и велит девушке:

— Закрой крышку на ключ, а ключ спрячь у себя в кармане.

Вернулся колдун домой, видит: плов готов, и мозги в нём сварены. Съел он плов и ни о чём не догадался.

Прошло два дня. Снова приснился царю странный сон. Видит он, будто бы Чёрное море и Белое море смешались друг с другом. Послал он гонцов к магу, но где уж ему было разгадать такой сон! Вернулся колдун домой мрачный, а дочь его спрашивает:

— Что-то случилось, отец?

— Не смог я растолковать царский сон, столько золота из-за этого потерял! – сокрушался чародей. – Вот, если бы Чико снова был с нами.

А Чико отвечает из сундука:

— Не печалься, я здесь.

Девушка откинула крышку, и Чико вышел из сундука. Удивился маг, что Чико так быстро воскрес, но виду не подал и сказал ему:

— Слушай, Чико, царь видел сон и дал мне три дня сроку, чтобы я этот сон разгадал. Если не разгадаю, отрубит мне голову.

— Ну, что ж пойдем к царю, — ответил мальчик.

Пришли они в царские палаты, подошли к спальне.

— Многие лета здравствовать тебе, царь, — сказал Чико. — Сделай меня царём на несколько минут, тогда разгадаю я твой сон.

— Что ж, — удивился царь, — ладно, будь царём.

Надел Чико туфли царя, повязал его саблю и приказывает:

— А теперь подайте мне арбуз! Когда поем арбуза, тогда и растолкую сон.

Подали ему арбуз, Чико достал нож, чтобы его разрезать, но незаметно спрятал нож в арбуз и говорит:

— Многие лета здравствовать тебе, царь. Нож мой пропал, наверное, кто-то из твоих слуг украл.

Царь в ответ:

— Ищи. Ты теперь царь, имеешь право всех обыскать.

Чико встал, осмотрел всех собравшихся, обыскал жену царя, сделал вид, что нашёл нож, а потом сел и съел арбуз. Царь, сгорая от любопытства спрашивает:

— Что же это был за сон? Расскажи мне!

— Снилось тебе царь, будто Чёрное и Белое моря смешались? Верно, царь? А значил он, что жена твоя стала вроде бы служанкой, потому что пирует она с наз**и**ром.

— Как же это понимать? – развел руками царь.

Встал Чико, выхватил царскую саблю из ножен и срубил голову магу.

— Зачем ты это сделал? – рассердился царь.

— Я наказал своего врага, — ответил мальчик, — а теперь и ты накажи своего.

Чико снял туфли, отстегнул саблю, вернул всё царю с поклоном, а царь наградил его золотом за то, что тот ему правду открыл.

Узнал назир, что Чико рассказал о нем царю, скорее сбежал из дворца, увез с собой царскую жену и задумал жестоко отомстить мальчишке. Прибыл назир на новое место, выстроил там роскошный дворец, обобрал всех крестьян до последней ниточки и снова зажил припеваючи.

А Чико вернулся домой и спрашивает у своей матери:

— Матушка, скажи, есть ли у нас бедные родственники? Я бы сходил, помог им чем-нибудь.

— В дальнем селе есть у нас двоюродная бабушка, — говорит ему мать.— Если можешь, пойди помоги ей, чем сможешь.

Пошёл Чико в дальнюю деревню, нашёл там бабушку, поздоровался с ней и говорит:

— Бабушка, один-единственный раз твой двоюродный внук пришёл к тебе в гости. Чем будешь меня угощать?

— Пусть покроется моя голова землёй и пеплом, дитя моё, ничего у меня нет. Были у меня один козёл да один гусь. Назир отобрал козла, и остался у меня только один хромой гусь.

— Вот и хорошо, бабушка, давай продадим твоего гуся, — отвечает Чико. — Сегодня день проживём, а там видно будет.

— Что ж, — вздохнула старушка, — что один гусь, что ни одного... Поступай, сынок, как знаешь.

Чико взял гуся под мышку и пошёл на рынок. По дороге видит: назир со своими друзьями пирует. Вымазал Чико лицо сажей, чтоб его не узнали, подошёл к назиру и предложил ему гуся.

— Сколько стоит твой гусь? — спрашивает назир.

— Три гроша, — отвечает Чико.

— Замолчи, — возмутился назир. — Больше гроша твой гусь не стоит.

Отобрал у него гуся, швырнул медный грош, а сам отнёс гуся к себе домой, и строго-настрого наказал жене:

— Пожаришь этого гуся и пришлёшь мне на пир!

А Чико всё это время прятался за дверью и всё слышал. Жена спрашивает назира:

— А с кем послать, гуся?

Назир говорит:

— Придёт к тебе человек, покажет мизинец, с ним и передашь гуся.

Зажарила жена назира гуся и его аппетитный аромат разнесся на всю округу. Тогда вышел Чико из-за двери, показал ей мизинец и говорит:

— Назир прислал за гусем.

Протянула жена ему гуся, взял его мальчик, вышел из дома, прикрыл за собой дверь, а на двери написал: «Я — Чико, а ты — назир. Это маленькая беда приходила, а большая позже придет». Отнёс он гуся домой, накормил бабушку, да и сам досыта поел.

А Назир тем временем послал одного из своих друзей за гусем. Пришел слуга, а жена назира ему и говорит:

— Один у меня был гусь. Его я уже послала мужу.

Вернулся слуга к хозяину с пустыми руками, рассердился назир, побежал к себе домой и увидел на дверях надпись Чико и чуть не лопнул от злости.

А сам Чико дал своей бабушке деньги и попросил её:

— Сходи, пожалуйста, купи для меня девичий наряд, а потом возьми меня за руку, поведи по городу и приговаривай: «Отдаю в служанки». Сколько бы денег тебе ни предлагали, не отдавай меня, а как подам тебе знак, тогда соглашайся.

Нарядился Чико девушкой, и повела его бабушка по улицам. Сколько денег ни предлагали ей на базаре, не соглашалась старушка. А как только пришёл назир нанимать себе служанку, Чико дал ей знак, и она тотчас согласилась. Заплатил ей назир за служанку десять грошей за месяц вперед и повез ее в дом. Отдал назир служанке ключи и весь дворец показал. Провел по всем комнатам, а когда открыл последнюю дверь, сказал:

— Видишь стоит посреди этой комнаты каменная давильня? Она раздавила столько людей, сколько у тебя волос на голове. Если не будешь хорошо работать, я и тебя здесь удавлю.

— А как ты это делаешь? — спрашивает Чико в наряде служанки.

— Положи голову в отверстие, я тебе покажу. Стал назир его придавливать, а Чико закричал: — Ой, спасите помогите, задыхаюсь!

Назир вытащил его из давильни.

— Ну-ка, и ты, хозяин, вставь голову. Посмотрим, смогу ли я нажать? — предложил Чико.

Засмеялся назир.

— Зачем, — говорит, — это нужно?

Но всё-таки поставил голову. А Чико нажал так, что назир застрял в давильне. Оставил его Чико полуживого, а сам вышел из дома и на дверях написал: «Я — Чико, а ты — назир. Это маленькая беда приходила, а большая позже придет».

Возвратился Чико домой к бабушке, дал ей немного золота и сказал:

— Пойди, бабушка, раздай эти деньги беднякам, а для меня купи одежду врача, бритву, ткань, мыло, немного соли и корзинку.

Бабушка пошла на базар и принесла всё, что он просил. Чико оделся врачом, взял в руки корзинку и пошёл он к дому назира.

— Я хороший врач, я хороший врач! – стал кричать он у ворот.

А назир, которого только что вытащили из давильни, только о хорошем враче и думал. Привели врача с улицы прямо к назиру. Назир его спрашивает:

— Можешь меня вылечить?

— Смогу, только делай всё так, как я велю тебе, — ответил Чико.

— Хорошо, сделаю.

— Тогда, — говорит Чико, — пойдем в баню.

Пошёл он вместе с назиром в баню, намылил ему мылом спину, взобрался на него верхом, стал бритвой его царапать и раны солью посыпать. Назир завыл от боли, а Чико всё приговаривает:

— Терпи, назир, терпи. Сколько люди от тебя зла натерпелись, теперь пришла твоя очередь терпеть.

А потом вышел из бани и на дверях написал: «Я — Чико, а ты — назир. Это маленькая беда приходила, а большая позже придет». Проучил назира Чико и вернулся к своей матери.

Прошло немного времени, снова увидел царь странный сон и позвал к себе толкователя снов Чико.

— Если разгадаешь этот сон, что ни пожелаешь, всё тебе подарю, — пообещал царь.

— Мне не нужны твои подарки, — ответил Чико.— А видел ты во сне, что перед твоими дверьми издохла змея.

— Ну и что это означает? — спрашивает царь.

— Твой враг сам придёт к твоему порогу.

— Как же он придёт?

— После узнаешь.

Отправился Чико к дому назира, сам завернулся в козью шкуру, а к шерсти привязал шелковичные коконы. Проник он в дом к своему врагу ровно в полночь, схватил за горло его и его жену, сам стал шкурой потряхивать, а коконы стали тихонечко позванивать.

Испугался назир и в ужасе прохрипел:

— Кто тут?

— Столько ты невинной крови пролил, душегуб, – отвечает Чико в козьей шкуре, — скольких ты последнего куска хлеба лишил, теперь пришел твой час. Небеса послали меня за вами. Следуйте за мной!

Вышли из дома визирь и его жена, а Чико подогнал к порогу черную повозку, а на ней — большой черный гроб. Загнал в него назира с неверной женой. Захлопнул крышку и отвез их прямо во дворец к царю.

Вышел царь на порог, а Чико поднял крышку гроба.

— Теперь понял ты, царь, как твой враг сам пришёл к твоим воротам?

Тут сбежался ко дворцу народ. Стали люди шуметь и возмущаться:

— Что это за назир, который обманывает своего господина? Что это за жена, которая убегает от своего мужа?

Что это за царь, который со своей женой справиться не может? Тут прогнал народ царя с его престола, и всех вместе царя, его неверную жену и назира сбросили в реку.

А потом Чико и говорит:

— Все сокровища и земли царя и назира раздать людям. Пусть пашут, сеют, да и живут на здоровье.

ЧУДЕСНАЯ СВИРЕЛЬ

Рассказывают, что давным-давно, жил на свете один мальчик. Нелегко ему приходилось, мать его давно умерла, а злая мачеха невзлюбила пасынка. Всё время его бранила, да куском попрекала. Одна отрада была у мальчонки – свирель. Бывало, заберется он на крышу, возьмет свою дудочку и так заиграет, что и стар и млад соберутся вокруг него, слушают и нахваливают.

— Божий дар! — говорили о нем соседи.

— Да, ну, его! – отмахивалась мачеха. – Всё дудит и дудит целый день напролет, голова уже болит от его музыки!

В ответ соседи только головами качали, а злая мачеха старалась так загрузить пасынка работой, чтобы у него ни времени, ни сил не оставалось на свирели играть.

— Сходи-ка лучше за водой... — подгоняла его мачеха, — дай теленку травы, да сбегай поищи нашу корову...

Мальчик послушно носил воду, кормил теленка, находил на дальнем пастбище заблудившуюся корову и пригонял ее домой, наигрывая на свирели; и опять по всему двору разносилось его веселое: ду-ду-ду...

А мачеха от этого еще больше злилась. Снова звучала задорная музыка, и вокруг пасынка толпились соседи, а те, кто по моложе нет-нет, да и пускались в пляс.

Как ни старалась мачеха отвадить непрошеных гостей, ничего у нее не выходило. И тогда решилась она избавиться от приемного сына, стала просить мужа, чтобы он отправил его куда-нибудь, да подальше, чтобы не видеть его и не слышать свирели. Любил муж свою вторую жену, но сына жалел больше и не мог выгнать из дома.

— Потерпи еще немного, — утешал он сварливую жену, — он ведь совсем еще ребенок, подрастет — образумится, пока старайся его не замечать.

Но мачеха все не унималась, день и ночь думала, как избавиться ей от пасынка. И вот, что придумала.

Однажды, прикинулась она больной и стала громко стонать:

— Ой, сил моих нет, ой, умираю!..

Муж не на шутку испугался, больше смерти боялся он снова овдоветь и остаться без хозяйки в доме, прибежал он к жене и стал спрашивать:

— Скажи, милая, что у тебя болит? Что тебе принести, чтобы тебе лучше стало?

Притворно охая и ахая, отвечала ему жена:

— Ох, муженек, приснилось мне, будто есть на свете только одно средство, которое мне поможет. Только оно одно и спасет меня... Торопись! Моя жизнь сейчас в твоих руках, смотри, а то будет поздно.

— Что же это за средство? — спросил муж.— Ты только скажи, я все для тебя найду, достану хоть из-под земли, лишь бы ты поправилась...

— За ним далеко ходить не надо, — простонала жена.

— Что же это? Скажи, не томи.

— Обещаешь достать его для меня?

— Обещаю, конечно, обещаю, — закивал муж.

— Тогда поклянись, что не отступишься от своего слова, — потребовала жена. –

Муж поклялся ей всеми святыми, могилами дедов и прадедов и обещал выполнить любое желание умирающей жены.

— Хорошо, — обрадовалась хитрая женщина и в полголоса продолжала. – Так вот, приснилось мне, что как только пасынок исчезнет с моих глаз, мою хворь, как рукой снимет. Если его не будет в нашем доме — я поправлюсь, если останется — умру.

Услышав это, опечаленный отец закрыл лицо руками и горько зарыдал, сожалея о своей опрометчивой клятве.

«Но слезами горю не поможешь, слово есть слово, раз дал клятву — надо выполнять, — подумал он. — А не то, упаси бог, и вторая жена помрет, и останусь я опять вдовый да неприкаянный...» И решил отец увезти родного сына в лес и оставить там навсегда.

Через несколько дней подозвал он его к себе и спрашивает:

— Пойдешь со мной в лес, сынок?

— Пойду, пойду, отец! — запрыгал от радости мальчик.

Еще бы! Отец сам предложил взять его с собой! Мальчик давно мечтал сходить с отцом в лес, но тот никогда раньше его не брал:

— А что мы там будем делать? – расспрашивал мальчик.

— Я поймаю для тебя зайца, лису, пестрых красивых птичек — все, что захочешь, — обещал отец. – И еще нарву тебе спелых яблок, сочных груш, орешков, наберу шиповника, кизила...

Услышав это, мальчик уже не мог усидеть на месте, вскочил и начал тянуть за руку отца:

— Пойдем скорее!

И вот захватив узелок с едой, отец и сын пустились в путь.

Пришли они в лес, но отец не дал сыну и духу перевести и полакомиться лесными фруктами и ягодами.

— Пойдем дальше, там плоды слаще, — говорил он сыну и всё дальше уводил его в чащу.

— Отец, я устал, давай немного посидим,— просил его ребенок. Тогда отец снова делал небольшой привал и вскоре снова уводил его в лес, всё дальше и дальше.

— Отец, отец, нарви мне яблок и поймай лису. Как ты обещал.

— Пойдем дальше, сынок. Там в чаще и яблоки вкуснее и хвосты у лис пышнее...

Завел отец сына в непроходимую чащу, где высокие деревья заслоняли солнечный свет, а трава поднималась выше человеческого роста, усадил его на землю, развязал узелок с едой, положил перед мальчиком.

— Ты пока поешь, сынок, а я скоро вернусь. Нарву тебе яблок, поймаю лису, как обещал, — сказал отец и пошел прочь, но, сделав несколько шагов, вернулся назад, обнял и расцеловал сына.

— Почему ты целуешь меня, отец? — удивился мальчик.

— Будь умницей до моего возвращения, — прошептал отец и ушел.

Мальчик немного поел, сложил, что осталось в узелок, сел на пенек и стал ждать отца. Прошел час, другой, третий, а отца все не было. Испугался мальчик, стал кричать, звать отца, но никто не отозвался на его зов. «Наверное, отец погнался за лисой, и не слышит меня», — подумал мальчик и чтобы не грустить достал свою свирель и заиграл. Так он играл, забыв обо всем, пока на небе не заблестели первые звезды. Мальчик вскочил с места и снова отчаянно закричал:

— Отец, отец!..

Его тоненький голосок эхом отозвался по всему лесу, но никто не ответил ему. Тогда мальчик положил за пазуху свою свирель, взял в руки узелок и сам отправился искать отца.

— Отец, отец!.. — то и дело кричал покинутый ребенок, но в ответ только тихо шелестела листва. Сгущалась ночная тьма, но мальчик всё шел и шел вперед, надеясь отыскать отца. Наконец, мальчонка понял, что эту ночь он проведет в лесу совершенно один. Делать нечего, закинул он свой узелок на спину, спрятал свирель за пазуху и, вскарабкавшись на высокое дерево, уснул в его густых ветвях. На следующее утро он спустился с дерева и снова отправился на поиски отца. Так прошел день, второй, а на третий день совсем опустел его узелок – последняя корочка хлеба осталась. Доел ее мальчик и заиграл на своей свирели, надеясь, что отец услышит знакомую мелодию и отыщет своего сына. Зазвучала дудочка, и показалось мальчику, что он снова вернулся в родной дом, забрался на крышу и развлекает своей музыкой друзей и соседей. Долго ли он так играл, коротко ли, но вдруг умолкла дудочка, осмотрелся мальчик по сторонам и видит: сидит он на высоком дереве, а под ним – о ужас! — собрались дикие звери. Кого там только не было! И медведь, и тигр, и волк, и лиса, — все встали на задние лапы, задрали морды и слушают, как он играет. Задрожал от страха мальчонка, но потом понял, что не смогут хищные звери подобраться к нему и тогда со всей силы подул он в свою дудочку, чтобы незваные гости разбежались в страхе.

Но не тут-то было. Чем громче играл мальчик, тем больше его музыка нравилась лесным зверям. И стали они вторить свирели, кто выть, кто скулить, а кто и приплясывать. В конце концов, так увлеклись дикие звери: позабыли, что они друг другу враги и стали водить хоровод вокруг дерева, на котором, дрожа от страха, сидел маленький музыкант. Увидев, звериный хоровод, улыбнулся мальчик и решил: не иначе звери свадьбу справляют, — и заиграл веселее. А хищники пляшут, хвостами машут и в такт музыке страшными зубами лязгают. «Только бы до меня не добрались», – подумал мальчик, как вдруг до его слуха донесся мощный звук охотничьей трубы и бойкий собачий лай.

А звери, увлеченные пляской, не слышали ни собак, ни охотников, которые приближались к ним. Увидели охотники на поляне танцующих хищников, окружили и напали на них. Немногим зверям удалось укрыться в лесу. Довольные богатой добычей охотники подошли к дереву и разглядели на его макушке перепуганного мальчика со свирелью в руках. Долго они уговаривали его спуститься вниз, пока, наконец, поборов свой страх, он слез с дерева.

— Ты что тут делаешь, малыш? — спросил его главный охотник в дорогом золоченом наряде.

— А я живу на этом дереве и играю на свирели в своё удовольствие, — ответил ему ребенок.

— И что же ты диких зверей совсем не боишься? — удивился главный охотник.

— Нет, — сказал мальчик, — я играю, а они слушают меня и, как видите, иногда даже пляшут.

Еще больше удивился охотник, что хищники не только не нападают на мальчика, но еще и пляшут под его музыку!

— А сыграй-ка и нам, — попросил он мальчика, — а мы с товарищами послушаем.

Мальчик охотно согласился. Достал из-за пазухи свирель и поднес ее к губам. С первыми же звуками он снова забыл, где находится и кто его окружает, так заворожила его чудесная свирель. Заворожила она и суровых охотников, они позабыли о добыче, сложили оружие и, усевшись, кто на камни, а кто — прямо на траву, зачарованно слушали чудесную музыку.

И откуда они брались, эти звуки?.. Рождались ли на небесах или возникали из шелеста деревьев — кто знает! Много повидали на своем веку бывалые охотники, но ни диковинные птицы, поющие в царском саду, ни звонкие родники, берущие начало высоко в горах, не могли сравниться с этой нежной свирелью. Долго слушали ее охотники, а когда умолкла волшебная музыка, главный охотник сказал:

— Собирайся, малыш, пойдем с нами! Мы тебя не оставим в лесу одного!

Мальчик разрыдался в ответ. Удивленные охотники принялись расспрашивать его. И он со слезами рассказал, всё, что с ним приключилось в лесу.

— Стало быть, отец бросил тебя в лесу и ушел? — изумился главный охотник. — Не бойся, малыш, больше тебе нечего бояться. Мы возьмем тебя с собой, будешь жить у нас.

Взяли мальчика с собой охотники и поехали в город. Долго ли, коротко ли они пробирались сквозь густой лес и скакали по извилистым горным дорогам, наконец, добрались до столицы. Никогда не бывал мальчик в таком большом городе и всё, что он видел вокруг, изумляло его. Прошли они через весь город и остановились у высокой каменной стены, за которой раскинулся чудесный сад.

Вошли они через резные ворота и очутились в этом удивительном саду, сверкавшем яркой зеленью, словно изумрудами; повсюду искрились фонтаны и переливались яркими красками расписные каменные изваяния. Мальчик не мог отвести глаз от этой красоты, как вдруг увидел перед собой роскошный дворец. Удивился маленький музыкант – повсюду такая красота, но люди вокруг были грустные, никто не улыбался.

Не сразу понял мальчик, куда привела его судьба, а когда понял, еще больше удивился. Оказалось, что охотники отвели его в княжеский дворец, а главный охотник в золоченом одеянии и был сам князь.

— Но отчего же в таком прекрасном дворце все такие грустные? — спросил мальчик.

— Оттого, что единственная дочь князя неизлечимо больна, — ответили ему слуги, — но сам не спрашивай у князя об этом.

Отвели его слуги в отдельную комнату и сказали:

— Живи здесь в своё удовольствие. Гуляй по саду и делай все, что тебе захочется.

— А плоды можно с деревьев срывать? — спросил мальчик.

— Можно.

— А цветы собирать?

— Можно и цветы.

Хотел мальчик спросить: можно ли ему играть на свирели? Но не решился. Подумал, что во дворце сейчас не до музыки и не до веселья, раз княжна больна. И остался мальчик жить в княжеском доме. В первые дни он подолгу гулял в саду, заглянул во все цветники, познакомился со всеми придворными, но вскоре так соскучился по своей свирели, что позабыл, где находится, достал дудочку и заиграл.

Долго ли он играл, коротко ли, но вот подошел к нему старый садовник и попросил:

— Не шуми, сынок, княжна больна.

— Извини, дедушка, а я и позабыл, — опомнился мальчик. – Скажи, а что за болезнь у княжны такая, если даже на свирели нельзя играть.

— А мы и сами не знаем, — вздохнул старый садовник.— Столько тут врачей перебывало да знахарей... Никто не может понять. С того самого дня, как отец отказался выдать ее замуж за любимого, слегла княжна. Что только не делали — ничего не помогает. Оттого-то все тут грустные, но грустнее всех сам князь... Ты уж лучшс играй в комнате, а в саду не шуми. Вдруг больная услышит, и ей станет хуже.

Мальчик послушно спрятал свирель.

Но на следующий день, гуляя в другом конце большого княжеского сада, среди густых зарослей, он позабыл о наказе старого садовника, снова достал свою дудочку, сел под развесистым деревом и заиграл.

Долго ли он играл, коротко ли — снова подошел к нему старый садовник и покачал головой.

— Ай-ай-ай, сынок, я же просил тебя... Княжна больна, не дай бог услышит, совсем худо ей станет.

Спохватился маленький музыкант, стал поспешно прятать свирель, но тут из дворца вышла какая-то старуха и строго спросила его:

— Это ты играл?

— Я, — кивнул мальчик.

— Почему же ты сейчас перестал играть?

— Боюсь потревожить покой больной княжны. Простите меня, если я ей помешал, — ответил он.

— Нет, нет, сынок, играй, — сказала старуха. — Это верно, княжна наша больна, но, услышав звуки твоей свирели, она повеселела. Поиграй еще, может быть, ее больное сердце утешится?..

И, осмелев, музыкант снова поднес свирель к губам.

Играл он час, два, а может быть, и дольше, пока совсем не выбился из сил.

На следующее утро постучалась к нему та же старуха.

— Сыграй и сегодня, сынок, утешь сердце бедной княжны.

Мальчик вышел в сад и снова начал играть.

На этот раз собрались вокруг него княжеские слуги, стали слушать волшебную музыку и радовались от души.

Теперь он каждый день выходил в сад и подолгу играл на свирели. И вскоре заметил, что лица у придворных повеселели, да и сам князь стал улыбаться.

— Что случилось, дедушка? — спросил мальчик у старого садовника. — Отчего это все вдруг повеселели?

— Княжне стало лучше, — ответил старик. — Твоя музыка исцеляет ее.

Прошло еще десять дней и вот как-то раз, когда мальчик по обыкновению играл на свирели в саду, усевшись под своим любимым раскидистым деревом, подошла к нему прекрасная девушка: глаза ее светились радостью, а по белоснежному платью струились длинные до пят волосы.

Увидев такую красавицу, музыкант смутился и хотел спрятать свирель, но девушка положила ему руку на плечо и сказала:

— Не стесняйся, мальчик, играй смелее, твоя свирель вернула меня к жизни.

Эта прекрасная девушка и была княжна.

Мальчик продолжал, а красавица слушала, и ее ясные глаза наполнились слезами. Смахнув слезы, она улыбнулась. Теперь мальчик подолгу играл для княжны, и больной с каждым днем становилось все лучше и лучше. Наконец, она выздоровела, и отец-князь на радостях согласился выдать ее замуж за любимого. Свадьбу играли семь дней и семь ночей.

С той поры слава о юном музыканте разнеслась повсюду. Из уст в уста передавали люди друг другу историю об удивительном мальчике, который живет у князя и игрой на свирели исцеляет больных, а злых делает добрее. И отовсюду, со всех уголков стали стекаться в город люди, чтобы взглянуть на этого мальчика и услышать его свирель. И действительно, услышав чудесную свирель, больные исцелялись, а злые становились добрее.

И вот однажды пришли в столицу из далекого села отец мальчика и злая мачеха. Как только выгнала мачеха пасынка из дома, тут же слегла в постель и так тяжело заболела, что никто не мог ей помочь. Как только не лечили ее, всё было напрасно, ей становилось все хуже и хуже. Исхудала злая мачеха, состарилась, остались от нее кожа да кости. Услышала она, что кто-то игрой на свирели исцеляет больных, и вместе с мужем отправилась в дальнюю дорогу, добрались они до города и сразу направились в княжеский дворец.

А там в этот день был большой праздник: самые знатные люди со своими женами и детьми съехались со всего княжества, чтобы поздравить своего повелителя с днем рожденья. По этому случаю ворота дворца распахнули настежь, чтобы все могли поздравить князя и послушать игру юного музыканта. Гости собрались в огромном празднично украшенном зале, князь и княгиня вышли к ним в дорогих нарядах, сверкающих золотом и драгоценностями, и заняли свои места, и тут перед всеми появился маленький мальчик и заиграл на своей свирели. А играл он так, что собравшиеся никак не могли понять, откуда льется эта волшебная мелодия, наполнившая дворец... Все завороженно слушали, когда в замок вошли отец и мачеха музыканта. Стража сначала не хотела пускать их в зал, чтобы не помешать гостям наслаждаться музыкой. Но отец стал умолять, чтобы их пропустили, пока звучит волшебная свирель: ради нее он и привез издалека больную жену, которой чтобы излечиться, надо послушать эту музыку. Долго сопротивлялись стражники, но в итоге согласились:

— Только пока музыка не закончится, ведите себя тише воды, ниже травы, — предупредили они.

Вошли отец мальчика и его больная жена в зал, и оба застыли на пороге от изумления.

Ослепленные роскошью убранства и числом гостей, они не сразу пришли в себя. Но когда отец бросил взгляд на играющего на свирели музыканта — тотчас узнал своего брошенного сына и, не удержавшись, закричал на весь дворец:

— Сынок, родной!

Он бросился к мальчику, прижал его к груди и расцеловал.

В тот же миг его больная жена тоже узнала своего приемного сына и, поняв, как высоко он поднялся благодаря своей свирели, смогла вымолвить только слабое: «ах!» и... упала замертво.

Все присутствующие на празднике — князь, княгиня, гости повставали со своих мест, поднялся шум, всем не терпелось узнать, что случилось ... И тут отец мальчика рассказал, как, поддавшись на уговоры коварной женщины, отвел своего сына в лес и бросил его там.

Услышав его рассказ, рассердился князь и хотел строго наказать отца, но мальчик вступился за него:

— Отец не виноват, пощади его, князь, - взмолился сын, — во всем была виновата моя злая мачеха, но она уже наказана за свои злодеяния, ее сердце не выдержало.

Князь отпустил подобру-поздорову отца назад в селение, а его сына сделал своим придворным музыкантом. Много лет прошло с тех пор, но говорят, эта волшебная свирель звучит до сих пор, избавляя людей от злобы и зависти и делая их сердца добрее.

ОГНЕННЫЙ КОНЬ

В давние времена правил в одной горной стране могущественный царь. Но однажды случилась с ним большая беда. Налетели на него злые невидимые духи, выкололи глаза и унесли их с собой в страну духов. Ослеп царь. Каких только снадобий не предлагали придворные лекари, всё было напрасно, не смогли они вернуть зрение своему повелителю. И тогда старший сын сказал царю:

— Отец мой, я объеду весь свет, но найду для тебя лекарство. Дай мне в путь суму золота — добрый хурджин, хорошего коня и острую саблю.

Отец только вздохнул в ответ:

— Ах, сынок! Спасибо тебе, но где же ты найдешь лекарство для моих глаз? Впрочем, поступай, как хочешь. Пойди в сокровищницу и набери себе полную дорожную суму золота, затем возьми в конюшне любого коня, который тебе понравится, садись на него и поезжай.

На следующее утро старший сын отправился в путь. Долго ли он ехал, коротко ли, наконец, доехал до глубокого горного ущелья и видит: растут в ущелье цветы невиданной красоты. «Ах, какие чудесные цветы, — подумал царевич, — может быть они смогут излечить моего больного отца?»

Нарвал он цветов в этом ущелье и вернулся домой к отцу.

— Свет очам твоим, — сказал сын царю, — я принёс лекарство для твоих глаз.

Смешал царевич лепестки цветов. Сделал из них целебный настой и смочил им глаза своего отца. Но не помогли чудесные цветы бедному царю, не вернули ему зрение. Тогда старый царь спросил у царевича:

— Скажи, сынок! Где ты собрал эти цветы?

Сын ему отвечает:

— Поехал я, отец, искать тебе лекарство и отправился в страну Индию. По дороге в глубоком горном ущелье увидел я цветы невиданной красоты, собрал их и привёз тебе.

Отец покачал головой:

— Эх, сынок! Не знал ты, что в том глубоком ущелье двадцать лет назад я с царём Индии сошелся в рукопашной схватке, долго мы боролись друг с другом на зеленой траве, а кони наши паслись рядом, удобрили они землю своим навозом, вот и взошли на ней такие чудесные цветы. Но где уж этим цветам помочь мне прозреть!

Прошло время, подрос у ослепшего царя средний сын и тоже стал собираться в путь, чтобы найти лекарство для отца.

— Отец мой, — сказал средний сын, — поеду и я по свету искать для тебя лекарство. Дай мне в путь суму золота — добрый хурджин, хорошего коня и острую саблю.

Отец только вздохнул в ответ:

— Ах, сынок! Спасибо и тебе, хотя пустая эта затея. Впрочем, поступай, как хочешь. Пойди в сокровищницу и набери себе полную суму золота, затем возьми в конюшне любого коня, который тебе понравится, садись на него и поезжай. Посмотрим, что у тебя получится.

Наполнил средний сын дорожную суму – добрый хурджин золотом, вывел из конюшни коня и поехал в дальние края. Вот странствует он из страны в страну, из города в город, но никак не может найти лекарство для отца. Наконец, добрался он до зеленой степи и видит: бьют там семь студеных родников и в каждом из них вода имеет свой цвет. «Ах, какие чудесные разноцветные струи, — подумал средний сын, — может быть, вода из этих источников поможет моему отцу». Набрал он воды из каждого родника по кувшину и поехал обратно к отцу.

Издалека заметили слуги царевича и поспешили обрадовать слепого царя:

— Свет очам твоим! Твой средний сын вернулся.

Счастливый отец встретил своего среднего сына, поцеловал в лоб и спрашивает:

— Привёз ли ты, сынок, лекарство для моих глаз?

— Да, отец, привёз.

Взял сын чудесную воду семи родников, промыл отцу глаза, но опять ничего не помогло. Не вернула вода ему зрение. Тогда старый царь спрашивает своего среднего сына:

— Сын мой! Скажи, откуда ты привёз эту воду?

— Поехал я, — говорит средний сын, — в Египет, в степи увидел семь разноцветных родников. Я и подумал: «Может быть, эта вода исцелит тебя?»

— Эх, сынок, — вздохнул отец. — Не знал ты, что эти родники раньше мне принадлежали.

Тридцать лет назад я дрался с дэвами — могучими горными духами, и они отняли их у меня. Вода в каждом роднике была непростая, а заколдованная. Кто из одного родника напьётся, станет человеком. Из другого — ланью. Кто выпьет из третьего — превратится в волка, из четвертого – в слона, из пятого – в носорога. А кто напьется из последнего источника, обернется птицей и улетит далеко в небеса. Ну, сынок, разве эта вода могла исцелить меня?

Прошло еще несколько лет, подрос самый младший из царских сыновей. Больше всех любила его царица-мать. Вот как-то подошел младший сын к матери и говорит:

— Матушка, настал мой черед отправляться на поиски лекарства для отца. Или добуду, или погибну.

— Сынок, откажись от этой затеи, не покидай родной дом, — взмолилась мать. — Нет на свете такого лекарства, не сможешь ты отыскать его.

А сын на своём стоит:

— Нет, поеду и отыщу.

Поняла мать, что не сможет удержать сына, и тогда сказала ему:

— Сынок, раз уж ты решил ехать, то я выслушай на дорогу мой материнский совет. Только смотри никому не проговорись, что это я тебя научила. Ступай к отцу и возьми с него слово, что даст он тебе в дорогу всё то, о чём попросишь. А когда царь пообещает, скажи: «Дай мне своего огненного коня и свой огненный меч, который при каждом ударе удлиняется на семьдесят аршинов». Если даст тебе их отец, тогда поезжай без страха.

Пошел младший сын к отцу и говорит:

— Отец, настал мой черед искать лекарство для твоих глаз, но прежде чем я отправлюсь в путь, обещай выполнить одну мою просьбу.

— Сын мой, — отвечает ему отец, — чего бы ты ни пожелал, я готов всё для тебя сделать. Что захочешь, то и дам тебе.

— Хорошо, — сказал сын, — раз ты дал слово, то теперь от него не откажешься. Дай мне своего огненного коня и свой огненный меч.

— Ах, сынок! – рассердился царь. — Кто же надоумил тебя? Толкнул на верную погибель? Неужели твоя мать?

— Нет, отец, мать ничего мне не говорила.

— Откуда же ты узнал?

— Я, — отвечает младший сын, — видел сон. Явился ко мне во сне старец и сказал: «Есть у отца твоего огненный конь и огненный меч. Если отдаст их тебе отец, найдешь лекарство для его глаз».

— Что ж, — вздохнул царь-отец, — дам я тебе, что ты просишь, но только возвращайся назад поскорее.

Удивился сын и спрашивает:

— Почему ты торопишь меня, отец?

А отец отвечает:

— Эх, сынок-сынок. Если другие цари узнают, что мой Огненный Конь покинул город, пойдут на нас войной, царство моё отнимут, а меня убьют.

Но делать нечего, благословил отец младшего сына в дальнюю дорогу, а сам пошел в царскую конюшню проведать своего огненного скакуна. Входит и видит: стоит его конь в стойле, которое сверкает, как царский дворец и ест сладкий изюм, которым ясли доверху наполнены. Погладил царь своего коня по крутым бокам и шепнул ему на ухо:

— Милый конь, верный друг мой, сына тебе поручаю. Позаботься о нём и в целости и сохранности привези обратно домой.

Потом поцеловал коня в лоб и ушёл.

Следом за отцом вошел в конюшню царевич, вывел коня во двор, оседлал и вдруг вспомнил, что меча-то он не взял. Позвал он одного из слуг и говорит:

— Беги к моему отцу, да скажи ему: «Сын уже на коне, дай ему скорее огненный меч».

Передал слуга слова царю. Что делать? Страшно повелителю с огненным мечом расставаться, но он слово дал. Отомкнул царь дверь кладовой, взял огненный меч, вручил его сыну и говорит:

— Ради Бога, сынок, только возвращайся скорее!

Взял младший сын огненный меч, вскочил на огненного коня и ускакал. Долго ли ехал он, коротко ли, наконец, привела его дорога в пустыню. Вдруг мрак непроглядный сгустился вокруг царевича, ничего не видно во тьме, и только вдалеке на земле что-то мерцает, как упавшая звезда.

Увидел царевич этот блеск и решил поближе подъехать, рассмотреть, что это блестит в темноте. Понукает огненного коня, а конь ему и говорит:

— Не ходи туда, царевич, этот блеск бедой нам грозит.

Юноша не послушался его.

— Нет, поезжай, мой конь, посмотрим, что же это такое.

Подъехал царевич и видит: лежит на земле перо и сверкает огнем. Поднял он это перо, положил за пазуху и поехал дальше.

Тут начался сильный дождь. Стал царский сын искать убежища и увидел вдали утёс. Поскакал он к нему, чтобы укрыться от дождя, а конь и говорит:

— Послушай, хозяин, эта скала — гиблое место, не поедем туда.

Сколько ни убеждал конь царского сына, не послушал он его. Вот добрались они до утёса.

Вдруг из-за него выскочили пятеро разбойников и кричат:

— Смотрите, кто к нам пожаловал!

Стащили царевича с коня, отобрали у него всё золото, что отец дал ему в дорогу, увели коня, привязали у скалы. А потом связали пленника, затащили его в пещеру, посадили у огня и хвалятся своему атаману:

— Погляди, атаман, какая хорошая добыча в наши руки попала.

Настала ночь, да такая темная, что ничего не видать. Разбойники потушили костер и крепко заснули, тут вспомнил царевич про найденное перо. Достал он его из-за пазухи, и всё кругом осветилось, как будто зажгли не одну, а десять свечей.

— Кто это там огонь зажег без моего разрешения? — возмутился атаман. Протер он глаза тот сна и увидел перо, которое горело точно костёр. Тогда сказал атаман своим разбойникам:

— Смотрите этого пленника не убивайте, он нам еще пригодится.

На следующий день принесли разбойники трёх овец, надели их целиком на вертел, уселись вокруг костра и стали их жарить. Пожарили, сами поели и немного царскому сыну дали.

За ужином атаман и спрашивает пленника:

— Скажи, откуда у тебя это перо?

Царский сын ему отвечает:

— На дороге нашёл.

Тогда атаман ему и говорит:

— Раз нашел перо, то найди мне и саму птицу с такими перьями.

Растерялся юноша:

— Атаман, а где же я возьму эту птицу?

— Где хочешь, там и ищи. А не найдешь — голову с плеч.

Попросил юноша у атамана три дня, чтобы отыскать волшебную птицу. С вечера лёг он спать, да не смог заснуть; и чуть рассвело, пошёл к огненному коню и горько заплакал.

— Что случилось, почему ты горько плачешь? — спрашивает его конь.

А царский сын ему отвечает:

— Зачем я поднял птичье перо и приехал к этому утесу, где попал в большую беду! Увидел атаман у меня перо и велел принести птицу с огненными перьями, а иначе отрубит мне голову.

— Предупреждал я тебя, царевич, почему ты не послушался меня? — воскликнул Конь. — Бросил бы тебя за это под ноги, истоптал бы, да слово дал твоему отцу беречь тебя. Двадцать пять лет я ел хлеб из рук твоего отца, не могу забыть его доброты. Ну, раз уж так вышло, ничего не поделаешь, добудем волшебную птицу. А сейчас пойди к атаману и скажи ему: «Сорок сороков пшеницы отнесите на остров в тридесятом море. Ссыпьте всё зерно в гору, тогда я поймаю птицу с огненными перьями».

Пошёл царский сын к атаману и сказал ему так, как конь велел. И вот вышли разбойники на дорогу. Стали останавливать прохожих и проезжих, награбили пшеницы сорок сороков и свезли её на остров в тридесятом море и насыпали там целую гору зерна.

Позвал атаман царского сына и говорит:

— Всё, что ты просил, исполнено. Теперь дело за тобой – не упусти птицу.

Оседлал царевич огненного коня и поскакал. Ехал он, ехал на верном коне, доехал до тридесятого моря. Плыл он, плыл на своем коне, доплыл до острова. Вышли они на берег, а конь и говорит:

— Пойди спрячься в зерне, да так, чтобы тебя не было видно. А руки подними вверх и жди. Через два часа птицы узнают, что на морском острове есть пшеница и прилетят сюда. Когда они станут клевать, прилетит их царица — огненная птица, встанет на самой верхушке, помашет крыльями и промолвит: «Вот мы сколько зерна отыскали». Станут птицы зерно клевать, оно опустится, а как опустится, лапы царицы-птицы сами попадут в твои ладони. Тут ты её за лапы и схвати крепко. Испугается царица птиц, взмахнёт крыльями — все птицы улетят, а ты её крепко держи, не отпускай. Она раз взмахнёт крыльями, на аршин тебя от земли поднимет. Другой раз взмахнёт — на три аршина поднимет, а как в третий раз взмахнёт, сумеешь её удержать — она твоя, а если нет — поднимет она тебя в небеса, унесёт, сбросит в море, и ты погибнешь. Смотри, будь осторожен.

Как наказал царскому сыну огненный конь, так он и сделал. Спрятался в зерно и вдруг видит: сотни тысяч птиц во главе со своей царицей слетелись на остров, набросились на зерно, начали его клевать, и зерно стало быстро опускаться. Вдруг чувствует царевич: лапки огненной птицы уже у него в руках. Юноша крепко схватил их. Птица машет крыльями, хочет улететь, но царский сын крепко ее держит, не отпускает. Все птицы разлетелись, и осталась только царица-птица. Раз взмахнула она крыльями — подняла юношу на аршин от земли; другой раз взмахнула — на три аршина; третий раз взмахнула, хотела его в небеса унести, но царевич с такой силой потянул ее вниз, что птица уже не смогла взлететь в небо. Кинул юноша птицу оземь, и тут же к нему примчался огненный конь.

— Молодец, мой юный хозяин. Удержал птицу, а сейчас садись мне на спину и едем, не теряя времени. Только крепко держи птицу, не отпускай.

Вскочил юноша на коня, знай, стегает его и мчится в разбойничье логово.

Вышел ему навстречу атаман и зовёт своих разбойников:

— Эй, разбойники мои, берите скорее коня, да привяжите его покрепче, а юношу накормите как следует.

Взял атаман из рук царевича птицу, глядит на нее, не налюбуется. А птица эта красоты необычайной, перья ее на солнце сверкают, огненные искры вокруг рассыпают. Унёс атаман эту птицу к себе, посадил в саду на самое красивое дерево, ходит вокруг неё, смотрит, не насмотрится.

Прошло несколько дней, и говорят разбойники атаману:

— Очень красивая птица у тебя, атаман, но что толку. У птиц век короток, вот погибнет она и ничего у тебя не останется. А были бы у нас ее яички. Вылупились бы птенчики, и стало бы у нас много таких птиц с огненными перьями.

Призадумался атаман и спрашивает:

— А где взять яички?

— Для парня, который птицу принёс, что за труд раздобыть яички! — отвечают разбойники.

Позвал атаман юношу и говорит:

— Спасибо тебе за чудесную птицу, налюбоваться не могу на нее. А теперь достань-ка мне её яички. Принесёшь — жив будешь, а не принесёшь — голова с плеч.

Попросил юноша три дня сроку, пришел к своему коню и жалуется ему:

— Ой, беда, беда. Теперь атаман требует от меня яички огненной птицы. Откуда мне их взять? Даже не знаю, где искать.

Огненный конь и говорит царевичу:

— Сам виноват ты в своих бедах. Я же тебя предупреждал. Да что теперь делать, затоптал бы тебя ногами, но слово дал твоему отцу. Помогу я тебе. А теперь искупай меня и накорми.

Юноша хорошенько вычистил коня, насыпал ему изюму. Конь поел досыта и велел царевичу:

— А теперь оседлай меня, садись в седло, держись за меня крепко-крепко, чтобы не упасть и закрой глаза.

Сел царевич на огненного коня, крепко взялся за узду и закрыл глаза, а чудесный конь взмыл в небеса и полетел среди облаков. Пролетел немного, остановился и велит своему всаднику:

— А теперь открой глаза.

Открыл царский сын глаза и видит: стоят они у высокой горы.

А конь торопит его:

— Слезай поскорее.

Царевич сошёл на землю, а огненный конь ему наказывает:

— Поднимись на вершину горы, как поднимешься, увидишь на ней трех демонов, зовут их ховты. Живут они на горе вместе со своей матерью, и сейчас — спят. А как настанет час обеда, они проснутся голодные и злые. Сядут рядом с домом у костра, поставят на огонь огромный котел и будут варить в нем семь баранов. А мать их всегда рядом сидит, да большущий кусок смолы жуёт. В руках у неё веретено, она пряжу прядет. Хвост у неё толщиной с большущее бревно, голова — с мельничный жёрнов в сто пудов весом. Сторожит мать ховтов высокое дерево, на дереве том гнездо царицы птиц, а в гнезде четыре яичка лежат. Залезешь на это дерево, из гнезда яички вынешь, положишь их в карман и скорее вниз, пока демоны тебя не заметили. Если они тебя поймают — тут же проглотят целиком. Берегись!

Выслушал царевич наказ коня и полез в гору, а конь под горой остался, его дожидаться.

Поднялся царевич на гору и видит: горит на вершине костер, а на нем большой котел кипит, семь баранов в нём варятся, три ховта рядом спят, а старая мать их сидит в изголовье, сон сыновей сторожит, смолу жуёт и прядёт пряжу.

Смело подошёл юноша к ним, раскурил трубку, потом влез на дерево, вынул яички из гнезда и побежал обратно к коню. Заметила его старуха и как закричит:

— Сыновья мои, просыпайтесь скорее да поглядите-ка, кто к нам в гости пожаловал! Змея на своём брюхе сюда не приползала, птица на своих крыльях сюда не прилетала, а этот парень явился без приглашения да ещё яички украл. Эй, сыновья мои, вставайте, да проглотите этого наглеца!

С этими словами хлопнула она в ладоши. А как хлопнула, проснулись ховты и спрашивают:

— Что случилось, матушка? Надо мир строить или снова разрушать?

— Ну-ка, — говорит мать, — поглядите туда, вон парень бежит. Влез он на дерево и украл из гнезда волшебные яички.

Бросились ховты за царским сыном, а он лихо вскочил в седло, и огненный конь взвился в небо. Поняли демоны, что им за огненным конём не угнаться и остались на своей горе ни с чем .

А царевич тем временем прискакал к атаману и отдал ему свою добычу.

— Ну, молодец, достал яички, сберёг свою голову, — сказал ему довольный атаман.

Прошёл двадцать один день, птица с огненными перьями вывела своих птенцов, и атаман разбойников от радости не знает, что бы ему еще такое пожелать.

Собрал он всех разбойников и устроил большой пир. Во время пира один из разбойников говорит своему повелителю:

— Всё у нас вроде бы есть, а всё же чего-то не хватает.

Атаман спрашивает:

— Чего же нам не хватает? А разбойники говорят ему:

— Атаман, всё у нас есть, но вот если бы была у тебя жена, да не простая, а волшебница гурипери с прозрачными крыльями и золотыми волосами, тогда ни в чём не знал бы ты нужды.

Призадумался атаман:

— Хорошо бы, конечно, мне женится, но где мне найти красавицу-гури-пери с прозрачными крыльями и золотыми волосами?

— Э-э-э, — говорят разбойники, — для парня, который принёс птицу с огненными перьями и достал ее яички, это не составит большого труда.

— Ну, раз так, — обрадовался атаман, — тогда зовите скорее нашего пленника.

Пошли разбойники, привели царского сына. Атаман спрашивает его:

— Знаешь, зачем я тебя позвал на этот раз?

— Зачем, атаман?

— Ты должен найти и привезти мне невесту, да непростую, а только красавицу-гури-пери. Если не привезёшь — голову отрублю.

Царский сын снова попросил три дня сроку. Пошёл к огненному коню и рассказал о новом приказе атамана разбойников. Конь тяжело вздохнул в ответ:

— Ну, что ж, добудем мы невесту атаману, какую он хочет. Только пойди к атаману и скажи ему: пусть закажет мне сбрую весом в тридцать пудов.

Атаман тут же пошёл к кузнецу и принёс сбрую весом тридцать пудов. Надел царский сын сбрую на огненного коня. Конь встряхнул головой, сбруя и рассыпалась.

— Это плохая сбруя, — говорит конь, — пойди-ка потяжелее закажи сбрую, сорокапудовую. Пошёл юноша к атаману и говорит ему:

— Разорвал мой конь эту сбрую, сорокапудовую требует.

Принёс атаман новую сбрую весом в сорок пудов. Огненный конь снова встряхнул головой, уцелела сбруя.

— А вот эта сбруя прочная, надежная, — сказал конь, — садись на меня, царевич, за невестой поедем.

Вскочил царский сын на коня, и пустились они в путь. Долго ли ехали, коротко ли, наконец, доехали они до синего моря, а у моря того, нет ни конца, ни края. Говорит конь царскому сыну:

— Ну что ж, царевич, пришло время нам с тобой попрощаться. Придется мне одному спуститься на дно морское. Нелегкое это дело. Кто знает, может быть, я оттуда не вернусь уже. Нырну я в море, а ты сиди на берегу да глаз с воды не своди. Как увидишь кровь на поверхности воды, не пугайся, а скорее хватай маленький ларец, который всплывет следом. В том ларце — лекарство для твоего отца. Положи ларец за пазуху и жди меня. Выйду я из моря и приведу с собой ещё одного коня. Если выплыву следом за ларцом, значит, нечего тебе бояться, а если нет, убегай отсюда, куда глаза глядят.

Скрылся волшебный конь в волнах, а царский сын сел на берегу и смотрит на воду. Видит: на воде появилась кровь, а через некоторое время выплыл и ларец. Царевич взял ларец, положил за пазуху. Ждёт он, ждет, ждет он, ждет, а конь его верный что-то запаздывает. Вдруг видит: выходит огненный конь из пены морской и ведёт с собой свою сестру — огненную кобылицу. Говорит она огненному коню:

— Милый мой брат! Раз не сумела я тебя на дне моря удержать, а, наоборот, ты меня на землю вывел, что прикажешь, то и сделаю.

— Милая моя сестра! – отвечает ей огненный конь. Помоги нам добыть красавицу — гури-пери.

— Хорошо, брат, ради тебя всё, что нужно, сделаю. А теперь, царевич, садись на меня, да держись покрепче! – приказала огненная кобылица.

Царский сын сел на огненную кобылицу, и она тут же подняла его высоко в небо. А конь остался дожидаться хозяина на берегу. Перенесла кобылица царевича через море, опустилась перед роскошным дворцом и говорит:

— Я здесь тебя подожду, а ты ступай во дворец.

Вошел царский сын во дворец и видит: стоит перед ним девушка невиданной красоты, а глаза её излучают такой яркий свет, что невозможно на нее долго смотреть; золотые волосы сверкают, как солнце, а за спиной прозрачные крылья переливаются. Стоит она на высоком пьедестале, а перед нею сорок мраморных ступенек.

— Поднимись ко мне, — велела она царевичу.

— Нет, уж, лучше ты сама ко мне спустись, — ответил царевич и кинул красавице яблоко, и упало оно на самую верхнюю ступеньку.

Девушка потянулась за яблоком и спустилась на одну ступеньку вниз, царский сын кинул второе яблоко на следующую ступеньку – девушка снова спустилась ниже. Так он бросал одно за другим сорок яблок, по яблоку на каждую ступеньку, и красавица, сама не заметила, как спустилась к нему. Схватил царевич девицу и бросился с ней к огненной кобылице. А та в один миг перенесла их через море к огненному коню.

— Спасибо тебе, сестра, — поклонился ей огненный конь. — Дальше вместе поскачем. На тебя сядет мой молодой хозяин, а я повезу красавицу — гури-пери.

Вот подъехали они к логову разбойников, а девушка просит царского сына:

— Не отдавай меня, царевич, атаману. Не хочу я за него замуж, хочу стать твоею верной женой. Если не отдашь меня злодею, тогда я и тебя из плена освобожу.

Пообещал царевич защитить красавицу от разбойника. А сам атаман как увидел красавицу — гури-пери, повелел тут же свадьбу играть. Тогда волшебница ему и говорит:

— Хорошо, атаман, стану я твоей женой, но сначала выполни мою просьбу – искупайся в тёплой воде. Согласился атаман.

А гури-пери развела два больших костра и на каждый поставила по огромному котлу с водой. Закипела вода – подвела волшебница царского сына к первому котлу и приказала ему:

— Опусти руку в воду.

Опустил царевич руку в котел с кипятком, и стала его рука белоснежной и засияла волшебным огнем.

— Вот, — улыбнулась гури-пери, — видишь, атаман, какой стала его рука! А во втором котле вода ещё чудеснее. Прыгай в нее, выкупайся, и сыграем свадьбу.

Залез атаман разбойников во второй котел, и тут же в нём сварился. А красавица – гури-пери выкупала царского сына в другом котле, и стал он таким же прекрасным и сияющим, как она сама. Сели жених с невестой на своих огненных скакунов и полетели в далекую горную страну, где правил слепой царь-отец. Прибыли они к городским воротам и видят, что город с четырёх сторон окружён вражеским войском. Тогда выхватил юноша из ножен огненный меч, пришпорил огненного Коня и бросился на врагов. Громко заржал огненный конь. Старый царь услышал его голос и сразу узнал своего верного коня.

— Вовремя мой младший сын на огненном коне вернулся. Не отдам я теперь врагу ключей от своего города.

На следующее утро слуги принесли царю радостную весть: войско неприятеля разбито, а младший сын его вернулся домой с красавицей-невестой и чудесным ларцом. Обнял слепой старик сына, а сын тотчас открыл волшебный ларец, а там лежат глаза отца, которые украли злые духи. Достал царевич глаза, протянул отцу, вернул царь их на место и тут же прозрел. Как только старый царь прозрел — сразу надел свою корону на голову младшему сыну и сделал его царём. А на другой день женил его на гури-пери – волшебнице с прозрачными крыльями и золотыми волосами. Сорок дней и сорок ночей играли они свадьбу. Все веселились, радовались и нарадоваться не могли.

А нам с неба упало три яблока: одно — тому, кто рассказывал; другое — тому, кто слушал; а третье — тому, кто на ус мотал.

***

Publishing
SEVENTH BOOK
Moscow - New York
2016

ISBN: 978-1535457781

Издательство «Седьмая книга» выражает
признательность читателям, обнаружившим
опечатки в тексте настоящей книги и сообщивших
о них по одному из следующих адресов:
kniga7.ru@gmail.com
kniga7@bk.ru

Printed in Great Britain
by Amazon

84673716R00241